LOUISE BAY
Doctor Off Limits

Weitere Romane der Autorin sind bei LYX in Vorbereitung.

LOUISE BAY

DOCTOR
OFF
LIMITS

Roman

*Ins Deutsche übertragen
von Wanda Martin*

LYX in der Bastei Lübbe AG

Die Bastei Lübbe AG verfolgt eine nachhaltige Buchproduktion.
Wir verwenden Papiere aus nachhaltiger Forstwirtschaft und
verzichten darauf, Bücher einzeln in Folie zu verpacken. Wir stellen
unsere Bücher in Deutschland und Europa (EU) her und arbeiten
mit den Druckereien kontinuierlich an einer positiven Ökobilanz.

NACHHALTIG PRODUZIERT

MIX
Papier | Fördert
gute Waldnutzung
FSC® C014496

Die Originalausgabe erschien 2022 unter dem Titel »Dr. Off Limits«.
Copyright © 2022 by Louise Bay
Dieses Werk wurde vermittelt durch die Literarische Agentur
Thomas Schlück GmbH, 30161 Hannover.

Für die deutschsprachige Ausgabe:
Copyright © 2023 by
Bastei Lübbe AG, Schanzenstraße 6–20, 51063 Köln, Deutschland
Bei Fragen zur Produktsicherheit wende dich bitte an:
produktsicherheit@bastei-luebbe.de

Textredaktion: Antje Steinhäuser
Umschlaggestaltung: © Guter Punkt, München | www.guter-punkt.de
unter Verwendung von Motiven von © SHansche / iStock / Getty Images Plus;
© Jacob Wackerhausen / iStock / Getty; © kiuikson / Shutterstock Images
Satz: Greiner & Reichel, Köln
Gesetzt aus der Adobe Caslon
Druck und Verarbeitung: GGP Media GmbH, Pößneck

Printed in Germany
ISBN 978-3-7363-1980-6

5   7   9   10   8   6

Weitere Informationen unter:
lyx-verlag.de
luebbe.de | lesejury.de

1. KAPITEL

SUTTON

In nur fünf Tagen würde ich in einem der renommiertesten Krankenhäuser Londons anfangen und auf den Titel hören, den ich mir hart erarbeitet hatte: Dr. Scott. Der Gedanke würde höchstwahrscheinlich früher oder später dafür sorgen, dass ich mit einer Panikattacke selbst in eine Klinik eingeliefert wurde.

»Und, wie steht's?«, fragte Parker mich.

»Nicht gut.« Ich zuckte wegen des straffen Gurts um mein Kinn zusammen. Als ich an der Schnalle meines Helms fummelte, fing das Gurtzeug, das ich gerade umgeschnallt bekommen hatte, augenblicklich an, mir in die Oberschenkel zu schneiden. Normalerweise wäre es eine willkommene Abwechslung von der Paukerei am Schreibtisch, in der Natur zu sein, umgeben von hochhaushohen Bäumen, an so frischer Luft, wie sie in London nur sein konnte. Doch nicht heute. Wie ich so die kreuz und quer zwischen die Bäume gespannten Seile betrachtete und die sogenannten Brücken dazwischen, die ich überqueren sollte, befand ich, dass ich auf derartige Abwechslung verzichten konnte. »Die Wahrscheinlichkeit, dass ich eine Panikattacke kriege, ist gerade auf zweiundneunzig Prozent gestiegen.«

»Aber gestern waren wir doch auf vierzig runter«, sagte Parker in einem Tonfall wie eine Teenagerin, die gesagt bekam, dass sie um neun zu Hause zu sein hatte.

»*Gestern* ging es auch um einen Bus mit offenem Oberdeck, einen übermotivierten Tourguide, mit einer Faszination für den Großen Brand von London, und um Mimosa-Cocktails. Heute befinden wir uns in ganz anderen Gefilden. In jeglicher Hinsicht.«

Meine beste Freundin kannte meine Ängste bezüglich des Berufsstarts im Krankenhaus nur zu gut. Sie hatte meine Studienjahre miterlebt. Die langen Arbeitstage, auf die noch längere Nachtschichten folgten. Mein nicht vorhandenes, den Studiengöttern geopfertes Sozialleben. Meine Angewohnheit, kleine Stoßgebete zum Himmel zu schicken, dass meine Kunden ihren Friseurtermin absagen mögen, damit ich eine zusätzliche Dreiviertelstunde Lernzeit einschieben konnte. Über die Jahre waren genügend meiner Gebete erhört worden, sodass ich alle Abschnitte meines Wegs zur Ärztin geschafft hatte. Mein neuer Beruf war ein langersehntes Ziel, der Gipfelpunkt jeder Sekunde harter Arbeit, die ich in den vergangenen sieben Jahren investiert hatte.

»Ich dachte, ein Hochseilgarten wäre die *höchste* Form der Ablenkung«, wendete Parker ein. »Das Wortspiel war Absicht.«

»Nicht von meinem bevorstehenden Tod, nein.«

»Schätze, das hatte ich nicht bedacht. Soll ich vorgehen?«

Ich schüttelte den Kopf. Mir war es immer lieber, nicht zu wissen, wie schwierig etwas werden würde, sonst lief man nur Gefahr zu kneifen, ehe man es auch bloß versucht hatte. Hätte ich damals, als ich noch Haare schnitt und mich sechs Tage die Woche über die Urlaube anderer Leute unterhielt, gewusst, was das Medizinstudium mir abverlangen würde, hätte ich mich nie um einen Platz beworben. Seitdem war es jahrelang mehr als schwer gewesen, aber hätte ich gewusst, wie schwer es werden würde, dann hätte ich schon tausendmal vorher aufgegeben. Naivität und blinder Ehrgeiz waren eine starke Kombination.

Einer der Einweiser hängte mein Gurtzeug in das in sich eingedrehte Drahtseil ein und führte mich nach vorn. »Weiter geht's. Pfeile geben Ihnen die Richtung vor, und in regelmäßigen Abständen entlang des Parcours stehen weitere Helfer.«

»Sind Sie etwa alle für den Fall schwarz angezogen, dass wir aus fünfzig Metern abstürzen und sterben? Damit Sie dann nicht aussehen, als wollten Sie gleich Party machen?«, fragte ich.

Er verengte die Augen. »Wow, Sie sind 'ne ziemliche Optimistin, was?«

»War nur eine Frage«, erwiderte ich.

»Wir sind schwarz angezogen, damit niemand durch knallige Farben abgelenkt wird.«

»Klar doch«, sagte ich wenig überzeugt.

»Außerdem ist in diesem Kletterparcours niemand gestorben«, setzte er hinzu.

Der Elefant auf meiner Brust beschloss, aufzustehen und spazieren zu gehen. »Keine Todesfälle« war zwar ein ziemlich geringer Sicherheitsanspruch, aber ich nahm, was ich kriegen konnte.

»Heute jedenfalls nicht.« Mit einem leichten Schubs beförderte er mich von der Plattform, auf der wir standen, auf die erste »Brücke« zum nächsten Baum. Bei dieser sogenannten Brücke handelte es sich um eine Reihe von Holzplanken in ungefähr fünfzig Zentimeter Abstand zueinander, die mit im Wind klirrenden Ketten verbunden waren. Ein fantasievollerer Mensch würde vielleicht sagen, es höre sich an, als wären wir im Reich der Feen. Ich hingegen wusste, dass es sich wahrscheinlich um eine gefakte Geräuschkulisse vom Band handelte, die nur abgespielt wurde, um die Schreie zu übertönen.

Ich setzte einen Schritt auf die erste Planke und griff nach den waagerecht gespannten Drahtseilen zu beiden Seiten meines Kopfs.

»Wusstest du schon vor all den Jahren, als du damals überlegt hast, Medizin zu studieren, dass du es einmal so weit bringen würdest?«, fragte Parker.

»Wie, so weit, dass ich dem Tod in den Rachen blicke?«

Als ich den nächsten Schritt machte, wurde mir bewusst, dass ich mich nur ungefähr einen Meter über dem Boden befand – vorerst. Wenn ich jetzt herunterfiele und die Sicherheitsgurte versagten, wäre ein gebrochener Zeh das wahrscheinlichste Szenario. Etwas mutiger setzte ich die nächsten Schritte und merkte, dass es gar nicht so schlimm war wie gedacht. Die Planken hatten einen angenehmen Abstand. Wir waren gar nicht so weit oben, und alles fühlte sich ziemlich stabil an – ungefähr so würde ich wohl auch mein Leben beschreiben, nachdem ich nach einigen harten Jahren wieder auf die Füße gekommen war. Ich hatte Arbeit, ein Dach über dem Kopf, Frühstücksflocken im Regal und Milch im Kühlschrank.

Ich betrat die nächste Plattform und drehte mich zu Parker um, die nun am anderen Ende der Brücke losging.

»Alles gut bei dir?«, fragte ich, als sie bei mir ankam.

»Wenn wir hiermit durch sind, dann schon.« Sie schaute grinsend zu mir hoch. »Aber immerhin drehen sich deine Gedanken um einen plötzlichen Tod, statt um deine neue Stelle.«

»Alles hat sein Gutes«, meinte ich. Sie wusste, dass ich diesen Spruch hasste, denn er war kompletter Quatsch. Es hatte nicht alles sein Gutes. Wenn eine Tür zufiel, öffnete sich nicht wie von Zauberhand eine andere, und Silberstreifen am Horizont konnten mir gestohlen bleiben. Ich hasste solcherlei Binsenweisheiten. Ich mochte die Realität. Und die Realität sah so aus, dass das Leben schwer war. Um im Leben etwas zu erreichen, brauchte es harte Arbeit, Leistungswillen und Opferbereitschaft.

»Okay, weiter zur nächsten«, sagte ich und folgte den Pfeilen. »Die nächste sieht ein bisschen höher aus, aber nicht viel.«

Die Planken entlang der nächsten Brücke waren willkürlicher angeordnet – manche überlagerten sich, manche waren klein, andere groß. Ich legte die Strecke mit etwas mehr Selbstvertrauen zurück, und die Gefahr einer Panikattacke ließ ein wenig nach. Jedenfalls bis zu dem Moment, kurz bevor ich die Plattform betrat und die ganze Brücke zu wackeln anfing.

Ich schrie auf.

Hatten sich die Drahtseile gelöst, an denen mein Klettergurt hing? Ich drehte den Kopf – nein, es lag nur daran, dass Parker schon auf die Brücke getreten war, ehe ich sie ganz überquert hatte.

»Ist das denn sicher? Wenn wir beide gleichzeitig auf der Brücke sind?«, fragte ich den Einweiser direkt vor mir.

Er streckte mir eine Hand hin, und ich nahm sie und ließ mich von ihm auf die Plattform ziehen. »Es ist total sicher. Selbst mit hundert Leuten gleichzeitig auf der Brücke wäre es total sicher.«

Ich war mir nicht sicher, ob hundert Leute gleichzeitig darauf passen würden, aber ich würde ganz gewiss nicht zu den einhundert Personen zählen, die das ausprobierten.

»Als Nächstes müssen Sie über diese Kletterwand zu der oberen Plattform und sich dann über ein Netz zur nächsten hangeln.«

Ich legte den Kopf in den Nacken, um zu sehen, wohin er

deutete. Der nächste Abschnitt etwa fünf Meter über uns war nicht nur höher, sondern man stand auch nicht mehr aufrecht. Leute hangelten sich über ein Netz aus Seilen und waren somit gezwungen, nach unten zu sehen. »Wer hat sich diesen Parcours ausgedacht? Ein Sadist?«

»Manche Menschen überwinden sich gern«, sagte Parker, als sie bei mir angelangte. »Du zum Beispiel. Du treibst dich stets zu neuen Höchstleistungen an.«

»Mit dem Unterschied, dass ich mich gern am Schreibtisch vor einem Computer überwinde. Wobei keine Lebensgefahr besteht.« Ich fasste nach den kieselförmigen blauen Plastikgriffen an der Kletterwand und begann den Aufstieg.

»Dann dürfte eine Verabredung Samstagabend ja genau dein Ding sein.«

Ich stöhnte. »Neiiin.«

»Bloß ein Abendessen. Das wird eine verdammt gute Ablenkung sein. Ich habe ein Foto gesehen. Wenn du dem Mann gegenübersitzt, wirst du weder in der Lage sein, irgendwo anders hinzugucken, noch, an irgendetwas anderes zu denken. Übrigens sieht dein Hintern von hier unten fantastisch aus. Den solltest du viel mehr betonen.«

Ich gelangte am oberen Ende der Kletterwand an und hievte mich unelegant auf die Plattform. Nachdem ich mich aus der Gefahrenzone gerollt hatte, blieb ich einfach auf dem Rücken liegen, während ich mich fragte, ob es eine Abkürzung hier raus gab und ob Parker mir verzeihen würde, wenn ich sie allein zurückließe.

»Nur fürs Protokoll: Das hier ist ein schrecklicher Ort für ein Date.«

»Das am Samstag ist in einem Restaurant. Mit Stühlen und so weiter. Es bietet zwar auch eine herrliche Aussicht, hat aber einen Fahrstuhl. Sicherheitsgurte sind keine nötig.«

»Klingt nach der Erfüllung meiner Träume. Aber nein. Ich gehe auf kein Date. Etwas mit jemandem anzufangen, ist das Letzte, was ich gerade will. Ich fange bald als Ärztin im Praktikum in einem der besten Krankenhäuser des Landes an. Ich möchte nichts, was mich von Montag ablenkt. Ich möchte mich voll und ganz auf die Arbeit konzentrieren. Es wird schon schwer genug werden, die nächsten zwei Jahre zu überstehen, ohne dabei auch noch zu versuchen, eine Beziehung aufrechtzuerhalten.«

»Du wirst das ganz prima machen.«

»Ich muss mich beweisen. Es wird unter Garantie jede Menge Ärzte geben, die nur darauf warten, dass ich versage. Mein Weg zum Medizinstudium ist schon umstritten genug. Die sollen nicht auch noch Recht bekommen.«

»Ich verstehe nicht, was umstritten daran sein soll, wenn man sich den Hintern aufreißt. Ich weiß schon, viele von denen waren in Oxford und Cambridge und so weiter, aber ihr musstet alle dieselben Prüfungen ablegen.«

Ich sagte nichts weiter. Es hatte keinen Sinn. Parker hatte recht – der Snobismus, der in Ärztekreisen darüber herrschte, wo man studiert hatte und aus welcher Familie man kam, hatte keine Berechtigung und war unfair. Ich hatte schon vor langer Zeit gelernt, dass das Leben nicht fair war. Es nützte nichts, darüber zu jammern.

»Egal, am Montag fängst du im Krankenhaus an«, fuhr Parker fort. »Das Date ist Samstagabend. Ich will dich nicht mit deinem zukünftigen Ehemann bekannt machen, nicht mal mit deinem nächsten Freund. Er ist eine heiße Möglichkeit, den Abend zu verbringen, mehr nicht. Außerdem geht er übernächste Woche für Ärzte ohne Grenzen ins Ausland, von daher besteht gar nicht die Möglichkeit, dass du dich weiter von ihm ablenken lässt, selbst wenn du es wolltest.«

Ich seufzte. Parker hatte recht – ich sollte mein letztes Wochenende in Freiheit genießen, bevor wegen der Schichtdienste und der Erschöpfung Wochenenden für mich nicht mehr existieren würden. »Ich werde wohl rückwärts über dieses Netz kriechen müssen. Du hast heute schon genug von meinem Hintern gesehen.« Ich hockte mich hin und schwang die Beine über den Rand der Plattform, um zu versuchen, Stand auf dem Netz zu finden.

»Super Technik«, rief mir der Einweiser zu. Der machte wohl Witze?

»Siehst du? Du kriegst das mühelos hin«, sagte Parker.

»Ich versuche, dir den Anblick meines Pos zu ersparen, und nicht etwa, ein Kletter-Ass zu werden.«

»Du überraschst dich selbst. Das wird Samstagabend genauso sein, wenn das Essen vorbei ist und du feststellst, dass du einen wunderbaren Abend verbracht hast, ohne ein einziges Mal an Montag zu denken.«

Ich stöhnte. »Hör auf zu versuchen, mich zu überreden.«

Sie ignorierte meine Worte wohlweislich. Ich wollte überredet werden. Das Problem war, dass ich Schuldgefühle bekam, sobald ich weder arbeitete noch lernte. So als hätte ich eine Auszeit, Spaß oder Entspannung nicht verdient. Parker war die Person in meinem Leben, die mich daran erinnerte, dass ich manchmal einfach Mensch sein durfte.

»Es könnte für die nächsten zwei Jahre das letzte Mal werden, dass du Sex hast, schließlich bist du fest entschlossen, während deiner Zeit im Krankenhaus ungebunden zu bleiben.«

Vielleicht sollte ich mich bei einem Typen aus einem anderen Krankenhaus melden, der auch gerade dort anfing, und mit ihm eine Vereinbarung über unverbindliche Sexdates die nächsten zwei Jahre treffen. Das würde zumindest voll in mein bisheriges Beziehungsleben passen. Ich hatte nie die Zeit gefunden, mich auf eine Beziehung einzulassen, während ich mich anstrengte, ein Dach über dem Kopf zu behalten. Ich musste mich auf meine Zukunft konzentrieren.

»Ich dachte, Samstag geht's um ein Abendessen. Nicht um Sex.«

»Es könnte zu Sex führen. Ich meine, dieser Typ ist echt heiß.«

»Wenn du mir ein Foto von ihm zeigst, ändere ich vielleicht meine Meinung.«

»Nein«, rief sie mir nach. Die Anspannung in ihrer Stimme verriet mir, dass sie sich gerade auf das Netz begab. »Es wird ein Blind Date. Auf die Art sind deine Gedanken umso mehr damit beschäftigt, zu überlegen, wie er wohl sein wird. Das lenkt noch besser ab. Was hast du schon zu verlieren? Es geht um einen Abend deines Lebens.«

»Ich sage dir, was ich zu verlieren habe: einen Abend mit Nick und Vanessa Lachey und einem Haufen Möchtegern-Instagram-Influencern. Gott, wie mir Netflix fehlen wird.«

»Genau. Mit einem heißen Arzt, den du danach nie wiedersehen musst, wirst du viel mehr Spaß haben.«

Ihre Hartnäckigkeit war bewundernswert. Sie versuchte wirklich, zu tun, was sie für das Beste für mich hielt. Wie immer. Jetzt wo sie dermaßen glücklich mit ihrem Verlobten Tristan war, hatte sie das Gefühl, mein Leben bräuchte eine kleine Dosis Mann. Ich konnte es ihr nicht verdenken. Es war schön, sie dermaßen verliebt zu erleben. Außerdem hatte sie sich solche Mühe gegeben, mich diese Woche abzulenken, dass ich ein schlechtes Gewissen dabei hatte, Nein zu ihr zu sagen.

»Ich mache dir einen Vorschlag, wenn wir den heutigen Tag überstehen, ohne im Krankenhaus zu landen, und es schaffen, irgendwann zwischendurch einen Mimosa zu trinken, treffe ich mich mit deinem geheimnisvollen Fremden.«

Um ehrlich zu sein, machte es mich ein bisschen neugierig, jemanden kennenzulernen, der zu Ärzte ohne Grenzen ging. Auch wenn ich mir das selbst nicht vorstellen konnte, gefiel mir der Gedanke, Zeit mit jemandem zu verbringen, der nicht den klassischen Weg ging. Womöglich würde diese ehemalige Friseurin hier ja Gemeinsamkeiten mit einem anderen Arzt entdecken. Wäre mal was Neues.

2. KAPITEL

JACOB

Wenn mal eine Stunde verging, ohne dass einer meiner vier kleinen Brüder anrief oder textete, war das ein guter Tag. Alle schienen zu denken, ich hockte in einem dunklen Zimmer und wartete nur darauf, dass einer von ihnen mich brauchte, und ginge nicht etwa einer anspruchsvollen Arbeit im Royal Free nach, einem der besten Krankenhäuser des Landes. Ich ignorierte den Anruf von Beau und schob mein Handy wieder in die Hosentasche.

»Guten Abend, Dr. Cove«, sagte Dina, eine der Mitarbeiterinnen von der Rezeption der Notaufnahme, als ich im Flur an ihr vorbeiging. Ich lächelte, nickte und dachte bei mir Gott sei Dank, dass ich höflich abgelehnt hatte, als sie mir letztes Jahr auf der Weihnachtsfeier sagte, sie würde mir liebend gern einen blasen. Nicht etwa, weil sie nicht bildhübsch wäre. Und nicht, weil ich was gegen Blowjobs hatte – gab es das überhaupt? Nein, es lag daran, dass ich nicht einer Reihe Frauen begegnen wollte, die meinen Schwanz im Mund gehabt hatten, wenn ich durch die Krankenhausflure ging, nüchtern und im grellen Neonlicht, während meine Schuhe auf dem frisch gewischten Linoleumboden quietschten.

Nennt mich altmodisch.

»Halte dein Privatleben privat.« Das war fast schon ein Mantra in meinem Elternhaus gewesen. Mein Vater war in meiner Kindheit selten da gewesen, aber er hatte immer schnell den einen oder anderen barschen Ratschlag parat gehabt. Auf ein *Könnte besser sein* oder *Warum hast du nicht die volle Punktzahl?* war bei ihm stets Verlass, wann immer ich ihm einen nicht ganz perfekten Test zeigte. Bei meinen Brüdern schien er mit den Ratschlägen nicht so schnell zu sein, aber eins sagte er zu jedem von uns: »Halte dein Privatleben privat.« Er sagte es, als jeder von uns sein Medizinstudium begann, jedes Mal, wenn einer von uns eine neue Stelle antrat, und wenn einer sich Ärger einhandelte – egal, ob es passte oder nicht.

Vielen Ratschlägen meines Vaters stimmte ich nicht zu, aber an sein Privatleben-Mantra hatte ich mich immer gehalten. Ein Studienfreund von mir hatte letztes Jahr das Royal Free verlassen, weil er mit zu vielen Krankenschwestern und Assistenzärztinnen rumgevögelt hatte. Als er sich um eine Beförderung bewarb, hatte es geheißen, er bringe *zu viel Ballast* mit.

Es galt kein Beziehungsverbot für das Krankenhauspersonal. Oder vielleicht doch, aber alle ignorierten es. Die Belegschaft verbrachte einen viel zu großen Teil des Lebens hier, als dass Sex und gar Liebe nicht vorkommen würden. An der Arbeitsstelle mit jemandem anzubandeln, war leicht. Und wenn man erschöpft von den Überstunden und der anspruchsvollen Arbeit war und mal Dampf ablassen wollte oder Kontakt mit einem Menschen brauchte, der weder krank war noch im Sterben lag, war es logisch, dass man sich jemanden in der Nähe suchte.

Aber nicht ich.

Zum einen, weil ich mich an den Ratschlag meines Dads hielt, und zum anderen, weil … na ja, wegen meines Nachnamens. Ich war ein Cove. Der erstgeborene Sohn der Ärzte Carole und John Cove. Mit diesem Nachnamen war eine Erwartungshaltung verbunden. Ich war niemals einfach nur »Jacob« oder »Dr. Cove«. Ich war immer »Jacob Cove, ja genau, von *den* Coves« oder »Dr. Coves Sohn« oder »Cove – ist Ihre Mutter etwa Carole Cove?« Es war ein Etikett, das ich gewohnt war und das ich nicht eintauschen wollte gegen »Jacob Cove, der Kerl, der alle aus der Kinderheilkunde gedatet hat«. Oder »Jacob Cove, der enttäuschende Sohn der Coves«. Ich wollte nicht, dass Menschen, die ich zwangsläufig jeden Tag sah und denen ich Anweisungen gab oder von denen ich welche bekam, Intimes über mich und mein Sexleben wussten. Ich wollte nicht, dass der Name Cove mit etwas anderem in Verbindung gebracht wurde als mit herausragenden Ärzten. Ich war ehrgeizig und wollte ein bahnbrechender Kinderkardiologe werden oder sogar Regierungsberater für den Fachbereich Kindergesundheit. Ich wollte niemals eine Beförderung verwehrt bekommen, weil ich mit der falschen Person oder mit zu vielen Personen geschlafen hatte. Das war es nicht wert. Wenn die Leute meinen Namen hörten, sollten sie Exzellenz damit assoziieren. Und nicht etwa Sex.

Mein Handy brummte in meiner Tasche, und ich nahm es heraus. Eine Nachricht von Beau.

Nimm ab. Du musst mir einen Gefallen tun.

Das war nichts Neues. Ehe ich dazu kam, zu antworten, leuchtete schon sein Name auf dem Display auf.

Ich ging ran, während ich durch die Tür zum Treppenhaus und dann nach unten ging. Beau war von uns allen am hartnäckigsten, und das hieß schon was. »Die Antwort lautet Nein«, bellte ich ins Telefon.

»Du hast mich ja nicht mal angehört. So schlimm ist es gar nicht.«

»Da möchte ich widersprechen. Wenn ich dir helfen soll, kann es nur schlimm sein.« Beau hatte es faustdick hinter den Ohren. Es würde ihm guttun, eine Zeit lang bei Ärzte ohne Grenzen zu sein.

»Ich mein's ernst. Du brauchst nicht mehr zu tun, als leckeres Essen zu genießen und Wein zu trinken, der vielleicht sogar gut genug für deinen erlesenen Geschmack ist.« Wenn er solche Komplimente verteilte, musste er meine Hilfe wirklich brauchen.

»Raus damit. Was willst du?«

»Du musst für mich auf ein Date gehen. Nur ein Abendessen und ein paar Drinks. Nichts Weltbewegendes.«

»Ein Date? Spielst du jetzt den Kuppler?«

»Ich will dich nicht verkuppeln. Eine Freundin wollte *mich* verkuppeln – offenbar mit einer umwerfenden Frau. Es kotzt mich voll an, dass ich nicht kann. Ich möchte nicht in letzter Minute absagen.«

Ich blieb vor der Tür zum Erdgeschoss stehen, um das Gespräch ungestört zu beenden. »Das klingt verdächtig nach einem Mitleidsdate. Wieso –«

»Nein, im Ernst, es ist keins. Sie ist anscheinend echt hübsch. Und sie ist Ärztin. Du kannst mit ihr fachsimpeln. Sie arbeitet im Tommy's, glaube ich. Neu in London oder so. Ihre Freundin meinte etwas in der Art. Ich weiß es nicht mehr genau. Ich kann nicht hin, weil …« Er lachte los. »Du wirst es nicht glauben, aber ich bin im Krankenhaus. Ich glaube, ich habe mir die Nase gebrochen.«

»Was?« Wieso lachte er?

»Hatte heute Nachmittag Rugby-Training. Hab einen Ellbogen ins Gesicht gekriegt.«

Nur Beau konnte darüber lachen, dass er sich die Nase gebrochen hatte.

»Wird das Auswirkungen auf deine Reise haben?« Er sollte in einer Woche abfliegen.

»Keine Ahnung«, sagte er. »Schätze, erst mal müssen wir feststellen, ob sie tatsächlich gebrochen ist. Aber ich werde nie im Leben noch rechtzeitig zu dem Date aus dem Krankenhaus kommen.«

»Das Date ist heute Abend?«

»Ja, was glaubst du denn, warum ich dich seit einer Stunde andauernd anrufe?«

Shit, ich hatte gerade Feierabend. Ich war erschöpft. Ich wollte nur noch kurz nach einem Patienten sehen, dann nach Hause und ins Bett. »Kannst du nicht Zach fragen?«

»Er ist in Norfolk.«

Ich hatte vergessen, dass er das Wochenende bei unseren Eltern verbrachte.

»Dann einen deiner Freunde?«

»Als könnte man denen vertrauen.«

Guter Einwand. Seufzend fand ich mich also damit ab, dass ich nicht so früh wie gehofft ins Bett kommen würde. »Du schuldest mir richtig was.«

»Du bist der beste große Bruder, den man sich wünschen kann. Du triffst dich mit ihr ganz oben im NatWest Tower. Ihr Name ist Sutton. Viertel vor neun. Die Rechnung geht auf mich. Ich habe meine Kreditkartendaten im Restaurant hinterlegt. Zu jedem anderen unserer Brüder würde ich jetzt sagen, dass er nichts tun soll, was ich nicht auch tun würde, aber bei dir ist das eh klar. Lass es krachen.«

Ehe ich Gelegenheit hatte, nach Suttons Nachnamen zu fragen, legte er auf. Ich würde ihn umbringen, wenn ich ihn das nächste Mal sah.

»Wollen Sie nach Hause?«, fragte eine Frau hinter mir.

Dina war wie aus dem Nichts aufgetaucht, und ich verzog die Lippen zu einem Lächeln. »Leider nein.«

Sie neigte den Kopf. »Schade. Ich brauche eine Mitfahrgelegenheit.«

»Viel Glück. Ich muss zu einem Patienten.«

Zwar hasste ich es, zu spät zu kommen, aber es kam nicht infrage, dass ich nicht bei Barnaby vorbeischaute. Er war seit fast zwei Monaten Patient bei uns und das älteste von fünf Kindern. Seine Eltern hatten keine Zeit, ihn täglich besuchen zu kommen.

Als ich in Station sechs einbog, sah ich Barnaby aus dem Fenster starren. Ich beugte mich über den Stationstresen. »Hatte Barnaby heute Besuch?«

Annette, die diensthabende Schwester, schüttelte den Kopf und rümpfte die Nase. Niemandem gefiel es, wenn die Kinder keinen Besuch bekamen.

Er war nicht mein Patient, doch Barnaby lag bereits so lange auf der Station, dass ich zwangsläufig mitbekam, was bei ihm los war, wenn ich nach meinen Patienten sah.

Aus der hinteren Hosentasche zog ich eine Guthabenkarte für den Snackautomaten. Ich hatte zwanzig Pfund daraufgeladen, bevor ich den Anruf von Beau angenommen hatte.

»Barnaby, Kumpel«, sagte ich, während ich großen Schrittes auf sein Bett zuging. »Ich hab hier was gefunden, das dir gehört.« Ich wedelte mit der Karte in seine Richtung.

Barnaby sah mich stirnrunzelnd an. »Was ist das?«

Ich zuckte mit den Schultern. »Probier die mal am Snackautomaten aus.«

»Das kann nicht meine sein. Ich hatte gar keine.« Ich war mir ziemlich sicher, dass Barnabys Eltern nicht viel Geld besaßen.

»Stimmt. Die gehört mir, aber ich darf nichts Ungesundes mehr – du weißt doch, wie das bei alten Männern wie mir ist. Darum … nimm du sie.«

Er sah erst mich an, dann die Karte. Ich warf sie auf seinen Tisch.

Er nickte. »Danke.«

»Was guckst du gerade?« Ich nickte in Richtung Fernseher.

»Nichts«, erwiderte er.

Ich warf einen Blick zur Uhr über dem Stationstresen. Wahrscheinlich würde ich mehr als eine halbe Stunde zum NatWest Tower brauchen, und es war jetzt fast zehn nach acht. Warum musste sich Beau für sein Date ein Restaurant in der Londoner City aussuchen, wenn das West End doch viel näher war?

»Verrat keinem, dass ich es dir gesagt habe, aber auf BBC iPlayer läuft die Serie *Peaky Blinders*. Die ist gut. Vertrau mir.«

»Ich habe keine Kopfhörer«, sagte er. »Ich kann sie nicht gucken, selbst wenn ich wollte.«

Armer Junge.

»Ah, ich hol dir welche. Wir haben jede Menge herumliegen.« Ich wandte mich ab. Ich war nicht sicher, ob ich überhaupt irgendwo Kopfhörer finden würde, vor allem nicht in den vierzig Sekunden, die mir noch blieben, bis ich losmusste. Ich düste den Flur entlang Richtung Vorratsschrank. Vielleicht lagen Fundsachen darin. Angie, eine Pflegehelferin, deren Schicht gerade zu Ende war, ging an mir vorbei. Als sie lächelte und winkte, erregte das blecherne Tick, Tick, Tick aus dem Ohrhörer, der auf Höhe ihrer Taille baumelte, meine Aufmerksamkeit.

»Hey, Angie?« Sie blieb stehen und drehte sich um. »Kann ich Ihnen Ihre Kopfhörer abkaufen?«

Sie zog den anderen Stöpsel aus dem Ohr. »Was?«

»Ihre Kopfhörer. Wie viel?« Ich zog mein Portemonnaie aus der Hosentasche.

Angie sah mich stirnrunzelnd an. »Die sind nichts Besonderes. Die haben mich ungefähr fünf Pfund gekostet. Wieso wollen Sie die haben?«

Ich hatte keine Zeit, es zu erklären. Während ich einen

Zwanzig-Pfund-Schein herausholte, sagte ich: »Würden Sie mir die für zwanzig Pfund überlassen?«

Sie zuckte mit den Schultern und hielt sie mir hin, nahm das Geld jedoch nicht. »Geben Sie sie mir einfach morgen wieder.« Angie verdiente den Mindestlohn.

»Bitte lassen Sie sie mich Ihnen abkaufen.«

»Sie können sie haben«, erwiderte sie.

Ich drückte ihr den lilafarbenen Schein in die Hand, und sie gab mir die Kopfhörer.

»Sie sind komisch, Dr. Cove«, befand sie in einem Tonfall, der verriet, dass ihr die Sache im Grunde egal war – sie machte einfach mit.

»Vielen Dank«, sagte ich und lief zurück zu Barnaby.

Vielleicht würde ich es doch pünktlich ins Restaurant schaffen.

3. KAPITEL

JACOB

Die Sicherheitskontrolle im NatWest Tower glich der am Flughafen – samt Taschendurchleuchten und Metalldetektoren. Ich hatte schon so manches gute Restaurant besucht, aber abgetastet worden war ich deswegen noch nie.

Als ich endlich im zweiundvierzigsten Stock ankam, war ich drei Minuten zu spät. Das passte mir gar nicht.

»Eine Reservierung auf den Namen Beau.«

Beau hatte gemeint, Sutton sei Ärztin. Hoffentlich war sie so jung, dass sie den Namen Cove noch nie gehört hatte. Das war eine alberne Hoffnung, aber vielleicht würde sie so nett sein, so zu tun. Ich hatte keine Lust, den Abend damit zu verbringen, dass sie mir erzählte, wie toll sie meine Eltern fand. Sie *waren* toll, aber das brauchte ich nicht von einer Fremden zu hören. So sehr ich meine Eltern liebte und stolz auf ihr enormes Ansehen war, manchmal fühlte es sich an, als wäre ich nie erwachsen geworden. Sie waren immer da – bei den Vorstellungsgesprächen an der Universität und als ich mich an Krankenhäusern bewarb. Auf Weihnachtsfeiern und bei Abschiedspartys. Das Erste, worüber sich fremde Leute mit mir unterhalten wollten, waren meine Eltern.

Ihnen gerecht zu werden, war viel. Und es war auch viel, womit man klarkommen musste. Manchmal wünschte ich mir, ich wäre Architekt geworden.

»Ich glaube, wir sind zum Essen verabredet«, rief eine Frau hinter mir. Als ich mich umdrehte und eine wunderschöne Frau sah, die mich erwartungsvoll anschaute, durchlief meinen ganzen Körper Dankbarkeit darüber, dass sich mein Bruder die Nase gebrochen hatte. Sie trug ihr langes kastanienbraunes Haar zu einem lockeren Zopf gebunden, und auf der rechten Wange hatte sie einen Schönheitsfleck. Ihr Lächeln war offen und herzlich, und ich wusste sofort, dass ich Beau einen Drink spendieren musste, wenn ich ihn das nächste Mal sah.

»Du musst Sutton sein«, sagte ich und beugte mich vor, um ihr ein Küsschen auf die Wange zu geben.

»Ist eine ziemliche Prozedur, hier hinaufzugelangen«, sagte sie. »Ich dachte schon, ich wäre zu spät.«

Ich verkniff mir ein Glucksen. Wir hatten es beide gegen zehn vor neun herauf geschafft. Ohne die Sicherheitskontrolle wären wir beide zu früh dran gewesen.

»Aber ich habe gehört, der Ausblick soll es wert sein«, sagte sie.

»Das ist wohl wahr«, erwiderte ich, ohne den Blick von ihr abzuwenden.

Sie errötete, und ich legte ihr eine Hand auf den Rücken, als uns die Frau vom Empfang ins Restaurant führte.

»Wer auch immer das zu dir meinte, hatte recht – die Stadt sieht großartig aus«, sagte ich die Aussicht bewundernd. Das Restaurant hatte eine bodentiefe Fensterfront. Die Sonne war schon fast untergegangen, sodass es am Horizont noch rosa schimmerte und die Lichter der umliegenden Gebäude wie Sterne glitzerten.

»Sensationell«, meinte Sutton und ich konnte nicht anders, als über ihre Begeisterung zu lächeln. »Wir sind mitten in der City, aber alles wirkt total friedlich.«

Wir nahmen im rechten Winkel zueinander Platz, der Tisch

war so ausgerichtet, dass wir beide den Ausblick betrachten konnten. Obwohl Sutton und ich uns gerade erst kennengelernt hatten, fühlte es sich intim an. Als sich unsere Knie berührten, zog ich meines weg, damit es ihr nicht unangenehm war. Sie warf mir einen Blick zu und fragte sich offensichtlich genau wie ich, ob wir die Berührung ansprechen sollten.

»Kann ich Ihnen etwas zu trinken bringen?«, fragte uns die Platzanweiserin.

»Sutton, was hättest du gern?«

Sie kaute auf der Innenseite ihrer Wange, ehe sie antwortete: »Ich nehme das, was du nimmst.«

»Also, ich muss morgen nicht arbeiten«, erwiderte ich. Ich ließ es bleiben, noch hinzuzufügen *Außerdem zahlt mein Bruder die Rechnung*, denn ich wollte nicht, dass sie dachte, ich wäre nur wegen des kostenlosen Essens da. Ärzte im staatlichen Gesundheitswesen verdienten zwar nicht besonders, aber dank eines Nebenverdiensts aus der Studienzeit konnte ich mir Drinks und ein Abendessen in jedem Restaurant der Welt leisten, und den Privatjet dorthin noch dazu. Das konnte sie jedoch nicht wissen.

»Ich auch nicht«, meinte sie. »Zu einer Margarita konnte ich außerdem noch nie Nein sagen.«

Margaritas waren nicht unbedingt mein Lieblingsgetränk. Aber wieso nicht? »Zwei Margaritas, bitte.«

»Du bist Arzt, stimmt's?«, fragte Sutton, während sie zusah, wie sich die Platzanweiserin mit unserer Bestellung entfernte.

Ich nickte. Ich war mir ziemlich sicher, dass sie meinen Nachnamen nicht kannte, denn ich hatte sie schon vor mehr als zwei Minuten kennengelernt und sie hatte meine Eltern seither nicht erwähnt. »Und du auch, soweit ich weiß?«

»Ja, quasi … Eigentlich wollte ich eine Vereinbarung mit dir treffen.«

»Jetzt schon? Wir haben doch noch nicht mal einen Drink intus.«

Sie stieß ein kurzes Lachen aus, und ihre Schultern senkten sich sichtlich. Sie war nervös, was irgendwie süß war. Ihr Zopf gab den Blick auf ihren langen, elegant geschwungenen Hals frei, der in mir den Wunsch weckte, die Hand auszustrecken und sie zu berühren.

»Ich habe den Arztberuf als Erste erwähnt, das hätte ich lassen sollen. Ich fange demnächst als Ärztin im Praktikum an. Bist du einverstanden, wenn wir nicht über den Beruf oder das Medizinstudium oder Krankenhäuser und all so was reden? Ich darf bloß nicht daran denken. Ich bin so nervös wie eine langschwänzige Katze in einem Zimmer voller Schaukelstühle.«

Eine langschwänzige Katze? Ich wollte loslachen, doch ihr Gesichtsausdruck verriet mir, dass sie es nicht witzig meinte. Ich zuckte mit den Schultern. »Ist mir recht.«

Ihr Vorschlag kam unerwartet – für die meisten Ärzte war ihr Beruf ihr Leben, und der Gedanke, die Medizin einen ganzen Abend lang nicht zu erwähnen, käme ihnen vor, wie in vierundzwanzig Stunden die Chinesische Mauer abzulaufen – nämlich unmöglich. Ich dagegen fand den Gedanken reizvoll. Die Coves redeten ständig über Medizinthemen, das war schon seit ich denken konnte so.

»Wer die Vereinbarung bricht, sollte eine Strafe kriegen«, sagte sie mit einem unerwartet verschmitzten Funkeln in den Augen.

»Verstehe, du machst keine halben Sachen. Was denn für eine Strafe?«

Erst als sie eine Schulter hochzog, nahm ich wahr, dass ihr kobaltblaues, asymmetrisch geschnittenes Oberteil nackte Haut zeigte. Zum ersten Mal im Leben kam mir Blau sexy vor und erinnerte mich nicht an OP-Masken.

Die Platzanweiserin kehrte mit Margaritas in riesigen Gläsern zurück. Als Deko steckten am Rand zu abgefahrenen Formen geschnitzte Orangenschalen.

»Wir haben mit Margaritas angefangen«, sagte sie. »Vielleicht also ein Tequila-Shot als Strafe?«

Sutton war schon jetzt interessanter, als ich erwartet hätte. Ich war mir sicher, dass der Abend lustig werden würde. Beau verpasste was.

»Abgemacht. Der Bann beginnt ... jetzt.« Ich erhob mein Glas.

Als sie zur Erwiderung ihres hochhielt, bemerkte ich den herausfordernden Ausdruck in ihren Augen. Sie war eine Kämpfernatur. Ich konnte es ihr ansehen, und das hatte etwas extrem Anziehendes.

Ich trank einen Schluck, doch Sutton zögerte, das Glas noch immer feierlich erhoben. »Weißt du, ich bin mir nicht sicher, ob ich überhaupt irgendetwas zu erzählen habe, wenn ich nicht über Medizin reden kann.«

Ich machte das Geräusch eines Buzzers. »Der erste Shot kommt sofort.« Ich hielt einen gerade vorbeigehenden Kellner an und bestellte einen Tequila. »Echt schwach von dir, wenn ich das sagen darf. Du bist ja noch nicht mal aus dem Startloch gekommen. Ab jetzt musst du dir schon ein bisschen mehr Mühe geben.«

Sie lachte und trank einen Schluck Margarita. »Na gut. Also, du bist dran. Erzähl mir was von dir.«

Als der Kellner den Tequila brachte, bedeutete ich ihm, dass dieser für Sutton war.

»Erst wenn du deinen Shot getrunken hast.«

Sie stellte ihre Margarita hin und nahm das Schnapsglas. Noch ehe ich ihr sagen konnte, dass sie nicht bloß daran nippen durfte, kippte sie den Tequila herunter.

Ich trank noch einen Schluck von meinem Cocktail, um den zufriedenen Ausdruck zu überspielen, der mein Gesicht zieren musste.

»Du wolltest was erzählen«, sagte sie ohne jedes Zögern, während ein Grinsen ihre Mundwinkel umspielte.

»Ich habe vier Brüder.«

Sie zog die Augenbrauen hoch. »Wow. Sind sie alle … Wow.«

Ich lachte leise. »Sind sie alle was? Nervensägen? Definitiv.«

»Jünger?«

»Ja, leider. Und bei dir?«

Das Funkeln, das in ihren Augen stand, seit sie herausgefordert worden war, den Shot zu trinken, ließ ein wenig nach. »Ich habe Stiefgeschwister, die ich noch nie getroffen habe. Sie leben in Texas.«

»Wenn man im medizinischen Bereich arbeitet, ist es schwer, Beziehungen zu pflegen.«

»Pling, pling, pling. Wie's aussieht, brauchen wir noch einen Tequila für den glücklichen Sieger hier«, stellte Sutton fest und strahlte mich an.

»Hey, das zählt nicht. Das war eine allgemeine Feststellung.«

»Ts ts«, machte sie. »Sich um einen Wetteinsatz drücken – sehr unattraktiv. Ich habe auch nicht gekniffen, oder?«, meinte sie herausfordernd und charmant zugleich.

Ich sah ihr fest in die Augen. »Ich fänd's schrecklich, wenn du mich unattraktiv fändest.« Es stimmte – ich wollte, dass sie mich genauso anziehend fand wie ich sie.

Ich rief den nächstbesten Kellner zu uns und bestellte noch einen Shot. Vielleicht hätte ich gleich eine Flasche ordern sollen. So, wie wir uns anstellten, würden wir schon vor der Vorspeise hackevoll sein.

Ich versuchte, beim Herunterkippen des Tequilas keine Miene zu verziehen, und füllte dann unsere Wassergläser auf.

Ich wollte nicht, dass der Abend vorbei war, ehe er richtig angefangen hatte.

»Okay. Jetzt sind wir quitt«, sagte ich. »Fangen wir noch mal von vorn an. Wie steht's mit Hobbys?«

Als die Kellnerin wiederkam, bestellten wir das Essen, doch es war einer jener Momente, wo ich es nicht erwarten konnte, die Speisekarte zurückzugeben, damit ich mich weiter mit Sutton unterhalten konnte.

»Mal überlegen, was ich sagen kann …«, nahm Sutton den Gesprächsfaden wieder auf. »Ich dusche gern, fahre mit Bus und Bahn …« Sie wand sich, als würde sie angestrengt überlegen. Ich versuchte ein Lachen zu unterdrücken. Auf jedermann außerhalb unseres Berufs hätte sie vielleicht einen langweiligen Eindruck gemacht, aber ich kannte die Phase, in der sie sich gerade befand – es gab wirklich nichts anderes als Arbeit und Lernen. »Ich übertreibe. Ich gehe gern in Bibliotheken oder Kunstgalerien, wenn ich schlimme Angstzustände habe. Ich weiß nicht recht, ob man das tatsächlich als ein Hobby bezeichnen kann, denn ich gehe ja nicht wegen der Bücher oder der Kunst hin – sondern einfach, weil es beruhigend ist. Vielleicht entspannt sich mein Körper auch gezwungenermaßen, weil nichts peinlicher wäre, als an derart ruhigen Orten eine Panikattacke zu bekommen.«

Ich sah zu, wie sich ihre vollen Lippen beim Reden öffneten und schlossen. Sie trug keinen Lippenstift. Abgesehen von etwas Make-up rund um die Augen schien sie sich nicht geschminkt zu haben. Ich fing an zu überlegen, was das hieß, zum Beispiel, dass kein Lippenstift auf mich oder mein Hemd abfärben würde. Ich fragte mich, wie man ihr asymmetrisches Top auszog. Hatte es einen Reißverschluss an der Seite oder war es aus Stretch? Trug sie einen BH oder war sie nackt darunter …

»Findest du nicht?«, fragte sie. »Habe ich dich zu Tode gelangweilt?«

Ich schüttelte den Kopf und versuchte, so zu tun, als wäre ich nicht abgedriftet und hätte angefangen, sie mir nackt vorzustellen. »Ganz und gar nicht.« Meine Alkoholtoleranz war in den letzten Monaten gesunken, aber ich vertrug doch sicher mehr als nur einen Shot. »Vielleicht schlägst du nächstes Mal zwei Fliegen mit einer Klappe: Stress abbauen *und* Kunst anschauen oder ein Buch ausleihen – je nachdem, wohin du gehst.«

»Ja, vielleicht, aber es funktioniert gut für mich. Wozu das kaputtmachen? Mich an solche Orte zurückzuziehen, hilft mir, wenn ich ein Problem zu lösen habe oder festgefahren bin oder ... na ja, wenn ich einfach mal Ruhe und Frieden brauche. Egal, du bist dran«, sagte sie und trank einen Schluck von ihrer Margarita.

Was konnte ich über mich erzählen? »Ich verbringe viel Zeit in Norfolk. Meine Eltern sind dort hingezogen, als sie in Rente gingen, aber wir hatten schon früher ein Ferienhaus dort und haben als Kinder die Sommer dort verbracht.«

»Steht ihr euch nah?«

»Ich habe mich immer gut mit meiner Mutter verstanden. Sie ist der Mittelpunkt unserer Familie.«

»Und dein Vater?«

Ich holte tief Luft. »Tja. Ich meine, ich liebe ihn und –« Wieso hatte ich ihre Frage nicht einfach mit *Ja, wir stehen uns alle sehr nah* beantwortet? Es wäre die Wahrheit gewesen. Wenn auch nicht die ganze. »Er hat hohe Ansprüche. Als Kind war es manchmal schwer, nicht das Gefühl zu bekommen, ich bliebe hinter den Erwartungen zurück.«

Als ich von meinem Margaritaglas aufschaute, begegnete ich Suttons sanftem, offenem und irgendwie vertrautem Blick.

Irgendetwas an ihr gab mir das Gefühl, ich würde sie schon mein Leben lang kennen. Als wäre es unnütz, etwas vor ihr zu verbergen, weil sie mich bereits im Kern kannte.

Sie schenkte mir ein kleines aufmunterndes Lächeln. »Und deine Brüder?«

»Ich beschwere mich immer über sie – und meistens sind sie auch echt nervig –, aber abgesehen von der einen Sache, über die wir zwei ja nicht reden, verbringe ich am liebsten Zeit mit meiner Familie.«

»Das muss schön sein. Das Verhältnis zu deinem Vater ist heute besser.«

Es war keine Frage, eher eine Beobachtung, und zwar eine zutreffende. Mit den Jahren hatte sich die Beziehung zu meinem Vater gewandelt. Ich wusste nicht genau, ob die Veränderung von ihm oder von mir ausgegangen war. War ich erwachsen geworden, oder sah er in mir endlich einen fähigen Mann?

»Und du bist immer noch gern Arzt?«, fragte sie.

Ich zog die Augenbrauen hoch. Ohne mit der Wimper zu zucken, hob sie die Hand, um den Kellner auf sich aufmerksam zu machen, und bestellte noch drei Shots. »Ich möchte nämlich deine Antwort hören und falls nötig noch weiter nachhaken«, erklärte sie.

»Ja, ich bewirke gern etwas in anderer Leute leben. Die diagnostische Seite gefällt mir. Der Umgang mit Patienten. Selbst wenn es sich um etwas Simples handelt – etwa ein gebrochenes Bein oder ein angeborener Schiefhals –, in der Lage zu sein, Menschen zu versichern, dass es gar nicht so schlimm ist, wie sie denken, ist ein Gefühl, dem ich wohl nie überdrüssig werde.«

»Das kann ich nachvollziehen.«

Ich lächelte sie an. »Ich möchte dir noch mehr Fragen stellen.«

»Ich dir auch. Anfangs hätte ich noch Spaß daran, bis mich dann irgendwas ins Schleudern bringt und ich hier abhaue und mir die nächste Bibliothek suche.«

Ich lachte. »Okay.«

Der Kellner kam mit zwei Schnapsgläsern und einer Flasche wieder und wünschte uns noch viel Spaß heute Abend. Wir exten jeder zwei Shots, noch ehe unsere Vorspeisen serviert wurden.

»Können wir noch einen Korb Brot dazu bestellen?«, fragte Sutton. »Ich brauche was, das den Alkohol aufsaugt, sonst musst du mich nachher hier raustragen.«

Das schien gar keine so schlechte Aussicht zu sein. Aber immer langsam. Zuerst wollte ich noch mehr über sie wissen.

Unsere Vorspeisen kamen gerade rechtzeitig, bevor wir von Lockerheit zu Betrunkenheit wechselten. Rettung durch Kohlenhydrate.

»Erzähl mir von Norfolk«, bat sie mich. »Ist es deine Bibliothek?«

Ich seufzte und dachte darüber nach. »Weißt du was? Ich glaube, das war es früher tatsächlich. Es gab Zeiten, da ...« Ich überlegte, wie ich darüber sprechen konnte, ohne die Medizin zu erwähnen. Noch mehr Tequila würde ich nicht vertragen. »Es gab in meinem Berufsleben extrem stressige Phasen und ... Ich habe das noch nie jemandem erzählt, aber meine Eltern leben am Rand eines Dorfs direkt an der Marsch. Es ist ein wunderschöner Ort, Nichtstun fällt einem dort ganz leicht, weißt du?«

Sie nickte, als verstünde sie genau, was ich meine.

»Überall verlaufen Küstenpfade, und ich habe es immer genossen, sie entlangzuwandern, um den Arbeitsstress abzubauen. Auf einem dieser Spaziergänge entdeckte ich ein altes Ruderboot, das in der Marsch zurückgelassen worden zu sein schien.

Weil ich Hunger hatte, kletterte ich hinein, packte einen Proteinriegel aus und aß ihn dort in der Sonne sitzend. Trotzdem war es windig, wir reden schließlich von der Küste und von Norfolk, deshalb beschloss ich, mich in das Boot zu legen, um Schutz vor dem Wind zu haben. Und dann lag ich einfach nur da und dachte nach über ... alles und nichts. Ich schaute zu, wie über mir die unterschiedlichsten Wolken vorüberzogen und wünschte mir, ich hätte in Erdkunde besser aufgepasst – es gibt so viele verschiedene Wolkenformen. Ich lauschte den Geräuschen des Meers, dem Wind im Schilf und den Gräsern, den Möwen, den Robben in der Ferne. Es war so etwas wie eine Entstressungskammer. Als ich Stunden später wieder aufstand, fühlte ich mich ... wunderbar. Seitdem ist ein Ausflug nach Norfolk immer so, als würde man den Resetknopf drücken.«

»Die Vorstellung von einem Resetknopf gefällt mir. Ich werde mich wohl auf die Suche nach diesem Boot machen müssen. In einer Bibliothek oder einer Kunstgalerie kann ich nämlich nicht stundenlang herumliegen, ohne dass jemand die Polizei ruft. Glaub's mir, ich habe es versucht.«

Ich lachte. »Das Verrückte daran ist, dass ich nach diesem ersten Erlebnis jahrelang immer wieder zu dem Boot ging. Es hatte jedes Mal denselben Effekt. Und eines Tages, als ich es wieder aufsuchen wollte, war es weg.«

»Vielleicht hat es sich der Eigentümer wiedergeholt.«

»Vielleicht. Es fühlte sich an, als ... Das wird sich jetzt anhören, als – ach, schon gut, vergiss es.«

Sie legte ihre Hand auf meine. »Raus damit.«

Als sich unsere Blicke trafen, merkte ich, dass sie aufrichtiges Interesse an meiner Geschichte hatte. Nicht an einer Geschichte von Jacob Cove, dem Sohn von John und Carole Cove oder dem ältesten der fünf Cove-Brüder oder von Dr. Cove. Sie war einfach interessiert an mir.

»Es fühlte sich an, als hätte das Boot seinen Dienst für mich getan, und weil die Phase meines Berufs – meines Lebens –, in der ich es wirklich gebraucht hatte, vorbei war … hatte es sich quasi in Luft aufgelöst.«

Sie nickte. Zwischen uns machte sich angenehmes Schweigen breit.

»Fast wie Magie.« Sie sagte das nicht scherzhaft – nicht wie eine zynische Wissenschaftlerin, der gesagt worden war, sie sei vom Sternzeichen Stier und daher vorherbestimmt, diese oder jene Eigenschaft zu besitzen. Sie sagte es, als könnte sie total verstehen, was ich in Bezug auf das Boot empfand: als hätte es gewisse Zauberkräfte. Als wäre es heilsam für mich gewesen, als ich es brauchte und so lange ich es brauchte.

»Das muss sich für andere albern anhören.«

Sie schüttelte den Kopf. »Sag das nicht. Der Tag, an dem wir aufhören, an Magie zu glauben – wenn auch nur ein kleines bisschen –, wird ein trauriger Tag.« Sie nahm ihre Hand weg, doch ich lehnte mein Knie gegen ihres, weil ich weiterhin Körperkontakt zu ihr wollte. Sie zuckte weder zusammen noch zog sie es weg, sondern sah nur hoch und lächelte mich voller Zuneigung an, so als wären wir alte Freunde.

»Stimmt«, sagte ich. »Die Wissenschaft ist voller Wunder.«

Wir grinsten einander an wie zwei Idioten. Je öfter ich sie lächeln sah, desto glücklicher war ich.

»Ich wollte heute Abend eigentlich gar nicht herkommen«, gestand sie. »Aber ich bin echt froh, dass ich es doch gemacht habe.«

Ich trank einen Schluck Margarita, denn wenn ich mir erlaubt hätte, darauf sofort etwas zu erwidern, hätte ich mich sehr wahrscheinlich zum Narren gemacht. »Geht mir genauso«, sagte ich. »Keine Ahnung, womit ich gerechnet hatte, aber jedenfalls nicht …«

»Ich frage mich, ob du das Boot einmal wiedersehen wirst. Oder ob zur rechten Zeit etwas Vergleichbares in deinem Leben auftauchen wird.« Sie war so schön, dass ich aufspringen und alle im Restaurant an unseren Tisch rufen wollte, damit sie sahen, wie umwerfend sie war.

»Wer weiß, wenn du erst aus sämtlichen Bibliotheken und Kunstgalerien Londons rausgeworfen wurdest, brauchst du vielleicht einen neuen Ort, um deine Angstzustände zu mildern, und dann findest *du* ein Ruderboot.«

Sie kniff die Augen zusammen, als dächte sie tatsächlich darüber nach. »Da könntest du recht haben. Vielleicht muss ich raus in die Natur.«

»Einen Versuch ist es wert.«

Irgendwann während unserer Unterhaltung waren unsere Teller abgeräumt und durch die Hauptspeisen ersetzt worden. Ich aß meine so langsam wie möglich. Ich wollte nicht, dass der Abend zu Ende ging. Mir war klar, dass sie glaubte, ich würde nächste Woche ins Ausland gehen. Sie hielt mich für Beau. Nach heute sollte es keinen weiteren Kontakt mehr geben. Wenn das so war, musste ich die gemeinsame Zeit mit ihr so lange wie möglich ausdehnen.

4. KAPITEL

SUTTON

Der Abend sollte eigentlich nicht so verlaufen. Erstens mal waren Männer nur in Filmen so umwerfend wie Beau. So was gab es einfach nicht. Zweitens waren Männer, die auch nur annähernd gut aussahen, nicht *auch noch* sexy und aufmerksam, und sie erzählten nicht von magischen Ruderbooten.

Eines musste ich Parker zugestehen: Ich dachte tatsächlich an nichts anderes als das, was sich heute Abend direkt vor mir befand. Und dort befand sich Beau. Es war so … locker zwischen uns.

»Was machst du gern, wenn du einen freien Tag hast?«, fragte ich. Ich wollte alles über ihn wissen. Er konnte doch unmöglich so wunderbar sein, wie ich glaubte. Es musste eine Persönlichkeitsstörung geben oder eine kriminelle Vergangenheit, die ich ihm entlocken konnte.

»Nicht viel. Mein Bruder Nathan ist kein Arzt. Er und ich tüfteln gern neue Geschäftsideen aus. Dann versucht er mich zu überreden, meinen Job aufzugeben und sein Geschäftspartner zu werden.«

Ich schwieg, denn ich wollte mehr darüber hören. Stille überbrückten die Menschen gern. Das hatte ich im Arbeitsalltag als Friseurin gelernt. Er jedoch tappte nicht in die Falle, sodass sich das Schweigen zwischen uns zog wie die Mozzarellafäden beim Abbeißen von einer frisch gebackenen Pizza.

»Offensichtlich denkt er, dass du ein guter Geschäftsmann wärst«, sagte ich schließlich.

Er zuckte mit den Schultern. »Ich hatte während des Studiums einen Glückstreffer mit einer Geschäftsidee. Er findet, ich schöpfe mein Potenzial nicht aus.«

»Geschäftsidee? Erzähl mir mehr.« Beau schien mir der Typ Mensch zu sein, der mühelos in allem Erfolg hatte. Für jemanden wie ihn war das Leben ein Kinderspiel.

Er schüttelte den Kopf. »Nope. Geht nicht. Es betrifft die Branche, über die du und ich nicht reden.«

»Spannend«, erwiderte ich. »Das Problem ist nur, dass meine Fantasie immer viel blühender ist als die Realität.«

Während er lachte, überlegte ich, ob er wohl gerade erst aus dem Urlaub zurückgekehrt war. War das sein natürlicher Teint oder gehört er zu der Sorte Mann, die Selbstbräuner verwendeten?

»Ah, ich hab's. Du hast einen Computer erfunden, der Gedanken lesen kann.«

Einer seiner Mundwinkel bog sich nach oben. »Ich glaube, wenn ich etwas in der Art besäße, würde ich es jetzt an dir anwenden.«

Beau brauchte nicht zu wissen, wie oft ich ihn heute Abend schon in Gedanken ausgezogen hatte, dass ich mich fragte, ob seine Brüder auch so attraktiv wie er waren und ob seine großen Hände wohl Rückschlüsse auf die Größe anderer Körperteile zuließen.

»Das wäre peinlich«, sagte ich.

Seinem Gesichtsausdruck nach zu urteilen, verstand er ganz genau, was ich meinte. »Für mich auch.« Hitze schien von seinem Körper auszugehen und mich einzuhüllen, fast so, als könnte ich ihn spüren, obwohl er mich gar nicht berührte.

Noch nie hatte ich mich so wohl mit jemandem gefühlt, den

ich dermaßen anziehend fand. Es war so herrlich, als würde man in warme Schokolade eintauchen – doch eine kaum merkliche Stimme rief mir in Erinnerung, dass nichts je so einfach war. Es musste sich um einen Trick handeln.

Ob einfach oder kompliziert spielte keine Rolle. Beau würde nächste Woche nach Afrika gehen. Ich brauchte mir keine Gedanken zu machen, was nach heute Abend kam.

»Na gut, verrat mir, was du gern machst, wenn du frei hast und in London bist.«

Er wandte den Blick ab und räusperte sich. »Eine Zeit lang bin ich gern schwimmen gegangen.«

Nickend überlegte ich, was ich darauf erwidern sollte. »Ich kann schwimmen«, sagte ich und kam mir dann wie die letzte Idiotin vor. »Ich meine, ich bin früher oft schwimmen gegangen. Bevor ich anfing, Medizin zu studieren. Heute ist es schon das höchste der Gefühle, wenn ich auf meiner Meditations-App ans Ufer rollende Wellen als Geräuschkulisse einschalte, während ich mir einen Cocktail mixe.«

»Also, am Schwimmteich von Hampstead Heath gab es definitiv keine Cocktails. Beziehungsweise auch keinen Wellengang.«

»Du bist in einem Gewässer im Park geschwommen?«, fragte ich. »Draußen in der Kälte?« Das war das Unheimlichste, was er den ganzen Abend von sich gegeben hatte.

»Es fühlt sich erstaunlich gut an. Der Dopaminrausch ist krass – es stimuliert den Nervus vagus und ist natürlich super für die Durchblutung. Ich habe damals für den Iron Man trainiert und war Mitglied im Schwimmclub.«

Ich fing an zu lachen. »Für den Iron Man? Na klar.« Als ich ihn in Gedanken auszog, waren unter seinem Hemd steinharte Muskeln zum Vorschein gekommen.

»Du glaubst mir nicht?«, sagte er noch immer lächelnd.

Seit wir uns hingesetzt hatten, hatte wohl keiner von uns beiden mehr aufgehört, wie irre zu grinsen. Er war entspannt und herzlich und total unterhaltsam. Und natürlich gut aussehend. Dies war das beste Date, das ich je erlebt hatte. Wie könnte ich da nicht lächeln?

»Ich halte dich nicht für einen Lügner. Es ist nur so, dass du …« Ich war kurz davor zu sagen, dass er der perfekte Mann zu sein schien, doch derartige Komplimente machte ich keinem völlig Fremdem. »Na ja, du scheinst alles im Griff zu haben.«

Er lachte. »Ich bin sechsunddreißig, da sollte man sein Leben ansatzweise im Griff haben.«

Ich runzelte die Stirn. »Gibt es ihn also, den Wendepunkt im Leben, an dem man anfängt zu denken: ›Ich hab's drauf.‹«

»Ich habe nicht behauptet, dass ich es *draufhabe*. Nur, dass ich mein Leben *ansatzweise* im Griff habe.«

Unsere Blicke trafen sich. Ich wollte sein Gesicht streicheln und seine Lippen auf meinen spüren, doch trotz des Tequila hielt ich mich zurück. »Ich finde, du wirkst … solide.« Ich musste lachen. »Das sollte ein Kompliment sein.«

Oh Mann, er sah so gut aus. Dass sein rechter Mundwinkel einen Tick weiter nach oben wanderte als der linke vermittelte den Eindruck, als würde er mir nichts krumm nehmen, egal, was ich sagte. Er war so selbstsicher. Ruhte in sich. »Solide? Nicht gerade ein Top-Kompliment, oder?«

»Du weißt schon, was ich meine. Dass …«

»Ich muskelbepackt bin?«

»Also, das wollte ich damit nicht unbedingt sagen, aber …« Ich ließ den Blick seinen Arm hinab und über seine Brust wandern und tat so, als merkte ich es nicht, als er den Bizeps anspannte, sodass sich der Stoff seines Hemds straffte. »Du darfst dir den Schuh durchaus anziehen, mein Lieber.«

Ich fuhr mir mit der Zunge über die Oberlippe und griff dann nach dem Wasserglas, um zu überspielen, dass ich mir im Grunde beim Gedanken an Beaus nackten Körper die Lippen geleckt hatte. Als ich mich vorbeugte, drückte er seinen *muskelbepackten* Oberschenkel gegen meinen.

»Den Schuh, den Clog, den Overknee-Stiefel. Sie passen alle.«

»Ich mag dich«, sagte er. Die Worte flatterten wie Federn über meine Haut und bereiteten mir eine Gänsehaut.

Ich nickte. »Ich dich auch.«

Die Kellnerin unterbrach uns. Irgendwann hatten wir unser Essen stehen lassen und die Teller waren abgeräumt worden. »Kann ich Ihnen noch etwas bringen?«

Beau sah mich an. »Möchtest du noch eine Margarita?«

»Definitiv nicht«, gab ich zurück.

»Nur die Rechnung, bitte.«

»Yep«, sagte ich in dem Versuch, lässig zu klingen. »Nur die Rechnung.« Gedankenverloren strich ich mit dem Zeigefinger von seinem Knie an seinem Oberschenkel hinauf.

»Wenn du das noch mal machst, ziehe ich dich aus und vernasche dich gleich hier vor der ganzen City.« Seine Stimme war tief und rau. Als ich ihn ansah, hatten seine eisblauen Augen einen Grauton angenommen, als zöge ein Sturm auf.

»Okay«, sagte ich, konnte mich aber nicht entscheiden, ob ich ihn nun berühren sollte oder nicht.

»Ich kann hier keine Sekunde länger sitzen bleiben, ohne dich zu küssen. Lass uns abhauen.«

Offenbar beruhte das Gefühl auf Gegenseitigkeit.

5. KAPITEL

JACOB

Arzt zu werden, erforderte Disziplin. Pauken. Überstunden machen. Verzicht üben. Doch nichts davon erforderte so viel Selbstbeherrschung, wie Sutton während der zwanzig Minuten im Taxi auf der Fahrt zu ihrer Wohnung nicht anzufassen.

Ich wusste, sobald ich sie berührte, würde es ein Erdbeben brauchen, um uns beide wieder auseinanderzubringen. Die sexuelle Spannung hatte sich schon den ganzen Abend langsam immer weiter aufgebaut und war nun kurz davor, sich zu entladen. Das Gefühl war fast schon derart greifbar, dass man es nehmen und zu Schleifen binden konnte.

Das Taxi kam zum Stehen, und ich hielt mein Handy gegen das Kartenlesegerät.

Ich war ganz darauf konzentriert gewesen, die Hände von Sutton zu lassen, weshalb ich gar nicht gemerkt hatte, dass wir nach Hampstead fuhren. Wenigstens würde ich keinen langen Heimweg haben, wann immer ich den auch antreten würde.

»Hier wohne ich«, sagte sie, wobei sie die Treppe zu einer Wohnung im Souterrain hinunterging. »Das war die einzige, die ich mir ganz allein leisten konnte.«

Was ein Glück, wir brauchten uns keine Gedanken zu machen, ob wir ihre Mitbewohner weckten. Ich hatte fest vor, ihr laute Schreie zu entlocken.

Sie schloss die Tür auf, und wir traten ein.

Wir waren allein. Endlich.

Ihr schweres Atmen war hypnotisierend, denn ihre Brust drückte dabei gegen den Stoff des blauen Tops, das mich schon den ganzen Abend in den Bann zog. Als ich einen Schritt auf sie zu machte, wich sie zurück.

»Möchtest du etwas trinken?«

Ich schüttelte den Kopf.

»Du siehst aus, als würdest du mich gleich mit Haut und Haaren verschlingen. Das macht mich gleichzeitig total nervös und erstaunlich heiß.« Rückwärts ging sie den Flur entlang in ihr Schlafzimmer, und ich folgte ihr.

Ich lachte, wodurch ein wenig von der Anspannung aus meinen Schultern und meiner Brust wich. »Ich werde dich ja auch gleich mit Haut und Haaren verschlingen. Ich hoffe, du bist bereit dafür.«

Sie blieb stehen und nickte. »Bin ich.«

Ohne den Blick von ihr zu lösen, befeuchtete ich meine Lippen, während ich überlegte, womit ich anfangen sollte. Als sie den Kopf neigte und damit ihren langen eleganten Hals präsentierte, trat ich näher, schob die Finger in ihr Haar und drückte einen keuschen Kuss auf ihre Kinnpartie.

Ich nahm einen Duft nach Sommerblumen wahr, nach zarten Wicken und noch irgendetwas Femininem, das ich nicht genau benennen konnte, doch es passte perfekt zu ihr. Noch vor drei Sekunden hätte ich vor lauter Anspannung platzen können. Jetzt gab es nur uns beide im schwachen Licht ihrer Wohnung, ich spürte ihren Atem auf meiner Haut und konnte sie endlich berühren. Es war, als wäre ich in ein Becken voller Federn gesprungen. Die Zeit hatte jegliche Bedeutung verloren. Die Dringlichkeit hatte nachgelassen. Ich hatte zu zerspringen gedroht, doch sie hatte meinen Sturz abgefangen.

Ich hob ihren Kopf an, sodass wir einander in die Augen sahen. »Hey«, flüsterte ich.

Ihre Mundwinkel wanderten nach oben, und ihre vollen Lippen teilten sich. Mein Bauch machte daraufhin einen Purzelbaum, als hätte mich ihr angedeutetes Lächeln in den freien Fall befördert.

»Hey«, erwiderte sie mit Raspelstimme. Ich war nicht sicher, ob ihre Kehle vor Lust rau wurde oder ob die Gewissheit, dass sie da war, wo sie hingehörte, sie bis an den Rand der Schläfrigkeit entspannte.

Eigentlich hatte ich diese Frau heute Abend gar nicht zum Essen ausführen sollen, doch ich wurde das Gefühl nicht los, dass mich das Universum genau jetzt genau hierher geführt hatte. Ich war sicher, dass sie ebenso empfand.

Sie ließ die flache Hand an meiner Brust hinaufwandern, und ihre Finger fanden meine Kinnpartie. Ich schloss die Augen, sog ihre Berührung in mich auf. Wir waren beide vollständig angezogen. Wir wussten beide, was gleich passieren würde, doch noch gab es diese Phase davor, die ich in die Länge ziehen wollte wie das Erglühen von Kohle, bevor sie in Flammen aufging. Es war das Simmern vor dem Kochen, das diffuse Leuchten kurz vor dem Sonnenaufgang – der Augenblick vor *dem Augenblick*, den ich nicht überstürzen wollte.

»Zieh dich aus.« Ich trat einen Schritt nach hinten und setzte mich auf das Bett. »Ich möchte zusehen.« *Ich möchte jede Sekunde mit dir genießen.*

Erst zögerte sie, als überlegte sie, ob sie mitspielen sollte. Zum Glück hob sie die Hände an die Taille und machte ihre Jeans auf. Erneut hielt sie inne und schaute unter den Wimpern hervor zu mir.

Mit einem Nicken ermutigte ich sie weiterzumachen.

Langsam, so als wollte sie mich quälen, schälte sie die Jeans herunter und enthüllte dabei nudefarbene Spitzenunterwäsche, die mich mit der Aussicht auf das, was darunter war, folterte. Sie richtete sich auf und verlagerte das Gewicht von einem Bein auf das andere, während ich zwischen ihre Beine starrte.

»Weiter«, verlangte ich mit tieferer, dunklerer Stimme.

Sie zögerte, ehe sie sich rührte, die Hände über ihren Bauch gleiten ließ und sich das blaue Top über den Kopf auszog. Nachdem sie sich ihrer Kleidung entledigt hatte, fuhr sie mit dem Daumen unter dem Träger ihres ebenfalls nudefarbenen Spitzen-BHs entlang, als wollte sie prüfen, ob er richtig saß.

Das tat er – ich wusste es, als könnte ich es selbst spüren, als wäre ihr Daumen meiner, als fühlte ich den Stoff und ihre Haut. Ich musste ein Stöhnen unterdrücken.

Das Dunkelrosa ihrer sich durch die Spitze des BHs drückenden prallen Brustwarzen erregte meine Aufmerksamkeit.

»Zieh ihn aus«, sagte ich und fuhr dabei mit einer Hand über meine wachsende Erektion. »Ich möchte alles von dir sehen.«

Sie beobachtete meine Handbewegung und drückte die Zähne in ihre Unterlippe, während sie hinter ihren Rücken fasste. Als der BH-Verschluss aufsprang, rauschte mein wallendes Blut in meinen Schwanz und trieb mich an, schnell zum nächsten Punkt zu springen.

Sie schloss die Augen. »Ich komme mir doof vor.«

»Nein, bitte nicht«, sagte ich und stand auf. »Dein Anblick ist total fesselnd.«

Sie schob die Träger herunter, und der BH fiel zu Boden.

»Wunderschön.« Ich trat auf sie zu, umfasste ihr Gesicht und drückte die Lippen auf ihre. Erleichtert darüber, diese Frau endlich zu küssen, stieß ich den Atem aus. Sie schmeckte so lieblich, wie sie duftete. Wir küssten uns nicht wie zwei Menschen, die einander erst kennengelernt hatten, sich vortasteten und den Körper des anderen erst erkundeten. Es war eher der Kuss zweier Menschen, die sich schon das ganze Leben lang kannten und perfekt zueinanderpassten.

Ihre Hände wanderten unter mein Hemd, und ich unterbrach unseren Kuss. Dass sie meine nackte Haut berührte, war alles, was ich wollte. Ich zog das Hemd aus, beugte mich vor, um sie erneut zu küssen, und stöhnte auf, als ich ihre steifen Brustwarzen und ihre warme Haut an meiner spürte.

Diese Frau war wunderschön.

Nachdem wir uns gefühlt stundenlang geküsst hatten, hob ich sie hoch, und sie schlang die Beine um meine Taille. Sie presste Küsse auf meinen Hals und die Kinnpartie, während ich mich umdrehte und sie auf das Bett legte. Ich wurde niemals nervös. Nicht bei der Arbeit, nicht in Gegenwart von Frauen, aber jetzt? Jetzt lief mir ein leiser Schauer den Rücken hinunter.

Ich stand auf, zog meine restlichen Klamotten aus und nahm ein Kondom aus meinem Portemonnaie.

»Es fühlt sich an, als würden wir das nicht zum ersten Mal machen«, sagte sie, während sie zu mir hochschaute.

Nickend warf ich das Kondom aufs Bett. »Stimmt.«

Ich kroch über sie, senkte den Kopf zu einem Kuss und strengte mich an, nicht zu erschauern, als sie die Finger an meinen Armen hinaufgleiten ließ.

Ich wanderte an ihrem Körper hinab, leckte, saugte, drückte und genoss dabei ihr scharfes Luftholen und das leise Beben unter meiner Haut, das mit jeder Sekunde zunahm. Fast an ihrem Slip angelangt, unterbrach ich meine Erkundungstour und leckte am Bündchen entlang von einer Hüfte zur anderen. Ich ließ die Finger zwischen ihre Beine gleiten, schob sie unter den Stoff und konnte mir ein Grinsen nicht verkneifen, weil ich merkte, dass er ganz durchnässt war. Mit den Fingerknöcheln fuhr ich an ihrer Mitte hinauf, bevor ich ihr das Höschen mit einer einzigen schnellen Bewegung auszog. Vielleicht lag es daran, wie sie leicht den Rücken durchdrückte, oder am Duft ihrer Pussy, jedenfalls verschwamm mir die Sicht vor Augen, womit ich wusste, dass meine Geduld nur noch am seidenen Faden hing.

Ich packte sie bei den Hüften, zog sie an die Bettkante, kniete mich hin und fuhr mit der Zunge zwischen ihre Lippen, begierig darauf, sie wie angekündigt zu verschlingen. Sie streckte die Hände über den Kopf, während sie sich hüftkreisend wand und einen Rhythmus im Einklang mit meiner Zunge fand. Ihr Atem ging stoßweise, als balancierte sie auf einem Drahtseil und bemühte sich verzweifelt, nicht herunterzufallen.

»Oh Gott, oh Gott, oh Gott«, rief sie immer wieder, und ihre Worte legten sich um uns, schlossen uns in diesem Augenblick ein.

Unter meiner Zunge pulsierte sie, und ich stieß in sie, der Gedanke, dass es nicht mehr lange dauern würde, bis ich in sie fuhr und meinem eigenen Orgasmus entgegenjagte, ließ mich aufstöhnen. Er würde nicht lange auf sich warten lassen. Würde sie jetzt nur ein einziges Mal über meinen Schwanz streicheln, ergösse ich mich in ihre Hand. Ich würde versuchen müssen, mich zu beherrschen.

Ich ersetzte meine Zunge durch meinen Daumen und ließ ihn zu ihrer Klitoris wandern, woraufhin sie unter mir explodierte.

Ich war kurz davor, ihr nachzufolgen – allein schon ihre Laute, ihre aufragenden Brüste, der Druck ihrer Finger auf meiner Kopfhaut –, es war kaum auszuhalten.

Ich hockte mich auf die Unterschenkel und streichelte ihre Beine, während sie allmählich wieder zu sich kam. Sie dirigierte mich wieder über sich, legte mir verträumt die Hände an die Wangen und zog mein Gesicht heran. Anstatt mich zu küssen, leckte sie ihre Nässe von meinem Mund. Aus Angst, ich könnte auch nur eine Nanosekunde dieses womöglich erotischsten Moments meines Lebens verpassen, hielt ich den Atem an, während sie sorgsam damit beschäftigt war, mich sauber zu machen.

Schließlich presste sie die Lippen auf meine. Ich hatte genug vom Warten.

»Bereit?« Ich kniete mich zwischen ihre Beine und schnappte mir das Kondom vom Bett.

Sie spreizte ihre Schenkel noch weiter. »Ja, und ich warte.«

Fuuuck. Ich würde kommen, ehe ich das Kondom übergestreift hatte.

Während ich die Folie aufriss, konnte ich den Blick nicht von ihr abwenden. Ich beugte mich über sie und brachte mich gegen sie. Es fühlte sich nach einem bedeutsamen Moment an. Einem erinnerungswürdigen. Als wäre es mein erstes Mal oder so.

Als sich unsere Blicke trafen, wusste ich, dass sie genauso empfand.

Wunderbar quälend langsam schob ich mich in sie und versuchte dabei, die Enge auszublenden, das Gleiten, die verdammte Herrlichkeit des Ganzen. Sie drängte sich mir entgegen und schlang die Arme um meine Schultern. Als ich ganz tief in ihr versank und sie aufkeuchte, übernahm der schiere Instinkt. Zweihunderttausend Jahre Evolutionsgeschichte und ich konnte an nichts anderes mehr denken, als sie zu vögeln, in ihr zu kommen, sie zu nehmen.

»Sutton«, stöhnte ich flehentlich.

Sie zog die Augenbrauen zusammen und nickte. Sie wusste, was ich wollte, ohne dass ich es aussprechen musste. Diese Erlaubnis hatte ich gebraucht, bevor ich meinem Instinkt freien Lauf ließ.

Ich stieß in sie, tiefer und härter und schneller, wollte einzig mehr und immer mehr, bis sie mir ganz gehörte. Ich senkte den Kopf, um mir einen flüchtigen Kuss von ihr zu holen, so als müsste ich auftanken.

Als sie die Fingernägel in meine Schultern grub, schien der plötzliche Schmerz jede meiner Empfindungen noch zu steigern. Ein Orgasmus baute sich in mir auf, drängte unnachgiebig an die Oberfläche.

Fuck.

Ich wollte nicht, dass es so schnell vorbei war. Nicht, dass ich sie nicht noch ein zweites Mal vögeln könnte, aber dieses Mal, das erste Mal – es sollte andauern, ich wollte es auskosten, es in die Länge ziehen wie geschmolzenes Toffee.

Fuck. Fuck. Fuck.

Ich musste unterbrechen, sonst wäre es zu schnell vorbei.

In ihr hielt ich inne, doch das Gefühl, von ihr umschlossen zu sein, war zu intensiv. »Ich brauche kurz einen Moment«, sagte ich, zog mich zurück und legte mich auf den Rücken. Ich musste an Schrottmetall und Pflastersteine denken – an leblose, unwichtige Dinge. Nur nicht an ihre heiße, geschmeidige Pussy und ihre bohrenden Fingernägel. Nur nicht an ihre geöffneten Lippen und ihre zarte, weiche Haut.

Sie drehte sich auf die Seite und stützte den Kopf auf eine Hand. Ein Augenblick verstrich, dann sagte sie: »Es ist, als hättest du meinen Körper und meine Seele splitterfasernackt ausgezogen.« Ich schluckte, als sie ihre Finger von meinem Bauch hinauf zu meiner Brust wandern ließ. »Es fühlt sich an, als wärst du in meinem Kopf, würdest meine Gedanken lesen, mich kennen.«

Ganz genau so fühlte es sich an. Das hier war nicht bloß Sex mit einer Frau, die ich wenige Stunden zuvor kennengelernt hatte. Wir hatten eine Verbindung. Dass wir hier nebeneinander lagen, war *bedeutsam*. Sie drückte sich hoch und schwang ein Bein über mich, sodass sie auf meinem Schoß saß. Dann fing sie an, sich zu bewegen, sich an meinem Schaft zu reiben. Sie hielt inne und legte den Kopf in den Nacken.

»Das hier«, sagte sie. »Was du mit meinem Körper anstellst ...« Sie schüttelte den Kopf. »Das kann eigentlich nicht sein.«

Es war, als kämen meine Gedanken aus ihrem Mund. So als teilte sie jede Empfindung, die ich verspürte, jeden Gedanken, der mir durch den Kopf schoss.

Sie drückte sich hoch, und ich hielt meinen Schaft umfasst, während sie auf mich sank und dabei tief ein- und ausatmete, als würde sie sonst überkochen.

Ich kannte das Gefühl.

Sie fing an, sich zu bewegen, langsam, aber selbstsicher, wusste aus irgendeinem Grund genau, wie viel ich aushielt. Ich legte die Hände um ihre schmale Taille und beobachtete ehrfürchtig, wie sie sich auf mir bewegte.

Als ich eine ihrer Brustwarzen zwischen Daumen und Zeigefinger rieb, ließ sie zur Antwort die Hüften kreisen und intensivierte damit das Gefühl in meinem Unterleib.

Wie konnte es sein, dass ich dermaßen auf jemanden stand, den ich gerade erst kennengelernt hatte?

Ich packte ihre Brüste, ließ sie wieder los und legte dann die Hände auf ihre Hüften, um sanft die Regie zu übernehmen, indem ich begann, sie vor und zurück zu wiegen, mit kleinen, langsamen Bewegungen, die sich dermaßen gut anfühlten, dass ich mich eine Woche krankmelden wollte, damit wir hiermit weitermachen konnten – vierundzwanzig Stunden am Tag.

Diesmal kam mein Orgasmus nicht wie aus dem Nichts und drohte innerhalb einer Nanosekunde zu explodieren. Diesmal rief mein Höhepunkt erst vorher an und kam dann angeschlichen, als stünde alle Zeit der Welt zur Verfügung. Er baute sich langsam, aber stetig und unausweichlich auf. Diesmal würde er sich nicht mehr zurückhalten lassen.

»Sutton«, dröhnte meine Stimme.

Sie neigte den Kopf nach vorn. »Ich komme.«

Sie zog sich um mich herum zusammen, während ich ihre Hüften bewegte, und da war es um mich geschehen. Funken sprangen zwischen uns über, und sie erschauerte unter meinen Händen, als zöge sich vor Lust ihr ganzer Körper zusammen. Ich hielt sie bei den Hüften und fuhr in sie, denn ich musste so tief in ihr sein, dass es kein Zurück mehr gab. Die Sehnen an meinem Hals und jeder Muskel in meinem Körper, alles richtete sich darauf aus, mich in ihr zu ergießen.

»Fuck«, stieß ich hervor. Der Raum um mich herum schien sich aufzulösen, sodass ich nur noch Sutton sah.

Ihr Körper erschlaffte unter meinen Händen, und ich drückte sie nach vorn auf meine Brust, während ich mich mit kleinen, wiegenden Bewegungen weiter in sie schob, damit die Nachwellen so lange wie möglich anhielten.

»Nicht aufhören«, flüsterte sie. »Noch nicht.«

»Keine Chance«, gab ich zurück.

6. KAPITEL

SUTTON

Als ich die Anmeldung des Krankenhauses erreichte, atmete ich tief durch, legte die Hände in die Hüften und drückte die Brust durch, als wäre ich Superman. Diese Haltung sollte wohl erwiesenermaßen das Selbstvertrauen stärken.

Gestern hätte ich ein magisches Ruderboot gebraucht. Stattdessen hatte ich ein weiches Bett gehabt, ein iPad und lauter TED-Talks. Das war nicht ganz dasselbe, aber ich hatte den Tag damit verbracht, einen Kater auszukurieren und diverse ovale kleine blaue Flecke in der Größe von Beaus Fingerkuppen überall auf meinem Körper zu inspizieren, während ich dank TED lernte, dass die eigene Körpersprache Einfluss auf die Gefühlslage hatte. Beau war im Morgengrauen gegangen, wobei er seine frühmorgendliche Verabredung verflucht hatte, und ganz gentlemanlike schrieb er mir ein paar Stunden später, dass er abends gern vorbeikommen würde.

Ich hatte ihm nicht geantwortet. Seine Nachricht zu ignorieren, war schwerer, als man meinen sollte. Ich hatte mich auf den Abend mit ihm in dem Wissen eingelassen, dass er bald wegging. Und natürlich fing ich eine neue Arbeit an – das Letzte, was ich gerade wollte, war, dass mich etwas ablenkte. Trotzdem wünschte sich ein Teil von mir, die Lage sähe anders aus. Wir hatten uns Samstagabend so gut verstanden, und der Sex war so … anders gewesen als alles, was ich bisher erlebt hatte, dass ich ihm unter anderen Umständen vielleicht tatsächlich zurückgeschrieben hätte. Doch ich musste mich nun mal danach richten, was Tatsache war, und nicht danach, was ich mir wünschte. Heute einen klaren Kopf zu haben, war wichtiger als noch mehr Zeit mit Beau.

Ich würde meine Zeit als Ärztin im Praktikum zusammen mit Leuten beginnen, die fünf Jahre jünger waren als ich und an einigen der besten Unis des Landes studiert hatten. Ich bezweifelte, dass irgendwer von denen Friseur gewesen war, bevor er oder sie zur Medizin gewechselt hatte. Vielleicht hatten einige neben dem Studium gejobbt und Schulden aufgenommen, um es zu schaffen, aber die meisten dürften von der Mum-und-Dad-Bank finanziert worden sein. So war das eben unter Medizinern.

Ich war eine Außenseiterin.

Ich hatte es irgendwie geschafft, und wir waren alle im selben Lehrprogramm. Jetzt wollte ich einfach bloß zusehen, dass ich nicht wie der Fremdkörper herausstach, der ich war. Ich musste den Kopf einziehen und unterm Radar fliegen, mich auf die Arbeit konzentrieren. Ich atmete durch. Ich wusste nicht recht, ob die Superhelden-Pose etwas brachte oder mich nur noch mehr verunsicherte.

»Den TED-Talk habe ich auch gesehen«, sagte eine Blondine neben mir.

Ich bemühte mich nach Kräften, ungerührt zu bleiben. »Und hat es dir geholfen?«

Sie zuckte mit den Schultern. »Nicht, dass ich wüsste. Auf Wodka ist mehr Verlass.«

»Vor der Arbeit?«

Sie lachte. »Nein. Das ist der einzige Nachteil – das mit den benebelten Sinnen. Nicht gerade ideal für den ersten Arbeitstag. Fängst du auch als Ärztin im Praktikum hier an?«

Ich nickte, während ich ihr schickes Etuikleid und die mittelhohen Pumps musterte. Ich trug Jeans und Sneaker, weil im Infoschreiben gestanden hatte, dass wir vom Krankenhaus Arztkleidung bekommen würden. Vielleicht hatte ich da etwas falsch verstanden.

»Wie viele von uns fangen heute an?«, fragte ich. »Weißt du das?«

»Fünfzehn, habe ich gehört.«

»Ich habe gehört, fünfundzwanzig«, flüsterte hinter uns eine Frau mit rot gelockten Haaren. Wir rückten zur Seite, um ihr Platz zu machen.

»Fünfundzwanzig sind aber viel«, meinte ich.

»Es ist ein großes Krankenhaus. Auf welche Station hofft ihr zu kommen?«, fragte sie und sah dabei zwischen mir und der Frau neben mir hin und her.

Ich zuckte mit den Schultern. Darüber hatte ich mir gar keine Gedanken gemacht. »Ich freue mich auf alles.«

»Ich möchte in die Chirurgie«, meinte die Rothaarige.

Die Frau am Empfang bedeutete uns, ins Wartezimmer zu gehen, und wir drei dackelten dorthin. Der Raum hatte ein kleines Fenster, und rund um drei kleine Tische standen dunkelgraue Plastikstühle. Wir setzten uns an den Tisch am Fenster.

»In die Chirurgie möchte ich erst, wenn ich mehr Erfahrung habe«, nahm die TED-Talk-Frau unsere Unterhaltung von eben wieder auf. »Ich hoffe, die Rotation erwische ich erst gegen Ende. Chirurgie soll, glaube ich, meine Fachrichtung werden, deshalb will ich mich dort so gut wie möglich präsentieren.«

»Das musst du auch, wenn du Chirurgin werden willst«, stellte die andere Frau klar.

Ich hatte noch nicht einmal angefangen, mir über eine Fachrichtung Gedanken zu machen. Ein Schritt nach dem anderen. »Ich bin Sutton«, sagte ich. »Und wie heißt ihr?«

»Ich bin Gilly«, antwortete TED-Talk.

»Veronica«, sagte die andere.

»Habt ihr auch von dem Wettbewerb gehört?«, meinte Gilly halb im Flüsterton.

»Na klar«, erwiderte Veronica. »Aber ich habe auch gehört, dieses Jahr komme es nicht nur aufs Fachwissen und das praktische Können an.«

»Worauf denn dann noch?«, wunderte Gilly sich.

Ich musste in dem Info-Schreiben wohl eindeutig etwas überlesen haben. Wovon redeten die beiden?

»Was für ein Wettbewerb?«, fragte ich.

Beide sahen mich an, als käme ich vom Mond. Mir schwante, dass ich mich an diesen Blick gewöhnen müssen würde.

»Der Wettbewerb zwischen den Ärzten im Praktikum«, sagte Gilly. »Angeblich ist es nichts Offizielles, aber bislang sind alle Sieger immer Oberärzte hier im Krankenhaus geworden. Das ist wie ein Freifahrtschein zur Zukunft deiner Wahl.«

Ich musste ein Stöhnen unterdrücken. Ein Wettbewerb? Als reichte es nicht, die Zeit zu überstehen.

»Aber wie können die denn die Leistungen der Ärzte vergleichen, wenn alle unterschiedliche Stationen durchlaufen?«, wollte Veronica wissen. »Wo soll das denn fair sein?«

»Okay, eigentlich sollte ich euch das gar nicht erzählen, aber offenbar sind die Ärzte im Praktikum auf den verschiedenen Stationen jeweils einem Oberarzt unterstellt«, erklärte Gilly. »Diese leitenden Oberärzte haben die Aufgabe, dafür zu sorgen, dass man in dem jeweiligen Fachbereich alles Notwendige lernt. Außerdem beurteilen sie uns. Nach jedem Rotationsturnus wählt der Oberarzt die oder den ›Stationsbesten‹, und später werden alle Etappensieger verglichen und ein Gesamtsieger bestimmt.«

»Sollte man Ärzte wirklich miteinander konkurrieren lassen?«, fragte ich. Es kam mir kontraproduktiv vor, eine Ellenbogenmentalität zu fördern.

»AiPler – Ärzte im Praktikum – bitte mitkommen.« Eine schwarze Frau in Arztkleidung bedeutete uns, ihr zu folgen. Ich war dankbar, dem Hin und Her zwischen Gilly und Veronica zu entkommen. Die beiden schienen viel mehr als ich darüber zu wissen, was das Royal Free für uns in petto hatte.

»Ich bin Dr. Wanda Jones. Bitte stellen Sie sich in einer Reihe an, nennen Sie mir Ihren Namen und nehmen Sie sich ein Set Arbeitskleidung – die liegt hier, grob nach Größen sortiert, wobei die aber nicht hinkommen werden. Stellen Sie sich also darauf ein. Gehen Sie sich umziehen, und dann versammeln wir uns wieder hier.«

»Sind Sie sicher, dass wir alle Kasack und Hose tragen müssen?«, fragte Gilly.

»Absolut«, erwiderte Wanda. »Krankenhausregelung seit Covid. Wenn es Ihnen nicht passt, können Sie gern gehen.«

»Ich habe mir gerade ein komplettes neues Outfit zugelegt«, beschwerte sich Gilly.

»Dann hätten Sie das Info-Schreiben sorgfältiger lesen sollen«, gab Wanda zurück.

»Wir sind hier doch nicht bei der Army. Könnte ich vielleicht mit einem Vorgesetzten sprechen?«

Ich gewann den Eindruck, dass Gilly es gewohnt war, ihren Willen zu kriegen.

»Das wäre dann ich. Worüber möchten Sie denn mit mir sprechen?«

Gilly lief rot an und reihte sich wieder hinten in der Schlange ein. Fünfundzwanzig von uns standen bereit, sich zum Dienst zu melden. Soweit ich es überblickte, waren wir gleich viele Frauen wie Männer, und ich hätte eine Stange Geld darauf verwettet, dass alle jünger waren als ich. Ich würde versuchen müssen, das zu meinem Vorteil zu nutzen. Ich besaß Reife. Lebenserfahrung. Augenringe.

Der Typ vor mir nannte seinen Namen, und als Nächstes war ich an der Reihe. »Sutton Scott«, sagte ich.

»Willkommen bei uns, Sutton. Sie haben Schließfach Nummer 97. Bitte nehmen Sie sich Kasack und Hose, gehen Sie sich umziehen und kommen Sie dann wieder her.«

Es kam mir tatsächlich ein bisschen so vor, als wäre ich der Armee beigetreten, aber im Info-Schreiben hatte klipp und klar gestanden, dass wir Arbeitskleidung tragen würden. Man bat uns auch, Turnschuhe anzuziehen. Ich vermutete mal, Gilly hatte das Schreiben lediglich überflogen oder dachte, für sie würden die Regeln nicht gelten.

Nachdem wir uns umgezogen hatten, ließen wir ein Foto für den vorläufigen Mitarbeiterausweis machen. Dann wurden wir drei Stockwerke hinunter ins Untergeschoss und dort in einen Hörsaal geführt.

Irgendwie schloss Veronica zu mir auf, als wir uns Plätze suchten. »Was dagegen, wenn ich mich neben dich setze?«

»Nein, überhaupt nicht«, sagte ich.

Veronicas Haare waren eine rote Lockenmähne, und sie machte permanent ein ernstes Gesicht. Aber sie schien ganz nett zu sein, und ich war froh, die Namen einiger Leute hier zu kennen.

»Ich glaube, jetzt kommt bloß eine Vorstellung des Krankenhauses und eine Einführung in die Hygiene- und Sicherheitsvorschriften«, sagte Veronica. »Morgen bekommen wir dann eine IT-Einweisung.«

Woher wusste sie das alles? Ich hatte mir die Vorabinformationen doch durchgelesen. Eine IT-Einweisung? Was umfasste die denn? Das Bedienen von chirurgischen Robotern? Ich rechnete zwar nicht damit, derart ins kalte Wasser geworfen zu werden, war aber gleichzeitig aufgeregt. Hierauf hatte ich jahrelang hingearbeitet. Hiervon hatte ich geträumt, wenn ich in Gedanken abdriftete, während meine Kundinnen von ihrem Urlaub oder ihrem Ex-Freund erzählten, von Schönheits-OPs oder der Persönlichkeitsveränderung ihres Hunds seit seiner Kastration. Ich bekam alles Mögliche zu hören. Wieder und wieder. Die Menschen vertrautem ihrem Friseur die seltsamsten Dinge an. Mit der Zeit betrachteten mich die Kunden als eine Freundin, auch wenn sie gar nichts Persönliches von mir wussten.

Veronica musste mir die Begeisterung angesehen haben. »Ach, du weißt schon«, sagte sie. »Damit wir uns mit dem Computersystem auskennen, der Telefonanlage und den Tablets.«

»Oh«, erwiderte ich, ohne meine Enttäuschung sonderlich gut verbergen zu können. Ich freute mich darauf, Patienten als Ärztin, statt als Studentin gegenüberzutreten, und wollte mich unbedingt beweisen. Ich nahm an, in den kommenden Tagen würden erst einmal Schulungen anstehen, bevor wir loslegen durften. Das war logisch, aber auch ein bisschen enttäuschend. Auf lange Schichtdienste und durchwachte Nächte freute ich mich zwar nicht gerade, aber ich war es gewohnt, hart zu arbeiten, und brannte darauf, das wieder zu tun. Ich wollte loslegen.

»Woher weißt du das alles?«, fragte ich.

»Mein Bruder hat vor zwei Jahren sein Praktikum gemacht.« Sie legte den Zeigefinger an die Lippen. »Verrat das keinem. Ich will niemanden damit kirre machen, dass ich allen schon zwei Schritte voraushabe.«

Wie es aussah, hatte der Wettbewerb bereits begonnen.

Wanda setzte sich an ein Pult auf dem Podium, und alle nahmen Plätze im Auditorium ein, in das locker einhundert Zuhörende passten.

»Vor Ihnen liegt Ihr Stundenplan für die nächsten zwei Wochen«, sagte Wanda. »Erst nach der Orientierungsphase fangen Sie auf den Stationen an.« Ich stöhnte innerlich. Zwei Wochen?

Im Hörsaal schossen die Hände nach oben.

»Falls sich jemand von Ihnen beschweren möchte, überlegen Sie es sich noch einmal. Sie mögen diese zwei Wochen vielleicht für Zeitverschwendung halten, aber ich sage Ihnen eins: Besser so, als wenn Sie keine Ahnung vom Computersystem haben und auf Station deswegen die wertvolle Zeit von Ärzten und Krankenschwestern beanspruchen. Wir möchten, dass Sie in der Lage sind, Rezepte auszustellen, und wissen, wie Sie in verschiedenen Notfallsituationen zu handeln haben. Wir möchten, dass Sie den Aufbau unseres Hauses verstehen und sich zurechtfinden, die wichtigsten Ansprechpersonen kennen und auch sonst jede Einzelheit, mit der wir Sie konfrontieren. Bis dahin stellen Sie für alle anderen Mitarbeiter des Krankenhauses eine Gefährdung dar.«

»Ich habe eine andere Frage«, meinte ein Typ mit Baseballcap.

»Nehmen Sie das Cap ab«, verlangte Wanda. »Und sparen Sie sich Ihre Frage bis zum Ende meiner Einführung auf.«

»Sie wissen doch gar nicht, was ich frag–«

Ohne den Baseballcap-Typen ausreden zu lassen, fuhr Wanda fort. »Nach den zwei Wochen werden Sie auf fünf Stationen aufgeteilt. Dort arbeiten Sie jeweils unter einem unserer Oberärzte. Das bedeutet nicht, dass Sie die ganze Zeit mit diesem zusammenarbeiten werden, aber als AiP-Betreuer ist der- oder diejenige während Ihrer vier Monate in der jeweiligen Fachabteilung für Ihre Ausbildung verantwortlich. Wenn Sie den Eindruck haben, nicht die notwendige Praxiserfahrung sammeln zu können, sprechen Sie mit Ihrem Oberarzt. Wenn Sie

irgendwelche Fragen rund um ihre medizinische beziehungsweise chirurgische Ausbildung haben, sprechen Sie mit Ihrem
Oberarzt. Sie belästigen Ihren Oberarzt nicht mit Fragen, die
nichts mit Medizin oder Chirurgie zu tun haben. Bei allem,
was Ihr Gehalt, Verwaltungsangelegenheiten oder IT betrifft –
alles außer medizinische Belange –, wenden Sie sich an mich.
Habe ich mich klar ausgedrückt?«

Ich nickte.

»Die fünf Oberärzte werden nach dem Mittagessen zu uns
stoßen, um Ihnen kurz ihre Abteilungen vorzustellen und ihre
Erwartungen an Sie zu schildern. Davor bekommen Sie eine
Einweisung in die Hygiene- und Sicherheitsvorschriften. Bitte
warten Sie kurz, während wir alles dafür aufbauen.«

Gemurmel erfüllte den Hörsaal, als die Leute begannen,
miteinander zu reden.

»Glaubt ihr, sie wird den Wettbewerb ansprechen?«, fragte
Gilly hinter uns. Ich hatte gar nicht gemerkt, dass sie dort saß.

»Genau das wollte ich fragen«, sagte der Baseballcap-Typ
von der anderen Seite des Gangs her.

»Ich liebe Wettbewerbe«, erklärte Gilly. »Egal, ob ein Him-
mel-und-Hölle-Spiel oder ein Wettessen, ich bin bei jedem
Wettstreit am Start.«

»Ich auch«, meinte der Baseballcap-Typ. »Ich habe gehört,
es gibt keine Trophäe oder so etwas zu gewinnen – nur dass
im ganzen Krankenhaus jeder weiß: Du bist der Beste. Anscheinend profitiert man seine ganze berufliche Laufbahn lang
davon. Ich hab gehört, sie war auch eine Siegerin.« Er nickte in Richtung von Wanda, die gerade mit einem untersetzten
weißen Mann mit einem ähnlich prominenten Kinn wie Buzz
Lightyear sprach.

»Das habe ich auch gehört«, sagte Gilly. »Dass man sein
ganzes Berufsleben lang heraussticht.«

Ich hatte kein Interesse daran, diesen Wettbewerb zu gewinnen. Vielmehr wollte ich sogar verlieren. Ich wollte weder Aufmerksamkeit auf mich ziehen noch Fragen gestellt bekommen. Es brauchte niemand zu wissen, dass ich schon älter war. Oder ehemalige Friseurin. Oder dass ich mit sechzehn die Schule abgebrochen hatte und mich seitdem allein durchschlug. Ich wollte einfach nur in Ruhe mein Ding machen und dem Beruf nachgehen, den ich mir schon so lange wünschte. Das würde schon schwer genug werden.

Nach der Mittagspause kehrten wir in den Hörsaal zurück und nahmen wieder dieselben Plätze ein wie am Vormittag. Ich hätte vielleicht zum Essen im Krankenhaus bleiben sollen, um einige meiner Kollegen kennenzulernen, doch ich hatte mir eine Bibliothek oder Kunstgalerie suchen müssen. Es gab zwar eine kleine Bibliothek im Haus, aber ich hatte das Bedürfnis gehabt, dem Zentrum meiner Angst zu entkommen. Glücklicherweise befand sich gleich die Straße hinauf eine Bibliothek. Ich war mir ziemlich sicher, dass ich eine Panikattacke abgewendet hatte, indem ich zwanzig Minuten in der Abteilung mit den Autobiografien und Memoiren verbracht hatte.

Ich klappte meinen Block auf, um mir alles über die fünf Ärzte zu notieren, die uns heute Nachmittag vorgestellt werden würden. Jeder Medizinstudent hatte sein eigenes ausgeklügeltes System und Methoden, sich Dinge zu merken, dazu gab es Merkhilfen und bekannte Merksätze, die angehende Ärzte seit Generationen nutzten, wie etwa APGAR und P-THORAX. Das meiste hatte ich mir leicht merken können, aber wenn es darum ging, sich Namen einzuprägen, streikte mein Hirn, deshalb überlegte ich mir immer einen Gegenstand oder einen Menschen, an den mich die Person erinnerte. Wanda war ein Cricketball: hart, stark und konnte einen zerschmettern, wenn sie einen traf. Wenn ich sie ansah, stellte ich mir vor, sie würfe mit Wucht einen Ball zu mir und malte ein W in die Luft. Veronica war eine Matratze mit roten Springfedern und vollgestopft mit Infos. Wenn ich sie ansah, stellte ich mir vor, sie würde in der Mitte eines Betts herumspringen, sodass die Matratzenenden V-förmig nach oben wippten.

Als ich hochsah, kehrte Wanda in den Saal zurück. Ich nahm meinen Stift und schrieb Datum und Uhrzeit oben rechts auf die Seite. Während ich schrieb, ging ein Raunen durch den Saal. Veronica stieß mich mit dem Ellbogen an, woraufhin ich von meinen Notizen aufsah. Es kamen lauter Leute in den Saal. Das mussten die Oberärzte sein, die unsere Betreuer sein würden.

»Das ist Lowenstein«, sagte Veronica. »Ich muss unbedingt einen Platz in seinem Team ergattern.« Dr. Jed Lowenstein zählte zu den namhaftesten Chirurgen des Landes. Er setzte regelmäßig Roboter ein, und von ihm zu lernen, würde ein wahr gewordener Traum sein.

»Und wer ist dieser Hottie?«, flüsterte Veronica. »Oh mein Gott, ist das etwa Jacob Cove? Ich hatte schon gehört, dass er attraktiv ist, aber wow, in natura sieht er unfassbar gut aus.«

»Wer?«, fragte ich. Just als die Frage meine Lippen verließ, traf mein Blick den des Mannes, der mich Samstagabend zum Essen eingeladen hatte, des Mannes, der mich so oft zum Höhepunkt gebracht hatte, dass ich am Sonntag zu nichts anderem fähig gewesen war, als Käse und Cracker zu essen und mir TED-Talks anzugucken.

Mir stockte der Atem, und mein Herz verlangsamte seinen Rhythmus, als hätte es einfach aufgegeben. Es hatte keinen Sinn weiterzuschlagen. Ich war mir ziemlich sicher, dass ich jede Sekunde in Ohnmacht fallen würde.

»Sagtest du *Jacob*?«, fragte ich. Parker hatte mir definitiv gesagt, sein Name sei Beau.

Sein Blick war um einiges ernster als am Samstag. Ich wusste nicht recht, ob ich schockiert oder wütend angestarrt wurde. In meinen Augen las er zweifellos völlige Ungläubigkeit.

Mein Herz schien wieder umzuschalten, es fing aus dem Stand zu rasen an. Was machte er denn hier? Und wieso nannte Veronica ihn Jacob?

Jemand flüsterte ihm etwas ins Ohr; er schob die Hände in die Hosentaschen und wandte den Blick ab. Ich versuchte, ebenfalls wegzuschauen. Wirklich, aber es ging nicht. Mein Herz hatte wieder Fahrt aufgenommen, doch mein Hirn steckte in einem dunklen Raum fest und wusste nicht, wo oben und unten war.

»Der sexy Blonde«, sagte sie. Yep, sie sprach definitiv von dem Typen, mit dem ich Samstagnacht verbracht hatte. »Du hast doch bestimmt von den Coves gehört. Er ist ihr ältester Sohn.«

Der älteste Sohn? Von *den* Coves? Jeder hier in diesem Hörsaal hatte schon von den Coves gehört. Sie waren ein berühmtes Medizinerpaar. John Cove war megaintelligent, er hatte im Laufe seiner Karriere unzählige Male die Fachrichtung und das Forschungsfeld gewechselt, wobei er jedes Mal brillierte. Das machte ihn zum meistgeschätzten obersten Gesundheitsberater, den die britische Regierung je gehabt hatte. Carole Cove war die berühmteste Chirurgin im Vereinigten Königreich. Sie hatte Transplantationen gemacht und war eine der Ersten gewesen, die hierzulande minimalinvasive Eingriffe durchgeführt und perfektioniert hatten. Sie war unglaublich.

»Und er *arbeitet* hier? Ist er nicht ins Ausland gegangen oder wird bald weggehen oder so?« Der einzige Grund, warum ich mit dem Date am Samstag einverstanden gewesen war, lautete, dass *Beau* bald nach *Afrika* ging. Ich hätte niemals zugesagt, mit einem Mann essen zu gehen, der in London blieb – insbesondere nicht mit einem, bei dem sich herausstellen würde, dass er im selben Krankenhaus wie ich arbeitete, als mein Vorgesetzter.

»Selbstverständlich arbeitet er hier. Er ist Kinderarzt und Kinderkardiologe – bedient beide Fachbereiche. Er hat es superschnell zum Oberarzt geschafft. Unter ihm zu arbeiten, wird ein Vergnügen – in mehrfacher Hinsicht.«

»Wie, sagtest du, ist sein Name? Beau?«

Veronica lachte. »Nein, ich merke schon, ich bin nicht die Einzige, die die Cove-Brüder online ausgecheckt hat. Sie sind so was wie die Ärzte-Version von One Direction, stimmt's? Beau ist jünger als Jacob. Jacob ist der Älteste, aber ein totaler Überflieger wie seine Eltern. Bis auf einen sind alle Brüder Ärzte.«

Sie musste sich irren – ich war mit Beau essen gewesen, nicht mit Jacob. Ich hatte mich mit Beau betrunken. Ich hatte Sex – ganz viel Sex – mit Beau gehabt. Hatte ich ihn nach seinem Nachnamen gefragt?

Ich holte mein Handy heraus und scrollte rasch durch die Nachrichten, die wir uns in den vergangenen vierundzwanzig Stunden geschrieben hatten. Hatte er irgendwann seinen Namen genannt?

Im Chatverlauf mit Parker stand definitiv, ich hätte ein Date mit jemandem namens Beau. Einen Jacob erwähnte sie nicht.

»Und er arbeitet hier?«, fragte ich.

»Ja. Wie schon gesagt, er ist Oberarzt der Pädiatrie und Kinderkardiologie.«

»Oberarzt?«, fragte ich, wobei mein Tonfall an hysterisch grenzte, Hitze stieg mir in die Wangen, als die Leute die Köpfe drehten, um zu sehen, wer da so ausflippte. Shit, hatte ich etwa aus Versehen mit meinem Vorgesetzten geschlafen? Wieso gab er sich als Beau aus?

»Shht«, machte Veronica. »Ja, er ist Oberarzt. Und zwar ein sehr attraktiver. Guck ihn dir nur an.«

Ich brauchte ihn nicht anzusehen, um zu wissen, dass er attraktiv war. Ich hatte ihm einen ganzen herrlich entspannten Abend lang beim Essen gegenübergesessen. Er hatte mich zum Lachen gebracht und zum Nachdenken und dann nach dem Essen dafür gesorgt, dass ich den Kopf frei bekam. Er hatte sichergestellt, dass ich an nichts und niemand anderen dachte als an ihn und daran, wie sich sein Körper über mir bewegte, wie sich seine Hände, seine Lippen, alles an ihm anfühlte. Er hatte meine sämtlichen Sinne in den Superschleudergang befördert. Nichts von alldem am Samstagabend wäre geschehen, wenn ich gewusst hätte, dass er Oberarzt in dem Krankenhaus war, in dem ich zu arbeiten anfing.

Ich wollte unter dem Radar bleiben – die AiP-Zeit hinter mich bringen, ohne Aufmerksamkeit zu erregen. Mit einem Oberarzt zu schlafen, war da nicht gerade hilfreich. Krankenhäuser waren die reinsten Gerüchteküchen. Ich wollte den Kopf geduckt halten und *fokussiert* bleiben.

Shit, hoffentlich hatte er niemandem davon erzählt. Er schien kein Angeber zu sein, aber wer zur Hölle gab sich denn einen ganzen Abend lang als jemand anderes aus? Allmählich wich der Schock Wut. Für wen verdammt noch mal hielt er sich denn, dass er eine Frau mit einem Trick in die Kiste lockte? Nicht dass er mich wirklich ausgetrickst hätte. Oder in die Kiste gelockt. Nur, wenn ich gewusst hätte, wer er war ... Warum hatte er es mir denn nicht gesagt? Ich schlug mir mit der flachen Hand gegen die Stirn. Er hatte ja gar keine Gelegenheit gehabt, mir etwas über seine Arbeit zu erzählen. Ich hatte ihm verboten, irgendetwas zu erzählen – nicht ohne einen Tequila-Shot als Strafe.

Schnell tippte ich eine Nachricht an Parker, um sie zu fragen, warum ich mit einem Mann namens Jacob Cove essen gewesen war, wenn sie mir doch erzählt hatte, ein Typ namens

Beau werde mein Date sein. Vermutlich war Beau der Arzt, der nächste Woche ins Ausland ging. Anders als Jacob, der höchstpersönlich – und höchst unangenehmerweise – vor mir stand.

Und dann dämmerte es mir: Die fünf Ärzte, die gerade einer nach dem anderen den Hörsaal betreten hatten, würden während unserer Rotation auf ihren Stationen unsere leitenden Oberärzte sein.

Jacob würde mein Chef sein.

Mein Chef, der mich sehr betrunken erlebt hatte. Sehr nackt. Und dabei, wie ich aus voller Kehle den Namen seines Bruders schrie, als er mich zum Höhepunkt brachte.

7. KAPITEL

JACOB

Ich sagte mir immer, dass ich alle meine Brüder trotz der einen oder anderen Meinungsverschiedenheit liebte und immer lieben würde. Ich war mir sicher, dass uns die üblichen Sticheleien, die der Wahrheit einen Tick zu nah kamen, nichts anhaben konnten und auch die gelegentlichen ernsthaften Zoffs nicht, von denen bislang erst einmal einer in Handgreiflichkeiten ausgeartet war – mit Nathan, wegen eines Naanbrots.

Aber damit war Schluss.

Beau *fucking* Cove war ein toter Mann für mich.

Ich fuhr mir mit der Hand über den Kopf. Was verdammt noch mal ging hier gerade ab? Erinnerungsfetzen an Samstagabend fluteten mein Hirn. Ihr Duft – dieser verfluchte Duft von ihr, undefinierbar, aber feminin und sexy, der mich die ganze Zeit verrückt gemacht hatte, während wir im Restaurant nebeneinandersaßen. Ihre Beine, die an meinen entlangrieben, ihre Lippen, feucht glänzend von meinen Küssen. Ihr Haar und wie ich es festgehalten hatte, damit sie den Kopf nicht bewegte und ich sie betrachten konnte, während sie kam.

Fuck.

Beaus nerviges Gesicht erschien auf meinem Handydisplay – als Reaktion auf die Nachricht, die ich ihm eben geschickt und in der ich ihn gefragt hatte, warum zur Hölle die Frau, mit der ich Samstagabend essen gewesen war, mir hier als eine der neuen Ärztinnen und Ärzte entgegenstarrte, die heute als AiPler in meinem Krankenhaus anfingen. Ich drückte den Anruf weg und überlegte, wie wahrscheinlich es wohl war, mit sechsunddreißig an einem stressbedingten Herzinfarkt zu sterben. Erneut leuchtete mein Display auf.

Ich huschte in einen Vorratsraum und ging ran. »Ich fass es nicht, dass du mir so etwas antust. Du weißt doch, dass Dad immer sagt, wir sollen unser Privatleben privat halten, und dass das so ziemlich meine *einzige* Lebensregel ist. Die habe ich noch nie gebrochen, auch wenn ich schon unzählige Male versucht war, es zu tun.«

»Jacob«, versuchte Beau, mich zu unterbrechen, doch das ließ ich nicht zu.

»Du hättest dieser Freundin von dir doch einfach sagen können, dass du es nicht schaffst. Du hättest verdammt noch mal einfach ehrlich sein können. Aber nein, du setzt lieber meine Integrität aufs Spiel. Du musst dich und deine verfluchten Befindlichkeiten an erste Stelle setzen, denn alle anderen sind ja scheißegal, nicht wahr?«

»Jacob?«, sagte Beau erneut.

»Tja, damit ist Schluss. Ich tue dir nie wieder einen Gefallen. Erwarte ja nicht, dass ich dich anpinkle, wenn du mal Feuer fangen solltest.« Es fühlte sich gut an, alles rauszulassen.

»Ich wusste nicht, dass sie im Royal Free anfängt. Ich schwör's dir.«

»Aber ich wette, du hast auch nicht nachgefragt.« Beau dachte nie an die Konsequenzen seines Handelns. »Ich habe deinen Kleiner-Bruder-Bullshit so was von satt. Jetzt steckt sie in einer verfänglichen Lage und ich genauso.« Ich erzählte ihm nicht, dass ich seit zwei Jahren darauf hinarbeitete, einmal die Leitung des AiP-Lehrprogramms von Wanda zu übernehmen. Wie alle wussten, diente dieser Posten als Test, ob man Führungsqualitäten besaß. Wer den Job gut machte – und ehrlich gesagt auch jeder, der ihn nur mittelmäßig gut machte –, wurde später Chefarzt einer der Abteilungen des Krankenhauses oder an einer anderen Londoner Klinik. Beau dachte, er hätte bloß einen blöden Fehler gemacht, tatsächlich aber könnte sich das Ganze karrieregefährdend auswirken. Ich konnte nicht mit einer AiPlerin vögeln, wenn ich Lehrprogrammleiter werden wollte.

»Aus deiner Überreaktion schließe ich mal, dass der Abend nach dem Essen nicht vorbei war. Ist doch nicht meine Schuld, wenn du deinen Schwanz an dem Tag nicht in der Hose behalten konntest.«

»Entschuldige mal bitte, ich wusste nicht, dass ich erst bei dir nachfragen muss, bevor ich mit jemandem schlafe. Wenn ich auch nur eine Sekunde lang angenommen hätte, dass sie im Royal Free arbeitet, hätte ich sie niemals auch nur angefasst.«

Ich wusste nicht, auf wen ich wütender war – auf Beau, weil er mich in diese Lage gebracht hatte, oder auf mich selbst, weil ich Sutton wirklich mochte. Ich hatte ihr Sonntag sogar geschrieben und gehofft, sie wiederzusehen. Das war jetzt ein Ding der Unmöglichkeit.

Ich atmete durch. Beau war nervig und manchmal selbstsüchtig, aber ich hätte den Tequila-Shot in Kauf nehmen und abchecken sollen, in welchem Krankenhaus sie anfing. Dieses Schlamassel war nicht Beaus Schuld.

»Hör zu, es tut mir leid«, erklärte Beau. »Ich hatte nicht vor, irgendwelche komischen Arbeitsprinzipien von dir kaputtzumachen.«

»Das sind keine komischen Prinzipien, sondern professionelles Verhalten. Aber es ist meine Schuld, und nicht deine. Ich hätte vorsichtiger sein sollen.«

»Du bist echt der einzige Arzt, den ich kenne, der noch nie was mit jemandem aus seinem Krankenhaus hatte.«

»Was nicht heißt, dass es okay ist. Du weißt, was Dad immer sagt.«

»Dad ist ein Heuchler. Er hat Mum bei der Arbeit kennengelernt.«

»Ich weiß, aber sein Rat ist nicht verkehrt.«

»Entspann dich, Jacob. Du gehst immer so hart mit dir ins Gericht. Ich kann mich nur wiederholen, ich hätte es dir gesagt, wenn ich das gewusst hätte. Hat sie dir denn nicht erzählt, wo sie ihre AiP-Zeit macht? Hast du gar nicht erwähnt, wo du arbeitest, woraufhin sie dann meinte: ›Überraschung! Ich auch.‹?«

Ich seufzte. Schön wär's. Die Frage war absolut berechtigt, und normalerweise wäre es auch genau so abgelaufen, wie Beau meinte. »Es kam nicht zur Sprache.«

Stattdessen hatten wir den ganzen Abend ausdrücklich *nicht* über Medizin und unseren Arbeitsplatz geredet. Und das war erfrischend und angenehm gewesen und etwas, das ich mit Sutton wiederholen wollte. Nur ging das jetzt auf keinen Fall mehr.

»Hat sie irgendwas getan, was es unangenehm macht oder so?«

»Nein, nichts dergleichen.« Das hatte mir ihr geschockter Ausdruck verraten, als sich unsere Blicke trafen. Sie hatte es nie und nimmer gewusst. »Ich muss los. Ich stehe gerade in einem Vorratsraum, dabei habe ich genug zu erledigen. Es ist nicht dein Schlamassel. Sorry, dass ich so ausgerastet bin.«

»Es ist nicht so schlimm, wie du denkst.«

Das fand Beau nie.

Ich musste zu Sutton und sie bitten, das, was zwischen uns passiert war, absolut vertraulich zu behandeln – sofern sie es nicht schon jemandem erzählt hatte. Wanda beschäftigte die AiPler immer noch im Hörsaal damit, Unmengen von Formularen auszufüllen. Ich würde ganz zufällig am Ausgang vorbeigehen, wenn sie herauskämen.

8. KAPITEL

SUTTON

Wanda entließ uns für heute. Obwohl es bereits Stunden her war, dass Jacob als einer der fünf AiP-Betreuungsärzte vorgestellt worden war, wummerte mein Herz immer noch, als wäre ich einen halben Marathon gelaufen. Wie konnte das sein? Wie um alles in der Welt konnte *Jacob Cove* der Mann sein, den ich Sonntagmorgen aus dem Bett geworfen hatte? Schlimm genug, dass er Oberarzt am Royal Free war, aber er war auch noch ein *Cove*. Diese Familie besaß echt Einfluss. Ein Wort von ihm und ich wäre garantiert meinen AiP-Platz los.

»Ich fass es nicht, dass wir mit einem echten Cove zusammenarbeiten werden«, sagte Veronica, als wir unsere Notizen einpackten.

»Er ist quasi superschlau, wisst ihr. Ich habe gehört, er habe einen IQ von hundertsiebzig«, meinte Gilly auf ihrem Platz hinter uns.

Einhundertsiebzig? Das war irre. »Nie im Leben.« Ich hatte einen Abend mit ihm verbracht. Er war humorvoll und selbstbewusst und normal. Und nicht etwa so schlau, dass ich im Gespräch mit ihm nicht mitkam.

»Offenbar ist seine Mutter sogar noch intelligenter«, sagte Gilly. »Was für eine beeindruckende Familie.«

Der Typ neben Gilly grinste, als stellte er sich Jacob nackt vor. Bei der Erinnerung an Samstagnacht ging ein Beben durch meinen Bauch. Er war so gut, wie ihn sich alle vorstellten.

»Und außerdem ist er superheiß.« Der Typ wusste offensichtlich sofort, von wem wir sprachen.

Alle verließen den Saal. Kurz darauf fand sich draußen ein Grüppchen von uns zusammen. Noch ein paar andere Frauen gesellten sich zu uns. »Hab ich richtig gehört, dass ihr über Jacob Cove redet? Er ist mal definitiv der McDreamy des Krankenhauses.«

»Nur dass Patrick Dempsey nicht mit unserem McDreamy mithalten kann«, setzte Veronica regelrecht lüstern hinzu.

Wie sie daherredeten, ging mir gegen den Strich. Jacob war doch kein Stück Fleisch. Er war ein ganz normaler Mensch, der sich früher gern mal in Ruderboote gelegt hatte, um Stress abzubauen. Er war ein Mann, der mit meinem Körper umzugehen wusste, als hätte er ihn selbst erschaffen. Und wenn ich von diesen Frauen noch ein Wort über ihn hörte, würde ich womöglich an die Decke gehen.

»Er ist nicht Dr. McDreamy«, sagte ich, woraufhin sich fünf Augenpaare auf mich richteten.

»Hast du einen besseren Spitznamen parat?«, fragte Gilly. »McSteamy?«

»Wie wär's mit Off Limits?«, schlug ich vor. »Im wahren Leben wäre Meredith Grey wahrscheinlich als Schlampe hingestellt worden. Im wahren Leben landet keine AiPlerin beim sexy Rockstar-Oberarzt. Im wahren Leben ist mit dem Chef schlafen ein sicherer Weg, den Job zu verlieren.«

»Wow, Sutton. Du kannst einem echt den Spaß vermiesen«, meinte Veronica.

»Ich versuche nur, realistisch zu sein. Wir müssen ihn uns als unerreichbar vorstellen. Seinen Chef in Gedanken nackt auszuziehen, führt zu nichts Gutem. Als Frauen wollen wir doch nach unseren Fähigkeiten und unserer Leistung beurteilt werden, oder? Und ob es euch gefällt oder nicht, es wird immer die Frau abgeurteilt, wenn sie eine Affäre mit ihrem Chef hat.«

»Er ist nicht mein Chef«, sagte Veronica. »Außerdem ist es ja nicht so, als ob er verheiratet wäre.«

»Aber er ist ein höhergestellter Arzt«, erwiderte ich. »Mit viel Macht und Einfluss.«

Was kümmerte es mich, ob diese Frauen scharf auf Jacob waren? Sie waren auch nur Menschen. Wenn sie über ihn und eine andere tratschten, hieß das, sie tratschten nicht über ihn und mich – und warum sollten sie auch? Das mit Jacob und mir war eine einmalige Sache gewesen. Niemand würde davon erfahren. Auch wenn er nicht nach Afrika gereist war, würde ich so tun, als wäre er weg.

»Dr. Scott?«, fragte eine vertraute Stimme hinter mir. Meine Wangen brannten heißer als die Sonne, und mir stockte schlagartig der Atem, als mir bewusst wurde, wem diese Stimme gehörte.

Ich straffte die Schultern und drehte mich um, woraufhin ich Dr. Off Limits höchstpersönlich in die Augen blickte. Ich biss mir auf die Innenseite der Wange – ach du Scheiße, war er groß. »Ja?« Ich bemühte mich, gelassen und selbstsicher zu klingen. Nur wusste er, dass es in mir drin komplett anders aussah.

»Kommen Sie bitte mit.«

Ich konnte die Blicke meiner im Vorraum des Hörsaals versammelten AiPler-Kollegen spüren. Ich wünschte mir, dass Linoleum würde sich auftun und mich verschlucken. Was verflucht noch mal dachte er sich dabei, mich derart herauszugreifen?

Ich schloss zu ihm auf und raunte: »Bleib sofort stehen und zeig mir etwas auf deinem Handy.«

Er blieb stehen. »Wie bitte?«

»Oder hol dein Tablet raus und halte es mir hin, aber achte darauf, dass das Display dabei Richtung Wand zeigt.« Ich stierte mir fast die Augen aus dem Kopf. Wir durften nicht dabei gesehen werden, wie wir uns zwanglos miteinander unterhielten.

Er zögerte.

»Bitte mach es einfach«, bat ich. »Vertrau mir.«

Zum Glück holte er sein iPad hervor und fing an, auf das schwarze Display zu deuten.

»Nimm mich nie wieder so aus der Gruppe heraus«, sagte ich. »Sprich nicht mit mir. Sieh mich nicht mal an. Ich will nicht, dass irgendwer erfährt, was Samstagnacht passiert ist.«

»Und einen Großteil des Sonntagmorgens über«, setzte er hinzu.

Ich funkelte ihn böse an.

»Trag dich für irgendeinen Eingriff ein, der dich ablenkt«, sagte ich. »Und sprich mit mir nie wieder über etwas anderes als die Arbeit. Fürs Protokoll: Du hast mich gerade zu dir gerufen, weil das Krankenhaus Daten von mir durcheinandergebracht hatte. Haben wir uns verstanden?«

Er nickte.

»Gut. Ich gehe jetzt. Ich hoffe mal, wir sehen uns so bald nicht wieder.«

Ich bebte förmlich, als ich zu den anderen zurückging. Ich würde mich noch einen Augenblick zusammenreißen müssen, um zu erklären, warum Jacob mich angesprochen hatte. Dann würde ich erneut in die Bibliothek gehen. Ich musste mich zwischen turmhohen Bücherregalen hinlegen. Diese Art von Tag war das heute.

9. KAPITEL

JACOB

Ich hatte impulsiv und irrational gehandelt, und das gefiel mir nicht. Keine Ahnung, was ich mir dabei gedacht hatte, in Anwesenheit ihrer Kollegen zu Sutton zu gehen. Wir sollten doch Fremde füreinander sein. Sie war mit Recht stinksauer gewesen. Das änderte allerdings nichts daran, dass wir uns über unsere Lage unterhalten mussten – und zwar ganz *rational*.

Ich lehnte mich gegen den Rahmen ihrer Wohnungstür und klopfte an. Keine Reaktion. Dann klopfte ich erneut. Ein Schlüsselklimpern war zu hören, woraufhin die Tür einen Spaltbreit aufging. Die Kette lag vor, und ich sah ein Auge von Sutton in den Flur lugen wie ein sexy Mini-Zyklop.

»Wir müssen reden«, sagte ich.

»Müssen wir keineswegs«, erwiderte sie. »Genau das habe ich heute im Krankenhaus klarzustellen versucht, als du vor sämtlichen neuen AiPlern eine Szene gemacht hast.«

»Eine Szene? Echt jetzt? Ich wollte bloß mit dir reden. Dich zu sehen, hat mich geschockt.«

Samstagabend war so toll gewesen. So was von unerwartet und spaßig. Sie war total entspannt und witzig und sie selbst gewesen. Jetzt schien es, als hätte sie sich in einen anderen Menschen verwandelt. Ich hasste mich dafür, das bewirkt zu haben.

Sie schloss die Tür, und ich wartete ab, bis sie die Kette gelöst hatte und wir einander gegenüberstanden. »Besser, du kommst rein.«

»Danke.« Ich folgte ihr ins Wohnzimmer. Daran dass die Wohnung so geschnitten war, erinnerte ich mich gar nicht von Samstag. Wahrscheinlich hatten wir gleich das Schlafzimmer angesteuert.

»Möchtest du etwas trinken?«

Ich schüttelte den Kopf.

»Setz dich auf den Sessel da drüben.« Sie deutete auf einen dieser IKEA-Sessel, die aussahen wie eine Babywippe für Erwachsene. Ich grinste darüber, wie bestimmt sie auftrat. Hatte sie Angst, sie würde nicht die Hände von mir lassen können oder so?

Als ich mich hinsetzte, merkte ich, dass wir uns eigentlich in ihrem Schlafzimmer befanden. Und zugleich in ihrem Wohnzimmer. Sie saß auf ihrem Bett.

»Warum hast du mir nicht gesagt, dass du im Royal Free arbeitest?«, fragte ich in dem Versuch, den Erinnerungen an Samstag Einhalt zu gebieten, die sich in dem kleinen Raum zu entfalten drohten. Gott, was hatte ich für einen schönen Abend gehabt. Das Essen war dermaßen toll gelaufen. Ich war komischerweise sehr offen ihr gegenüber gewesen und erzählte ihr Dinge, die ich noch nie jemandem anvertraut hatte, schon gar nicht einer fast Fremden. Und dann später hier bei ihr? Das war ein verflucht sexy Spaß gewesen. Die Art von Sex, die einen ernüchterte – nicht weil er schlecht war, sondern verdammt gut, und weil sämtliche Moleküle deines Körpers kapierten, dass du dieses Erlebnis abspeichern musstest. Sex, der in die Annalen einging und dein restliches Leben lang diverse Male wieder hervorgeholt werden würde. Die Art von Sex, nach der man sich wie ein absoluter Gott vorkam.

»Ich?«, fragte sie ungläubig. »Wieso hast *du* nichts gesagt? Ich hatte zu dem Zeitpunkt ja noch nicht mal im Krankenhaus angefangen. Du solltest eigentlich nächste Woche nach Afrika gehen, um für Ärzte ohne Grenzen zu arbeiten. Und *eigentlich* solltest du Beau heißen.«

Als ich mir mit einer Hand durchs Haar fuhr, musste ich krampfhaft gegen die Erinnerung ankämpfen, wie ihre Finger über meine Kopfhaut geglitten waren. Wie sie herausgeschrien hatte, was sie zwischen den Beinen fühlte. Fuck, ich spürte, wie sich eine Erektion bei mir regte.

Jetzt nicht. Bei der Laune, die sie hatte, würde sie sie mir vermutlich abschneiden.

»Ich bin als Ersatz für meinen Bruder eingesprungen«, erklärte ich. Der Gedanke an Beau half, meine wachsende Lust zu ignorieren.

»Als *Ersatz*?«, fragte sie. »Du bist doch kein Mietwagen.«

»Ja, aber er hat sich die Nase gebrochen und wollte deine Freundin nicht hängen lassen, diese …«

»Parker«, ergänzte sie.

»Parker. Er hat ihr als Gefallen zugesagt –«

»Pass auf, ich hab's nicht nötig, dass jemand aus einem Gefallen heraus mit mir ausgeht.«

Natürlich nicht. Wieso kam alles, was ich sagen wollte, ganz falsch heraus? »So war das nicht gemeint. Ich wollte nur – hör zu, wenn ich gewusst hätte, dass du am Royal Free anfängst, hätte ich dem Date nie und nimmer zugestimmt.«

»Ach, und wenn ich nicht davon ausgegangen wäre, dass du in ein paar Tagen Tausende Kilometer weit weg sein würdest, hätte ich nie und nimmer mit dir geschlafen«, gab sie zurück.

Ihre Worte waren wie ein eisiger Wind und jagten mir einen kalten Schauer über den Rücken. Mich fröstelte. Der Gedanke, dass Samstagabend niemals stattgefunden hätte, wenn sie gewusst hätte, wer ich war, gefiel mir gar nicht. Also, wenn ich gewusst hätte, wer sie war, hätte ich gehen müssen, aber das wäre dann meine eigene Entscheidung gewesen.

»Ich will keinen Freund«, sagte sie. »Und schon gar nicht den zusätzlichen Stress, ständig zu überlegen, ob die Leute mich anders sehen oder anders behandeln, weil ich mit einem der Oberärzte geschlafen habe.« Sie vergrub das Gesicht in den Händen. »Und nicht etwa mit irgendeinem Oberarzt. Sondern mit einem Cove.«

»Fuck!«, rief ich.

»Ganz meine Meinung.«

Ich holte tief Luft und versuchte, ruhig weiterzuatmen. Ich war stinksauer auf Beau. Ich war stinksauer auf mich selbst. Und ich war richtig stinksauer, dass ich sie trotz alledem und trotz meiner eisernen Regel, mir niemals jemanden von der Arbeit zu angeln, echt gern küssen wollte. Jetzt sofort. Ich wollte zu ihr rübergehen, ihren Oberkörper auf das Bett drücken, ihr die Leggins auszuziehen, ohne Umschweife in sie dringen und hören, wie sie mich anflehte, es ihr zu besorgen.

Doch diese Fantasie musste ich mir aus dem Kopf schlagen. Das würde nicht geschehen. Ich würde es nicht zulassen.

»Hör zu«, sagte ich, »wenn weder du noch ich wollen, dass jemand davon erfährt, dann einigen wir uns doch darauf, es niemandem zu erzählen. Ich bin auf eine Beförderung aus – ironischerweise zum Leiter des AiP-Lehrprogramms. Wenn bekannt wird, dass ich mit einer der AiPlerinnen geschlafen habe, kriege ich die Stelle niemals. Und wenn ich sie nicht kriege, bedeutet das – ach, schon gut. Brauchst du nicht zu wissen. Aber wir kommen beide nicht mehr raus aus der Nummer, wenn bekannt wird, dass wir …«

»… eine Nummer geschoben haben?«, ergänzte sie, woraufhin ich mir ein Lächeln nicht verkneifen konnte. Sie war definitiv noch dieselbe Frau, mit der ich Samstagnacht und Sonntagmorgen verbracht hatte.

Als sich unsere Blicke trafen, spürte ich die Wärme ihres Körpers selbst aus einem Meter Entfernung. Ich wusste, wie sich diese Hände auf meiner Haut anfühlten. Wie dieser Mund meinen Schwanz umschloss. Ich wusste, was ich mit ihrem Körper anstellen konnte. Etwas sagte mir, dass ich noch nicht mal ansatzweise herausgefunden hatte, was sie alles mit mir anstellen konnte.

»Genau«, riss ich mich aus dem benebelten Zustand, in den ich durch die körperliche Nähe zu ihr geraten war. »Sind wir uns also einig, dass niemand etwas davon zu erfahren braucht?«

»Ja«, sagte sie und sah mir dabei erneut fest in die Augen.

Wir schwiegen eine Sekunde, dann zwei.

»Du hast gar nicht auf meine Nachricht geantwortet«, sagte ich. Das hätte ich nicht erwähnen sollen. Ich sollte jetzt einfach weg hier. Ich hatte gekriegt, wozu ich hergekommen war – ich hatte mich rückversichert, dass sie niemandem von uns erzählen wollte. Und ich hatte ihr umgekehrt dasselbe versichern können. Sie war einverstanden, dass wir dieses Geheimnis für uns behielten.

Es gab hier nichts mehr zu tun.

Ich sollte gehen.

»Als sie ankam, war ich verkatert, außerdem sollte tags darauf mein neuer Job losgehen«, antwortete sie. »Ich kam nicht zum Antworten. Und jetzt …«

Wir wussten beide, wie der Satz endete. Jetzt würde sie niemals auf die Nachricht antworten, denn es war völlig unvorstellbar, irgendwas zwischen uns fortzusetzen.

Sie stand vom Bett auf und ging zur Tür. Ich folgte ihr.

»Nur um das festzuhalten: Ich hatte echt Spaß«, sagte ich und schob dabei die Hände in die Hosentaschen.

»Nur um das festzuhalten: Ich auch.« Sie zögerte. »Bloß will ich nicht, dass das irgendwo festgehalten wird.«

»Nein«, sagte ich. »Offiziell läuft rein gar nichts zwischen uns.«

»Genau«, meinte sie. »Denn es ist nichts passiert.« In ihrer Stimme schwang ein Tick Bedauern mit, das mich im Innersten traf. Sie wusste, wie gut Samstagnacht gewesen war – wie könnte sie auch nicht? Sie wollte es genauso gern wiederholen wie ich. Nur war das unter den gegebenen Umständen unmöglich.

»Überhaupt nichts«, sagte ich, ohne den Blick von ihr lösen zu können. »Diese Wohnung existiert praktisch gar nicht.« Ich trat auf sie zu – schließlich wollte ich zur Tür. Es war nicht so, als wollte ich ihr näher kommen – nah genug, um sich zu berühren, zu küssen, zu vögeln. Wir waren einander so nah, dass ich ihren sexy süßen Duft beinahe schmecken, ihren Atem meine Haut streifen spüren konnte. »Wenn sie gar nicht existiert, bin ich nicht …«

Ich brach ab und beobachtete ihren Gesichtsausdruck, um sicher zu sein, dass ich nicht zu weit ging, immerhin hatten wir gerade was weiß ich wie viel Zeit damit verbracht, zu erklären, dass Samstagnacht ein Riesenfehler gewesen war. Jetzt stand ich kurz davor, eben jenen Fehler mit Freuden zu wiederholen. An ihrer flachen Atmung und den leicht geöffneten Lippen merkte ich allerdings, dass sie es ebenso sehr wollte wie ich. Ich kam näher, schob eine Hand in ihren Haarschopf und fuhr mit der Zungenspitze quer über ihre Unterlippe, als wäre sie Tequila, Salz und Zitrone in einem. Unter einem Stöhnen schob sie ein Bein zwischen meine. Sofort wurde ich hart. Ich ließ meine Zunge in dem verzweifelten Bedürfnis in ihren Mund gleiten, sie zu schmecken, sie einzunehmen, zu begreifen, ob es am Samstag des Alkohols und der Dunkelheit wegen so gut gewesen war oder unseretwegen. Jetzt waren wir beide nüchtern, und anders als meine Selbstbeherrschung hielt das Tageslicht noch immer an.

Was immer ich mit Sutton empfunden hatte, war nicht alkoholgetrieben. Wenn überhaupt, schmeckte sie jetzt noch besser – süßer als zuvor. Ihre Zunge traf meine, während sie die Hände an meiner Brust hinaufwandern ließ und um meinen Hals legte. Verdammt. Ich wollte sie gegen die Tür drücken und nackt ausziehen. Sämtliche Nervenenden meines Körpers waren im Alarmzustand, und ich konnte förmlich fühlen, wie das Adrenalin in meinen Blutkreislauf strömte. Ich schob die Hüften gegen sie, damit sie zurückwich, und tastete nach dem Saum ihres T-Shirts. Ich wollte mehr von ihr, musste ihre Haut auf meiner spüren.

Gerade als ich den Stoffrand zu fassen bekam, drückte sie meine Schultern mit beiden Händen weg. »Stopp«, stieß sie atemlos hervor. »Stopp jetzt.«

Ich machte ein paar Schritte nach hinten. Es war, als wäre ich einem Unterwassersog entkommen und hätte es zum Luftholen an die Oberfläche geschafft.

»Shit«, sagte ich und presste mir dabei die Handballen auf die Augen. »Was zur Hölle passiert hier mit mir?«

»Du solltest gehen«, meinte sie. »Ich kann nicht … Ich habe keine Ahnung, was du an dir hast und mit was für einer Form von Hexerei du herumexperimentierst, aber ich halte das nicht aus.«

Wenigstens spürte nicht nur ich das. Ich wusste nicht recht, ob es sich um Hexerei handelte, um Chemie oder ob sie ein Magnet war und ich sämtliche Stücke Eisen, die je existiert hatten.

»Du musst dich von mir fernhalten«, befand sie.

Ich nickte. Sie hatte recht. Ich musste mich tatsächlich fernhalten. Ferner als fern. Je näher ich ihr kam, desto schwerer war es, gegen ihre Anziehungskraft anzukommen.

»Das hier ist nie passiert«, erklärte ich.

»Meine Wohnung existiert gar nicht«, sagte sie. »Wir kennen einander nicht.«

Ich nickte. »Genau.« Sie machte die Wohnungstür auf, und ich trat nach draußen.

»Nur um das festzuhalten: Ich wünschte, es wäre anders«, sagte ich.

»Nur um das festzuhalten: Ich auch.« Sie schloss die Tür hinter mir. Ich blieb wie angewurzelt stehen, während sie abschloss, die Kette wieder vorschob und mich somit aussperrte.

Ich wusste, dass es das Richtige war zu gehen. Für sie und für mich. Aber im Moment wollte ich einzig und allein eine weitere gemeinsame Nacht. Selbst eine Stunde wäre mir recht. Während ich die Treppe zum Bürgersteig hochstieg, kämpfte ich gegen den Drang an, umzudrehen und mir noch einen Kuss zu holen. Den Kampf gewann ich zwar, doch es fühlte sich nicht nach einem Sieg an. Etwas sagte mir, dass dies nicht der letzte innere Kampf sein würde, den ich wegen Sutton austrug. Obwohl ich die Situation mit Verstand betrachtete und begriff, wie absolut unmöglich es war, dass mehr zwischen uns entstand, sagte mir mein Bauchgefühl, dass wir noch nicht miteinander fertig waren. Die Verbindung zwischen uns blieb und würde sich nicht einfach auslöschen lassen. Ich schüttelte den Kopf. Da sprach nur die Lust aus mir, oder?

Es hatte nichts zu bedeuten. Ich wollte nur, was ich nicht haben konnte.

Wahrscheinlich.

Ob diese Anziehung zu Sutton echt war oder nur eingebildet, spielte keine Rolle. Wir wussten beide, dass wir uns voneinander fernhalten mussten. Und zwar endgültig.

Wie Tag und Nacht gehörten wir unabänderlich zueinander und konnten doch nicht zusammen sein.

10. KAPITEL

JACOB

Zum ersten Mal seit Langem hatte mein Tag früh um fünf begonnen, damit ich es nach Hampstead Heath schaffte, um dort im Männer-Badeteich schwimmen zu gehen. Das hatte ich gebraucht, um wieder einen klaren Kopf zu bekommen und die Gedanken an Sutton abzuschütteln. Das kalte Wasser hatte seine Wirkung getan, und eine ordentliche Dosis Oxytocin strömte durch meinen Blutkreislauf. Mein Nervus vagus war stimuliert und hochaktiv. Dementsprechend lief ich heute Vormittag auf Hochtouren.

Solange ich Freiwasserschwimmen hatte, brauchte ich keine Sutton.

Ich war mit der morgendlichen Visite durch und wollte gerade zum Mittagessen gehen, als mein Handy in meiner Tasche vibrierte. Kurz dachte ich, es wäre Sutton. Natürlich nicht. Ich wischte über das Display. Mein Bruder Nathan hatte sich gemeldet. Er bestätigte unsere Verabredung zum Abendessen bei ihm zu Hause diese Woche. Ich tippte eine Antwort, steckte das Handy wieder ein und ging in die Cafeteria.

Die Ärzte des Krankenhauses nutzten dieselbe Cafeteria wie die Patienten und ihre Besucher, aber es gab einen eigenen Speiseraum für die Ärzteschaft. Somit konnten wir schwierige Diagnosen und Fälle miteinander besprechen, ohne Sorge um eine Verletzung der Schweigepflicht haben zu müssen. Das

Problem war nur, dass der Raum für ein derart großes Krankenhaus wie das Royal Free ziemlich klein war.

»Jacob«, rief eine Frau hinter mir, als ich gerade einen Teller Makkaroni mit Käse auf mein Tablett stellte.

»Makkaroni mit Käse? Echt jetzt?« Es war Hartford, eine meiner Kolleginnen aus der Pädiatrie.

»Ich war heute Morgen um halb sechs eine Runde im Hampstead-Heath-Teich schwimmen. Da habe ich mir diese Kalorienbombe verdient.«

Sie lachte. »Okay, ich lasse es dir durchgehen, solange du noch etwas Gemüsiges dazu isst.«

»Von Brokkoli kann ich nicht genug kriegen.« Ich nahm einen Servierlöffel und schaufelte welchen auf meinen Teller. »Wie läuft's bei dir? Geht es nur mir so, oder haben wir die Lage ganz gut im Griff?«

»Das geht definitiv nur dir so.« Sie ging mit ihrem Tablett zur Kasse. Ich folgte ihr. »Ich habe nicht das Gefühl, als ob ich irgendwas im Griff hätte. Mir droht alles über den Kopf zu wachsen.«

Nachdem sie bezahlt hatte, wartete sie ab, während der Kassierer mein Essen einbongte.

»Sollen wir ein bisschen zusammen brainstormen?«, fragte ich. »Überlegen, was wir umverteilen können?«

Sie sah lächelnd zu mir hoch. »Du würdest einen super Chefarzt der Pädiatrie abgeben, wenn Gerry mal in Rente geht, weißt du das?«

Ich rollte mit den Augen und nahm mein Tablett. »Tja, er wird aber noch in den nächsten tausend Jahren nicht in Rente gehen, die Chancen stehen also gering, stimmt's?«

»Aber an ein anderes Krankenhaus wechseln würdest du nicht, oder?«

Der Gedanke war mir noch nie gekommen. Ich hatte meine

AiP-Zeit im Royal Free absolviert. So ziemlich alles, was ich wusste, hatte ich hier gelernt. Einen Wechsel hatte ich nie in Erwägung gezogen. »Das habe ich nicht vor.«

»Schön zu hören. Gerry ist ein Vorbild. Nicht nur, weil er ein guter Arzt ist, sondern auch ein überaus fähiger Wissenschaftler und mitfühlender Mensch, dem seine Patienten und sein Team am Herzen liegen. Du wärst ein hervorragender Nachfolger. Und nach allem, was ich so höre, bist du auch auf einem guten Weg dahin.«

Nach allem, was sie so hörte? In diesem Krankenhaus wurde aber auch gern getratscht. Gerry hatte noch mindestens fünf Jahre bis zur Rente, und die Suche nach einem Nachfolger würde erst losgehen, wenn er ein festes Datum für sein Ausscheiden aus dem Dienst bekannt gab. Die AiPler-Betreuung in der Pädiatrie zu übernehmen, war die erste Stufe auf der Karriereleiter gewesen, um mich als sein Nachfolger in Stellung zu bringen, doch die nächste bestand darin, Gesamtleiter des Lehrprogramms zu werden. Außerdem schrieb ich an mehreren Forschungsarbeiten. Das alles waren sorgsam von mir aufgestellte Dominosteine, die am Ende für das von mir angestrebte Resultat sorgen sollten.

»Genug über mich«, sagte ich. »Reden wir mal darüber, warum du dich überfordert fühlst.«

Als Hartford die Tür zum Speiseraum der Ärzte aufstieß, drang uns der Lärm entgegen, als hätten wir eine Schallmauer durchbrochen. »Es gibt hier nie genügend freie Plätze«, bemerkte Hartford gereizt.

Sechs große, runde Tische füllten den Raum aus, jeder mit Platz für sechs Personen, aber Stühlen für acht. Im besten Fall musste man eng zusammenrücken.

»Da ist einer«, meinte ich mit einem Nicken zu einem Tisch in der gegenüberliegenden Ecke des Raums. Ich hatte es gerade ausgesprochen, da bereute ich es auch schon, denn dort saß Sutton. Sie wandte mir zwar den Rücken zu, war jedoch unverkennbar.

Ich hatte es geschafft, den Großteil des Vormittags nicht an sie und unseren Kuss am Abend zuvor zu denken. Dass ihre Zunge schmeckte wie süße Äpfel. Dass die Vibrationswellen ihres Stöhnens geradewegs in meinen Schwanz gefahren waren. Dass die Empfindung ihrer Hände an meinem Hals und auf meiner Brust mich in eine Art Neandertaler verwandelt hatte, der gegen den Drang ankämpfen musste, sie sich über die Schulter zu legen, aufs Bett zu werfen und so lange zu vögeln, bis ich einschlief oder tot umkippte.

Hartford ging zu dem Platz gegenüber von Sutton. Doch es gab keinen weiteren freien Stuhl am Tisch. Vielleicht könnte ich später weiter mit Hartford reden und mich an den Tisch setzen, an dem als Nächstes ein Platz frei wurde. Zu meinem Pech stand der Arzt links von Sutton auf, als Hartford ihr Tablett abstellte.

Zwar war Freiwasserschwimmen dazu nötig gewesen, doch ich hatte es geschafft, die Gedanken für einige Stunden zu verdrängen. Es brauchte nicht mehr als den Anblick ihres Hinterkopfs, und schon stürmten sie alle wieder auf mich ein. Sutton hatte die Haare zu einem lockeren Pferdeschwanz zusammengebunden, genauso wie bei unserem Abendessen, und als sie sich zur Seite drehte, um mit der Person rechts neben sich zu sprechen, kam ein schmaler Streifen ihres langen schlanken Halses in Sicht und der Schönheitsfleck auf ihrer Wange. Wäre ich nicht mit Hartford hereingekommen, hätte ich direkt wieder kehrtgemacht. Doch Hartford hatte Redebedarf. Sie brauchte Hilfe.

»Jacob«, rief Hartford. »Nimm den da.« Sie deutete auf den freien Stuhl neben Sutton.

Während ich hinüberging, beobachtete ich, wie Hartford versuchte, Plätze zu tauschen, damit sie und ich nebeneinandersitzen konnten. Somit würde ich wenigstens nicht neben Sutton sitzen. Doch als ich am Tisch ankam, ergab es sich irgendwie so, dass sich der einzige verbleibende freie Platz genau zwischen den beiden Frauen befand.

Mir zog sich der Magen zusammen, als hätte ich gerade einen üblen Fall von Lepra vor mir.

Ich musste mich zusammenreißen. Ich würde zwanzig Minuten lang neben einer AiPlerin sitzen. Wenn ich es schaffte, morgens um halb sechs in Hampstead Heath schwimmen zu gehen, würde ich wohl nicht daran scheitern, mich neben eine schöne Frau zu setzen.

Ich verzog den Mund zu einem Lächeln und steuerte den freien Platz an.

Ich stellte das Tablett ab und zog den Stuhl hervor. Es war, als würde ich das Geschicklichkeitsspiel Doktor Bibber spielen, nur dass ich dabei die Pinzette war. Ich versuchte, die Nerven zu behalten, während ich mich anstrengte, beim Hinsetzen jedwede Berührung mit Sutton zu vermeiden, die den Alarm auslösen könnte.

Sutton rückte mit ihrem Stuhl beiseite, damit ich mehr Platz hatte, aber ich konnte nur noch daran denken, sie zu berühren und doch nicht zu berühren.

»Alles okay mit dir?«, fragte Hartford mit zusammengezogenen Augenbrauen.

»Ja, ich versuche bloß, mich dazwischenzuquetschen.« Als ich mit dem Stuhl an den Tisch rückte, stieß ich versehentlich mit dem Bein gegen Suttons.

Ein elektrischer Funke sprang zwischen uns über, und sie zuckte zurück.

Ich war nie sonderlich gut bei Doktor Bibber gewesen.

Ich wandte mich zur Seite, womit ich Sutton leicht den Rücken zudrehte, ohne dass es allzu offensichtlich gewesen wäre.

»Na, dann erzähl mal, was los ist«, forderte ich Hartford in dem verzweifelten Versuch auf, unser beider Aufmerksamkeit auf unser Gespräch zu lenken, statt auf die Tatsache, dass ich mich in einen ungelenken, schlaksigen Dreizehnjährigen verwandelt hatte, der glaubte, er würde in Flammen aufgehen, wenn er ein Mädchen berührte.

»Ich weiß auch nicht«, sagte sie. »Ich hänge mit dem Papierkram echt hinterher, arbeite gleichzeitig an meiner Studie und forsche. Ich habe das Gefühl, statt mit den Bällen zu jonglieren, lasse ich sie ständig fallen. Ich überlege, ob ich ein Sabbatjahr beantrage.«

»Wow«, erwiderte ich im gleichen Moment, als Sutton mit ihrem Stuhl zurückrückte. »Wie lange denkst du schon darüber nach?«

»Ich muss noch jemanden zurückrufen«, erklärte Sutton der Person neben sich. Wen wollte sie anrufen? Einen Lover? Einen Freund? Wahrscheinlicher war, dass sie Abstand von mir gewinnen wollte. Es war, als hätte sich eine Wolke vor die Sonne geschoben – zugleich eine Erlösung von der Hitze und Enttäuschung über den Wärmemangel.

Ich war komplett am Arsch. So was von am Arsch.

»Ach, erst ein paar Wochen«, sagte Hartford. »Wahrscheinlich werde ich es gar nicht machen, aber manchmal tut es gut, sich das auszumalen.«

Ich lachte leise, während ich wahrnahm, wie Sutton den Tisch verließ. Mein Hirn fing an, sich auf die Unterhaltung mit Hartford zu konzentrieren. »Sollen wir mal zusammen deine Unterlagen durchgehen, um zu gucken, ob du irgendwo etwas abkürzen kannst?«

»Wenn es dir nichts ausmacht, wäre das super.«

»Kein Problem.«

»Ich weiß, dass du wegen der AiPler viel zu tun hast. Wann fangen sie auf unserer Station an?«

»Übernächste Woche.« Bis dahin sollte sich das zwischen Sutton und mir gegeben haben. Ich würde die Sache mit Abstand betrachten und mich daran gewöhnt haben, sie ständig zu sehen. Es würde einige Zeit her sein, dass sie und ich uns unter vier Augen gesehen hatten, und die Gefühle würden nachgelassen haben. In einer Woche würde alles ganz anders aussehen.

»Wann entscheidet sich, wer in die Pädiatrie kommt?«

Das könnte der einzige Haken an der Sache werden – dass Sutton den ersten Rotationsturnus auf meiner Station verbrachte. Es wäre die Hölle, wenn wir uns vier Monate lang jeden Tag über den Weg laufen würden. In vier, acht, zwölf, sechzehn Monaten könnte sie ihre Rotation in der Pädiatrie absolvieren, und alles wäre okay. Was auch immer da zwischen uns gewesen war, es wäre bis dahin verpufft und wir könnten uns professionell verhalten. Aber sollte sie als Erstes der Pädiatrie zugeteilt werden, würde ich mehr als eine Runde Schwimmen im Freibad in meinen Tagesablauf einbauen müssen, um all das zu überstehen.

»Weiß ich nicht genau.« Gleich nach dem Mittagessen würde ich Wanda aufsuchen und sie bitten, mir die geplante Aufteilung der AiPler auf die Stationen zu zeigen. Sollte sich herausstellen, dass Sutton für die Pädiatrie vorgesehen war, würde ich irgendeine Ausrede erfinden müssen. Oder mich ins Computersystem einhacken und die Zuteilung ändern. Oder sonst was. Aber so würde es nicht kommen. Da war ich sicher.

11. KAPITEL

SUTTON

Nach dem Mittagessen versammelten sich alle neuen AiPler mit einem Kaffee in der Hand im Vorraum des Hörsaals und warteten darauf, eingelassen zu werden.

»Ich fass es nicht, dass er neben dir saß«, sagte Gilly. »Wie riecht er?«

Ich verzog das Gesicht. »Ich habe doch nicht an ihm geschnuppert!« Doch ich wusste, dass er nach Moschus und Ingwer und überhaupt supergut roch.

»Ich hätte ganz sicher an ihm geschnuppert«, sagte Veronica. »Vielleicht hätte ich sogar verstohlen mein Bein an seinem gerieben.«

Ich war mir ziemlich sicher, dass Jacobs Bein meines nur aus Versehen gestreift hatte. Neben mir zu sitzen, war nicht seine Absicht gewesen, und auf mich hatte es eindeutig so gewirkt, als fühlte er sich unwohl. Die Frau, mit der er zu Mittag gegessen hatte, war hübsch. Schön sogar. Ich hatte eine Anwandlung von Eifersucht bekommen, ehe ich den Verlobungsring an ihrer linken Hand registrierte. Ein riesiger Diamantklunker, um den ich sie definitiv beneidete.

Eifersüchtig zu sein, wenn Jacob sich mit einer anderen Frau unterhielt, war lächerlich. Würde Jacob etwas mit einer anderen anfangen, wäre das für mich das Best-Case-Szenario. Das hieße, keiner würde uns groß Beachtung schenken, wenn wir uns einmal im Krankenhaus begegneten. Die Tür zwischen uns bliebe ganz fest zu. Vielleicht könnte ich ihm das sogar vorschlagen?

»Findest du ihn nicht auch umwerfend?«, fragte Gilly mich. »Oder ist er für dich immer noch Dr. Off Limits?«

Wenn sie nur wüsste.

Ich zuckte mit den Schultern und hoffte, eine göttliche Fügung möge mich aus dieser Unterhaltung retten. Meine Gebete wurden erhört, als jemand kam und die Hörsaaltüren aufschloss.

»Was ist das?«, fragte Veronica mit einem Nicken in Richtung des Pults auf dem Hörsaalpodium.

»Das sieht aus wie ein Zylinderhut«, meinte Gilly. »Kriegen wir heute Nachmittag etwa Zauberunterricht?«

Mir sackte der Magen durch, als mir meine Unterhaltung mit Jacob wieder einfiel, dass es wichtig war, an Magie zu glauben. »Hoffen wir's.«

Wanda kam herein, gefolgt von Vertretern aller Abteilungen, in denen wir einen Rotationsturnus absolvieren würden. Was natürlich Jacob einschloss.

Gilly hatte recht. Er war total umwerfend. Ein Mann mit einem fast kahl rasierten Kopf dürfte eigentlich nicht so attraktiv sein wie Jacob, aber er konnte das irgendwie tragen. Wahrscheinlich stand ihm selbst ein Clownskostüm. Er strahlte ein sexy Selbstvertrauen aus, das nichts mit seinem Äußeren zu tun hatte – obwohl das auch nicht schlecht war.

»Heute Nachmittag erfahren Sie, wo Sie Ihren ersten Rotationsturnus verbringen«, verkündete Wanda. Mein Herz fing an zu wummern, als würde jemand in meiner Brust Pauke spielen. Ich war aufgeregt. Deswegen waren wir schließlich hier. Auf diesen Moment hatte die ganze harte Arbeit der letzten sieben Jahre hingezielt.

Solange ich nur nicht die Pädiatrie erwischte.

Nichts konnte dem Beginn meiner Krankenhauslaufbahn den Glanz rauben, es sei denn, ich müsste mit dem Mann klarkommen, bei dem ich das Gefühl hatte, sobald er sich innerhalb eines Radius von fünf Metern zu mir befand, vollführte ich einen Balanceakt zwischen Ärztin und albern aufgedrehtem Teenager.

»Jedes Jahr kommen Beschwerden über die Zuteilung«, sagte Wanda. »Jedes Jahr stehen die AiPler vor meinem Büro Schlange, um mich zu bitten, die Station tauschen zu dürfen. Das raubt mir Zeit und Geduld. Und die Patienten.« Sie schnaubte.

»Dieses Jahr habe ich alle Ihre Namen ausgedruckt.« Sie hielt eine Handvoll Papierstreifen hoch. »Ich werde sie in diesen Hut legen, und dann ziehen jeweils immer reihum alle Stationsoberärzte die Namen.«

Mehrere Hände schossen nach oben, und Wanda schüttelte den Kopf. »Ich werde bei diesem Verfahren keinerlei Ausnahmen machen. Es ist mir egal, zu welchem Fachgebiet Sie eine Forschungsarbeit verfasst haben. Mir ist egal, ob Ihnen die Katze vom Nachbarn Ihres Dads erzählt hat, Sie dürften sich die erste Rotation aussuchen. Ganz besonders egal ist mir, ob Sie meinen, Sie täten mir einen Gefallen, wenn Sie auf einer anderen Station anfingen. Das Verfahren wird genau so ablaufen, Punkt.«

Wow, sie ließ sich wirklich nichts gefallen.

Ich drückte die Daumen und alles, was ich sonst noch hatte. *Bloß nicht die Pädiatrie.*

»Worauf hoffst du?«, fragte Veronica mit einem Nicken in Richtung meiner gedrückten Daumen.

»Notaufnahme«, log ich. Es kümmerte mich nicht, was ich bekam. Nur, was ich nicht bekam.

»Ich auch!«, sagte sie.

Wandas Zylinder wurde unter den Oberärzten herumgereicht, und Namen wurden vorgelesen, woraufhin eine Welle der Aufregung durch die Reihen der neuen Ärzte ging. Jacob war als Letzter der fünf dran, und er ließ sich Zeit.

»Kommen Sie schon«, sagte Wanda. »Man könnte ja meinen, Sie wollen tricksen. Sie wissen doch noch gar nicht, wer von denen furchtbar ist.« Wanda lachte, woraufhin Jacob ein gezwungenes Lächeln aufsetzte, dann seine Hand in den Hut steckte und einen Namen herauszog. Seine Schultern sackten herunter und seine Mimik entspannte sich. Ich wusste, dass wir zwei davongekommen waren. »Gillian Peters«, las er vor.

»Dr. ohne Limit, Baby. Ich gehöre ganz dir.«

»Er heißt Dr. Off Limits«, flüsterte ich ihr zu.

Sie lachte neben mir. »Nicht für mich.«

Ihre Antwort regte mich auf.

Während der Zylinder erneut herumgereicht wurde, sagte ich im Stillen wieder und wieder meinen Namen, weil ich unbedingt ausgewählt werden wollte, ehe der Hut wieder in Jacobs Händen landete. Pech gehabt. Jacob war erneut an der Reihe. Diesmal machte er ganz schnell, denn offensichtlich wollte er Nachfragen von Wanda vermeiden. Er zog einen Namen und verkündete: »Robert French.« Um herauszufinden, wer sein neuster Schützling war, sah er suchend zu den Leuten um mich herum. Unsere Blicke trafen sich. Ich schaute runter auf meinen Notizblock und kritzelte meinen Namen aufs Papier. *Bitte, lass mich als Nächstes gezogen werden.*

Aber nein, Veronica war die Nächste. Sie bekam die Notaufnahme. Die Glückliche. Ehe ich es mich versah, befand sich der Hut wieder in Jacobs Händen. Grinsend zog er einen weiteren Papierstreifen heraus.

Der Ausdruck blanken Horrors in seinem Blick verriet es.

Ich wusste es. Ich wusste, dass mein Name auf dem Zettel in seiner Hand stand. Ich wusste, dass mir vier Monate reinste Folter bevorstanden. Ach du heilige Madonna Louise Ciccone.

»Sutton Scott«, sagte er und hielt den Zettel hoch.

Mein Herz trudelte in meine Magengrube. Wie konnte es sein, dass ich mich entschieden von einem Menschen fernhalten wollte, nur damit das Universum mir *und* meinen Absichten dann an jeder Wegbiegung gewaltig den Mittelfinger zeigte?

»Wir arbeiten zusammen«, sagte Gilly. »Das wird lustig.«

»Und *wieee*«, sagte ich in dem Versuch, so echt wie möglich zu klingen.

Die übrigen Namen wurden gezogen, und dann hielt Wanda ihren Notizblock hoch. »Ich habe mir nebenbei aufgeschrieben, wer welche Abteilung gekriegt hat. Kommen Sie unter keinen Umständen zu mir – nicht mal, wenn Sie meinen, Ihr Leben hinge davon ab, denn glauben Sie mir, das tut es nicht –, um zu versuchen, die Station zu wechseln, auf der Sie die kommenden vier Monate verbringen werden. Sollten Sie das dennoch machen, teile ich Sie für eine Sonderschicht Wäschedienst ein, den ich mir extra für meine Lieblings-AiPler ausgedacht habe. Nachdem Sie jetzt wissen, wo Sie hinkommen, werden Sie von den einzelnen Oberärzten erfahren, was Sie von dem Rotationsturnus erwarten beziehungsweise nicht erwarten können.«

Ich rutschte auf meinem Sitz ganz nach vorn und fing an, mir ausgiebig detaillierte Notizen zu machen. Später würde ich mich an nichts aus dieser Vorlesung erinnern können und bräuchte vollständige Aufzeichnungen darüber, was gesagt worden war. Ich wusste, wenn ich mich nicht konzentrierte, würde ich einzig und allein an die kommenden vier Monate auf derselben Station wie Jacob denken, daran, ihn tagtäglich zu sehen, ihm Patienten vorstellen und Fragen zu Medikamenten stellen zu müssen. Während ich die ganze Zeit hoffte, dass niemandem auffiele, wie sehr ich nach einer Berührung von ihm gierte.

Die nächsten vier Monate würden die Hölle werden.

12. KAPITEL

JACOB

Zum Glück war ich heute Abend bei Nathan eingeladen. Andernfalls wäre ich wahrscheinlich hoch nach Norfolk gefahren. Ich sehnte mich verzweifelt nach etwas, was mich erdete und mir dieses schmerzliche innere Verlangen nahm, das jedes Mal aufkam, wenn ich Sutton sah. Ich wusste nicht recht, wie ich die kommenden vier Monate überstehen sollte, ohne dem Wahnsinn anheimzufallen.

»Du siehst furchtbar aus«, sagte Nathan, als er mir die Tür aufmachte.

»Besten Dank, Kumpel«, erwiderte ich, während ich mich an ihm vorbeischob. Wenigstens hatte ich morgen frei, sodass ich mir ein paar Gläser seines lachhaft teuren Weins genehmigen konnte. »Ich brauche dringend einen Drink.«

Er folgte mir in die Küche und nahm eine Flasche aus seinem Weinkühlschrank. »Den hier spare ich mir eigentlich für einen besonderen Anlass auf, aber da du's bist ...«

Nathan öffnete die Weinflasche schweigend wie ein Priester, der das heilige Abendmahl vorbereitete.

Er zog den Korken heraus. »Erzähl, wie läuft's damit, dich für die Leitung des AiP-Lehrprogramms in Position zu bringen?«, erkundigte er sich.

Das war die falsche Frage. Ich stöhnte. »Ich möchte nicht darüber reden. Können wir bei Wirtschaftsthemen bleiben?«

Aus irgendeinem Grund probierte Nathan gern neue Geschäftsideen an mir aus. Ich verstand nichts von Wirtschaft. Gut, ich hatte während des Studiums einen Glückstreffer gelandet, der mir jede Menge Geld eingebracht hatte, aber eben das war es gewesen: pures Glück. Ich war kein Geschäftsmann. Ich war Arzt.

»Können wir, aber es sieht dir nicht ähnlich, dass du nicht üb–«

»Ich weiß. Ich brauche heute Abend einfach mal eine Auszeit von alldem. Lass uns nicht …«

»Hey«, sagte Madison, als sie in die Küche geschneit kam. »Wie geht's dir?« Nathans Verlobte begrüßte mich mit Küsschen auf beide Wangen und stemmte dann die Hände in die Hüften. »Und wo bitte ist mein Glas?«

Während Nathan sich daranmachte, ihr eines einzuschenken, hüpfte sie neben mir auf einen Barhocker. »Wie steht's um dein Liebesleben?«, fragte sie. Ich stöhnte ein zweites Mal.

»Ja, Beau hat mir erzählt, dass er dir ein Date verschafft hat.«

Wäre Beau jetzt hier, würde ich ihn erwürgen. »Beau hat mir kein Date verschafft, sondern mich dazu gebracht, für ihn bei einem Blind Date einzuspringen. War die schlechteste Entscheidung der letzten zwölf Monate.«

»Wow, so schlimm kann es doch aber nicht gewesen sein«, meinte Nathan. »War sie nicht dein Typ? Ach, stimmt ja, dein Typ ist eine Mischung aus Marie Curie, Florence Nightingale und Kate Beckinsale.«

»Ist das so?«, fragte ich ehrlich erschrocken über seine Worte, besonders da Sutton tatsächlich Ähnlichkeit mit Kate Beckinsale hatte.

»Ja«, erwiderte Nathan. »Sie muss lieb und selbstlos sein und megaschlau …«

»Das habe ich doch nie behauptet«, sagte ich leicht beleidigt.

»Nein, exakt so formuliert hast du es nicht«, meinte Madison, »aber wenn dir Frauen nicht gefallen haben, dann immer, weil sie eben nicht so waren. Nehmen wir mal Audrey. Welche Ausrede hattest du noch mal dafür, dass du nichts mit ihr angefangen hast?«

»Gar keine. Sie war verheiratet, ihr Ehemann hat sich als verlogener Dieb entpuppt und war gerade zu einer Gefängnisstrafe verurteilt worden. Sie sagte, sie sei noch nicht bereit für eine neue Beziehung.«

»Schlechtes Beispiel«, murmelte Madison.

»Was Madison meint, ist, dass jeder Kompromisse eingehen muss«, sagte Nathan. »Guck dir mich an: Ich hab was mit einer Frau angefangen, die so verblendet ist zu denken, ich würde ihr glauben, wenn sie behauptet, sie pupse nie.«

»Ich pupse ja auch nie«, warf Madison ein. »Und überhaupt, nicht pupsen ist doch kein Kompromiss, sondern ein Vorteil. Ein Kompromiss wäre, dass ich deinen Spleen für sündhaft teuren Wein in Kauf nehme.«

Nathan verdrehte die Augen und wandte sich wieder mir zu. »War nur Spaß. Du musst keine Kompromisse eingehen. Madison ist perfekt für mich. Aber genau darum geht's – ich glaube, du wärst nicht mal dann glücklich, wenn Marie Curie von den Toten auferstehen würde. Selbst an ihr würdest du Makel finden. Niemand ist perfekt.«

»Ich brauche keine Therapiesitzung mit meinem kleinen Bruder, von dem ich ehrlich gesagt gar nicht fassen kann, dass er eine nette Frau wie dich, Madison, dazu gebracht hat, ihn zu heiraten.«

»Nur so zur Info für mich«, fuhr Madison fort, als hätte ich gar nichts gesagt, »was stimmte denn nicht mit der Frau, mit der Beau dich verkuppeln wollte?«

»Ich hab dir doch gesagt, dass er mich nicht verkuppelt hat.«

»Wie auch immer«, sagte sie. »Verrat mir, was mit ihr nicht stimmte, und ich stelle deine Diagnose. Danach lasse ich euch zwei hier in Ruhe die Welt verändern, oder was auch immer ihr heute Abend vorhabt.«

»Sag's ihr einfach, Kumpel, sonst geht das ewig so weiter«, warf Nathan ein.

»Nichts stimmte nicht mit ihr«, sagte ich. Genau das war ja das verdammte Problem.

»Nichts?«, hakte Madison nach.

»Na, ich habe sie keinen Fragebogen ausfüllen und auch nicht vom MI5 verhören lassen, aber es gab nichts, was – ach, schon gut.«

»Dann hast du sie also nach einem zweiten Date gefragt?«, wollte Madison wissen.

»Nein. Sie arbeitet im selben Krankenhaus wie ich«, erwiderte ich. »Nicht, dass ich das vorher gewusst hätte, sonst wäre ich gar nicht erst mit ihr ausgegangen.«

»Ahhh«, machte Nathan. »Könnte schwierig werden.«

»Wieso denn schwierig?«, fragte Madison. »Das macht das Leben doch bestimmt um einiges leichter. Ihr arbeitet alle so megahart.«

Nathan schüttelte den Kopf. »Dad war da immer unmissverständlich: Man hält sein Privatleben privat. ›In der Medizin kennt jeder jeden.‹«, gab er mit tiefer Stimme seine beste Dad-Imitation.

»Aber abgesehen davon mochtest du sie?«, fragte Madison.

Ich zuckte mit den Schultern und setzte mich dann auf den Hocker neben ihr. Mich hatte die Kraft verlassen, stehen zu bleiben, und auch die nötige Energie, um meine Gefühle länger für mich zu behalten. Ich atmete einmal tief durch. »Ich mochte sie sehr.«

Ich ignorierte den Blick, den Madison und mein Bruder wechselten.

»Ich mag sie *immer noch*, und jetzt wurde sie für den ersten Rotationsturnus in die Pädiatrie eingeteilt. Ich weiß nicht recht, was ich machen soll. Wir haben da diese Verbindung, die Chemie stimmt, oder so. Es ist, als würde sich meine Biochemie ändern, wenn sie da ist. Ich kann spüren, wenn sie in der Nähe ist.« Ich schüttelte den Kopf. »Es ist komisch.« Ich seufzte, das Nachdenken darüber laugte mich aus. »Das geht bestimmt vorbei. War bloß eine lange Woche.«

»So ein Mist, dass sie im selben Krankenhaus arbeitet. Denkst du, sie wird nach der AiP-Zeit wechseln?«, fragte Nathan.

»Keine Ahnung«, gab ich zurück. »Sie hat diese Woche erst angefangen und noch mindestens zwei Jahre vor sich.« Ich musste bloß die kommenden vier Monate überstehen.

»Du könntest zwei Fliegen mit einer Klappe schlagen, indem du deine Kündigung einreichst und in meine Firma einsteigst«, schlug Nathan vor. »Kann ich dich von der Medizin rüber auf die dunkle Seite locken?«

Ich lachte halbherzig. »Niemals.«

»Dann weiß ich nicht, was ich dir noch raten soll, außer kalt zu duschen. Und zu versuchen, dich auf etwas zu konzentrieren, was dich an ihr nervt. Zum Beispiel, dass sie dir immer ins Wort fällt. Oder vielleicht trägt sie zu viel Make-up oder – es muss doch irgendwas geben?«

Mir fiel nichts an Sutton ein, was nicht total sexy war.

»Oder du lässt das bleiben und datest sie weiter«, schlug Madison vor. »Nenn mich altmodisch, aber nur weil dein Dad dir von etwas abgeraten hat, ist das doch noch lange nicht Gesetz. Also, es sei denn, das Krankenhaus hat entsprechende Vorschriften oder so?«

Nathan schnaubte. »Krankenhäuser sind im Grunde riesige Datingtreffs. Nie im Leben könnte man dort so eine Vorschrift einführen, die würden nämlich alle einfach ignorieren.«

»Ich glaube, es gibt eine entsprechende Vorschrift, aber alle ignorieren sie«, meinte ich.

»Dann verstehe ich nicht, warum du dich nicht mit ihr verabredest – mal abgesehen davon, dass dein Dad etwas dagegen hat, und er braucht ja gar nichts davon zu erfahren.« Madison sah mich an wie eine Investigativjournalistin, die eine Quelle interviewte.

»Weil Dad nicht unrecht hat. Ich versuche, der nächste Leiter des AiP-Lehrprogramms zu werden. Das klappt nicht, wenn ich mit einer AiPlerin vögele.«

Madison presste die Lippen zusammen. »Hmmm.« Sie verschränkte die Arme. »Es sei denn, niemand erfährt davon.«

»Irgendwer kriegt immer was mit«, gab ich zurück.

»Dann schätze ich, du musst dir überlegen, ob sie das Risiko wert ist«, befand Madison.

»Können wir jetzt das Thema wechseln?«, fragte ich. Ich wollte nicht über die Möglichkeit nachdenken, mit Sutton zusammen zu sein, denn diese Möglichkeit *bestand nicht*. Ich wollte nichts anfangen, was in eine Sackgasse führte. Ich musste sie mir aus dem Kopf schlagen.

»Ach, bevor wir das machen, hätte ich noch eine Idee für das AiP-Lehrprogramm«, sagte Nathan. »Damit kannst du dich als Kandidat für Wandas Nachfolge von der Konkurrenz abheben.«

Damit hatte er meine Aufmerksamkeit. Hoffentlich war das nicht bloß ein Witz. »Schieß los«, bat ich.

»Was du brauchst, ist ein Betriebsausflug«, meinte er. »So was steigert die Moral. Und fördert das Teambuilding. Du kannst dabei die Fachkompetenzen verbessern. Ich dachte sogar daran, eine Umfrage in der Belegschaft zu der Frage zu starten, was sie angehen würden, wenn es eine Sache im Krankenhaus gäbe, die sie ändern könnten. Das Ergebnis nimmst du mit auf den Betriebsausflug und machst einen Workshop zu dem Thema, das am häufigsten genannt wurde.«

»Das ist aber eigentlich nicht Aufgabe der Ärzte, sondern eher der Verwaltung.«

»Dann lade doch auch Verwaltungsmitarbeiter zu dem Workshop ein.«

»Ja, vielleicht«, überlegte ich. »Aber vielleicht kommt auch eine rein medizinische Problemstellung auf, und selbst wenn nicht – wenn die gesamte Ärzteschaft etwas Konkretes ändern möchte, könnten wir das sicher.«

»Genau«, sagte Nathan.

»Hört sich gut an. Abgesehen von den Kosten. Gelder für solche Vorhaben zu bekommen, ist immer problematisch. Aber wir könnten einen Bus mieten und etwas in Hertfordshire veranstalten.«

»Oder sogar im Zentrum von London.«

Ich nickte. Die Idee war echt gut. »Wenn die Leute bereit sind, selbst für die Übernachtung aufzukommen, können sie bleiben. Oder sie fahren abends nach Hause.« In meinem Kopf begannen lauter Ideen herumzuschwirren. Das könnte genau das Richtige für mich sein, um mich für den Posten der Lehrprogrammleitung zu empfehlen und gleichzeitig etwas Positives zu bewirken, wodurch das Krankenhaus effizienter arbeitete. »Mit allen AiPlern wegzufahren, würde zeigen, dass ich bereit für die Aufgabe bin.«

Zur Abwechslung hatte einer meiner Brüder tatsächlich mal eine gute Idee gehabt.

Das Problem war nur, dass eine der Ärztinnen auf dem Betriebsausflug Sutton sein würde.

13. KAPITEL

SUTTON

Gilly und ich erschienen um kurz vor neun auf Station sechs, bereit für die Visite, wie man uns angewiesen hatte. Wir waren vorgewarnt worden, dass es anfangs ganz ähnlich wie im Studium sein würde – obwohl wir inzwischen Ärztinnen waren, würde man uns zunächst an der kurzen Leine halten.

»Sind wir nur zu zweit?«, fragte sie.

Ich nickte. »Ich glaube schon.« Ich wusste es mit Sicherheit. Ich hatte den Dienstplan genaustens gecheckt, um zu wissen, wer heute arbeitete. Jacob stand gar nicht darauf. Keiner der Oberärzte.

»Robert und Jean haben die Nachtschicht.« Die einzelnen neuen AiPler-Gruppen waren jeweils auf die Tag- und Nachtschicht aufgeteilt worden. Ich hatte endlich eine Auszeit erwischt und die Tagschicht bekommen.

»Uff, auf die Nachtschicht freue ich mich mal so gar nicht«, sagte Gilly. »Anscheinend ist es die meiste Zeit über total ruhig und man schafft es unmöglich, wach zu bleiben.«

Die zweite Orientierungswoche war irgendwie rumgegangen. Ich hatte Jacob nur zweimal gesehen, und das nur aus der Ferne. Mir war bewusst, dass er jeden Augenblick irgendwo auftauchen konnte, und ich mied den Speiseraum der Ärzte wie eine Tropenkrankheit, aber ich überstand es. So wie immer. Jetzt war ich bereit für den Stationsdienst. Hoffentlich hatte

Jacob Einfluss auf den Dienstplan nehmen können und meine Schichten so gelegt, dass wir nicht zusammenarbeiteten.

»Was meinst du, wird Dr. McDreamy heute wohl der leitende Oberarzt sein?«, fragte Gilly.

Ich schüttelte den Kopf. »Dr. McDreamy gibt es nicht. Entweder McDreamy – ohne Dr. davor – oder Dr. Off Limits.«

Sie sah mich an, als hätte ich den Verstand verloren, woraufhin ich den Kopf schüttelte. »Sorry, ich war bloß ein Riesenfan von *Grey's Anatomy*. Früher. Mit solchen Details nehme ich es gern genau.« Ich war mehr als nur leicht gereizt. Ich hoffte entgegen jeder Vernunft, dass Jacob und ich auf dieser Station tätig sein konnten, ohne viel miteinander zu tun zu haben.

»Ich auch«, sagte sie. »Wobei ich nie verstanden habe, was er an Meredith fand.«

»Dr. Scott und Dr. Peters«, rief Jacob hinter uns. »Folgen Sie mir.« Mein Magen sackte bis zum Fußboden durch und fiel durch das Linoleum geradewegs Richtung Mittelpunkt der Erde.

Jacob sollte heute doch gar nicht hier sein.

Er rauschte an uns vorbei, sodass wir uns beeilen mussten, hinterherzukommen. »Machen wir mal eine kleine Wiederholung, um sicherzugehen, dass Sie nichts aus dem Studium vergessen haben. Nach welchem Schema gehen wir vor, wenn wir eine Patientenübergabe machen?«

»Nach dem SBAR-Schema«, antwortete ich hinter ihm und wünschte mir dann sogleich, ich hätte nichts gesagt. Ich hatte vorgehabt, unter dem Radar zu bleiben – unauffällig dahinzusegeln. Vielleicht war es Instinkt oder vielleicht hatte ich einfach das Bedürfnis, Jacob zu zeigen, dass ich etwas draufhatte, jedenfalls purzelten die Worte nur so aus mir heraus. Ich mochte älter sein als alle anderen AiPler. Ich mochte in der Lage sein, einen Fassonschnitt zu schneiden, aber ich hatte schwer gebüffelt und wusste, wovon ich sprach. »S wie Situation – eine präzise, kurze Darstellung des Zustands. B wie Background – knappe, relevante Hintergrundinformationen, die mit dem Zustand zusammenhängen. A wie Assessment – Analyse und mögliche Maßnahmen.«

Wir hielten an und Jacob rauschte in einen kleinen Raum hinter dem Stationstresen. Zwei Leute saßen dort an einem kleinen Tisch.

»Fahren Sie fort, Dr. Scott«, sagte Jacob. Ich setzte mich hin, damit ich nicht umkippte, weil er mich mit *Doktor* angesprochen hatte.

»Und schließlich R wie Recommendation: notwendige oder ratsame Schritte.«

»Dr. Patel und Dr. Musa sind Ihnen beiden ein Jahr voraus. Sie machen heute die Übergabe. Wer zuerst?«

Jacob war bei der Übergabe dermaßen bestimmt, dass es einen fast schwindlig machte. Er drückte sich direkt aus und kam auf den Punkt, ohne dabei schroff zu sein, und was das Beste war: Er *lehrte*. Testete uns. Half uns, besser zu werden. Wenn ich nicht schon mit ihm geschlafen hätte, würde ich mir jetzt ausmalen, wie das wohl wäre. Sein Verhalten turnte mich an.

Die beiden AiPler im zweiten Jahr gaben uns einen Überblick über die Patienten und die Ereignisse der Nacht. Ich versuchte, mich zu konzentrieren, indem ich mir ausgiebig Notizen machte.

Wir würden im Lauf der Schicht nach vier Patienten sehen, sobald verschiedene Testergebnisse und Scans reinkamen.

»Klingt, als wäre es eine gute Nacht gewesen. Vielen Dank für Ihre Arbeit. Gehen Sie sich ausruhen«, sagte Jacob. Die müden Ärzte verließen den Raum, als wären sie schon im Halbschlaf.

Jacobs Pager piepte los. »Die Notaufnahme braucht einen Kinderarzt. Lassen wir auf der Station erst mal alles seinen Gang nehmen, während wir runter in die Notaufnahme gehen.«

In Lichtgeschwindigkeit sauste er durch die Tür, sodass wir gezwungen waren, ihm hastig hinterherzutrippeln wie zwei Küken ihrer Mutter.

»Wie oft werden wir in die Notaufnahme gerufen?«, fragte Gilly Jacob, als wir bei den Fahrstühlen zu ihm aufschlossen.

»Das kommt drauf an, wie oft die einen Kinderarzt brauchen«, antwortete Jacob und runzelte die Stirn, als könnte er eine derart dämliche Frage nicht fassen.

Als die Türen des Fahrstuhls aufgingen, standen bereits mindestens sechs Leute darin. Sie machten uns Platz, doch es war eng. Gilly zwängte sich auf der linken Seite hinein, womit die etwas größere Lücke für Jacob und mich blieb. Er stellte sich ungefähr in die Mitte der Kabine, und ich quetschte mich vor ihm hinein, wobei ich sorgsam darauf achtete, so weit vorn wie möglich zu stehen, damit keine Gefahr bestand, dass wir einander berührten.

Als sich die Fahrstuhltüren schlossen, war es, als hätte sich die Atmosphäre verändert; ich konnte nur noch daran denken, dass sich Jacob direkt hinter mir befand. Ich konnte seine Körperwärme spüren, seine Atemgeräusche fluteten meine Ohren. Ich wollte mich nur noch umdrehen, ihn gegen die Wand drücken und küssen.

Ich drehte durch.

Ich musste mich konzentrieren. Ich atmete tief durch und versuchte, mir ein paar weitere Behandlungsschemata in Erinnerung zu rufen.

Wir fuhren nur ein Stockwerk nach unten, und der Fahrstuhl hielt an. Der Aufzug war jetzt proppenvoll, auf keinen Fall gab es genug Platz für noch jemanden.

Als die Türen aufglitten, stand eine ältere Dame mit einem Rollator davor, außerdem noch sechs, sieben Leute. Alle im Fahrstuhl rückten weiter nach hinten, um ihr Platz zu machen. Jemand schob sich vor mir hinein, wodurch ich nach hinten taumelte – genau gegen Jacobs Brust.

Er stieß ein Brummen aus, das zwischen meinen Beinen vibrierte.

»Sorry«, sagte ich, als er meine Schultern umfasste und mich wieder auf die Füße stellte. Seine Hände waren größer, als ich es in Erinnerung hatte. Sie waren warm und stark, und ich wollte nach hinten sinken und sie über meinen Körper wandern lassen, damit ich mir einprägen konnte, wie sie sich anfühlten.

Der Fahrstuhl setzte sich wieder in Bewegung. Wir schafften zwei Etagen, ehe die Türen erneut aufgingen. Inzwischen war der Aufzug so voll, dass die Leute davor bloß murrend die Augen verdrehten und die Türen wieder zugleiten ließen.

Jacob seufzte, wobei sein Atem an meinen Nacken drang. Instinktiv legte ich den Kopf schief, als wollte mein Körper mehr und brächte sich in Position, um im zarten Hauch seiner Seufzer zu baden wie eine Blume, die sich zur Sonne drehte.

Endlich kamen wir im Erdgeschoss an. Als wir den Fahrstuhl verließen, stürmte Jacob voran. Ich war bereits durch diese Flure gegangen und hatte versucht, mir die räumliche Aufteilung einzuprägen, doch jede Etage war anders angelegt. Mein Orientierungssinn rangierte auf einer Skala irgendwo zwischen schlecht und grauenhaft. Ohne Google Maps fand ich nicht mal aus einer Papiertüte heraus.

Wir gelangten am Stationstresen an und wurden zu Bett drei geschickt.

Der Trennvorhang dort war nicht vorgezogen und eine sehr junge Frau saß auf einem orangefarbenen Plastikstuhl. Neben ihr lag ein Baby, das in seinem Overall mit den Beinchen strampelte und lächelte. Der Kleine wirkte ganz zufrieden, nur dass er den Kopf zur Seite gedreht hielt. »Ich bin Dr. Cove, einer der Kinderärzte hier im Krankenhaus«, stellte Jacob sich der Frau vor. »Verraten Sie mir Ihren Namen?«

»Ich bin Amy. Und das ist John«, sagte sie mit einem Nicken auf ihr Baby.

Jacob ging zu dem Kleinen. »Guten Morgen, John. Ich bin Jacob.« Wenn Dr. Off Limits so süß war, schmolz ich dahin wie Eiscreme in der Sommerhitze.

Jacob trat zurück und wandte sich an Amy. »Da wir ein Lehrkrankenhaus sind, begleiten mich heute zwei neue Ärztinnen. Ist das in Ordnung für Sie?«

Amy nickte.

»Sollten Sie sich deswegen zu irgendeinem Zeitpunkt unwohl fühlen, lassen Sie es mich wissen und Dr. Peters und Dr. Scott werden gehen.«

Wieder nickte Amy.

Jacob lächelte und wandte sich Gilly und mir zu. Er sah zwischen uns beiden hin und her. »Dr. Peters, was würden Sie als Erstes machen?«

Gilly guckte wie ein Reh im Scheinwerferlicht. Sie hatte eindeutig nicht damit gerechnet, derart in Verlegenheit gebracht zu werden. »Ich … ich würde … ich würde ein CT anordnen«, sagte sie.

Jacob sah erneut zu mir. »Und Sie, Dr. Scott?«

Eigentlich sollte ich murmeln, ich wüsste es nicht, doch ich wollte nicht, dass dieser schöne, schlaue, beeindruckende Mann mich für eine Idiotin hielt.

»Johns Blutdruck und Temperatur sind normal. Er ist neun Wochen alt und dem Krankenblatt nach vom Gewicht her auf der Fünfziger-Perzentile. Es scheint ihm augenscheinlich gut zu gehen.« Ich wandte mich an Amy. »Ist er allgemein wohl-auf?«

Sie nickte.

»Sein Kopf ist auffällig nach links geneigt.« Ich wandte mich an Amy. »Warum sind Sie denn heute hergekommen?«

»Nur wegen seinem Kopf. Er dreht ihn nicht. Es ist, als wäre er steif.« Ihr versagte die Stimme.

»Schon gut«, sagte ich. »Sie haben alles richtig gemacht, indem Sie ihn hergebracht haben. Wann ist Ihnen zum ersten Mal aufgefallen, dass John den Kopf nach links gedreht hält?«

»Schwer zu sagen«, erwiderte Amy und holte tief Luft. »Er liegt gern auf dem Sofa und guckt fern. Mir ist aufgefallen, dass er einfach nur die Sofalehne anstarrt, wenn ich ihn anders herum hinlege. Er dreht den Kopf nicht zum Fernseher.«

»Ist das schon seit seiner Geburt so?«, fragte ich.

»Kann sein. Also, ich glaube schon«, antwortete sie. »Nicht so schlimm wie jetzt. Sonst hat er geradeaus geguckt.«

Ich nickte. »War bei der letzten Früherkennungsunter-suchung alles in Ordnung?«

Sie zuckte mit den Schultern. »Die mussten wir ein paarmal verschieben. Ich habe nächste Woche einen Termin.«

Ich nickte, um ihr Gelegenheit zu geben, zu erklären, warum sie mit ihrem Baby bisher nicht zu der U-Untersuchung beim Kinderarzt gewesen war. »Und haben Sie das Problem gegen-über der Hebamme, die die Begleitung zu Hause macht, an-gesprochen?«

Sie schüttelte den Kopf, verschränkte die Hände und öffnete sie wieder. »Sie war schon zwei Wochen nicht mehr da. Bei ih-ren Besuchen davor war es nicht so schlimm.«

»Dann ist es also zuletzt schlimmer geworden? Haben Sie ihn deshalb heute hergebracht?«

»Er hält den Kopf jetzt seit einiger Zeit so. Meine Mum hat

ihn heute gesehen und ist durchgedreht. Sie meinte, ich muss ihn herbringen.«

Ich nickte. Das arme Mädchen. Sie musste selbst kaum älter als achtzehn sein. Ich hatte so den Verdacht, dass der letzte Besuch der Hebamme schon mehr als zwei Wochen her war. Sonst wäre etwas gegen diese Auffälligkeit unternommen worden, bevor es so schlimm wurde.

»Dr. Scott, wie würden Sie als Nächstes vorgehen?«, fragte Jacob.

»Ich würde ihn kurz untersuchen.«

»Legen Sie los«, sagte er.

Ich zögerte, weil ich damit rechnete, dass er nachsetzte, er habe nur einen Scherz gemacht und werde jetzt selbst übernehmen. Dann nickte ich, legte mein iPad auf dem freien Stuhl ab und zog ein frisches paar Handschuhe aus der Tasche. »Ist es in Ordnung, wenn ich ihn untersuche?«, fragte ich Amy.

Sie nickte mit leicht glasigen Augen. »Hätte ich ihn eher herbringen sollen?«

»Sie sind jetzt am richtigen Ort. Ich muss mir den Kleinen nur einmal ansehen. Ich werde ihm nicht wehtun«, versicherte ich ihr.

Als ich zu Jacob hochschaute, nickte er mir zu. Ich musste mir bewusst machen, wer ich war. John war mein erster Patient nach der ersten abgeschlossenen Etappe auf meinem Weg zur zugelassenen Ärztin, und einer, den ich nie vergessen würde. Ich trat an die Liege. »Hallo, John«, sagte ich. »Ich bin Sutton. Ich werde dich bloß einmal kurz abtasten, wenn das in Ordnung ist.« John reagierte mit einem Glucksen, was ich so auffasste, dass er überhaupt nichts dagegen hatte.

»Liegst du denn gern auf dem Bauch?«, fragte ich ihn.

»Nein, das hasst er«, sagte Amy. »Er liegt viel lieber auf dem Rücken. Wir gucken gern zusammen fern.«

Ich untersuchte ihn kurz und stellte weder ein ungewöhnliches Geschwulst noch andere Unregelmäßigkeiten an seinem Körper oder Knochenbau fest.

»Du bist aber ein fröhlicher kleiner Junge«, sagte ich. Er war zu niedlich mit seinen dicken Pausbäckchen und dem breiten Lächeln.

»Er ist eigentlich immer fröhlich«, sagte Amy. »Das mit seinem Hals scheint ihn gar nicht zu stören.«

Ich beendete die Untersuchung, trat zurück und schaute zu Jacob.

»Als Nächstes würde ich einen Physiotherapeuten herrufen«, sagte ich.

»Vermutliche Diagnose?«, fragte Jacob.

»Angeborener Schiefhals.« Kurz trafen sich unsere Blicke. Darüber hatten wir uns bei dem Abendessen unterhalten, und Jacob hatte erzählt, wie gern er Patienten versicherte, dass ihre Babys wieder ganz gesund werden würden.

»Was bedeutet das?«, fragte Amy mit erneut brüchiger Stimme. »Wird er wieder gesund?«

Als Jacob mir zunickte, war es, als wäre er einen Gettoblaster über den Kopf haltend vor meinem Schlafzimmerfenster aufgetaucht wie einst Lloyd Dobbler alias John Cusack in *Teen Lover*.

»Ja«, sagte ich, wobei ich versuchte, mir weder meine Erleichterung darüber anmerken zu lassen, dass ich ihr sagen konnte, alles werde wieder gut, noch meinen Stolz, weil ich die Ärztin war, die diagnostiziert hatte, worunter John litt. »Das bedeutet nur, dass er es sich im Mutterleib ein bisschen zu bequem in ein und derselben Lage gemacht hat. Und seit er auf der Welt ist, bevorzugt er immer noch diese Haltung. Wir schicken einen Physiotherapeuten her, der Ihnen und John einige Übungen zeigen wird. Sie müssen darauf achten, diese genau so zu machen, wie es der Therapeut vorgemacht hat, und regelmäßig zu Kontrolluntersuchungen herkommen, aber in den meisten Fällen lässt sich diese Fehlhaltung recht leicht beheben.«

Amy sog die Luft ein und nickte. »Vielen Dank.«

Hierfür hatte ich jahrelang so hart gearbeitet. Damit ich Menschen wie Amy und John helfen konnte. Amy hatte sich eindeutig schon die schlimmsten Sorgen gemacht, dabei würde es John schon nach wenigen Physioterminen deutlich besser gehen.

»Tun Sie mir einen Gefallen, Amy?«, fragte ich. Sie nickte enthusiastisch. »Die Bauchlage kann in solchen Fällen wirklich sehr hilfreich sein. Sie ist überhaupt gut für Babys. Ich weiß, das gefällt ihm nicht besonders, aber probieren Sie es weiterhin damit. Versuchen Sie es anfangs jede Stunde für ein paar Sekunden und verlängern Sie den Zeitraum allmählich. Ich sorge dafür, dass jemand für die weitere Nachbetreuung bei Ihnen vorbeischaut.« Ich war mir ziemlich sicher, an alles gedacht zu haben, und schaute zu Jacob.

»Haben Sie noch Fragen?«, wollte Jacob wissen. Den Teil hatte ich vergessen.

Amy schüttelte den Kopf. »Nur … danke.«

»Okay, wir sagen den Physiotherapeuten Bescheid, es kann jedoch eine Weile dauern«, sagte ich. »Die Schwestern halten Sie auf dem Laufenden.«

Jacob fegte hinaus, und Gilly und ich folgten.

»Gut gemacht, Dr. Scott«, lobte er, während wir zurück zum Fahrstuhl gingen.

»Ich verstehe, was Sie damit meinten, dass es einem ein gutes Gefühl gibt«, sagte ich, ohne nachzudenken.

Er lächelte mich an und drückte dann den Fahrstuhlknopf.

»Was gibt einem ein gutes Gefühl?«, fragte Gilly.

Shit, wieso konnte ich nicht einfach die Klappe halten? »Den Patienten versichern zu können, dass es nichts Ernstes ist. Weißt du noch, Wanda hat an unserem zweiten Tag davon gesprochen?«

»Hat sie? Daran erinnere ich mich gar nicht«, sagte Gilly.

»Dr. Peters, Sie müssen erst einmal tief durchatmen, bevor Sie sich auf etwas stürzen«, meinte Jacob. »Machen Sie es so, wie Sie es gelernt haben, und gehen Sie alles logisch durch. Es bringt nichts, den zweiten Schritt vor dem ersten zu machen, sonst entgeht Ihnen nur etwas.«

»Ja, war wohl die Anfangsnervosität am ersten Tag«, erwiderte sie.

»Nächstes Mal machen Sie es bestimmt besser«, sagte Jacob.

Als die Fahrstuhltüren aufgingen, betraten wir drei eine leere Kabine. Kein Anlass zu befürchten, man könnte gegen Jacob Coves muskulösen, sexy Körper kippen.

So ein Mist.

14. KAPITEL

SUTTON

Was ihre Pflichten als beste Freundin anging, übertraf sich Parker in letzter Zeit selbst. Heute war der beste Beweis dafür.

Der Hyde Park war mein Lieblingspark in London. Es gab jede Menge versteckte Ecken zu erkunden.

»Es ist, als hättest du das Wetter so bestellt«, sagte ich, als wir einen Platz fanden, von dem aus man den Serpentine-See überblickte.

»Es ist herrlich«, meinte sie. Wir fassten jede eine Seite der Picknickdecke und breiteten sie im Gras aus. »Und ja, genau so hatte ich das bestellt.«

Wir setzten uns, und sie stellte die Stofftragetasche von Fortnums zwischen ihren Knien ab. »Hier sind jede Menge Leckereien drin. Ich hoffe, du hast nichts dagegen, aber Tristan gesellt sich nachher vielleicht zu uns. Er trifft sich noch auf einen Kaffee mit jemandem, aber wenn das nicht zu lange dauert, kommt er vorbei.«

»Klingt gut.«

Tristan war ein tolles fünftes Rad an Parkers und meinem Wagen. Er hatte es meisterlich drauf, so zu tun, als guckte er mit uns eine Reality-Show, dabei hing er eigentlich an seinem Handy. Außerdem war er echt gut darin, uns Wein einzuschenken und Schokolade aus der riesigen Vorratskammer der beiden zu bringen.

»Aber als Erstes ...« Parker holte eine Flasche Champagner heraus.

»Gibt's etwas zu feiern?«, fragte ich.

»Na klar! Deine erste Woche als richtige Ärztin. Es kommt mir vor, als hätte ich dich monatelang nicht gesehen. Dabei waren es nur drei Wochen. Wir haben was nachzuholen. Ich will alles wissen. In der ersten Woche klangen deine Nachrichten etwas enttäuscht. Ist es jetzt, da du auf Station bist, besser?«

Diese Woche war gut gelaufen. Toll sogar. Ich hatte es überlebt, in Jacobs nächster Nähe zu sein. Nicht, dass meine Anziehung zu ihm irgendwie nachgelassen hätte. Ich konnte mir nicht vorstellen, dass das jemals geschehen würde. Hoffentlich würde es leichter werden und ich ihn irgendwann genauso finden wie das alte Leonardo-DiCaprio-Poster, das ich als Teenie in meinem Zimmer hängen hatte: umwerfend, aber unerreichbar. Wenn ich ohne Leo durchs Leben gehen konnte, dann doch bestimmt auch ohne Jacob?

»Die erste Woche war nicht schlecht. Bloß ... jede Menge Orga-Kram und die Anspannung, welchem Oberarzt man zugewiesen wird.«

»Gibt's irgendeinen heißen Arzt?«, fragte sie.

Unter einem Stöhnen ließ ich mich auf die Decke plumpsen. Ich hatte Parker nichts von Jacob erzählt. Ich war zu sehr damit beschäftigt gewesen, daran zu denken, *nicht* an ihn zu denken, sauer zu sein, weil er nicht Beau war, und dann Panik zu schieben, ich könnte der Pädiatrie zugeteilt werden. Alles war ziemlich verworren gewesen.

»Ja, schon. Aber er ist absolut tabu.«

»Du musst aufhören, dir heiße Typen zu verbieten. Es tut gut, mal ein bisschen locker zu lassen. Erzähl mir von Dr. Hottie.«

»Das ist eine lange Geschichte.«

»Ach ja?« Sie machte große Augen und rückte herum, sodass sie mich ansehen konnte.

»Du weißt doch, da war dieses Date mit Beau.«

»Ja. Der, der nach Afrika geht. Oder inzwischen in Afrika ist. Abgesehen von einem kurzen ›War nett‹, hast du mir nie erzählt, wie das eigentlich gelaufen ist.«

»Es war ein bisschen mehr als nett«, gestand ich. »Es war ... so ziemlich das beste Date überhaupt.« Ich schloss die Augen und schlug die Hände vors Gesicht. Es tat gut, sich jemandem anzuvertrauen – ich fühlte mich wie befreit.

»Heiliger Strohsack. Ist ja mal wieder typisch. Und jetzt ist er in Afrika.«

Schön wär's.

»Wie sich herausgestellt hat, ist er nicht in Afrika«, sagte ich. »Er ist mein Chef.«

Parker klappte mehrmals die Kinnlade herunter, während ich ihr die ganze Geschichte erzählte. Davon, wie Jacob für Beau eingesprungen war, von dem unglaublichen Sex und dem halben Hirnschlag, den ich bekam, als sich herausstellte, dass wir im selben Krankenhaus arbeiteten.

»Dann hältst also nicht nur du es für eine schlechte Idee, das zwischen euch weiterlaufen zu lassen?«, fragte Parker, nachdem ich sie über die letzten drei Wochen auf den neuesten Stand gebracht hatte.

»Nein, Gott sei Dank. Wir sind uns beide einig, dass das auf gar keinen Fall geht.«

»Aber wenn niemand davon erfährt?«

»Krankenhäuser sind die reinsten Klatschfabriken. Und obwohl acht Millionen Menschen in dieser Stadt leben, ist London doch auch klein. Irgendjemand findet es bestimmt heraus, und keiner von uns beiden ist bereit, dieses Risiko einzugehen. Bloß ... es ist schwer. Er ist – oh Mann, Parker, er ist dermaßen sexy.« Auf das Attribut sexy kam man bei Jacob leicht, doch es war, als würde man sagen, Nadal spiele *ganz okay* Tennis. »Ich glaube, es wäre weniger schlimm, wenn ich nicht wüsste, was für ein toller Typ er ist, außerdem … Also … Er weiß im Bett ganz genau, was er tut.«

Ich spielte es herunter. Jacob wusste nicht bloß, was er tat – er war der beste Sexpartner, den ich je gehabt hatte. Dominant, ohne herrisch zu sein. Aufmerksam, ohne lahm zu sein. Versaut, ohne vulgär zu sein. Ich hätte nie gedacht, dass Sex so … verbindend sein konnte. In nur wenigen Stunden hatte sich zwischen uns ein Grad an Intimität entwickelt, der einem wohl selbst noch unmöglich vorkäme, wenn wir schon jahrelang zusammen wären. Es war aufregend und erschreckend zugleich.

»Aber das könnte die Liebe deines Lebens sein«, meinte Parker. »Ein zweiter Jacob wird vielleicht nicht auf der Bildfläche erscheinen.«

Ich schlug die Hände vors Gesicht. So durfte ich nicht denken. Ich war nicht das Mädchen, das die Liebe seines Lebens traf. So lief das nicht für Menschen wie mich. Ich war nicht die Einzige, die fand, dass Jacob und ich keine gute Idee waren. Jacob sah es genauso. Er hatte auch seine Gründe. Es war nicht so, als könnte ich mich in seine offenen Arme werfen, falls ich es mir anders überlegte. Er hielt die Arme fest vor der Brust verschränkt.

»Es wird nichts draus werden. Ich muss eben einfach einen Weg finden, an seiner Seite zu arbeiten, ohne weiche Knie zu bekommen, wenn er mir eine Frage stellt oder sagt, dass ich etwas gut gemacht habe.« Ich richtete mich auf und griff nach der Champagnerflasche. »Lass uns das Ganze abhaken und was trinken.«

Parker hielt die Champagnerflöten, und ich schenkte ein. Aus den Augenwinkeln sah ich auf dem Serpentine Leute in

Tret- und Ruderbooten, die lachten, sich mit Wasser bespritzten und gegeneinanderstießen. Ob Jacob wohl manchmal hierherkam, um sich zum Stressabbauen in eins der Boote zu legen? Vielleicht sollte ich es ihm vorschlagen.

Vielleicht lieber nicht.

»Ich finde nicht, dass wir das Ganze abhaken sollten«, sagte Parker. »Ich weiß schon, du willst dich die nächsten zwei Jahre auf deine Arbeit konzentrieren, aber es wird nie eine Zeit kommen, wo du sagst: ›Okay, die nächsten zehn Jahre sehen ziemlich ruhig aus, ich mach mich mal daran, die Liebe meines Lebens zu suchen.‹ So läuft das einfach nicht.«

»Schon klar, aber mein Beruf ist mir wichtig. Ich habe hart gearbeitet, um so weit zu kommen, und will mir das jetzt nicht wegen eines Kerls versauen.«

»Es gibt immer eine Ausrede. Manchmal muss man die Augen schließen, einfach springen und darauf vertrauen, dass man irgendwo weich landet.«

Ich hatte Parker lieb – so wie Schwestern sich in Filmen liebhaben. Sie war die einzige Vertrauensperson in meinem Leben. Die Einzige, die mich nie im Stich gelassen hatte. Aber ihr Rat war Quatsch. Ich brauchte nicht mit geschlossenen Augen zu springen, um zu wissen, dass ich nicht weich landen würde. Jedes Mal, wenn ich auch nur einen Schritt nach vorn machte, traf ich auf harten Beton. So war das Leben schon immer gewesen, und ich hatte das längst akzeptiert.

Ich wusste, dass die nächsten zwei Jahre hart werden würden. Alles, was einen leichten Ausweg oder eine weiche Landung zu versprechen schien, löste in meinem Kopf Alarm aus.

Jacob ließ alle Sirenen schrillen. Ich musste mich von ihm fernhalten.

15. KAPITEL

JACOB

Endlich fügten sich die Dinge für mich. Ich musste nur noch Gerry, den Chefarzt der Pädiatrie, erwischen und sein Okay einholen, bevor ich anfing, die Einzelheiten des Betriebsausflugs zu planen.

Ich klopfte an Gerrys Tür und zwängte mich in sein fensterloses Büro.

»Jacob, setzen Sie sich, junger Mann.« Wenn man Gerry sah, käme man nie auf die Idee, dass er einer der angesehensten Ärzte im Krankenhaus war. Neben seiner Praxiserfahrung und wissenschaftlichen Expertise machten ihn seine Kontakte in der Fachwelt zu jemandem, an den sich alle im Krankenhaus wandten, wenn sie Rat brauchten – egal, in welchem Fachgebiet. Wenn er selbst nicht weiterwusste, dann kannte er jemanden, der es tat.

»Danke.« Ich nahm ihm gegenüber Platz, während er vor mir weiter handschriftliche Notizen auf diversen Unterlagen machte. Mindestens ein Blatt davon war für mich bestimmt. Gerry suchte ständig Möglichkeiten, wie wir alle besser in unserer Arbeit werden konnten. Er beobachtete, er hörte zu, er machte Anmerkungen und es änderte sich etwas. Er prahlte nicht damit. Er regte nur leise und beständig kleine Veränderungen an, die sich zu großen aufaddierten.

»Ich möchte etwas mit Ihnen besprechen«, sagte ich.

»Schön, schön. Schießen Sie los.«

»Ich habe die Idee, mit allen neuen AiPlern einen Betriebsausflug zu machen.«

Er hörte auf zu schreiben, lehnte sich zurück und drehte sich auf seinem Stuhl zu mir. Er gab ein Brummen von sich, das typische Anzeichen bei ihm, dass er nachdachte. Das erinnerte mich immer an Yoda.

»Ich möchte mit allen fünfundzwanzig neuen AiPlern zwei Tage zu einem Workshop wegfahren. Wir teilen das Programm in drei Teile auf. Zuerst kommt *Wenn ich vorher gewusst hätte, was ich heute weiß*. Ganz praktische Ratschläge für junge Ärzte von solchen, die den Anfang hinter sich haben. Deshalb würde ich auch einige AiPler aus dem zweiten Jahr mit einbeziehen wollen. Was haben sie beibehalten, welchen Ausgleich haben sie sich neben dem Lernen gesucht? Wie sind sie mit dem Schlafmangel fertig geworden oder damit, wenn sie in moralisch schwierigen Situationen waren? Dabei würde die Chatham-House-Regel gelten: Was immer in dieser Runde besprochen wird, bleibt vertraulich.«

Gerry schwieg. Fände er meinen Vorschlag furchtbar, hätte er mich längst unterbrochen. Ich fuhr fort.

»Im nächsten Teil würde es um kollegiales Verhalten gehen. Heute wird viel Wert auf den Umgang mit den Patienten gelegt, aber wie man Kollegen gegenüber auftritt, thematisieren wir nicht. Jahr für Jahr kommen vom Pflegepersonal und den Verwaltungsangestellten Beschwerden über die neuen Ärzte. Wir müssen ihnen die ablehnende Haltung allen Nicht-Medizinern gegenüber abgewöhnen. Und dann der dritte und letzte Teil, da drehen wir den Spieß ein Stück weit um. Meine Überlegung ist, den Workshop abzuhalten, wenn die AiPler bereits etwa anderthalb Monate im Job sind. Bis dahin haben sie raus, wie das Krankenhaus arbeitet – und was nicht funktioniert. Wir machen eine Umfrage, was sie angehen würden, wenn sie eine Sache ändern könnten. Und schließlich spielen wir das Ganze zu ihnen zurück: Wie würden sie das Problem angehen und etwas ändern?«

»Kostenlose Effizienzberatung?«, fragte Gerry. Er nickte langsam. »Gefällt mir.«

»Alles daran?«

»Im Großen und Ganzen. Ich denke, an Teil zwei müssen wir noch feilen. Wir können nicht einfach ankommen und sagen: ›AiPler sind für ihre Arroganz bekannt – legen Sie das ab.‹«

Ich lachte. »Nein, würde ich aber gern.«

»Vielleicht könnten wir das in den Kontext der Verbesserung ihrer Kommunikationsfähigkeit stellen«, meinte Gerry. »Sie könnten sich ein paar Aufgaben überlegen, die sie als Team bewältigen müssen.«

»Ja, das ließe sich machen«, erwiderte ich.

»Wie schlagen sich unsere Neuen denn so?«, fragte er.

Ich dachte an die vergangene Woche auf Station mit Sutton. Von den vieren, mit denen ich zusammenarbeitete, war sie mit Abstand die Beste. Aber eventuell war ich voreingenommen. »Ich habe nur mit den vieren bei uns in der Pädiatrie gearbeitet, und da gibt es bis jetzt Licht und Schatten.«

»Ich habe Gutes über Dr. Scott gehört. Können Sie das bestätigen?« Gerry entging nichts. Er machte die Überflieger eines jeden Jahrgangs aus und überredete viele von ihnen ohne große Mühe zu einer Laufbahn in der Pädiatrie.

Ich nickte. »Scheint sehr fähig zu sein.«

»Gut. Gut. Und dieser Betriebsausflug – Sie wissen, dass ich fragen muss, wie Sie den finanzieren wollen. Ich habe kein Budget dafür.«

»Nein, aber ich habe ein Hotel in Hertfordshire gefunden,

das dem National Health Service einen Rabatt gewähren würde. Und für die restlichen Kosten habe ich einen Sponsor aufgetrieben.«

Gerry lachte in sich hinein. »Sie meinen, Sie selbst sind bereit, dafür aufzukommen?«

Ich zuckte mit den Schultern. »Kann sein.« Ich redete nicht gern über das Geld, das ich im Studium gemacht hatte. Es war ein Glückstreffer gewesen und sollte nicht mein Aushängeschild sein.

»Sie sind tatsächlich hinter meinem Job her, was?«

Ich lachte. »Überhaupt nicht … Erst wenn Sie in Rente gehen wollen.«

»Sie sind ein guter Arzt, Jacob. Ein guter Mann. Ich hoffe nur, Sie opfern nicht alles für den Beruf.«

»Ich komme klar«, sagte ich. Gerry war immer ganz erpicht darauf, dafür zu sorgen, dass alle Ärzte seiner Abteilung in festen Beziehungen waren.

»Sie werden auch nicht jünger. Sie wollen doch eigene Kinder, oder?«

Jetzt wurde es schräg. »Ist das ein Ja zu dem Betriebsausflug, sofern ich ihn organisiert bekomme?«

»Es ist ein Ja, sofern Sie die Inhalte vorher mit mir absprechen. Und außerdem ein: *Legen Sie sich ein Liebesleben zu.*«

Ich stand auf. »Ich werde an beidem arbeiten.«

Wenn er nur wüsste, dass seine angehende Überfliegerin unter den neuen AiPlern die einzige Frau seit Langem war, an der ich Interesse hatte.

16. KAPITEL

SUTTON

Ich zerrte am Griff meines Rollkoffers, um die widerspenstigen Räder über das unebene Pflaster der Krankenhauszufahrt zu bugsieren. Ich hatte noch nie davon gehört, dass die AiPler einen Betriebsausflug machten. Die E-Mail, die wir dazu erhielten, kam von Jacob; seinen Namen in meinem Posteingang zu sehen, hatte sich angefühlt wie Schmetterlinge in meinem Unterleib.

Doch natürlich war die E-Mail *beruflich* bedingt gewesen. Ich hatte ganz bestimmt nicht gehofft, es ginge um irgendetwas anderes. Nein, überhaupt nicht.

Aber ein Ausflug? Einige dieser Schmetterlinge hatten sich fest eingenistet. Es waren Eindringlinge. Besetzer. Sie mussten weiterfliegen. Nur wurde ich sie nicht los.

»Soll ich dir den Koffer abnehmen?« Andy, einer der AiPler, die der Notaufnahme zugeteilt worden waren, schloss zu mir auf, während ich den steilen Anstieg zum Parkplatz hochging, wo wir uns vor dem Bus einfinden sollten.

Fast hätte ich losgelacht, merkte jedoch, dass er es ernst meinte. »Geht schon, danke. Wir bleiben ja nur eine Nacht. Ich habe nichts allzu Schweres dabei.«

»Spannende Sache, oder?«, fragte er.

»Irgendwie schon«, antwortete ich. Mal ehrlich, wenn man uns schon im Krankenhaus entbehren konnte, hätte ich den

Tag lieber im Bett verbracht. Ich bräuchte nicht mal Netflix. Als Friseurin war ich es gewohnt gewesen, den ganzen Tag auf den Beinen zu sein, doch das Studium hatte meine Fußsohlen zu Weichlingen gemacht. Ich wollte einfach bloß mal längere Zeit liegen.

»Es ist gut, mal aus dem Krankenhaus rauszukommen«, meinte er. »Außerdem ist das Wetter super. Hast du diesen Fragebogen darüber ausgefüllt, was wir am liebsten ändern würden?«

»Ja.«

»Meinst du, die greifen das auf, was am häufigsten genannt wurde? Und was machen sie dann? Uns mitteilen, dass sie das Thema angehen werden, um die Arbeitsmoral zu steigern?«

»Tja, ich weiß auch nicht mehr als du«, sagte ich. Als das Heck des Busses in Sicht kam, fragte ich mich, ob ich Andy während der ganzen Fahrt zum Hotel an der Backe haben würde.

»Ich habe es gegoogelt«, sagte er. »Die Fahrt dauert keine fünfundvierzig Minuten. Nicht mal mit dem Bus.«

»Gut zu wissen.« Tatsächlich hatte ich selbst gegoogelt. Ich musste wissen, was mich erwartete. Da war ich mir immer noch nicht so sicher. Ich wusste nur, dass es im Hotel ein Schwimmbad gab, also hatte ich meinen Badeanzug eingepackt und versucht, mir nicht auszumalen, Jacob würde das Zimmer neben meinem bekommen.

Während wir den steilen Weg weiter hochgingen, kam der ganze Bus in Sicht, und ich sah Jacob neben der offenen Tür stehen. Erschieß mich doch gleich einer. Er sah noch umwerfender aus als sonst in dem strahlend weißen Polohemd zu dunkelblauen Jeans, ein lässiger Look, der noch von einer Wayfarer-Sonnenbrille gekrönt wurde. Wieso konnte ich nicht Sex mit einem echt hässlichen, kleinen, schmierigen Kerl gehabt haben? Warum musste der Typ, mit dem ich auf ein Blind Date geschickt wurde ... Jacob sein?

»Andrew«, sagte er, wobei sein Blick von mir zu Andy und wieder zurück wanderte. »Sutton.«

»Kann's gar nicht erwarten, dass es losgeht«, meinte Andy.

»Wir sind da«, rief eine Frauenstimme hinter mir. Gilly und Veronica kamen zum Bus geeilt.

»Was ziehst du heute Abend an?«, fragte mich Gilly, sobald sie nah genug war, um nicht mehr schreien zu müssen.

Ich schaute hinunter auf meine Klamotten und fragte mich, ob ich in Jacobs E-Mail eventuell irgendetwas über ein schickes Abendessen oder so überlesen hatte.

»Umziehen wird nicht nötig sein«, sagte Jacob. »Wir grillen bloß im Garten.«

Gott sei Dank.

»Aber ich habe mir extra ein echt schönes asymmetrisches Top gekauft«, sagte Gilly.

Jacobs Blick huschte zu mir. Was dachte er gerade? Erinnerte er sich daran, dass ich bei unserem Date ein asymmetrisches Oberteil getragen hatte? Oder daran, wie er es mir fast heruntergerissen hatte, bevor er meine Brust mit dem Mund umschloss und –

Ich musste sofort aufhören, an so etwas zu denken, sonst würde ich es nicht aushalten, Jacob außerhalb des Krankenhauses zwei Tage lang so nah zu sein.

Gilly streichelte Jacob förmlich mit ihrem Blick, als sie zu ihm hochsah. »Es wäre schade, es nicht anzuziehen.«

»Alles einsteigen«, sagte Jacob. »Es gibt genügend Platz, um sich breitzumachen. Sie brauchen nicht nebeneinanderzusitzen.«

Lächelnd stieg ich in den Bus, während ich mir vorstellte, Jacob hätte das mit dem Platz zum Breitmachen gesagt, weil er nicht wollte, dass ich neben Andy saß. Allerdings war es nicht so, als ob er eifersüchtig wäre. Er konnte jede Frau haben, die er wollte.

Jede, die nicht im Royal Free arbeitete.

Ich schnappte mir einen Einzelplatz ungefähr in der Mitte des Busses, hinter Veronica und Gilly. Binnen weniger Minuten waren wir in Richtung Hotel losgefahren.

Veronica und Gilly fingen an sich zu unterhalten und gaben es irgendwann auf, mich in ihren Erfahrungsaustausch über die letzten Wochen einzubeziehen, da ich nicht viel dazu beisteuerte. Sie redeten darüber, was ihnen gefiel und was nicht und welcher Station sie als Nächstes zugeteilt zu werden hofften. Keine von beiden wollte auf lange Sicht in der Pädiatrie bleiben. Um ehrlich zu sein, wusste ich nicht recht, ob ich mir vorstellen konnte, Kinderärztin zu werden. Die Arbeit gefiel mir sehr, aber es war hart, tagtäglich kranke Kinder zu erleben. Wiederum war es vielleicht immer hart, egal, welches Alter die Patienten hatten.

Es war angenehm, mal eine Weile sitzen zu können, E-Mails abzurufen und Rechnungen anzuweisen. Da ich diese Woche noch eine zusätzliche Schicht übernommen hatte, war ich mit meinem persönlichen Orga-Kram hinterher.

Als ich den Gang hinunterschaute, sah ich vorn Jacobs blonden Haarschopf. Er hatte seine langen, in Jeans steckenden Beine zwischen den Sitzen ausgestreckt.

War er sich meiner Gegenwart genauso bewusst wie ich mir seiner?

Es schien, als hätte ich einen inneren Jacob-Cove-Warnmelder, der permanent scharf gestellt war. Ich erkannte seine Schritte auf dem Linoleum der Krankenhausflure. Ich kannte seine Handschrift und seine Angewohnheit, »Kenntnisnahme« mit »Kennt.« abzukürzen, und wenn er mit Namen unterschrieb, erinnerte mich das geschwungene »J« an die Form seiner Lippen.

Unsere Schichten fielen nicht immer zusammen, aber wenn, dann war ich deshalb nicht mehr angsterfüllt. Sondern erleichtert. Ich arbeitete unheimlich gern mit ihm zusammen. Er war ein großartiger Lehrer. Von einigen AiPlern auf den anderen Stationen hatte ich gehört, dass viele Oberärzte uns Neue nervig fanden. Jacob schien den AiPlern wirklich etwas beibringen zu wollen, und er schien Freude am Lehren zu haben. In seiner Gegenwart war ich eine bessere Schülerin, weil ich Eindruck auf ihn machen wollte. Dadurch, dass er so engagiert war, strengte ich mich mehr an und meine Nervosität sank.

Je mehr Zeit ich mit ihm verbrachte, umso mehr wollte ich in seiner Nähe sein.

Umso mehr wünschte ich mir, wir würden nicht im selben Krankenhaus arbeiten.

Ziemlich sicher war ich nicht die einzige AiPlerin, die fast schon besessen war von Dr. Cove, doch womöglich die einzige, die ihn auch nackt gesehen hatte.

Hätten wir nicht diese eine Nacht zusammen verbracht, wäre ich vielleicht nicht so auf ihn fixiert. Dann würde ich ihn vielleicht nicht für einen der anziehendsten Menschen halten, denen ich je begegnet war. Doch wir hatten diese gemeinsame Nacht gehabt, und inzwischen war ich dankbar dafür – trotz der Panik und Reue in den ersten paar Tagen danach.

Jacob rührte sich, beugte sich über die Armlehne seines Sitzes und sah den Bus entlang. Unsere Blicke trafen sich, und keine Ahnung, was mit mir nicht stimmte, doch ich konnte nicht wegsehen.

Und er tat es auch nicht.

Es war, als wäre die Zeit stehen geblieben und es gäbe nur

noch ihn und mich im Bus, die einander zu vermitteln versuchten, wie sehr sie sich wünschten, alles wäre anders.

Es war, wie es war.

Als ich ihm ein kleines bedauerndes Lächeln schenkte, blinzelte er langsam und nickte bedächtig.

Als der Bus scharf abbog, holte uns das in die Realität zurück. Jacob stand auf.

»Machen Sie sich bereit zum Aussteigen. Wir sind da, hier ist das Hotel.«

Als ich aus dem Fenster schaute, rückte ein imposantes Haus mit roter Klinkerfassade in Sicht. Ich traute meinen Augen kaum. Ich hatte mit einem Ibis Hotel gerechnet oder einer Travelodge. Womöglich sah es drinnen übel aus. Zu beiden Seiten des Busses erstreckten sich sorgsam gestutzte grüne Rasenflächen, so weit das Auge reichte.

»Bevor Sie fragen: Zum Golfspielen wird keine Zeit sein«, rief Jacob von vorn.

Wow, es war echt schön hier. Diese Art Hotel passte eher zu einem romantischen Kurzurlaub als zu einem Betriebsausflug des National Health Service. Aber ich würde mich bestimmt nicht beschweren.

»Müssen wir die Übernachtung selbst zahlen?«, fragte Gilly, als Jacob in den Gang trat.

»Nope«, erwiderte er ohne weitere Erklärung.

Unsere Koffer und Taschen wurden vom Hotelpersonal entgegengenommen, und man führte uns direkt in einen Konferenzraum.

Dort standen fünf runde Tische mit je vier oder fünf Stühlen.

»Bitte setzen Sie sich an den Tisch, auf dem ein Schildchen mit ihrer Station steht«, sagte Jacob.

Ich setzte mich neben Gilly und packte einen Schreibblock

aus – bereit, Jacob einen Tag lang zuzuhören und zuzusehen.

Ich wusste nicht recht, ob es der Himmel oder die Hölle
werden würde.

17. KAPITEL

JACOB

Der Tag lief bisher gut, aber ich freute mich darauf, nach draußen in die Sonne zu kommen. Ich schritt über den Rasen auf das Strohlabyrinth zu, wobei mir fünfundzwanzig AiPler folgten, als wäre ich der Rattenfänger. Den Vormittag über war es darum gegangen, aus Fehlern zu lernen und die häufigsten Probleme der Berufsanfänger auszumachen. Die meisten ließen sich auf mangelnde Kommunikation herunterbrechen, deshalb hatte ich mir für den Nachmittag Spiele überlegt, die die Ärzte für die Tücken der Kommunikation in einem stressigen Arbeitsumfeld sensibilisierten und dafür, wie wichtig kommunizieren dennoch war. Ich hatte das Programm nach dem ersten Gespräch mit Gerry leicht überarbeitet, und wie üblich hatten seine Ansprüche an mich eine Verbesserung bewirkt.

Heute Vormittag war mein Blick öfter zu Sutton gewandert, als er sollte. Es passierte ganz unbewusst. Ich war einfach zu ihr hingezogen. Sie strahlte solche ruhige Entschlossenheit und Selbstvertrauen aus – es war regelrecht spürbar. Sie gehörte zu den Stilleren in der Gruppe. Es gab Ärzte wie Gilly, David und Thomas, die sich in den Vordergrund drängten. Ich hatte schon vor langer Zeit gelernt, dass dies selten die besten Mediziner waren. Sutton war der anmutige Schwan in einem Teich voller sehr aufgeregter Fischchen. Sie versuchte nicht, sich hervorzutun oder meine Aufmerksamkeit zu bekommen – eher im Gegenteil. Doch meine Aufmerksamkeit war ihr trotzdem sicher.

Als ich bei den Strohballen ankam, verteilten sich alle im Halbkreis vor mir. Ich setzte meine Sonnenbrille auf. Zwar schien auch die Sonne, doch die Brille diente dazu, meine unterschwellige Anziehung zu Sutton zu verbergen. »Ich werde Sie in fünf Teams aufteilen. Jedes Team beginnt mit einer der fünf Aufgaben. Diese sollten jeweils ungefähr eine Dreiviertelstunde Zeit in Anspruch nehmen. An jeder Station wartet ein Helfer, der Sie einweist. Ich werde als Beobachter von Gruppe zu Gruppe gehen.«

Die meisten der Ärzte vor mir stupsten einander an und witzelten herum.

»An dieser Station hier gibt es ein Strohlabyrinth. Sie müssen den Weg hindurch finden, um den Gegenstand in der Mitte einzusammeln, und dann auf der anderen Seite wieder herausfinden. Sie werden Zweierteams bilden. Einer von beiden wird mit verbundenen Augen und Händen durchs Labyrinth gehen, und der andere steht dort oben und lotst seinen Partner hindurch.« Ich nickte hinüber zu einer Plattform, von der aus man das hüfthohe Strohlabyrinth überblicken konnte. »Jeder bekommt Gelegenheit, einmal zu dirigieren *und* einmal mit verbundenen Augen hindurchzugehen. Es geht dabei um Schnelligkeit. Das schnellste Zweierteam gewinnt.«

Einige lachten, und manche stöhnten. Sutton stand nur da, ebenfalls mit einer Sonnenbrille auf der Nase, die Hände in die Hüften gestemmt, als wäre sie bereit für den Wettkampf. Sie und ich hätten so etwas Ähnliches auch bei unserem Date machen können. Das hätte Spaß gemacht. Wobei ich ungern gegen sie antreten würde. Viel lieber hätte ich sie auf meiner Seite.

Ich teilte die Teams ein, und alle gingen zu ihrer ersten Station. Suttons erste Aufgabe war das Labyrinth. Ich wollte dableiben und mir ansehen, wie es lief.

Sie wandte sich an Andy und fragte ihn, ob er ihr Partner sein wolle. Mir war bewusst, dass Sutton gesagt hatte, sie habe kein Interesse an einer Beziehung, weil sie sich auf die Arbeit konzentrieren wolle, doch ich fragte mich, ob sich daran etwas geändert hatte. Oder ob das noch passieren würde. Und wenn das geschah, würde Andy dann der Mann an ihrer Seite sein? Ich durfte nicht daran denken.

»Übernimm du den blinden Part«, sagte Sutton. »Ich lotse dich hindurch.«

Schulterzuckend griff Andy nach der Augenbinde, während sich Sutton einen Plan vom Labyrinth nahm.

»Bevor du die umlegst, lass uns noch abstimmen, dass du nur ganz kleine Schritte machst. Bloß immer einen halben Fuß vor den anderen. So vermeiden wir, dass du zurückgehen musst.«

»Aber wenn ich größere Schritte mache, geht es schneller.«

»Nicht, wenn du übers Ziel hinausschießt«, hielt Sutton dagegen. »Dann musst du zurück, und alles geht komplett in die Hose. Vertrau mir einfach.«

Sie hatte recht. Ich war allerdings nicht sicher, ob Andy ein Typ war, der auf sie hören würde. Nach einigem weiteren Hin und Her verband Sutton Andy die Augen und führte ihn zum Eingang des Labyrinths. Sie stieß ein kurzes Lachen aus, schaute zu mir und ging dann zur Plattform. Nicht nur ich beobachtete sie. Sondern auch ihre Kollegen. Für einen schwachen Moment war jetzt nicht der rechte Augenblick.

Sutton konzentrierte sich wieder und begann, Andy Anweisungen zu geben, der daraufhin lostrippelte, gefolgt von dem freiwilligen Helfer und dann mir.

Sie fing stark an, war sicher in ihren Ansagen und lenkte Andy erfolgreich um zwei Ecken.

»Bleib stehen«, sagte sie. »Dreh dich um neunzig Grad nach rechts. In kleinen Schritten.«

»Jetzt geradeaus gehen?«, fragte Andy.

»Ja, ungefähr halb so weit wie eben. Mach langsam.«

»Stopp«, rief sie. »Jetzt auf der Stelle stehen bleiben und nach rechts drehen.« Andy drehte sich nach links. »Nein, falsche Richtung, anders herum.«

»Bist du sicher?«, fragte Andy.

»Absolut«, erwiderte Sutton.

»Aber wir sind doch eben schon rechts herum«, wandte Andy ein.

Was sollte das denn? Warum hörte er nicht einfach darauf, was Sutton sagte? Sie war doch die Sehende in diesem Duo.

»Du musst mir schon vertrauen, dass ich sehe, wo du hingehst. Du musst dich hundertachtzig Grad im Uhrzeigersinn drehen.«

»Echt?« Er seufzte und wandte sich wie angewiesen nach rechts. Endlich.

»Jetzt geradeaus gehen«, sagte Sutton. »Noch weiter.«

Andy trippelte vorwärts.

»Stopp«, wies ihn Sutton an. »Jetzt neunzig Grad gegen den Uhrzeigersinn.«

»Jetzt sind wir doch bestimmt wieder da, wo wir angefangen haben.«

Sutton stieß ein total charmantes Lachen aus, und ich musste mir ein Lächeln darüber verkneifen, wie ihr Gesicht erstrahlte und ihr Pferdeschwanz hin und her schwang, als sie den Kopf in den Nacken legte. Ich wusste nicht recht, ob sie mit ihm oder über ihn lachte. »Jetzt beide Hände nach vorn strecken.« Vor Andy lag ein Tennisball auf einem Podest. Ich ging rüber zu einer anderen Gruppe, damit man mir nicht vorwerfen konnte, ich wäre auf Dr. Sutton fixiert. Was durchaus der Fall zu sein schien.

Nur noch ein paar Monate, dann würde sie auf eine andere Station wechseln. Die konnten sich freuen. Es waren zwar erst wenige Wochen vergangen, doch ich war ziemlich sicher, dass Sutton die Überfliegerin ihres Jahrgangs sein würde, so wie ich der von meinem gewesen war.

Ich steuerte die zweite Station an, wo die Mitspieler in ungefähr einem Meter Abstand zueinander in einer Reihe saßen. Die erste Person vorne bekam eine Schritt-für-Schritt-Anleitung zum Bau eines einfachen Lego-Hauses, die letzte in der Reihe bekam die Legosteine. Die Bauanleitung durfte nicht durchgereicht werden. Vielmehr mussten die Anweisungen mündlich unter den fünf Teammitgliedern bis zu der Person weitergegeben werden, die das Haus zusammensetzen sollte. Sie waren damit etwa zur Hälfte fertig. Das Gebilde sah zumindest annähernd wie ein Haus aus, doch die Farben stimmten nicht und wichtige Teile fehlten.

Als ich zum Labyrinth zurücksah, blickte Sutton im selben Moment über ihre Schulter geradewegs in meine Richtung. Sie trug ihre Sonnenbrille, sodass ich mir nicht sicher sein konnte, ob sie mich anschaute, doch etwas sagte mir, dass diese unleugbare Anziehung, die ich spürte, nicht nur in eine Richtung existierte. Keine Ahnung, ob das gut oder schlecht war. In gewisser Weise beruhigte es mich zu wissen, dass dieses Gefühl nicht bloß einseitig war, andererseits wurde es aber noch umso schwieriger, ihr zu widerstehen, wenn ich davon ausging, dass sie genauso empfand wie ich.

Doch ich musste widerstehen. Wenn ich eine AiPlerin datete, stand das meinem nächsten Karriereschritt im Weg. Und selbst wenn ich es für eine gute Idee hielte, die Sache zwischen uns weiterzuverfolgen, hatte sie mich immer noch letztes Mal von sich gestoßen, als wir uns küssten. Sie wollte auch nicht, dass das mit uns weiterging.

Hier waren wir also, jeder für sich gefangen in seiner persönlichen Hölle.

Nach fünfundvierzig Minuten wechselten alle die Station, und ich ging weiter zu einer, bei der sich alles um Körpersprache und Einfühlungsvermögen drehte. Einer nach dem anderen führte jeder Teilnehmer ein Gespräch mit einem »Patienten«, der eine leicht zu diagnostizierende Erkrankung hatte. Im Anschluss daran wurden die Ärzte gefragt, woran der Patient ihrer Meinung nach litt und warum. Dann wurden sie danach gefragt, wie sich der Patient fühlte. Ziel der Übung war es, statt der Erkrankung vielmehr die Gefühlslage des Patienten zu erkennen. Die AiPler sollten sich merken, dass es bei Kommunikation nicht allein um Worte ging.

Das würde viele von ihnen verblüffen. Fürs Medizinstudium entschieden sich kluge, karriereorientierte Menschen – was ein zweischneidiges Schwert war. Viele mit diesen Eigenschaften waren genau die Falschen für den Arztberuf. Empathie war eine Schlüsselkompetenz in der Medizin, und oftmals eine, die besonders im Krankenhausalltag hintenüberfiel.

Es gab außerdem noch eine Spielstation, bei der es innerhalb eines Zeitlimits einen Fluss zu überqueren galt, was gutes Kommunizieren in Stresssituationen fördern sollte. Und als Letztes stand noch eine Schatzsuche mit allen Teams an.

Kurz vor dieser ging ich auf die Toilette. Die meiste Zeit über hatte ich andere Gruppen als Suttons beobachtet, deshalb war ich nicht darauf gefasst, sie auf mich zukommen zu sehen, als ich hochschaute. Im Lauf des Nachmittags hatte ich mich daran gewöhnt, sie nicht zu sehen, und als sie jetzt ankam, war das wie ein Hieb mit der Bratpfanne gegen den Kopf. Ihre perfekte, durch das in die Jeans gesteckte T-Shirt noch betonte Sanduhrfigur setzte meine Fingerspitzen unter Strom. Mein Körper kribbelte vor Verlangen, sie zu berühren. Während sie näher kam, zog sich mein Herz zusammen und schien abzuheben. Ich versuchte durchzuatmen, damit meine physische Reaktion auf Sutton nachließ und ich nicht noch in Ohnmacht fiel, bevor wir voreinander standen.

Im Näherkommen schenkte sie mir ein kleines Lächeln und ging ohne ein Wort zurück zu den anderen.

Allein schon bei ihrem Anblick spielte mein Körper komplett verrückt.

Was machte diese Frau nur mit mir?

18. KAPITEL

SUTTON

Ich war seit Beginn meines Medizinstudiums nicht mehr schwimmen gewesen, wollte mir aber nicht die Gelegenheit entgehen lassen, mir zwanzig Minuten für mich allein zu nehmen, um ein paar Runden in dem schicken Hotelpool zu drehen. Als Jugendliche hatte ich einen Weg gefunden, mich ins örtliche Schwimmbad zu schleichen, ohne Eintritt zu bezahlen. Es gab einen Hintereingang, an dem die Mitarbeiter ihre Zigarettenpause machten, und wenn ich die richtige Zeit abpasste – meistens vormittags gegen elf –, stand die Tür offen, aber niemand war in der Nähe. Manchmal musste ich bis zu eine Stunde warten, um eine Lücke im Schichtplan der nikotinabhängigen Mitarbeiterschaft zu erwischen, aber in den sechs Wochen Sommerferien, wenn ich sonst nichts zu tun hatte, außer meiner Mutter und ihrem neuen Freund aus dem Weg zu gehen, war egal, was ich machte, solange ich nicht zu Hause war. Für gewöhnlich verließ ich das Haus, bevor sie aufstand, und kam erst spätabends zurück, nur um Streit zu vermeiden.

Als Friseurin war ich noch schwimmen gegangen, aber als ich zu studieren anfing, hatte ich alles aufgegeben, was nicht mit Lernen zu tun hatte. Es fühlte sich gut an, wieder in meinen Badeanzug zu schlüpfen. Hier war der perfekte Ort, um wieder mit ein bisschen Brustschwimmen anzufangen.

Einen schöneren Raum als die Damenumkleide hatte ich noch nie gesehen, einmal abgesehen von dem Hotelzimmer, das ich bekommen hatte. Als man mir den Schlüssel gab und ich es durch das Labyrinth von Fluren im ersten Stock geschafft hatte, glaubte ich, es müsste irgendein Fehler passiert sein. Aber der Schlüssel passte, und ich bezog ein riesiges Zimmer mit Blick auf den Golfplatz, einer frei stehenden Badewanne mit geschwungenem Rand und einem Bett von der Größe eines Tennisplatzes.

Es war nicht lang bis zum Abendessen. Die meisten hatten sich gleich zur Bar begeben, aber dort war womöglich auch Jacob, und ich wollte nicht mehr Zeit als nötig in seiner Gegenwart verbringen. Schwimmen gehen schien der bessere Zeitvertreib.

Die Umkleiden führten direkt hinaus zum Schwimmbecken. Zum Glück schwamm gerade nur jemand auf der äußeren Bahn und drehte Runden wie ein Profi. Das Becken war lang, aber nur zwei Bahnen breit. Ich würde die vordere Bahn nehmen und ein bisschen Omaschwimmen betreiben.

Das Wasser war eiskalt, ich duckte mich bis zum Hals hinein und fing an zu schwimmen, ohne den Kopf unterzutauchen. Schnell wurde mir wärmer, ich schaffte es locker bis zum anderen Ende des Beckens und wendete. Der Olympiaschwimmer neben mir legte während jeder meiner Bahnen geschätzte drei zurück. Nach meiner dritten erreichte ich den Beckenrand gleichzeitig mit ihm. Sowie ich ihm den Kopf zudrehte, verriet sein kurzes blondes Haar, wer er war.

Jacob.

Ich befand mich halb nackt einen Meter entfernt von genau dem Mann, von dem ich mich gerade abzulenken versuchte.

Er schob seine Schwimmbrille hoch und stellte sich hin, wobei seine muskulöse Brust, an der lauter Wassertropfen hinunterperlten, meinem Herzschlag nicht gerade guttat. »Hi. Ich hatte dich gar nicht erkannt.«

Ich hielt an, blieb jedoch in der Hocke, damit ich weiterhin bis zum Hals unter Wasser war. »Hi. Ich hatte nicht damit gerechnet, dass du hier sein würdest.«

»Tja.« Als er sich mit der Hand über den Kopf fuhr, fiel seine Schwimmbrille herunter. Ich fing sie auf und warf sie ihm zu. »Danke.«

»Ich dachte, du schwimmst lieber im Freien?«

Er setzte ein Lächeln auf, das ich zuvor nur außerhalb des Krankenhauses gesehen hatte. »Ich mag Hampstead Heath, aber hier drin ist die Temperatur viel angenehmer.«

»Es ist Ewigkeiten her, dass ich schwimmen war. Noch bevor ich zu studieren anfing.«

»Noch bevor?« Er guckte mich an, als hätte ich mich komisch ausgedrückt. »Was war denn noch davor?«

Da wir uns das Thema Medizin bei unserem Abendessen verboten hatten, konnte er nicht wissen, dass mein Weg in den Beruf ungewöhnlich gewesen war – es sei denn, er hätte sich meinen Lebenslauf genauer angesehen. Das beruhigte mich dahingehend, dass die übrigen Oberärzte des Royal Free ihn sich eventuell auch nicht angeschaut hatten. Vielleicht würde es mir tatsächlich gelingen, nicht aufzufallen.

»Ich bin mit sechzehn von der Schule abgegangen. Hab erst Friseurin gelernt, bevor ich beschloss, einen anderen Berufsweg einzuschlagen.«

Er nickte. »Das erklärt einiges.«

Bei diesem fiesen Kommentar wurde mir schwer ums Herz, aber ich zuckte nur mit einer Schulter und tat so, als verletzte mich das nicht zutiefst. Ich schaute die Bahn hinunter, während ich überlegte, ob es unhöflich wäre, einfach weiterzuschwimmen, ehe er mir noch anmerkte, wie bestürzt ich war.

»Ich meine, du warst vorhin echt beeindruckend«, sagte er und schaute dann ebenfalls weg. »Das hätte ich nicht sagen sollen. Es ist nur so, dass du den anderen haushoch überlegen warst, und ich konnte nicht recht einschätzen, ob es nur an … na ja, an uns liegt. Aber es ergibt Sinn, dass dein Weg in den Beruf nicht geradlinig war. Du besitzt Lebensweisheit, einen Pragmatismus und Einfühlungsvermögen, das den anderen AiPlern fehlt.«

Jetzt kämpfte ich damit, zu überspielen, wie ich rot wurde. »Soll ich Ihnen vor Ihrer Blinddarm-OP schnell noch die Haare zurechtföhnen?«

Jacob reagierte nicht auf meinen Witz. »Mach das nicht. Liefere den Leuten keine Munition, nur weil du ihnen zuvorkommen willst.«

»Wieso nicht?« Ich hatte mich mit den Witzen und höhnischen Bemerkungen meiner Kollegen abgefunden, die zwangsläufig kamen, sobald sie Bescheid wussten, doch davon würde ich mich nicht unterkriegen lassen. Ich hatte viel Schlimmeres mit meiner Mutter mitgemacht. »Es lässt sich nun mal nicht leugnen.«

Er kam näher. »Wie du dich im Krankenhaus verhältst, ist beeindruckend. Wie du in jeder Situation immer alles erst logisch durchdenkst, zeigt Reife. Es zeigt Lebenserfahrung. Du bist eine gute Ärztin.«

»Danke«, sagte ich. »Ich glaube, nachdem ich vier Monate von dir angelernt wurde, werde ich definitiv eine bessere sein.« Ich wüsste niemanden, von dem ich lieber lernen würde. Jacob war geduldig, aber entschieden, klug und freundlich und wurde von allen seinen Kollegen respektiert. Gab es einen besseren Lehrer?

»Das ist mein Job«, erwiderte er. »Aber trotzdem danke.«

Ich ließ die Arme in einem Kreis um mich herum über die Wasseroberfläche gleiten.

»Lust auf ein Wettschwimmen?«, fragte er grinsend.

»Gegen dich?« Ich zog die Stirn kraus. »Soll das ein Scherz sein? Denk dran, ich habe deinen Body gesehen.«

Er lachte. »Wie könnte ich das vergessen?«

Als sich unsere Blicke trafen, fühlte es sich an, als hätte ich auf einem für mich maßgefertigten Stuhl Platz genommen. Sein Blick war angenehm, behaglich und genau richtig, obwohl er doch so falsch war.

»Ich versuche, dir aus dem Weg zu gehen«, platzte ich heraus, als hätte er auf einen Wahrheitsknopf am Beckenrand gedrückt.

»Und ich versuche, dir aus dem Weg zu gehen«, erwiderte er. »Es klappt nicht sonderlich gut, was?«

»Meine erste Rotation, meine erste Schicht und jetzt das hier? Ich meine …« Ich schaute Richtung Decke. »Wer immer da oben alles lenkt, hat sich diesen Monat wohl freigenommen.«

»Oder auch nicht«, sagte er. Seine Mundwinkel bogen sich auf eine herrlich sexy Art nach oben. Ich überlegte, ob ich das auch im Restaurant registriert hatte oder ob meine Sinneswahrnehmung schon davon überfordert gewesen war, neben ihm zu sitzen. Es gab so viele Eindrücke.

»Du meinst, Gott kann mich einfach bloß nicht leiden?«, fragte ich.

Jacob stöhnte. »Nein, so war das nicht gemeint. Wir werden … einfach ständig zusammengeführt. Ich hätte an dem Abend gar nicht dein Date sein sollen, und jetzt arbeiten wir zusammen und sind beide hier und stehen halb nackt zusammen im Wasser. Das sind eine Menge Zufälle.«

»Ah, du denkst, Gott hat einen Plan«, sagte ich.

»Ich habe einen Plan«, murmelte er.

»Was?«

Er schüttelte den Kopf. »Ich weiß bloß nicht, wie groß meine Selbstbeherrschung ist. Eventuell musst du demnächst für uns beide stark sein.«

»Oh nein«, erwiderte ich. »Du kannst dich nicht auf mich verlassen. Ich versuche hier, dir aus dem Weg zu gehen, damit keiner merkt, wie sehr ich –« Ich brach ab, bevor ich noch zu viel sagte, und duckte mich wieder bis zum Hals ins Wasser.

»Wie sehr du …?«

Ich atmete tief durch. »Dass ich darauf antworte, willst du gar nicht. Diese Unterhaltung hier ist gefährlich.«

»Genau da liegt das Problem. Ich würde echt gern deine Antwort auf die Frage hören.«

Die Grenzlinie zwischen uns verblasste rasend schnell. So gern ich auch noch ihre letzten Überbleibsel ausradieren wollte, es stand zu viel auf dem Spiel. Ich wich einen Schritt zurück. »Jacob. Wir haben beide unsere Gründe, warum wir das für keine gute Idee halten.«

»Fuck«, stieß er aus. »Ich weiß. Ich muss mich abkühlen oder irgendwas.«

»Du bleibst hier, und ich gehe. Ich war eh nur Omaschwimmen. Du wirkst wie … wie ein Profi.«

Als er im Wasser an mir herunterschaute, hätte ich mich nicht nackter fühlen können. Ich wollte auf ihn zugehen, die Hände um seinen Hals schmiegen und die Beine um seine Hüften legen. Ich wollte seine nasse Haut ablecken und mich ihm entgegendrücken. Ich wollte die Hand vorn in seine Badeshorts schieben und die Finger um seinen Schwanz legen, damit er hart wurde. Wahrscheinlich würde er es schaffen, mir den Badeanzug in unter einer halben Sekunde auszuziehen, hätte in unter einer Sekunde seinen Mund auf mir und wäre in unter zehn in mir.

»Shit, ich kann dir geradezu ansehen, was du denkst.«

Ich schlug die Hände vors Gesicht. »Ich muss hier raus.« Ich wich zurück.

»Geh«, sagte er und setzte dabei seine Schwimmbrille wieder auf. »Ich kann hier gerade unmöglich weg.«

Trotz seiner Größe tauchte er elegant unter und schwamm wieder zum anderen Ende des Beckens. Ich schaute ihm eine, dann zwei Sekunden lang zu, bevor ich zurück in die Umkleide ging. Mit Schwimmen hatte ich mich von Jacob ablenken wollen, doch es hatte die Glut in mir nur noch angefacht, sodass sie nun Flammen schlug.

19. KAPITEL

SUTTON

Hätte Gilly nicht an meine Tür geklopft, hätte ich den Abend in einem wunderschönen Hotelzimmer mit Netflix verbracht. Ich sagte ihr, ich fühlte mich nicht besonders, doch das brachte nichts. Sie ließ keine Ausreden gelten.

»Wir haben Gelegenheit, Zeit mit McDreamy zu verbringen. Du kannst heute Abend doch nicht bloß im Hotelzimmer hocken. Ich akzeptiere kein Nein.«

Nach dem Schwimmen hatte ich geduscht und meine Haare geföhnt, war jedoch im Bademantel, als Gilly ankam.

»Ich bin nicht geschminkt.«

»Du hast perfekte Haut. Leg ein bisschen Mascara auf. Mehr brauchst du nicht.«

»Ich bin nicht mal angezogen.«

Sie sagte nichts, sondern stützte nur eine Hand in die Hüfte. Seufzend kramte ich Jeans und ein T-Shirt hervor.

Gilly trug einen kurzen Rock, ein enges Polohemd und hohe Schuhe. Ich hatte gar nicht daran gedacht, etwas Schickes einzupacken. Ich zog meine Jeans und das Madonna-T-Shirt an, das ich seit meiner Zeit im Friseursalon besaß.

»Glaubst du, Jacob steht auf High Heels?«

»Keine Ahnung«, sagte ich und schlüpfte dabei in Ballerinas.

»Er ist single, oder?«

»Woher soll ich das wissen?«, erwiderte ich.

»Nicht mehr lange«, sagte sie und zwinkerte mir zu, bevor ich mir die Schlüsselkarte und mein Handy vom Schminktisch schnappte und sie zur Tür hinaus scheuchte.

Zum Abendessen gab es ein Büfett. Jacob und ich schafften es, zumindest eine Stunde lang mit den Rücken zueinander auf gegenüberliegenden Seiten des Raums zu bleiben. Mehr konnte ich mir nicht erhoffen.

»Ich gehe ins Bett«, sagte ich.

Gilly starrte mich an. »Nein, tust du nicht. Das lasse ich schlicht nicht zu. Du etwa, Veronica? Wir haben nie freie Zeit, um mal was miteinander zu unternehmen. Wir werden uns ein paar Cocktails genehmigen und uns unter die Kollegen mischen.«

»Cocktails hören sich gut an«, sagte Veronica.

»Ich nehme einen Sex on the Beach mit Dr. Cove«, meinte Sara, eine andere AiPlerin.

»Ich kämpf mit dir um ihn«, sagte Gilly.

»Um wen kämpft ihr?« Andy kam an unseren Tisch und stützte sich auf die Lehnen von Gillys Stuhl und meinem. »Ich bin nämlich genug zum Teilen.«

»Ich gehe rüber in die Bar«, verkündete ich und stand auf. Durch das ganze Gerede von Jacob, als wäre er ein Preis, den es zu gewinnen gab, hatte ich meine Meinung geändert. Vielleicht wollte ich doch erleben, wie er mit solchen Frauen wie Gilly und Sara umging. Vielleicht musste er sich bei ihnen genauso zusammenreißen wie heute im Pool. Vielleicht war ich nichts Besonderes und Jacob ein wandelndes Hormonpaket.

Als ich mich umdrehte, hatte Jacob bereits seinen Tisch verlassen. Vielleicht würde er gar nicht zur Bar gehen. Wieso sollte er Zeit mit einem Haufen Mittzwanzigern verbringen wollen, mit denen er zusammenarbeiten musste? Wahrscheinlich hatte er es sich im Bett gemütlich gemacht und guckte Netflix, wie ich es gern täte.

Ein Cocktail, danach würde ich auch ins Bett gehen.

Als wir in die Bar kamen, saß Jacob dort an einem Tisch und unterhielt sich mit einer AiPlerin, mit der ich noch nie gesprochen hatte – einer kleinen Asiatin namens Lucy. Sie war hübsch. Obwohl ich wusste, dass ich ihn nicht haben konnte und obwohl ich selbst jedweder Beziehung abgeschworen hatte, überkam mich eine Welle der Eifersucht. Er würde nichts mit Lucy anfangen – da war ich mir sicher. Aber er würde was mit jemandem anfangen. Irgendwann.

Jemand anderem als mir.

Gilly kam herüber, bat mich, ihr einen Cosmo zu bestellen, und ließ mich dann an der Bar stehen, um sich zu Jacob und Lucy zu gesellen. Gut möglich, dass es heute Abend einen Kampf um den hübschen Blonden geben würde. Doch keine von beiden würde gewinnen.

Andy ließ mich vor.

»Kann ich bitte einen Cosmopolitan und ein Glas Rotwein haben? Andy? Was möchtest du?«

»Passt schon. Ich überlege noch.«

»Kommt sofort«, sagte der Barkeeper.

»Hat dir der Tag gefallen?«, fragte Andy, während wir nebeneinander am Tresen standen.

Gefallen würde ich nicht gerade sagen. Jacob den ganzen Tag lang so nah zu sein, war anstrengend. Ich musste permanent gegen den Drang ankämpfen, ihm nah zu sein, ihn zu berühren, ihn zu küssen. Und jetzt zu wissen, dass er auch dagegen ankämpfte? Das war noch schlimmer. Dieses Wissen war wie langsam wirkende Säure, die mein logisches Denkvermögen zersetzte. Ich wusste, wie albern die Überlegung war, unserem Verlangen nachzugeben. Wenn wir das taten, bestand die Gefahr, dass wir beide Schaden nahmen … doch das Verlangen und die Lust in mir stiegen mit jedem Augenblick.

»Mit so was habe ich jedenfalls definitiv nicht gerechnet, als ich meine schriftliche Zusage bekam«, erwiderte ich unbestimmt. Ich schaute hinüber zu Jacob, der sich inzwischen mit Lucy und Gilly unterhielt. Gilly stellte ihr bestes Haarezurückwerfen zur Schau.

»Du kannst super kommunizieren«, sagte Andy. »Und auch echt gut zuhören.«

Ich lächelte. Ich wusste nicht recht, ob ich gestehen sollte, welchen Beruf ich zuerst gewählt hatte. Ich besaß jede Menge Erfahrung darin, Menschen zuzuhören, die mir die intimsten Dinge aus ihrem Leben erzählten, vom Seitensprung bis zum Geständnis, dass sie insgeheim ihre Kinder hassten. Und dazwischen gab es jede Menge Gespräche über Urlaub und Dramen bei der Arbeit. Meine Kunden brauchten nichts weiter von mir als einen Haarschnitt und ein freundliches Kopfnicken. Der Arztberuf war größtenteils etwas ganz anderes, aber ein paar Gemeinsamkeiten gab es.

»Hat es dir denn gefallen?«, fragte ich.

Andy erzählte mir, was ihm am heutigen Tag gefallen hatte – wie es zu seinem begeisterungsfähigen Wesen passte, gehörte dazu so ziemlich alles. Der Barkeeper brachte die Drinks und nahm dann Andys Bestellung entgegen.

»Klingt, als hättest du heute viel mitgenommen.« Ich nickte auf die Getränke. »Ich bringe Gilly mal lieber ihren Cocktail.«

»Wir sehen uns.«

Ich vermied es, Jacob anzuschauen, als ich Gillys Drink hinübertrug.

»Danke«, sagte sie und nahm mir den Cocktail ab. »Setz dich.«

Gilly und Lucy saßen auf den beiden Sesseln gegenüber von Jacob. Nur neben ihm auf dem schmalen Sofa war noch ein Platz frei.

Gilly registrierte mein Zögern. »Denk nicht mal dran, dich auf dein Zimmer zu verdrücken.« Sie wandte sich an Jacob. »Ist es zu fassen, dass sie drauf und dran war, ins Bett zu gehen, als ich bei ihr vorbeigeschaut habe? Sie wollte nicht mal zum Abendessen runterkommen.«

Sie schüttelte den Kopf, als wäre ich der dümmste Mensch, dem sie je begegnet war. Ich setzte mich so weit weg von Jacob, wie es ging, ohne auf der Armlehne des Sofas zu hocken. Sobald ich saß, legte er den Knöchel des einen Beins auf das Knie des anderen, wodurch die Luft in Bewegung geriet. Ich atmete seinen moschusartigen, reinen Duft ein, der sich nach unserem Date in meinen Laken festgesetzt hatte. Shit. Ich hätte Gilly ihren Drink geben und behaupten sollen, ich wäre mitten in einer Unterhaltung. Doch hier saß ich nun, direkt neben genau dem Mann, den ich zu meiden versuchte.

»Wir haben gerade darüber gesprochen, was für ein toller Tag es war. Ich habe total viel gelernt.«

»Totaaal viel«, setzte Lucy hinzu. »Ich weiß genau, dass es mir im Umgang mit den Patienten echt helfen wird und ich darauf achten werde, wie ich bei Übergaben kommuniziere. Wisst ihr, was ich meine?«

Ich nickte. Wow, die schleimten nach Kräften.

»Wie steht's mit Ihnen, Sutton?«, fragte Jacob mit einem Funkeln in den Augen, das mir verriet, dass er nichts Gutes im Schilde führte. »Haben Sie etwas mitgenommen?«

»Klar«, antwortete ich. »Jede Menge.«

»Was denn zum Beispiel?«, wollte Lucy wissen.

Ich seufzte. »Man kann nicht wissen, was die Menschen denken, wenn man nicht ordentlich kommuniziert.«

»Stimmt, im Medizinstudium bringt einem keiner Gedankenlesen bei.« Gilly lachte, als amüsierte sie sich prächtig.

»Und was noch?«, bohrte Jacob nach, und ich wusste nicht, ob er provozieren wollte – um mich dazu zu bringen, etwas einzugestehen – oder ob er aufrichtig an Feedback interessiert war.

Ich zuckte mit den Schultern. »Dass ich eine echt miese Schwimmerin bin?«

»Warst du im Pool?«, fragte Lucy begeistert. »Ich habe meinen Badeanzug dabei, hoffentlich schaffe ich es also, eine Runde zu drehen, bevor es morgen weitergeht.«

»Ach, ich wusste gar nicht, dass es einen Pool gibt«, meinte Gilly. »Wie habt ihr das denn rausgekriegt?«, wollte sie wissen. Lucy und sie fingen an, sich über die Hotelwebsite und übers Schwimmen zu unterhalten. Ich spürte Jacobs Blick auf mir, konnte mich jedoch nicht überwinden, ihn anzusehen. Meine Selbstbeherrschung hing eh schon nur noch an einem seidenen Faden – eine falsche Bewegung, dann würde er reißen und sie läge zerschmettert am Boden.

»Du bist keine schlechte Schwimmerin«, murmelte er leise.

Hitze kroch mir den Hals hinauf und in die Wangen. Man konnte es kaum als Kompliment bezeichnen. Ich wollte bloß nicht ans Schwimmen denken. An Jacob halb nackt im Pool, kaum einen Meter von mir entfernt. An alles, was mir entging wegen Jacob und unserer dämlichen Regeln.

»Finden Sie nicht auch, Jacob?«, fragte Gilly.

»Ob ich was finde?«, gab er zurück.

»Dass wir jedes Jahr so einen Betriebsausflug machen sollten.«

Jacob lachte in sich hinein. »Nette Idee. Es hat mich zwei Finger gekostet, das Krankenhaus dazu zu bringen, dem hier zuzustimmen.«

Gilly keuchte schockiert und nahm Jacobs Hand. Etwas Primitives in mir regte sich. Sie ließ mal lieber schön die Finger von ihm.

Jacob reagierte gelassen, indem er die Hand wegzog, um beide Hände mit den Fingern wackelnd hochzuhalten. »War nur ein Spruch. Für das Krankenhaus lohnt es sich kaum, AiPler zu einem so frühen Zeitpunkt der Ausbildung auf einen Workshop zu schicken. Das ist eine absolute Ausnahme.«

»Ist das hier denn der allererste AiPler-Betriebsausflug überhaupt?«, fragte ich. Gezwungenermaßen sah ich Jacob an.

Er erwiderte meinen Blick und nickte. »Yep. Wenn er ein Erfolg wird, gibt es hoffentlich jedes Jahr einen.«

»Wonach bemessen Sie den Erfolg?«, fragte ich.

Ein leises Lächeln zupfte an Jacobs Mundwinkeln.

Ich konnte es nicht lassen nachzufragen: »Was ist daran so lustig?«

»Nichts. Es ist nur typisch für Sie, dass Sie das fragen.«

»Typisch?«, fragten Gilly und ich wie aus einem Mund.

Er zuckte mit den Schultern. »Scharfsinnig. Kritisch. Aber um Ihre Frage zu beantworten: Es gibt verschiedene Erfolgskriterien.« Seine Stimme veränderte sich leicht und nahm jenen autoritären Tonfall an, der jedem in der Nähe klarmachte, dass er das Sagen hatte. Ich presste die Beine zusammen. »Erstens die Ergebnisse der Teilnehmerbefragung. Zweitens, ob wir es im Workshop schaffen, eine Maßnahme herauszuarbeiten, die den Alltag der Krankenhausbelegschaft verbessert und dazu beiträgt, Abläufe effektiver und effizienter zu gestalten. Und drittens, ob die Betreuungsärzte bei den AiPlern nach diesem zweitägigen Seminar eine veränderte Herangehensweise an die Arbeit feststellen.«

»Ich werde definitiv anders an die Arbeit herangehen«, sagte Gilly.

»Die Zeit wird es zeigen«, meinte Jacob.

»Dann war das alles also Ihre Idee? Der Betriebsausflug, meine ich?«, wollte ich wissen.

»Ja. Die Unternehmung hier ist quasi ein Probelauf.«

Ich nickte. Man sagte Ärzten nicht gerade nach, dass sie gern an ihrer Sozialkompetenz arbeiteten. Es hatte sicher jede Menge Überzeugungsarbeit gekostet, das Krankenhaus dazu zu bringen, dies hier zu genehmigen, mal ganz davon zu schweigen, dass im Schichtdienst fünfundzwanzig Ärzte fehlten. Er musste vom Nutzen so eines Betriebsausflugs mit uns überzeugt sein.

»Keine Sorge«, sagte Gilly. »Wir geben Ihnen Topnoten.«

Jacob Cove bekam zweifellos Topnoten. In sämtlichen Bereichen.

»Okay, ich hole noch eine Runde Getränke«, sagte Lucy. »Wer möchte was?«

»Ich nehme noch einen Cosmo«, sagte Gilly.

Ich fing Jacobs Blick auf. Würde er noch bleiben? Wenn ich ihn nicht haben konnte, wollte ich nicht, dass irgendwer anders mit ihm flirtete. Es war völlig irrational und unreif von mir, aber ich wollte, dass er auf sein Zimmer ging. Ich wollte nicht, dass Gilly ein Stück von ihm bekam.

»Noch ein Rotwein?«, fragte Lucy mich.

»Erst mal nicht, danke.«

»Jacob?«, fragte Lucy.

Er schüttelte den Kopf. »Ich werde gleich eh gehen.«

»Och, bleiben Sie doch«, sagte Gilly. »Wir wollen Krankenhausklatsch hören.«

Jacob nahm das übergeschlagene Bein herunter, beugte sich vor und stellte seine Bierflasche auf den Tisch. »Ich bin der Letzte, den man nach Klatsch fragen sollte. Mir kommt nie welcher zu Ohren.« Er stand auf. »Schönen Abend noch. Seien Sie morgen früh fit, um acht geht es los.«

Einerseits war ich erleichtert und andererseits enttäuscht. Es war gut, dass er ging, aber gleichzeitig wollte ich, dass er blieb.

Einige Minuten später wehte der Duft von Moschus und frischer Wäsche zu mir herüber, und als ich mich umdrehte, beugte sich Jacob über das Sofa.

»Ich habe mein Handy liegen lassen«, erklärte er. Unsere Gesichter waren nur Zentimeter voneinander entfernt. »Würden Sie es mir geben?«

Gilly griff danach, bevor ich die Chance dazu hatte.

»Check dein Handy, wenn ich weg bin«, wisperte Jacob so leise, dass ich ihn gerade so hörte. Gilly eierte um den Tisch herum, um ihm sein Handy zu geben.

»Danke, Gilly.« Er schaute mich kurz an und ging dann wieder.

Mein Handy checken?

Hatte ich mir eingebildet, dass er das gerade gesagt hatte?

»Er ist so was von hot«, meinte Gilly. »Und er hat wunderbar große Hände.«

Als ich mein Handy aus meiner Hosentasche zog, sah ich eine neue Nachricht. Jacob und ich hatten uns seit dem Tag, als ich im Krankenhaus angefangen hatte, nicht mehr geschrieben. Aber jetzt war da ohne jeden Zweifel eine neue Nachricht von ihm.

Zimmer 124

Mein Bauch machte einen Purzelbaum, sackte einmal durch und schlug erneut einen Purzelbaum.

Seine Absichten waren klar. Er wollte, dass ich auf sein Zimmer kam. Seine Selbstbeherrschung hatte sich endgültig verabschiedet. Ich musste bloß herausfinden, ob ich noch genug für uns beide besaß.

20. KAPITEL

JACOB

Ich zog mein Polohemd aus und warf es aufs Bett. Ich konnte mich nicht entscheiden, ob ich unter die Dusche springen sollte, um zu versuchen mich abzukühlen, oder abwarten, ob Sutton auf meine Nachricht reagierte.

Ich hatte genug davon, mich zurückzunehmen. Ich wollte sie. Stimmt, das war nicht richtig. Stimmt, falls es jemand herausfand, hätte das womöglich katastrophale Auswirkungen auf meine Pläne, die Leitung des AiP-Lehrprogramms zu übernehmen, doch ich konnte mir nicht einreden, dass mich das sonderlich kümmerte. Sutton war klug und einfühlsam und geduldig und witzig. Und sie war verdammt sexy. Ich konnte nicht länger so tun, als begehrte ich sie nicht.

Ich wusste nicht, ob sie in mein Zimmer kommen würde. Wenn ja, wusste ich nicht, wann sie kommen würde, ich hoffte allerdings, es wäre bald so weit.

Ich schaltete den Fernseher ein und zappte durch die Programme, ehe ich nach der Flasche Wasser auf dem Nachttisch griff. Dann schaltete ich den Fernseher wieder aus, damit ich ihr Klopfen ja nicht überhörte.

Fuck! Was war nur aus mir geworden? Diese Frau, mit der ich nur eine einzige Nacht verbracht hatte, ließ mich Entscheidungen treffen, die sich auf meine ganze weitere Berufslaufbahn auswirken konnten. Das war mir bewusst. Wenn sie vor meiner Tür auftauchen würde, wäre das furchtbar – was mich jedoch nicht davon abhielt, sie zu begehren.

Meinem Handy nach war es zehn Minuten her, dass ich in mein Zimmer gegangen war. Zwölf Minuten, dass ich ihr die Nachricht geschickt hatte.

Wie lange sollte ich abwarten, bevor ich abhakte, dass sie mir nachkommen würde? Eine Stunde? Zwei? Ewig?

Ein Klopfen an der Tür unterbrach meine Überlegungen, und beim Gedanken daran, wer draußen wartete, bekam ich weiche Knie.

Ich holte tief Luft, durchschritt das Zimmer und zog die Tür auf.

Sie sah zur Seite und schaute mir dann in die Augen. Es lag eine Wärme in ihrem Blick, die ich immer nur dann wahrnahm, wenn sie mich ansah. Ich zog sie nach drinnen, woraufhin sie sich rücklings gegen die geschlossene Tür lehnte.

Endlich.

Sie war hier.

Es fühlte sich überhaupt nicht falsch an – sondern genau richtig. In ihrer Nähe zu sein war, als vollendete man ein unlösbares Puzzle, als sähe man endlich scharf, nachdem man nur verschwommene Farben vor sich gehabt hatte.

»Was tun wir hier?«, fragte sie.

»Es geht bloß um eine Nacht«, sagte ich.

Sie atmete tief durch und schüttelte den Kopf. »Du weißt, dass das nicht stimmt. Wir *hatten* schon eine Nacht. Eine Nacht zu wenig Schlaf und zu viel toller Sex wird nichts ändern. Es ist ja nicht so, als ob sich das für uns nach dem ersten Mal erledigt gehabt hätte.«

Sie hatte recht. Ich hatte nicht weiter gedacht als bis zu dem Moment, sie endlich wieder ganz privat für mich allein zu haben, ohne dass hundert Augenpaare auf uns gerichtet waren.

»Ich will dich«, sagte ich wie ein sexbesessener Neandertaler. Etwas anderes fiel mir nicht ein.

»Ich will dich auch«, sagte sie. »Aber es steht zu viel auf dem Spiel.«

»Ich weiß«, erwiderte ich und schob dabei die Hände in die Hosentaschen meiner Jeans.

»Musstest du unbedingt oben ohne die Tür aufmachen?«

Sie rümpfte die Nase, als versuchte sie angestrengt, angewidert von meinem nackten Oberkörper zu sein, doch es klappte nicht.

»Niemand wird davon erfahren«, sagte ich, wobei mir ganz egal war, ob das stimmte. »Es ist nur eine Nacht.«

Sie trat auf mich zu und hakte die Finger in den Bund meiner Jeans. Bei ihrer Berührung lief ein Schauer meine Wirbelsäule hinunter. »Ist es nicht«, sagte sie.

Als ich mit dem Daumen über ihre Unterlippe fuhr, schloss sie die Augen. Ich legte ihr die Hand in den Nacken. »Sieh mich an.« Das tat sie, und in ihrem Gesicht las ich den Ausdruck von jemandem, der nachgegeben hatte.

Ihre Prinzipien und Gründe, warum wir es lassen sollten, waren nichtig.

Zumindest für heute Nacht.

»Ganz ehrlich«, sagte ich, »es fühlt sich nicht an, als würde eine Nacht …«

»… dich heilen?«

Meine Mundwinkel zuckten. »Vielleicht gibt es keine Heilung. Vielleicht können wir nur versuchen, die Symptome zu lindern.«

»Was würden Sie da verordnen, Dr. Cove?«

»Küssen«, erwiderte ich. Ich beugte mich vor, drückte einen Kuss auf ihren Mundwinkel und stöhnte dabei auf, da mich eine Welle der Erleichterung darüber überkam, sie endlich wieder küssen zu können. Mit den Armen um ihre Taille packte ich ihren Po und hob sie hoch. Nachdem ich mich mit ihr umgedreht hatte, warf ich sie aufs Bett und kroch über sie. »Ganz viel Küssen.« Ich senkte den Kopf, um Küsse auf ihrem Schlüsselbein zu verteilen, bis heran an ihren Hals, und dann mit der Zungenspitze über den Rand ihres Munds zu fahren.

»Davon wird es nicht besser«, stellte sie fest.

Ich schob meine Zunge in ihren Mund, tauchte hinein und erkundete ihn, um den Part mit dem Küssen so lange wie möglich auszudehnen. Ich wollte unbedingt die schmerzliche Sehnsucht lindern, die ich mit mir herumtrug, seit ich das erste Mal mit ihr zusammen gewesen war.

Ich zog ihr das T-Shirt aus der Jeans, sodass meine Hände in den Genuss der weichen Haut an ihrem Bauch kamen. »Die Phase von Madonna mochte ich am meisten«, meinte ich, während ich mich zu ihrem Bauch vorarbeitete, indem ich Küsse verteilte wie Brotkrumen.

»Ich auch«, sagte sie. »*Borderline* ist ihr bester Song.« Sie stöhnte, als ich den Reißverschluss ihrer Jeans öffnete und sie ihr auszog. »Gehört nackt sein zum Heilungsprozess?«

»Unbedingt. Es ist extrem wichtig, dass ich eine gründliche Untersuchung vornehme, damit ich die beste Behandlung bieten kann.«

Ich zog ihr das Höschen aus, drückte den Daumen auf ihre Klitoris und ließ ihn kreisen. Sie stützte sich auf die Ellbogen und schüttelte den Kopf.

»Nein?«, fragte ich.

»Ich bin dermaßen angeturnt, ich glaube, ich werde …«

Der Gedanke, dass sie schon die ganzen Wochen über heiß auf mich gewesen war, brachte mich zum Stöhnen. Als ich ihre Mitte streichelte, war sie dort nass wie ein Regenguss. »Fuck, Sutton.«

»Ich weiß«, sagte sie und schüttelte dabei den Kopf, als sei sie enttäuscht von sich.

Ich stand auf und zog meine Jeans aus, während sie sich Madonna über den Kopf abstreifte.

»Das hier musste passieren«, sagte ich in dem Versuch, ihr ein besseres Gefühl zu geben. »Ich glaube verdammt noch mal nicht an Schicksal, aber das Unausweichliche kam auf uns zugerollt wie eine Dampfwalze.«

»So fühlt es sich jedenfalls an«, sagte sie und streckte die Arme nach mir aus. »Und was jetzt?«

»Jetzt beginne ich mit einer Ganzkörperuntersuchung.«

Das Lachen, das von ihr kam, war so süß und rein, dass ich aufjubeln wollte, weil ich es endlich aufsaugen und darin baden durfte. Endlich durfte ich Zweisamkeit mit ihr genießen.

Ich drückte einen Kuss zwischen ihre Brüste, knetete eine Brustwarze zwischen Daumen und Zeigefinger. Als sie sich mir entgegenbrachte, beruhigte ich die gezwickte Brustwarze mit meiner Zunge, während ich die andere zwischen die Finger nahm.

»Jacob«, flüsterte sie mit atemloser Stimme, obwohl ich kaum losgelegt hatte.

Ich streichelte in dem Bestreben über ihren Körper, ihn voll und ganz kennenzulernen. In den vergangenen paar Wochen hatte ich mich so oft an den genauen Schwung ihrer Hüfte oder die Kuhlen über ihren Schlüsselbeinen zu erinnern versucht. Wie genau hatte sie geschmeckt, gerochen, geklungen, als sie kam? All das wollte ich mir einprägen. Ich wusste, mein Verlangen würde heute Nacht nicht gestillt werden, und ich hatte mich mit der Tatsache abgefunden, dass ich sie aufs Neue begehren würde, sobald die Sonne aufging, morgen und übermorgen und überübermorgen. Doch falls sie entschied, dass wir heute Nacht zum letzten Mal zusammen sein würden, wollte ich mir jeden Quadratzentimeter von ihr einprägen. Ich hatte das Bedürfnis, ihren Körper, ihren Geist und ihre Seele kennenzulernen, aber wenn ich gezwungen war, mich heute Nacht für eins davon zu entscheiden, würde ich mich auf ihren Körper konzentrieren.

Ihren Geist und ihre Seele konnte sie behalten.

Vorerst.

Ich leckte und saugte, küsste und streichelte an ihrem Körper hinab, ließ jedoch ihre Klitoris aus, um sicherzugehen, dass sie nicht allzu schnell überkochte.

»Ich weiß nicht, ob ich diese Nacht überlebe«, stöhnte sie.

»Ich passe auf dich auf.«

»Was für ein guter Arzt«, seufzte sie.

Ich kroch über sie, woraufhin sie mir einen leichten Schubs gegen die Schulter verpasste, sodass ich mich auf den Rücken drehte. Sie kniete sich hin und nahm meinen hart auf meinem Bauch liegenden Schwanz in die Hand.

»Du hast mir gezeigt, wie es geht«, sagte sie. »Jetzt bin ich dran, dich zu untersuchen.«

Sie warf ihr schönes, glänzendes braunes Haar über die Schultern nach hinten, beugte sich im rechten Winkel zu mir nach vorn und nahm meine Spitze in den Mund.

Fuck. Hierauf hatte ich zu lange gewartet. Zu lange, um ihre seidige Haut auf meiner zu spüren, viel zu viele Tage, um zu sehen, mit welcher Eleganz sie ihren Körper bewegte. Selbst wenn es erst einen Tag her wäre, ich war darum gebracht worden, zu fühlen, wie feucht sie meinetwegen war.

Sie ließ die Zunge um meine Spitze kreisen, bevor sie mich tief in den Mund nahm. So tief, dass ich ihren Gaumen spürte und das herrliche Gefühl wahrnahm, wenn sie schluckte. Wenn das der Himmel war, wollte ich nur zu gern auf der Stelle sterben.

Panik überkam mich, als sich ein Orgasmus zu regen begann. Fuck, ich war nicht bereit. Nicht mal annähernd.

Mit einer Hand streichelte ich ihren Rücken hinab und über ihren Hintern. Damit wollte ich sie unterbrechen, doch sie stöhnte auf, und das an meinem Schwanz zu spüren, entzündete ein Feuer in mir. Ich wollte nicht, dass sie aufhörte. Ich wollte kommen und sie dann noch mal vögeln.

Und noch mal.

Und noch mal.

Erneut strich ich über ihren Rücken und Po und fuhr diesmal mit der Hand zwischen ihre Beine, wo mich ihre Nässe umhüllte. Ich versuchte, an etwas anderes zu denken. An Gillys albernen Cocktail. Dass Andy ständig wie ein Schoßhund an Suttons Seite auftauchte. Ich musste bloß ein paar Augenblicke durchhalten, bis ich sie mit mir zum Höhepunkt bringen konnte. Sie schien noch erregter als zuvor, und ich rutschte leicht auf dem Bett herum, damit ich mit den Fingern zwischen ihre Lippen und an ihren Kitzler kam. Die Nervenenden dort waren mit Blut versorgt worden, sodass er ganz prall geworden war. Ich schob den Daumen in sie, und sie erstarrte, als ich den Mittelfinger über und um ihre Klitoris kreisen ließ, auf und ab.

Ihre Atmung ging in kurzen Stößen. »Ich kann nicht mehr …«

»Ich auch nicht«, gab ich zurück.

»Ich will, dass du in meinen Mund kommst«, sagte sie.

Ich stöhnte. Sie machte mich fertig.

Sofort fing sie an, dafür zu sorgen. Sie leckte einmal langsam über meinen Schaft, während ich meine Finger rein und raus bewegte, auf und ab, ohne recht zu wissen, ob es an ihrem Wimmern um meinen Schwanz lag oder an dem Gefühl, sie rund um meine Hand zu spüren, dass mein Orgasmus auf die Ziellinie zusprintete.

Sie streckte eine Hand auf meine Brust und ich nahm sie; wir hielten einander, als stünde unser Leben auf dem Spiel.

Ich konnte mich keine Sekunde länger zurückhalten und drückte die Hüften hoch, hoch, hoch, ergoss mich in ihr. Sie erschauerte um meine Hand und drückte den Rücken durch, als der Orgasmus fast im gleichen Moment durch sie hindurchschoss.

Schlapp und erledigt sank sie neben mich.

Wir hatten versucht, uns voneinander fernzuhalten. Und versagt.

Nach einigen Augenblicken seufzte sie. »Sind wir geheilt?«

»Nicht mal annähernd.«

»Wir brauchen morgen einen klaren Kopf«, sagte sie. »Dieser Workshop ist wichtig für dich.«

Angesichts ihrer rücksichtsvollen, besorgten Art zog es mir das Herz zusammen. »Stimmt.«

»Die Bar schließt um elf. Ich bleibe bis halb eins und gehe dann. Du musst schlafen.«

Ich stöhnte. »Wie spät ist es jetzt?«

»Halb zehn.«

»Noch drei Stunden?«, fragte ich. »Ich will, dass du die ganze Nacht bleibst.«

»Wir wollen es uns doch nicht selbst versauen. Wir müssen langfristig denken.« Sie seufzte. »Wobei, wenn wir wirklich langfristig denken würden, wären wir nicht hier …«

»Sag das nicht«, erwiderte ich. Sie dürfte das hier nicht bereuen. Das würde ich nicht zulassen.

»Ich bin hier«, sagte sie und streichelte dabei meine Brust. »Und ich möchte hier sein. Aber wenn möglich, würde ich das mit uns gern geheim halten. Es bringt weder dir noch mir was, wenn es rauskommt.«

»Einverstanden«, sagte ich.

»Wenn wir uns also auf die Sache einlassen, brauchen wir Regeln und Grenzen und müssen ein Stück weit die Selbstbeherrschung bewahren.«

»Du meinst, es kommt nicht infrage, dass ich mich hinterm Stationstresen an dir reibe?«

Als sie lachte, beugte ich mich über sie.

»Dieses Lachen gefällt mir«, sagte ich und drückte einen Kuss auf ihren Hals.

»Mir gefällt, dass es dir gefällt.«

Sie blickte zu mir hoch, und ich strich ihr das Haar aus der Stirn und fuhr mit den Fingern ihre Gesichtskonturen nach. Sie war so wunderschön, dass es beinahe zu viel war.

»Shit«, sagte ich und ließ mich wieder rücklings auf die Matratze plumpsen. »Ich habe keine Kondome dabei. Ich war der festen Überzeugung, dass ich keine brauchen würde.«

»Tja, und wo hat dich das hingebracht?«

Sie richtete sich auf und schwang ein Bein über mich, sodass sie rittlings auf mir saß. »Ich habe alle möglichen Tests machen lassen, bevor ich zu arbeiten anfing – ich wusste, dass ich nicht mehr dazu kommen würde, wenn die AiP-Zeit erst mal angefangen hat. Bei mir ist alles in Ordnung, außerdem nehme ich die Pille.«

»Ich hatte seit meinen letzten Tests keinen Sex mehr. Also …«

Sie drückte sich hoch, legte die Finger um den Ansatz meines Schwanzes und ließ mich ein.

Bei dem Gefühl, von ihr umschlossen zu sein, schmolz ich fast dahin. »Du fühlst dich verflucht gut an.« Ich presste die Worte hervor, beinahe überwältigt davon, wie großartig sie war. Sie war die Verkörperung all meiner Teenie-Fantasien und noch mehr als das. Ich streichelte ihre Hüften, und sie stützte die Handflächen auf meinen Bauch.

»Wenn ich mich bewege, zerreißt es mich womöglich«, sagte sie, legte den Kopf in den Nacken und keuchte. »So ausgefüllt bin ich.«

»Shit, Sutton. Wenn du solche Sachen sagst, halte ich so lange durch wie ein Dreizehnjähriger im Dessousladen.«

»Ich möchte ewig so bleiben«, sagte sie. »Es fühlt sich zu gut an.« Sie wiegte sich. Kleine Bewegungen, gerade genug, dass mich ihre wogenden Brüste hypnotisierten, wie sie rund und hoch an ihrem Oberkörper wippten.

Entschlossen zog ich ihre Hüften zu mir herunter und schob mich so tief ich konnte in sie. Sie schrie auf. »So tief.«

Der Raum geriet ins Wanken. Für einen Sekundenbruchteil war ich froh, Sutton nicht früher kennengelernt zu haben. Sonst wäre die ganze Energie, die ich über die Jahre in meinen Beruf investiert hatte, darin geflossen, sie zu bezirzen, zu verführen, sie zu vögeln und daran zu denken, sie wieder zu vögeln. Dann gäbe es keinen Dr. Cove. Keine frühe Beförderung zum Oberarzt. Alle meine Ziele und Ambitionen hätten sich nur um sie gedreht.

Als sie sich wieder bewegte, versuchte ich zu ignorieren, wie ihr die kastanienbraunen Haare über die Schultern hingen und ihre Brustwarzen verlockend dazwischen hervorlugten. Doch ich konnte nicht widerstehen. Ich umfasste ihre Brüste, drückte sie zusammen und schnippte über ihre Brustwarzen, sodass sie aufstöhnte und sich auf mir wand.

»Jacob«, sie beugte sich über mich, wobei ihre spitzen Brustwarzen meine Brust streiften und mich der veränderte Winkel halb verrückt machte. »In der Stellung ist es echt gut.«

Ich hielt es nicht mehr aus. Ich packte sie beim Hintern, rutschte vom Bett und trug sie zum Schminktisch. Ich setzte sie vor den Spiegel, sodass ich den Spalt zwischen ihren Pobacken sehen konnte, als ich in sie fuhr.

»Wir haben nicht genug Zeit«, sagte ich. »Ich will dich an jeder Wand nehmen, zweimal in jeder Position.«

Durch die Reflexion im Spiegel konnte ich sie aus allen Winkeln sehen. Alles von ihr auf einmal. Und sie war aus jeder Perspektive wunderschön und sexy. Wenn ich nach Hause käme, würde ich mein Schlafzimmer mit Spiegeln ausstatten – an der Decke, am Boden und an jeder Wand –, das hatte höchste Priorität, und dann würde ich mich einen Monat krankmelden, damit ich Sutton dort bei jeder Gelegenheit vögeln konnte.

Sie zog die Füße an und stellte sie seitlich auf.

»So ist es tiefer«, knurrte ich.

Sie wimmerte. »Es ist zu viel und so gut.«

Schweiß sammelte sich über meiner Augenbraue, während ich in sie stieß und mit Willenskraft versuchte, den Orgasmus zurückzuhalten, der zu schnell zu kommen drohte.

Sie schlang die Arme um meinen Hals und zog mich an sich, während sie sich unter mir zusammenzog, die Lippen auf meine Schulter gepresst.

Ich ließ es geschehen, stieß hinein, füllte sie aus, wollte sie kennzeichnen, für mich beanspruchen, sie mein machen.

Ich sank halb gegen sie, stieß mit dem Kopf gegen das Spiegelglas hinter ihr. »Oh Gott. Ich glaube, du hättest die Macht, mich fertigzumachen.«

Mein Herz hämmerte gegen meinen Brustkorb, als wäre es auf der Flucht, und ich hatte weiche Beine, als bestünden sie aus ungebranntem Ton.

»Ich bin platt«, sagte sie.

»Wir brauchen Wasser.« Als ich einen Blick über die Schulter nach hinten warf, sah ich die halb ausgetrunkene Flasche neben meinem Bett. Ich war nicht sicher, ob ich die Energie besaß, sie holen zu gehen.

Sutton rührte sich unter mir, wandte mir das Gesicht zu und drückte mir einen Kuss auf die Wange. Es war eine ganz intime, reine Geste; sie kam unerwartet und haute mich um. Was hatte diese Frau nur an sich, das mir das Gefühl gab, sie schon mein ganzes Leben lang zu kennen?

»Ich mach schon.« Sie wand sich unter mir hervor, führte mich zum Bett und stopfte mir Kissen in den Rücken.

Dann nahm sie das Wasser, drehte den Deckel auf, kuschelte sich neben mich und hielt mir die Flasche an die Lippen.

»Ich komme mir vor wie ein griechischer Gott, der mit Ambrosia und Nektar gefüttert wird.«

»Na, ich kann dir sagen, dass du auch wie einer aussiehst.«

Ich schlang einen Arm um ihre Taille und zog sie an mich.

»Was machen wir denn jetzt?«, fragte ich. »Nach heute Nacht ist es nicht vorbei. Das wusstest du schon, als du hier zur Tür hereingekommen bist. Da bin ich mir jetzt noch umso sicherer.«

Sie holte tief Luft. »Der Sex ist gut, aber da ist noch mehr ...«

»Du gehst mir ständig im Kopf rum«, sagte ich. »Wenn ich nicht bei dir bin, macht mich das so kirre, dass ich am Ende noch meinen Job verliere, wenn ich weiterhin so abgelenkt bin.«

»Ts, ts«, machte sie. »Als ob.«

»Ich meine es ernst. Mit dir in meiner Nähe kann ich nicht klar denken. So eine ... Chemie habe ich noch nie mit jemandem erlebt.«

Ich war kein Typ, der herumlief und einer Frau seine Gefühle gestand, bloß weil er benommen war vom guten Sex. Unsere Verbindung war begleitet von einem Gefühl der Unvermeidbarkeit, das mich jedes Mal überkam, wenn ich sie ansah. Es kam mir vor, als würde ich sie schon mein ganzes Leben kennen und als würde ich meine Zeit auf dieser Erde einmal Händchen haltend mit ihr beenden.

»Wenn wir weitermachen, darf niemand davon wissen.« Sie legte den Kopf an meine Schulter. »Also, wir erzählen es nicht mal unseren besten Freunden. Unseren Familien. Niemandem.«

Mir war klar, dass vernünftig war, was sie sagte, aber wenn niemand von uns wissen durfte, wie viel Zeit zusammen würden wir dann tatsächlich haben? »Wir arbeiten beide viel.«

»Es wird besser, wenn wir auf verschiedenen Stationen sind.«

Ich löste mich von ihr, damit ich ihren Gesichtsausdruck sehen konnte. Versuchte sie etwa, die Stopptaste zu drücken?

Sie wusste sofort, was ich dachte, und schüttelte den Kopf. »Das ist kein Nein. Ich meine bloß, wenn ich auf eine andere Station wechsele, werde ich nicht mehr so heftig das Gefühl haben, dass alle jeden meiner intimsten Gedanken über dich hören können.«

»Aber bis dahin sind es noch zwei Monate.«

»Vielleicht fällt es uns leichter, uns zu verstellen, wenn du morgens gerade erst aus meinem Bett gekrabbelt bist.«

Bei der Vorstellung, neben ihr aufzuwachen, grinste ich vor mich hin. »Schläfst du gern nackt?«

»Überhaupt nicht«, sagte sie. »Ist viel zu kalt.«

»Ich wüsste da was, um dich warm zu halten.« Ich schob sie vom Kissen herunter und von mir weg, sodass sie auf der Seite lag, und spreizte ihre Beine. »Gut, dass die körperlich anstrengenden Aufgaben nicht erst morgen dran sind. Ich werde dafür sorgen, dass du mich bei jedem Schritt noch zwischen deinen Beinen spürst.«

Zwischen uns wurde mein Schwanz hart, als sie sich hin und her wand, und ich glitt in sie, die Hände auf ihren Hüften, um sie in dieser Position zu halten.

Einen Arm schlängelte ich zwischen uns nach unten, und meine Finger fanden ihre Klitoris. Sie versuchte sich meiner Hand zu entziehen, und schob sich dadurch auf meinen Schwanz. »Bitte«, schrie sie.

Ich wusste, worum sie bettelte. Sie wollte genauso wie ich diesen unstillbaren Durst löschen, doch sobald dies geschah, schien ein noch trockenerer, dringenderer Durst einzutreten. Je mehr ich von ihr bekam, desto mehr wollte ich sie.

Sie wand sich weiter. Ich drehte sie auf den Bauch und hielt sie mit meinen Hüften an Ort und Stelle. Eine Hand schob ich unter ihren Körper und umkreiste und drückte ihre Klitoris. Ihre Nässe an meinen Fingern und um meinen Schwanz zu spüren, machte mich fast verrückt. Dass ich die Macht besaß, diese wunderschöne Frau wieder und wieder zum Höhepunkt zu bringen, gab mir das Gefühl, voll der Champion zu sein.

Zwar hatten wir uns Verschwiegenheit geschworen, doch der siebzehnjährige Junge in mir wollte der ganzen Welt verkünden, dass ich der Glückspilz war, der Sutton Scott vögeln durfte. Dass ich mich mit ihr mit Tequila betrinken durfte und neben ihr aufwachen und sehen, worin sie geschlafen hatte und was sie zum Frühstück aß.

Ich war dieser Kerl. Ihr Mann.

Die nächsten zwei Monate würden einige Herausforderungen mit sich bringen. Ich würde den ständig hochgradig angeturnten Jugendlichen in mir bändigen müssen *und* auch den Sechsunddreißigjährigen, der ihre Hand halten und sie im Speiseraum der Ärzte küssen, sie zum Abendessen ausführen und mit ihr schwimmen gehen wollte. Doch ich hatte kaum etwas in meinem Leben jemals mehr gewollt, als mit Sutton zusammen zu sein, also würde ich dafür sorgen, dass es funktionierte.

Und zwar für uns beide.

21. KAPITEL

JACOB

Ich hatte die letzten zwanzig Minuten damit zugebracht, den Konferenzraum vorzubereiten, damit sich fünfundzwanzig AiPler von Ärzten in Unternehmensberater verwandeln konnten.

Einer nach dem anderen kam herein, und ich schaute heimlich zu Sutton, halb hoffend, sie würde meinen Blick auffangen, und halb betend, sie täte es nicht, denn ich war mir sicher, dass alle die Funken zwischen uns sprühen sehen würden. Wie konnte sie heute Morgen nur noch umwerfender aussehen? Sie trug einen hohen Pferdeschwanz, und Prince hatte Madonna auf ihrem T-Shirt abgelöst. Offenbar stand sie auf Achtziger-Pop.

»Du strahlst richtig, Sutton«, meinte Veronica, als sie sich an den Tisch ganz hinten setzten. »Hat dir gutgetan, früh ins Bett zu gehen.«

Ich konnte mir ein Grinsen nicht verkneifen, während ich vorn das Flipchart aufstellte. Jeder Tisch hatte ein Flipchart sowie Textmarker, Post-its und eine Reihe weiterer Schreibutensilien.

»Bitte setzen Sie sich. Jeder geht in eine andere Gruppe als gestern.«

Ich nahm mein Smartphone aus der Tasche und tippte eine Nachricht.

Essen heute Abend bei mir. Holford Road 3. Ich werde gegen acht zu Hause sein.

Ich drückte auf Senden und hörte Suttons Handy plingen. Hoffentlich würde da niemand einen Zusammenhang herstellen. Ich schaute durch den Raum. Alle hingen an ihren Handys. Niemand achtete auf Sutton und mich.

Während die Leute sich Plätze suchten, tippte Sutton auf ihrem Handy.

Bei dir? Ist das nicht zu riskant? Wissen die Leute nicht, wo du wohnst?

Es war nicht etwa so, als könnte jemand durch die Fenster hereingucken. Mein Haus stand zurückversetzt von der Straße und war umzäunt.

Das geht. Vertrau mir. Komm um acht. Und dann noch mal um halb neun und um neun. Und um zehn …

Ich drückte auf Senden, grinste beim Gedanken an das Erröten, das meine Nachricht auslösen würde, und schaltete dann mein Handy aus. Ich musste mich konzentrieren. Ich hatte heute schon genug Ablenkung dadurch, dass sich Sutton im selben Raum aufhielt.

Ich guckte bewusst nicht zu, wie Sutton meine Nachricht öffnete. Stattdessen bat ich um Ruhe.

»Wie Sie wissen, haben wir eine Umfrage dazu gemacht, welche eine Sache Sie im Royal Free ändern würden, wenn Sie zaubern könnten.« Um ehrlich zu sein, waren die Ergebnisse ein bisschen enttäuschend gewesen. Die meisten nannten die Arbeitszeiten, den Personalschlüssel oder die Gehaltsstufen. Nichts von all dem konnten wir hier heute ändern.

»Unter allen Antworten habe ich drei Problemstellungen ausgemacht, von denen ich denke, dass wir sie uns in Gruppenarbeit vornehmen und uns Lösungen dafür überlegen können. Es mag keine vollumfassende Lösung sein. Vielleicht eher nur

Verbesserungen – aber lassen Sie uns die Köpfe zusammenstecken und sehen, was uns einfällt.«

Selbst wenn wir es nicht schafften, Lösungen zu finden, brachte meiner Meinung nach allein schon die Überlegung, dass die neuen Ärzte sich für Probleme im Krankenhaus verantwortlich fühlten, einen nützlichen neuen Denkansatz. Es war allzu leicht, über die Leitung des Hauses oder fehlende Gelder zu schimpfen – Beschwerden in dieser Richtung waren zwar durchaus verständliche Beschwerden, verbesserten die Arbeitsmoral jedoch nicht. Wenn man Probleme im Krankenhaus als etwas betrachtete, wofür wir alle Lösungen finden konnten, dann konnte das mehrere positive Effekte haben. Es konnte die »Wir gegen sie«-Mentalität beenden, die zwischen der Leitung und dem medizinischen Personal herrschte, und es mochte die Ärzte dazu anregen, sich zu überlegen, wie sie in allen Bereichen effektiver und effizienter arbeiten konnten. Das gab den Ärzten die Verantwortung für die Arbeitsabläufe zurück.

»Die drei Themen, die Sie genannt haben, sind erstens Wiedereinweisungen. Wir alle wissen, dass Wiedereinweisungen größtenteils vermeidbar wären und eine Zeit- und Geldverschwendung sind. Zweitens Laborergebnisse, insbesondere Blutbilder, die lange brauchen. Drittens das ständige Problem, schnell Betten frei machen zu müssen, damit neue Patienten aufgenommen werden können.«

Ich schaute alle im Raum an außer Sutton. Ich durfte nicht riskieren, aus dem Konzept zu geraten.

»Dass Sie alle neu zu uns gestoßen sind, hat den Vorteil, dass Sie alles mit frischen Augen betrachten. Sie sind nicht voreingenommen davon, was alles bereits versucht wurde und nicht funktioniert hat. Nichts ist von vornherein ausgeschlossen. Ich möchte, dass Sie sich eines der drei eben genannten Themen aussuchen. Innerhalb der Gruppe überlegen Sie sich eine

Dreiviertelstunde lang mögliche Lösungsansätze – ich möchte nicht, dass jemand dabei mit seinen Gedanken hinterm Berg hält und Vorschläge verwirft, weil sie vielleicht nicht funktionieren. Schreiben Sie einfach *alles* auf. Nutzen Sie die Schreibutensilien auf den Tischen. Wenn die Zeit um ist, sollte jeweils eine Person von jedem Tisch bereit sein, die Ergebnisse der gesamten Gruppe zu präsentieren.«

Gemurmel brach aus, da die Tischgruppen diskutierten, mit welchem Problem sie sich befassen wollten.

»Denken Sie daran«, sagte ich über das Stimmgebrabbel hinweg, »nicht darauf konzentrieren, warum etwas nicht funktionieren kann oder wie es funktionieren soll. Uns geht es nicht um die Umsetzung.«

Die Gruppen fingen an zu arbeiten, und ich ließ sie machen. Ich würde erst einmal meine E-Mails und Textnachrichten checken, bevor ich die Runde machte.

Etwa zehn Minuten später schaute ich von meinem Handy auf. Sutton stand an dem Flipchart ihres Tischs. Die Gruppe hatte sich das Thema Betten frei machen ausgesucht. Sie sah wunderschön aus. Ihr Hintern lud in der Jeans zum Zupacken ein und der Schönheitsfleck auf ihrer rechten Wange zum Knutschen.

Ich ging von Gruppe zu Gruppe, um zu sehen, ob sie Input von mir brauchten. Ein paarmal musste ich Leute davon abhalten, Ideen zu verwerfen, und sie ermuntern, so viel wie möglich auf das Flipchart zu bringen. Ärzte konnten erschreckend engstirnig und zynisch sein. Bei dieser Übung ging es darum, beides sein zu lassen.

»Okay«, rief ich durch den Raum. »Die Zeit ist um. Bitte legen Sie einen Gruppensprecher fest und machen Sie sich bereit, Ihre Ideen vorzustellen. Im Anschluss werden wir abstimmen, auf welches Problem wir uns konzentrieren wollen, und gehen die Lösungsansätze durch, um zu sehen, welche funktionieren könnten und welche nicht.«

Viele Ideen drehten sich um Spendengeldaktionen oder das Einstellen zusätzlichen Personals. Es war ein wenig demotivierend. Ich wollte unbedingt, dass der Workshop etwas Bemerkenswertes hervorbrachte. Ich wollte beweisen, dass es langfristig einen echten Mehrwert brachte, die Ärzte aus ihrer gewohnten Arbeitsumgebung zu holen, und zeigen, dass es bei der Ausbildung und Förderung von Ärzten nicht immer nur um ihre klinischen Fähigkeiten und ihr medizinisches Wissen ging. Das war noch so gewesen, als meine Eltern praktizierten, aber es wurde Zeit, dass sich etwas änderte. Die meisten Lösungsvorschläge waren nicht besonders kreativ, aber ab und an wurde eine Idee vorgetragen, aus der etwas werden konnte.

Wir gingen die Vorschläge jeder Gruppe durch. Suttons war als Letztes dran. Zu meinem Glück war sie nicht zur Gruppensprecherin bestimmt worden, ich konnte also versuchen, mich auf Veronica zu konzentrieren, die vortragen würde. Sie stand auf und ging die Liste der Maßnahmen durch, die beim Betten frei machen helfen sollten.

»Außerdem wäre da noch die Idee der umgekehrten Triage von Sutton, und das war's«, kam sie zum Ende.

Triage? Das war vage, klang aber interessant. Oder interessierte es mich nur, weil es Suttons Geistesprodukt war? Ich wollte zu gern genauer nachfragen, aber würde das komisch wirken, so als griffe ich sie heraus?

Ehe ich es mich versah, waren die Worte aus meinem Mund. »Umgekehrte Triage?«

»Ja.« Sie schaute zu Sutton. »Die Patienten auf jeder Station würden danach eingeteilt, wie wahrscheinlich es ist, dass sie noch am selben Tag entlassen werden. Richtig?«

Sutton nickte. »Mir ist aufgefallen, dass es normalerweise

auf jeder Station Patienten gibt, für die der Arzt nur noch ein Rezept ausstellen muss oder Blutwerte checken, die vom Vortag reingekommen sind, aber meist ist allen klar, dass sie wahrscheinlich nach Hause dürfen.«

»Stimmt«, sagte ich, damit sie fortfuhr.

»Die Idee wäre, dass zwei bis drei dieser Patienten zu Beginn der Visite drankommen, damit sie so schnell wie möglich entlassen werden können.«

Leute fingen an zu stöhnen und einzuwerfen, warum das nicht funktionieren würde, doch die Idee hatte was.

»Schhht«, machte ich. »Wie gesagt, wir reden erst mal nicht darüber, ob etwas funktionieren kann. Wir besprechen nur Ideen.«

Ich sah wieder zu Sutton, die daraufhin mit den Schultern zuckte.

»Wir brauchen für nur zwei oder drei Patienten am Tag einen Prio-Check. Auf die Art würden Betten frei für die morgendliche Aufnahme. Im Anschluss würde bei der restlichen Visite alles wie immer laufen. Man könnte es sogar so halten, dass die Schwestern die Patienten für den Prio-Check festlegen, weil sie den Verlauf der Nacht kennen.«

Verflucht, war sie clever. Sie hatte mit ihrer Idee wirklich einen Punkt. Ich wollte das konkretisieren, ihr weitere Fragen stellen, doch ich musste geduldig sein. Alles musste wirklich von den AiPlern kommen.

»Vielen Dank für die Erläuterung«, sagte ich. »Veronica? Gibt es noch mehr?«

Sie schüttelte den Kopf.

»Jetzt wo wir alle Ideen gehört haben, werden wir uns im nächsten Schritt auf eines der drei Probleme konzentrieren und den sinnvollsten Lösungsansatz dafür suchen. Stimmen wir durch Handheben darüber ab, welches wir nehmen.«

Die Themen Betten frei machen und Wiederaufnahmen bekamen gleich viele Stimmen, während es nur zwei Meldungen für das Problem mit den Blutbildern gab. Ich hätte verkünden können, dass ich in dem Fall die ausschlaggebende Stimme hatte, wollte jedoch niemanden demotivieren. Alle sollten dahinterstehen.

»Okay, somit entscheidet es sich zwischen dem Betten frei machen und den Wiederaufnahmen. Wir stimmen erneut zwischen den beiden Themen ab.«

Zu meinem Glück stimmte die Mehrzahl fürs Thema Betten frei machen. Sutton hatte da eine großartige Idee, die tatsächlich funktionieren könnte.

»Jede Gruppe diskutiert nun die verschiedenen Lösungsvorschläge der Teams. Überlegen Sie, wie es tatsächlich in der Praxis ablaufen würde.« Suttons Vorschlag hatte zusätzlich den Vorteil, dass man das Verfahren in der Pädiatrie ausprobieren konnte, und ich war mir ziemlich sicher, dass Gerry damit einverstanden sein würde.

Wenn wir das Konzept erfolgreich umsetzten, konnte das die Effizienz der Station nennenswert steigern und zeigen, dass die Idee mit dem AiPler-Workshop tatsächlich Früchte trug.

Und das alles vielleicht nur wegen Sutton.

22. KAPITEL

SUTTON

Ich war angezogen wie eine Diebin. Falls mich jemand aus dem Krankenhaus sehen sollte, würden die dunkle Sonnenbrille und mein Wham!-Hoodie hoffentlich dafür sorgen, dass ich nicht erkannt wurde.

Ich drückte auf den einzigen Klingelknopf am Tor und wartete, die Hände in den Taschen, das Gesicht von der Straße abgewandt. Gleich würde ich erwischt werden.

Die Sprechanlage knackte, und dann ging das Tor auf. Ich ging hindurch und legte den Kopf in den Nacken, um das riesige viergeschossige Haus zu betrachten. Es befanden sich doch mehrere Wohnungen darin, oder? Wiederum gab es nur eine Klingel. War es das Haus seiner Eltern?

Vier Stufen führten hoch zur imposanten schwarzen Eingangstür, und sie schwang auf, bevor ich die Treppe erreichte.

»Was glaubst du denn, was wir heute Abend anstellen werden?«, fragte er und grinste mich an, als hätte er gerade im Lotto gewonnen. »Eine Einbruchsserie starten?«

Ich ignorierte ihn und duckte mich unter seinem Arm hindurch in den Flur.

Ich zog die Kapuze herunter. »Wohnt hier sonst niemand? Wo bin ich hier gelandet?«, fragte ich und drehte mich einmal um die eigene Achse. Das Haus war riesig, sogar noch größer, als es von außen wirkte. »Ist es das Haus deiner Eltern?«

»Was?«, machte er. »Wie kommst du darauf?«

Ich hatte eindeutig etwas gesagt, wovon ihm das umwerfende Grinsen vergangen war. Als er an mir vorbeiwollte, hielt ich ihn am T-Shirt fest und zog ihn zu mir. »Was denn?«

»Du kommst in mein Haus und nimmst an, ich würde bei meinen Eltern wohnen?«

»Jacob.« Ich ließ die Hände seine Brust hinaufwandern, womit ich hoffte, seinen Blick von dem Fixpunkt irgendwo über meinem Kopf zu mir herunterzulenken. »Ich weiß, wie viel du verdienst. Wir sind hier in Hampstead, und das Haus ist wunderschön. Kurz gesagt: Du kannst es dir nicht leisten. Gehen wir heute Abend etwa wirklich Banken ausrauben? Habe ich mich zufällig perfekt passend angezogen für deine Pläne?«

Er sah mich an und lächelte endlich. »Sorry, du hast ja recht. Ich hatte dir doch erzählt, dass ich im Studium ein glückliches Händchen mit einer lukrativen Geschäftsidee hatte.«

»Ach ja, das ungenutzte Potenzial.«

Er beugte sich vor, umfasste meinen Hinterkopf und küsste mich, dass ich fast in die Knie ging, weil meine Beine Wackelpudding wurden und mein Hirn vor Überforderung nicht mehr denken konnte. Es war, als würde jedes Mal ein Schalter umgelegt, wenn ich in seiner Nähe war. Wenn er nicht da war, redete ich mir ein, was ich in seiner Gegenwart fühlte, wäre nichts Besonderes. Dass ich die biochemische und physiologische Reaktion meines Körpers auf ihn überbewertete. Jedes Mal, wenn ich ihn dann wiedersah, ging es mir wieder genauso – ich war aufgekratzt, atemlos, schwindlig und wollte sehnlichst mehr. Ich konnte nicht genug von ihm bekommen.

Er nahm meine Hand und führte mich in die Küche beziehungsweise ins Wohnzimmer. »Yep. Ich hatte echt Glück.«

Die riesige Küche nahm die gesamte Rückwand des Hauses

ein, mit Oberlichtern in der Decke und einer großen bequemen Couch auf einer Seite, hinten ein Esstisch in einer Nische. Alles war weiß und hell, dabei aber gemütlich und einladend.

»Glück inwiefern?«

»Möchtest du einen Wein?«, fragte er.

»Klar. Hättest du ein Glas roten für mich und dazu ein paar Einzelheiten über deine Gedankenlese-Erfindung?«

Er drückte mir einen Kuss auf den Scheitel und machte sich daran, Schränke zu öffnen, um einen Korkenzieher und Gläser herauszunehmen.

»Ich hatte im Studium bloß die Idee zu einem … medizinischen Gefäß, das … Es entwickelte sich etwas Unerwartetes draus und wurde immer größer.«

»Klingt ziemlich vage. Ein medizinisches Gefäß?«

Er zuckte mit den Schultern. »Ein nützliches medizinisches Gefäß. Ich möchte nicht darüber reden. Ich habe meine Anteile am Unternehmen letztes Endes verkauft. Es ist ganz gut gelaufen.«

Ich wusste nicht recht, ob ich beeindruckt von seiner Bescheidenheit sein sollte oder leicht sauer, weil er mir nichts Genaueres verraten wollte.

Er reichte mir ein Glas Wein und führte mich dann zum Esstisch, der bereits für zwei Personen eingedeckt war. »Ich habe mein Lieblingsgericht gemacht.«

»Ich erfahre heute Abend ja so einiges über dich. Bin gespannt, was du gekocht hast. Kann ich mich irgendwie nützlich machen?«

»Gekocht wäre vielleicht zu viel gesagt«, erwiderte er. »Voilà!« Er kam mit zwei Suppenschalen in den Händen zurück, stellte sie ab und wandte sich dann wieder ab, um ein großes Schneidebrett mit einem Laib Brot zu holen. »Heinz-Tomatensuppe und Sauerteigbrot.«

Ich lachte ein wenig erleichtert darüber, dass es nichts Raffiniertes war. Das Haus war schon einschüchternd genug. Dann auch noch zu erfahren, dass ein kleiner Einfall, auf den er im Studium gekommen war, es finanziert hatte? Nicht nur, dass mir selbst nie etwas Derartiges passiert war, sondern auch sonst niemandem, den ich kannte. Ich erlebte eine ganz neue Welt.

»Heinz-Tomatensuppe ist unschlagbar«, sagte ich.

Er schnitt den Brotlaib an, und ich nahm mir eine noch ofenwarme Scheibe. »Das Brot hast du aber nicht selbst gemacht, oder?«

Er schüttelte den Kopf. »Nein, aber ich habe es im Ofen aufgebacken, um dich zu beeindrucken.«

War es normal, wenn ein solches Geständnis in mir den Drang auslöste, den Mann bespringen zu wollen? »Hat geklappt.« Das meinte ich gar nicht mal sarkastisch. Ich konnte mir ehrlich kein besseres Essen vorstellen als das hier vor mir.

»Dein Hoodie gefällt mir«, sagte er grinsend. »Erklär mir dein Faible für Achtzigerjahre-Pop.«

Ich trank einen Schluck Wein. »Genau genommen war es anfangs nicht *mein* Faible. Meine Chefin im Salon ist ein Riesenfan von Achtziger-Pop gewesen. Ein Megafan. Auf der Arbeit lief nichts anderes. Es gab sogar Themenwochen.«

»Themenwochen?« Als er vom Brot abbiss, konnte ich nicht anders, als ihn zu beobachten. Selbst seine Art zu kauen war sexy.

»Na, Prince-Woche. Purple-Rain-Woche. Madonna-Woche. Like-a-Prayer-Woche. Eine zu George Michael als Solokünstler vor seinem Coming-out, eine zu George Michael als Solokünstler nach seinem Coming-out.«

»Verstehe.« Er nickte.

»Ich hatte die Wahl: entweder mich mit ihr anlegen oder mitmachen, und ich beschloss, dass es einfacher war, sich auf die Synthesizer einzulassen. Wobei ich ehrlicherweise sagen muss, dass die Kajagoogoo-Woche ein Tiefpunkt für mich war. Die hatten echt nur einen guten Song, und es wäre total okay für mich, wenn ich den nie wieder höre.«

Als er lachte, wollte ich am liebsten mit den Fingern über die Dreitagebart-Stoppeln an seinem Kinn fahren.

»Wieso bist du Friseurin geworden?«

Ich lächelte, weil er das weder höhnisch noch mitleidig gefragt hatte. Er wirkte einfach nur echt interessiert.

»Ganz ehrlich? Friseursalons stellen Leute ab sechzehn ein, und ich brauchte Arbeit, um ein Dach über dem Kopf zu haben.«

Ich warf mir ein Stück Brot in den Mund und beobachtete ihn kauend dabei, wie er wiederum mich beobachtete.

»Und du brauchtest mit sechzehn ein Dach über dem Kopf, weil …?«

»Weil …« Sollte ich es ihm wirklich erzählen? Schon daran zurückdenken mochte ich ungern, darüber reden erst recht. Die Sache mit Jacob war: Er gab mir immer das Gefühl, in Sicherheit zu sein, wenn ich in seiner Nähe war. Als stünde er an meiner Seite und passte auf mich auf. Er hatte gefragt und verdiente die Wahrheit. »Meine Eltern haben sich getrennt, als ich zwölf war. Dad zog nach Amerika, fing ein neues Leben an, gründete eine neue Familie. Meine Mum … Sie stürzte sich in die Suche nach einem neuen Mann, und das sorgte für Streit. Als ich sechzehn wurde, bin ich nach einem Riesenzoff darüber, ob ihr schmieriger neuer Freund bei uns einzieht, abgehauen. Als ich wiederkam, hatte sie die Schlösser ausgetauscht.«

Er ließ den Löffel in seine Suppenschale sinken und lehnte sich zurück. »Sie hat dich rausgeworfen?«

»Schätze, genau genommen bin ich gegangen.«

»Oh Mann. Was hat dein Dad dazu gesagt?«

Ich zuckte mit den Schultern. Ich hatte ihn erst Wochen später erreicht. Dummerweise hatte ich mir eingeredet, wenn ich mit ihm spräche, würde er mir sagen, dass ich in den nächsten Flieger steigen und zu ihm kommen solle. »Er schickte mir fünfhundert Pfund. Hat mir im Grunde bloß viel Glück für mein weiteres Leben gewünscht.«

Jacob schüttelte den Kopf. »Du hast dich also nicht wieder mit deiner Mum vertragen?«

Bei der Frage zog sich mir der Magen zusammen. »Nein. Ich erfuhr von der Lehrstelle bei der Mutter einer Freundin. Ich glaube, meine Chefin hatte Mitleid mit mir, darum ließ sie mich über dem Salon wohnen.«

»Gott, dass tut mir so leid. Ist sie denn nie zu dir gekommen? Wusste sie, wo sie dich finden kann?«

»Ja, ich war auf Social Media. Jahre später erfuhr ich, dass die Salonchefin zu ihr gegangen war, um ihr zu versichern, dass es mir gut gehe. Offenbar hat meine Mum ihr einfach die Tür vor der Nase zugeschlagen. Es war schon okay so.« Natürlich war es nicht okay. Jeder, der meine Geschichte hörte und sorgende Eltern hatte oder zumindest welche, die sie nicht hassten, fände das ganz und gar nicht okay. Aber für mich? Es war beinahe leichter gewesen, ein Zuhause zu verlassen, in dem ich nicht erwünscht war, als zu bleiben. »Ich suchte mir einen Job. Ich verdiente gut für mein Alter. Ich hatte ein Dach über dem Kopf.«

Er fasste nach meiner Hand, doch ich nahm den Löffel und aß noch einen Mundvoll Suppe. Ich brauchte kein Mitleid von ihm. Es ging mir gut.

»Sutton«, sagte er und zwischen seinen Augenbrauen bildete sich eine Falte, die ich bisher noch nie gesehen hatte.

Ich schüttelte den Kopf. »Ist schon okay.«

»Ist es nicht. Deine Eltern hätten niemals Kinder kriegen sollen.«

Ich lachte. »Da stimme ich dir zu. Ehrlich, ich kannte es nie anders. Und dadurch bin ich heute tough und selbstständig.«

»Du bist wie eine erwachsene Matilda.«

Ich zog die Nase kraus. »Nur ohne Superkräfte.«

Er lachte. »Da bin ich nicht so sicher. Du bist ziemlich super ...«

Ich warf ihm einen Blick zu, der sagte: *Wag es ja nicht, jetzt einen Spruch über Sex zu bringen.*

»Ich wollte sagen: in deinem Beruf. Aber stimmt schon, im Bett auch.«

Ich bewarf ihn mit einem Stück Brot.

»Hey, vergeude den Sauerteig nicht«, sagte er. »Kohlenhydrate sind wichtig.«

Ich riss ein Stück von der restlichen Scheibe ab, die ich in der Hand hatte, und stopfte es mir in den Mund.

»Und wann hast du dich dann in Richtung Medizin umentschieden?«, fragte er.

Ich dachte daran zurück, wie ich im Salon in meinem Popstar-der-Woche-T-Shirt in den Spiegel gestarrt und die Stunden gezählt hatte, bis meine letzte Kundin auf dem Stuhl säße. »Ich langweilte mich«, sagte ich. »Ich wusste, dass ich Köpfchen hatte und noch ... mehr konnte. Ich war gern Friseurin. Das selbstständige Arbeiten gefiel mir. Es machte schon Spaß. Aber als ich noch zur Schule ging, nahmen die Lehrer immer an, ich würde bis zum Abitur weitermachen und danach studieren. Das dachte ich auch. Wie dem auch sei, ich hatte die Erinnerungen an die Schule verdrängt, bis eines Tages ein Mädchen aus meiner Schule zum Haareschneiden hereinkam. Ellie. Sie war im Jahrgang unter mir gewesen und erkannte mich nicht. Ich kannte sie nur, weil ihre Mum sie immer von der Schule abgeholt hatte – als andere Eltern ihre Kinder schon längst nicht mehr begleiteten, und so ungefähr zehn Jahre, nachdem meine Eltern mich das letzte Mal zur Schule gebracht hatten.«

Ich lachte, dabei war es traurig. Ich war von meinem sechsten Lebensjahr an allein zur Schule und wieder nach Hause gegangen. Zu Beginn der ersten Klasse hatten sie einem anderen kleinen Mädchen ein paar Pfund die Woche gegeben, damit es mit mir zusammen ging, aber später hatte ich den Schulweg ganz allein zurückgelegt. Sie waren zu beschäftigt gewesen mit ihrer zerrütteten Ehe, als dass sie sich noch einen Scheiß für das Kind hätten interessieren können, das sie in die Welt gesetzt hatten.

»Egal, jedenfalls schnitt nicht ich ihr die Haare, sondern die Kollegin neben mir. Ellie hatte gerade in einem Krankenhaus angefangen, und ich konnte es nicht fassen, dass jemand Jüngeres als ich schon fertige Ärztin war. Noch dazu jemand aus meiner Schule. Die beiden unterhielten sich über schreckliche Krankheiten und Erbrechen und solche Dinge, und ich war völlig fasziniert von allem, was Ellie erzählte. Ein paar Monate später wollte meine Chefin einen Erste-Hilfe-Kurs machen, war dann aber an dem betreffenden Morgen krank. Ich hatte eigentlich frei, bot jedoch an, für sie hinzugehen. Der Kurs ging einen ganzen Tag. Er gefiel mir unheimlich gut, und in der Mittagspause hatte ich Gelegenheit, mit dem Kursleiter zu sprechen. Er war Medizinstudent und machte das nebenbei, um sich Geld dazuzuverdienen. Ich quetschte ihn aus wie einen Verdächtigen in einem Serienmordfall, danach war ich regelrecht besessen von der Vorstellung, dass ich vielleicht eines Tages Ärztin werden könnte.«

»Wenn du mit sechzehn von der Schule abgegangen bist, dann hast du doch kein Abitur gemacht.«

Ich schüttelte den Kopf und machte mich auf den gering-schätzigen Blick gefasst, der so oft kam, wenn jemand hörte, dass ich mit sechzehn von der Schule abgegangen war. »Ich habe meinen Abschluss neben der Arbeit in der Abendschule nachgeholt.«

»Mein Gott, Sutton. Du bist erstaunlich.«

»Bin nicht sicher, ob Matilda auch in die Abendschule ge-hen musste«, meinte ich mit einem Zwinkern.

»Ich habe dein Uni-Abschlusszeugnis gesehen. Du musst unter den besten zehn Prozent deines Jahrgangs gewesen sein.«

»Fünf Prozent«, berichtigte ich ihn. »Du hast dir mein Zeugnis angesehen?«

»Yep. Das mache ich bei allen in meiner Gruppe. Wenn ich dich nicht ohnehin schon für erstaunlich gehalten hätte – was ich definitiv habe –, dann täte ich es jetzt.«

»Ich verdiene keine Sonderbehandlung, bloß weil meine El-tern Arschlöcher waren.«

»Erstens mal: doch, tust du. Und zweitens sind dein Durch-haltevermögen und deine Willensstärke – die Disziplin und Entschlossenheit, die du aufbringen musstest, um es auf diesem Weg so weit zu schaffen – unfassbar.«

»Es mag dir albern vorkommen, aber mir wäre es lieber, wenn du niemandem davon erzählst. Ich möchte einfach bloß die nächsten zwei Jahre hinter mich bringen, ohne aufzufallen. Genau aus dem Grund ist hier bei dir zu sein auch so …«

Er fasste über dem Tisch nach meiner Hand, und diesmal zog ich sie nicht weg. »Ich werde kein Wort sagen. Aber ich bin nicht sicher, ob du es schaffen wirst, nicht aufzufallen. Du bist eine sehr fähige Ärztin.«

Ich freute mich über das Kompliment, doch er brauchte mich nicht aufzumuntern. Es ging mir gut. »Wir sollten wohl besser nicht über die Arbeit reden.«

Als er lächelte, spürte ich es bis in die Zehenspitzen. »Das sein zu lassen, haben wir doch schon mal versucht. Am Ende waren wir sehr betrunken.« Er stand auf, nahm meine Hand und zog mich hoch.

»Ich habe das Gefühl, leicht die Stimmung ruiniert zu haben«, sagte ich. Er legte die Hände um meine Taille. »Ich erzähle das nicht jedem. Eigentlich *niemandem*. Aus irgendeinem Grund bekomme ich bei dir immer Laberanfälle.«

»Ist definitiv noch die harmloseste Art von Anfall.« Er gab mir einen Kuss auf die Stirn. »Ich höre dir gern zu. Ich unterhalte mich gern mit dir. Ich verbringe gern Zeit mit dir.«

Ich seufzte und entspannte mich ein wenig in seinen Armen. »Ich dachte, nach gestern Nacht hätte sich vielleicht etwas … verändert. Dass es irgendwie aufgestaute körperliche Lust gewesen ist.«

Er schüttelte den Kopf. »Ist es aber nicht. Sonst hätte ich letzte Nacht nicht gewagt. Und du genauso wenig.«

»Dann müssen wir das wohl noch ein bisschen länger aussitzen, nehme ich an.«

Er runzelte die Stirn. »Wie? Weiter Sex haben, bis es dir langweilig wird oder du genug davon hast, oder was?« Er sah mich halb belustigt, halb schockiert an.

»Ist das nicht in den meisten Beziehungen so? Ich meine, wenn die Leute mal ehrlich sind.«

Er schüttelte den Kopf und lachte halb. »Keine Ahnung. Aber irgendwelche Beziehungen anderer interessieren mich nicht. Mich interessieren nur du und ich. Und ich rechne nicht damit, dass mir langweilig werden wird. Nicht mit dir.«

»Niemals?« Ich grinste ihn an. »Ist das etwa ein Heiratsantrag?«

Er lächelte auf eine irgendwie liebevolle, herrlich sexy Art. »Möchtest du denn heiraten?«

Ich löste mich aus seiner Umarmung. »Auf keinen Fall«, sagte ich. »Ich hab nur Spaß gemacht. Wir kennen uns doch gerade mal fünf Minuten.«

Er zog mich an sich. »Kein Grund zur Panik. Ich werde dir keinen Antrag machen. Ich wollt's nur wissen. Bei den Eltern, die du hast, würde ich annehmen, dass du dich entweder danach sehnst zu heiraten oder davor wegrennst.«

»Ich habe keine Meinung dazu. Ich denke nicht darüber nach.« Ich schwieg, und als er nichts sagte, setzte ich hinzu: »Möchtest du mal heiraten?«

Er lachte. »Du guckst, als hätte jemand gerade eine Stinkbombe geworfen.«

»Stimmt gar nicht.« Als ich ihm spielerisch gegen die Schulter stieß, prallte meine Hand förmlich von seinen harten Muskeln zurück.

»Ehrlich gesagt habe ich noch nie darüber nachgedacht«, erwiderte er. »Aber wenn ich mir meine Mum und meinen Dad angucke, gibt es nichts an ihrer Beziehung, was mich vom Eheleben abbringen würde.«

»Sie leben in Norfolk?«

Er nickte. »Wir sollten irgendwann hinfahren. Sie würden dich liebend gern kennenlernen, außerdem könnten wir dann mal zusammen raus und spazieren gehen. Sie haben einen Welpen. Wir könnten mit ihm raus nach Blakeney Point.«

»Du möchtest, dass ich deine Eltern kennenlerne?«

»Wir würden Hampstead und London entkommen und der Gefahr, dass jemand aus dem Krankenhaus uns zusammen sieht. Wieso nicht?«

Wenn er es so formulierte, klang es perfekt.

»Das klingt gut, aber nur, wenn du mir versprichst, dass du mir keinen Antrag machst.«

»Ehrenwort.«

23. KAPITEL

SUTTON

Nach der Visite hatte ich Jacob nicht mehr gesehen. Er war mit Gilly in der Sprechstunde und behandelte Patienten. Ich erledigte einiges aus der Visite, sah mir Blutwerte an und checkte EKGs. Ich hatte die Mittagspause durchgearbeitet, um alles zu schaffen, und es lief ziemlich reibungslos. Ich war zufrieden mit mir.

»Sutton«, rief Gareth von der anderen Seite des Raums.

Ich drehte mich um und ging zu seinem Bett. »Wie geht's dir, Gareth?«

Gareth war neun und erholte sich davon, dass er einen neuen Herzschrittmacher eingesetzt bekommen hatte.

»Gut. Sehr gut sogar. Darf ich heute nach Hause?«

»Soll ich lügen oder dir die Wahrheit sagen?«

»Natürlich die Wahrheit«, sagte er.

»Ich glaube, du musst noch eine Nacht hierbleiben. Wenn es dir morgen um diese Zeit immer noch so gut geht, können wir dich nach Hause entlassen.« Gareth hatte während seiner OP eine Bluttransfusion benötigt, und wir wollten ihn noch im Auge behalten.

»Aber mir geht's doch jetzt schon gut. Wieso darf ich nicht nach Hause?«

»Weil wir möchten, dass du dich noch ein bisschen ausruhst. Wenn du nach Hause kommst, wirst du versucht sein, aufs Rad zu steigen und Xbox zu zocken, immerhin erzählst du mir die ganze Zeit, wie gut du darin bist.«

Gareth wirkte niedergeschlagen. »Ich verspreche, dass ich mich zu Hause ausruhe. Ich möchte einfach nur zu meiner Mum.«

Bei seiner zitternden Stimme zog es mir das Herz zusammen. Ich schob einen Stuhl neben sein Bett und setzte mich. »Möchtest du sie anrufen?«

Gareth' Vater war in der Navy und gerade auf einem Einsatz. Der Junge hatte Zwillingsschwestern im Babyalter, weshalb seine Mutter nicht so oft im Krankenhaus übernachten konnte, wie es manch andere Eltern taten. Manchmal fragte ich mich, ob meine Eltern über Nacht geblieben wären, wenn ich je im Krankenhaus gelegen hätte. Als sie noch zusammen gewesen waren vielleicht, aber nach der Scheidung wäre es meiner Mum lästig gewesen, mich zu besuchen. Wenn ich im Krankenhaus gelegen hätte, wäre ich als Last angesehen worden. Verdammt, ich stellte ja schon eine Last dar, indem ich nur existierte.

Ich war mir sicher, dass Gareth' Mutter das nicht so empfand. Ich hatte sie weinend am Aufzug stehen sehen, als sie nach Hause musste, um sich um ihre beiden Töchter zu kümmern.

Der Junge schüttelte den Kopf. »Die Zwillinge schlafen um diese Zeit. Sie versucht dann auch zu schlafen. Ich will sie nicht wecken.«

Ich legte die Hand auf seine und drückte sie. »Sie hat dich ganz doll lieb.« Mein Blick fiel auf die Kulturtasche auf seinem Nachttisch.

»Bist du Percy-Jackson-Fan?«

Er nickte. »Ich habe alle Bücher gelesen. Sogar zweimal.«

»Bin beeindruckt. Und was ist mit *Drachenzähmen leicht gemacht*?«, fragte ich.

Er runzelte die Stirn, als wüsste er nicht, wovon ich sprach.

»Das hast du nicht gelesen? Oh, wow. Dann habe ich da was für dich. Warte mal kurz.« Ich hatte vorhin eine abgegriffene Ausgabe von Band eins drüben am Stationstresen liegen sehen, bereit, heute Nachmittag von der mobilen Bibliothek eingesammelt zu werden. Gareth würde die Geschichte lieben.

Mein Pager piepte, und ich schaute nach. Notaufnahme. Ich schnappte mir das Buch. »Fang schon mal hiermit an«, sagte ich zu Gareth. »Ich komme nachher wieder, um zu hören, wie es dir gefällt.«

Ich ging zum Telefon und rief in der Notaufnahme an. »Hallo, hier Sutton Scott«, sagte ich.

»Wir brauchen Dr. Cove hier unten«, sagte Fraser, ein anderer AiPler. »So schnell es geht. Eine seiner Patientinnen. Könnte ein Herzinfarkt sein.«

»Okay, ich hole ihn.«

Rasch eilte ich zum Sprechzimmer – und prallte im Flur vor den Aufzügen beinahe mit Jacob zusammen. »Sie werden in der Notaufnahme gebraucht.«

»Ich weiß. Kommen Sie mit.«

Ich nickte, während er an mir vorbei zur Ruftaste griff. Wundersamerweise glitten die Fahrstuhltüren auf, als hätten sie nur auf uns gewartet, und wir betraten den halb leeren Aufzug.

»Sie wurden angepiept?«, fragte ich.

Er nickte. »Ja.«

»Gilly ist noch im Sprechzimmer?«

»Erledigt nur noch die restliche Dokumentation. Ich wollte gerade in die Mittagspause.«

Als wir im Erdgeschoss ankamen, hatte ich Mühe, mit Jacobs langen, schnellen Schritten mitzuhalten.

Wir gingen zum Stationstresen, wo Fraser wartend von

einem Fuß auf den anderen trat, wodurch er aussah, als müsste er dringend mal aufs Klo.

»Brittni Handle«, sagte er. »Sechs Jahre alt. Sie war bei Ihnen wegen eines Ventrikelseptumdefekts in Behandlung. Sie wird immer wieder bewusstlos.« Er hielt Jacob sein iPad hin, der mich umgehend auch darauf schauen ließ. Wir sahen ihre Vitalwerte. Das EEG ließ nicht auf einen Herzinfarkt schließen, aber bei Kindern konnten die Symptome anders ausfallen.

»Hallo, ich bin Dr. Cove, einer der Kinderärzte hier. Ich glaube, wir kennen uns bereits«, sagte er zu Brittnis Eltern.

Ich behielt Brittni im Blick. Sie war wach, aber ihr Gesicht wirkte geschwollen. Ihr Brustkorb hob und senkte sich rasch, und sie sah blass aus. Was mir jedoch ins Auge stach, waren ihre Haare.

Sie waren nahezu pechschwarz und eindeutig gefärbt.

Eine Sechsjährige mit gefärbten Haaren.

Nichts daran kam mir richtig vor.

»Können Sie mir berichten, was passiert ist?«, bat Jacob.

»Entschuldigung, darf ich kurz unterbrechen?«, fragte ich. »Haben Sie Brittni die Haare gefärbt?«, wollte ich von den Eltern wissen.

Die Mutter machte große Augen, und ihr Blick huschte von ihrer Tochter zu ihrem Ehemann. »Ähm, wieso fragen Sie das?«

Das war eindeutig ein Ja.

Ich näherte mich Brittni und zog mir Gummihandschuhe über. »Ich heiße Sutton und bin Ärztin. Ich schaue mir bloß mal deinen Kopf an, Brittni«, sagte ich. »Das wird nicht wehtun.«

Das Kind blinzelte nicht mal. Es ging ihm eindeutig sehr schlecht. Ich trat vor und teilte Brittnis Haare. Ja, sie waren eindeutig frisch gefärbt, und das Produkt war nicht richtig ausgewaschen worden. Die Farbe befand sich noch auf ihrer Kopfhaut und an ihrem Haaransatz.

Mein Herz fing an, gegen meinen Brustkorb zu wummern, und verriet mir, dass ich dringend handeln musste.

Ich wandte mich an Jacob. »Sie braucht Adrenalin. Sie hat eine allergische Reaktion auf PPD.«

Jacob zog sich Handschuhe über, und ich zeigte ihm die Farbreste. »Wann haben Sie ihr die Haare gefärbt?«, fragte er Brittnis Mutter.

»Erst heute Morgen. Aber ich habe richtige Haarfarbe benutzt. Eine Freundin von mir ist Friseurin, und sie hat mir das Profi-Zeug besorgt. Brittni wollte die Haare unbedingt so haben wie ich.«

Jacob warf mir einen Blick zu. Ich wusste, dass ich das Adrenalin aus dem Medikamentenschrank holen musste.

»Und danach wurde Brittni so schläfrig? Ist ihr Gesicht ungewöhnlich geschwollen?«, fragte Jacob, während ich zum Medikamentenschrank flitzte.

Sekunden später war ich zurück mit einer Spritze, einer Ampulle Adrenalin und einem Rollwagen, auf dem ich alles vorbereiten konnte.

Ihr Vater stand auf. »Ja, jetzt wo Sie es sagen, ihr Gesicht ist angeschwollen.«

»Bitte bereiten Sie die Injektion vor«, sagte Jacob.

Ich atmete tief durch, packte die Spritze aus und steckte die Nadel auf, während Jacob Brittnis Eltern erklärte, was vor sich ging und was wir dagegen unternehmen mussten.

»Wo wird die Spritze verabreicht?«, fragte Jacob mich, während ich die Ampulle auspackte und die Nadel durch den Gummistopfen im Verschluss stach.

»Null Komma drei Milligramm?«, fragte ich, um mich in Bezug auf die Dosis rückzuversichern.

Jacob schwieg. Er wollte, dass ich mir selbst sicher war. Er wollte, dass ich Vertrauen in meine Fähigkeiten hatte.

Ich nickte. Ja, null Komma drei stimmte. Sie war sechs Jahre alt. »Anterolateral ins mittlere Drittel des Oberschenkels.«

Er nickte knapp. »Machen Sie weiter.«

»Brittni«, sagte ich, »ich gebe dir jetzt eine Spritze.« Ich wandte mich ihren Eltern zu. »Es wäre gut, wenn Sie mit ihr reden würden, um sie abzulenken.«

Beide standen auf, blieben jedoch stumm.

»Brittni, erzähl mir doch mal, wie deine Lehrer heißen«, bat ich, während ich ihr Bein freilegte und die Stelle zu desinfizieren begann.

Sie schloss die Augen. Ich musste zusehen, dass ich ihr die Injektion verabreichte. Ihr Zustand verschlechterte sich rapide.

Als ich ihr die Spritze in den Muskel stach, rührte sie sich kaum. Ich injizierte das Adrenalin und zog die Nadel wieder heraus.

Eine Krankenschwester kam mit einem Kanülensammelbehälter, in den ich die Spritze warf, dann entsorgte ich die leere Ampulle und meine Handschuhe in den Mülleimer am Fußende von Brittnis Bett.

»Ich gebe den Schwestern Bescheid, dass ihr der Kopf rasiert werden muss«, sagte ich.

Ihre Mutter schnappte nach Luft.

»Ich dachte, Sie hätten ihr gerade ein Mittel verabreicht. Wird es ihr nicht gleich wieder besser gehen?«

Sie machte sich doch nicht im Ernst Sorgen um die Haare ihrer Tochter, wenn deren Leben auf dem Spiel stand, oder?

»Das Medikament hat verhindert, dass sie ins Koma fällt, aber das Färbemittel ist immer noch auf ihrer Kopfhaut. Es wurde nicht richtig ausgewaschen«, erklärte ich. »Dadurch konnte es durch die Haut dringen. Die Haare müssen abrasiert und ihr Kopf gründlich gewaschen werden.«

»Sie wird zur Überwachung über Nacht hierbleiben müssen«, sagte Jacob.

»Mummy«, meldete sich Brittni. Es war das erste Wort, das ich von ihr hörte. Das Adrenalin tat, was es sollte. Eine Schande, dass ihre Eltern das nicht von sich behaupten konnten.

Ihre Mutter sah mich an. »Vielen Dank«, meinte sie.

Ich nickte. Ich wollte ihr sagen, dass sie nicht noch einmal so einen Quatsch machen sollte, einer Sechsjährigen die Haare zu färben. Oder zumindest statt Friseurfarbe ein Drogerieprodukt für den Hausgebrauch verwenden und es vorher an einer Stelle testen solle. Ich verkniff es mir. Wenn die Nahtoderfahrung ihrer Tochter sie nicht zum Umdenken gebracht hatte, würde nichts, was ich sagte, etwas nützen.

»Ich überlasse Ihnen die Dokumentation«, sagte Jacob, während wir den Behandlungsraum verließen.

»In Ordnung«, erwiderte ich mit zitternden Händen, als hätte ich selbst die Adrenalinspritze bekommen.

»Gut gemacht.«

»Danke.«

»Im Ernst. Sehr gut beobachtet«, sagte er. »Wenn wir erst die Tests und Blutwerte abgewartet hätten, wäre der Zustand womöglich noch viel ernster geworden. Sie profitieren von Ihrem Berufshintergrund und Ihrer Lebenserfahrung. Es gibts nichts, wofür Sie sich schämen müssten. Glauben Sie an sich.«

Er berührte mich nicht, doch es fühlte sich an, als würde er mich in die Arme schließen und fest drücken.

Ich schenkte ihm ein kleines dankbares Lächeln für seine ermutigenden Worte.

Jacob ging zurück zum Fahrstuhl, und ich schnappte mir

einen freien Platz am Stationstresen, um zu dokumentieren, was gerade geschehen war.

Mit einem Mal war ich erschöpft. Alles war so schnell gegangen, und es hätte leicht anders enden können. Aber wie man es auch drehte und wendete, ich hatte heute mitgeholfen, einem Kind das Leben zu retten. Was Besseres konnte man in diesem Beruf wohl kaum erleben.

Vielleicht hatte Jacob recht. Vielleicht war die Tatsache, dass ich über Umwege Ärztin geworden war, vielmehr ein Pluspunkt als etwas, was es zu verheimlichen galt. Nicht, dass es mit großer Wahrscheinlichkeit regelmäßig Frisurenunfälle in der Notaufnahme geben würde, aber vielleicht nutzte mir mein Werdegang. Vielleicht brauchte ich kein Oxford-Studium, um einen Vorteil zu haben. Vielleicht lag mein Vorteil darin, dass ich vom Leben gelernt und meine eigenen Erfahrungen gemacht hatte.

Wenn Jacob Cove an mich glaubte, musste ich vielleicht anfangen, selbst an mich zu glauben.

24. KAPITEL

JACOB

Sutton stellte das Radio aus und senkte den Kopf, um das Haus meiner Eltern aus dem geparkten Auto heraus betrachten zu können. Auf der ganzen Fahrt nach Norfolk hatten wir ihre Lieblingspopsongs aus den Achtzigern gehört, während sie mir Geschichten aus dem Friseursalon erzählte – wie sie mal jemandem in den Nacken geschnitten hatte, und von der Frau, die immer darauf bestand, dass Sutton ihr die Füße massierte. Wir tauschten uns auch über das Medizinstudium aus – über Nachtschichten, Red Bull und jede Menge Anatomiewitze.

Gezwungenermaßen drei Stunden lang die Hände bei mir zu behalten, war leichter gewesen als erwartet. Suttons Gesellschaft war einfach immer super.

»Ist das hübsch«, sagte sie.

»Nicht so hübsch wie du.« Ich legte ihr eine Hand in den Nacken und zog sie zu einem Kuss zu mir.

»Hast du mich etwa gerade mit einem Haus verglichen?«

»Ist das was Schlechtes?« Ich grinste sie an. Es war schön, so viel Zeit mit ihr zu verbringen, sogar obwohl die letzten paar Stunden eine gründliche Lektion in Achtzigerjahre-Pop gewesen waren.

»Sag es jedenfalls lieber nicht zu einer Frau, mit der du es ernst meinst. Sie könnte es als Beleidigung auffassen.« Sie lachte, ich jedoch nicht.

»Nur damit du's weißt ...« Ich küsste sie noch einmal auf den Mund. »Wenn ich es nicht ernst mit dir meinen würde, hätte ich nicht meine eiserne Regel gebrochen.«

Ich verzog das Gesicht. Ich hatte meinem Vater nichts von Sutton erzählt, sondern nur meiner Mum Bescheid gesagt, dass ich meine Freundin mitbringen würde. Sie war nicht dazu gekommen, mir irgendwelche Fragen zu stellen, weil ihr neuer Welpe eine Pfütze auf dem Boden hinterlassen hatte und sie Dad beim Aufwischen helfen musste. Somit war ich auch nicht dazu gekommen, ihnen zu erzählen, dass Sutton und ich Arbeitskollegen waren.

»Was ist?«, fragte sie.

»Ich bin nicht sicher, ob meine Eltern es gutheißen werden, dass wir Arbeitskollegen sind.«

»Ich weiß, warum ich es nicht gut finde – und du nicht, denke ich. Aber was sollten sie dagegen haben?«

»Ach, das wird schon. Bloß, als ich als AiPler anfing, rieten sie mir, nie etwas mit jemandem von der Arbeit anzufangen, und diesen Rat habe ich immer befolgt, bis ... du kamst.«

Sie wirkte beunruhigt. »Sie werden also etwas gegen mich haben, und das erzählst du mir jetzt, wo wir vor ihrem Haus stehen?«

»Sorry, ich fand nur ... Ich wollte es dir sagen, bevor wir reingehen. Für den Fall, dass mein Dad eine Bemerkung fallen lässt.«

Sie legte eine Hand auf ihre Brust und atmete zur Beruhigung einmal tief durch.

»Das wird schon. Sie werden nichts gegen dich *persönlich* haben – nur dagegen, dass wir zusammen arbeiten.«

Sie schüttelte den Kopf. »Das ist gerade übrigens unser erster Streit. In Zukunft brauche ich eine rechtzeitigere Vorwarnung, wenn es darum geht ... egal, worum es geht.«

»Ehrlich, das wird schon.«

Mum erschien an der Haustür, und ein rötliches Fellknäuel stürmte zwischen ihren Beinen hindurch auf uns zu, um uns zu begrüßen.

Ich sprang aus dem Wagen und ging um die Motorhaube herum zu Sutton, die jedoch schon ausgestiegen war, bevor ich die Chance hatte, ihr die Tür aufzumachen.

»Dr. Cove«, sagte Sutton und streckte meiner Mum die Hand hin. »Es ist mir eine Ehre, Sie kennenzulernen.«

»Nenn mich Carole.« Meine Mum schüttelte Sutton die Hand und zog sie dann in eine Umarmung. »John, der verdammte Hund ist schon wieder entwischt«, rief sie über ihre Schulter. »Du musst ihn einfangen.«

»Ich mach das«, sagte Sutton, und ehe ich ihr zuvorkommen konnte, jagte sie schon quer durch den Vorgarten dem Hund hinterher. »Wie heißt er?«

Ich schloss zu ihm auf. »Hund.«

»Der Hund heißt Hund?« Sie lachte.

»Ich weiß. Meine Mum hat darauf bestanden, dass mein Vater den Namen aussucht.«

»Na, praktisch ist er jedenfalls«, sagte sie und setzte sich dann im Schneidersitz hin. »Setzen wir uns. Wir jagen einem Hund nach, der gejagt werden möchte. Wenn wir uns hinsetzen, kommt er vielleicht zu uns.«

Sobald wir angehalten hatten, merkte Hund, dass wir ihm nicht mehr nachjagten, drehte um und kam wie eine Rakete auf uns zugeschossen. Genauer gesagt schoss er auf Sutton zu und stoppte auch nicht vor ihr ab, sondern schubste sie um.

»Ich hab doch gewusst, dass du prima hier reinpasst«, befand ich, wobei ich Hund am Halsband packte und ihn von Sutton wegzog. »Wenn ich nicht wüsste, dass du auf mich stehst, wäre ich jetzt eifersüchtig über diese Kuschelnummer.«

Sutton lachte. »Ich muss dich ja irgendwie auf Trab halten.«
Ich legte ihr einen Arm um die Schultern, während wir drei
ins Haus gingen.

»Ah, ihr habt ihn.« Mum schaute von ihren Vorbereitungen
auf, als wir in die Küche kamen. »Er ist ein richtiger Schlawi-
ner. Ich sage deinem Vater ständig, dass er zur Welpenschule
muss, aber er ist natürlich viel zu nachsichtig mit ihm. Ich werde eines Tages noch so tun müssen, als würde ich mit ihm spazieren gehen, und ihn woanders abgeben. Hier herrscht zurzeit
das reinste Chaos. Er ist nicht mal richtig stubenrein. Es ist, als
hätte man die Zeit dreißig Jahre zurückgedreht.«

»Hey, ich war mit sechs längst stubenrein, Mum.«

»Du schon, die anderen aber nicht.« Meine Mutter lachte. »Also, Sutton«, sagte sie, »soll dir Jacob eine Tasse Tee machen? Oder ein Glas Wein einschenken? Irgendwo ist es immer schon nach sechs, außerdem hat Jacobs Vater mich heute
in den Wahnsinn getrieben. Wisst ihr, sein neuestes Hobby ist
Bohnenzüchten, was sich als absoluter Flop erweist, weil er
verdammt noch mal nicht das Geld ausgeben will, um es richtig anzugehen. Ich habe ihm gesagt, dass er seine Pflanzen vor
den Füchsen schützen muss. Aber hört er auf mich?«

»Dad hört nie«, meinte ich und schob mich dabei an meiner
Mutter vorbei, um mir die Hände zu waschen. Sutton tat es
mir nach, und ich reichte ihr anschließend das Handtuch zum
Abtrocknen.

»Bist du das?«, fragte sie, wobei sie das Handtuch hochhielt und so das aufgedruckte Foto von mir eindeutig erkennen
konnte. »Wieso bist du auf dem Handtuch?« Sie schaute auf
die Schürze meiner Mutter, die auch mit lauter Bildern von
meinem Gesicht bedruckt war. »Und da drauf?«

»Er macht das nur, um seine Brüder zu ärgern. Wein, Jacob,
bitte.«

Ich nahm Weingläser aus dem Schrank. »Soll ich eine Flasche von Dads Malbec holen?«

Lachend fuhr Mum mit dem Zwiebelschneiden fort. »Wag es ja nicht. Dann bringt er uns beide um.«

»Niemand darf Dads Wein anrühren«, erklärte ich Sutton.

»Es ist noch Weißwein im Kühlschrank«, sagte Mum.

»Ist Weißwein okay?« Ich hatte Sutton noch nie welchen trinken sehen.

Sie nickte. »Erzähl mir, warum hier überall dein Gesicht drauf ist.«

»Ich bilde mir gern ein, ich wäre Mums Lieblingssohn. Zum Ausgleich dafür, dass ich für meinen Dad eine permanente Enttäuschung darstelle.«

Mum verdrehte die Augen und nahm eine Bratpfanne heraus. »Dein Vater hat bloß andauernd schlechte Laune. Nimm es nicht persönlich. Außerdem bist du wirklich mein Liebling. Sag das bloß den anderen nicht.«

Ich beugte mich vor und drückte meiner Mutter einen Kuss auf die Stirn, bevor ich zwei Gläser Wein einschenkte.

»Füllst du bitte auch den Hundenapf auf?«

»Mit Wein?«, fragte ich und hielt die Flasche hoch.

»Genau, Jacob, lass uns den Hund betrunken machen«, erwiderte sie. »Das fehlt uns gerade noch. Ich schwöre dir, Sutton, mit Jacobs Vater im Ruhestand und einem kleinen Welpen klarzukommen, ist komplizierter und anstrengender als jede OP.«

Sutton lächelte und schlug sich dann gegen die Stirn. »Ach, ich habe etwas im Auto vergessen. Ich hole es schnell.« Bevor ich anbieten konnte, es für sie zu holen, war sie schon aus der Küche geeilt.

»Lass das Gepäck im Wagen«, rief ich ihr nach. »Das hole ich später.«

»Sie macht einen liebenswürdigen Eindruck, Jacob. Sehr hübsch.« Mum gab die klein geschnittenen Zwiebeln in die Pfanne und rührte darin.

»Sie *ist* liebenswürdig. Ich habe sie echt gern.«

Mum drehte sich mit hochgezogenen Augenbrauen zu mir, als wollte sie sagen: *Bist du wirklich mein Erstgeborener oder läuft hier eine Invasion der Körperfresser?* »Das klingt vielversprechend.«

»Das Problem ist nur … Wir haben uns bei der Arbeit kennengelernt.« Ich machte mich auf die Enttäuschung meiner Mutter gefasst.

Wie geahnt stöhnte sie auf. »Erzähl das bloß nicht deinem Vater, sonst lässt er unvermittelt eine fünfzehnminütige Schimpftirade los.«

»Ja, ich habe Sutton schon vorgewarnt. Aber Dad schimpft mich so oder so gern aus. Wenn nicht deswegen, dann aus einem anderen Grund.«

»Gibst du mir mal das Olivenöl?« Ich reichte es ihr aus dem Oberschrank. »Ist Sutton die erste Kollegin, mit der du –«

»Ja, und mir ist klar, dass das nicht ideal ist. Wir haben uns kennengelernt, bevor sie im Krankenhaus anfing. Ist eine lange Geschichte, jedenfalls habe ich zum allerersten Mal jemanden, der das Risiko wert ist – von Dad ausgeschimpft zu werden.«

»Das klingt, als sollte ich sie näher kennenlernen. Nach Nathans stürmischer Liebesgeschichte muss ich mir wohl angewöhnen, den Frauen mehr Beachtung zu schenken, die meine Jungs mit nach Hause bringen.«

Sie war eine Frau, der man Beachtung schenken sollte. Eine Frau, von der ich mich nicht fernhalten konnte, egal, wie sehr ich mich bemühte.

»Du wirst sie mögen, Mum.« Bei meinem Vater konnte ich mir nie sicher sein, aber ich wusste, dass Mum Sutton mögen würde. Ohne jeden Zweifel. Sutton hatte ein gutes, reines Herz, arbeitete hart und nahm nie etwas als selbstverständlich hin. Mum würde sie lieben.

Sie tätschelte mir die Wange. »Na klar werde ich das.«

Sutton kam mit einer Backform in der Hand wieder herein. »Der schmeckt wahrscheinlich nicht halb so gut wie etwas Selbstgemachtes von dir.« Sie reichte das Behältnis meiner Mutter. »Ich hätte wohl einfach etwas kaufen sollen, aber ich hatte gestern Abend frei und Lust zu backen.«

Mum nahm den Deckel von der Backform. »Kuchen!«, sagte sie mit strahlenden Augen.

»Zitronenkuchen«, meinte Sutton.

»Den mag ich am liebsten«, erwiderte Mum, was gelogen war. Sie mochte Kaffeekuchen am liebsten. »Wie lieb von dir, welchen mitzubringen. Jacob, richte den doch bitte auf einem Teller an, dann können wir zum Wein ein Stück essen. John wird entzückt sein. Er liebt Kuchen.«

»Was erzählst du da über mich?« Mein Vater kam hereingeplatzt, das Hemd hing ihm aus der Hose und die Haare standen ihm zu Berge.

»Dad, du siehst aus, als wärst du bei einem Stelldichein mit dem Küchenmädchen erwischt worden. Wo kommst du denn her?«, fragte ich.

»Küchenmädchen, wohl wahr«, meinte er. »Ich habe gegärtnert.«

»Das ist Sutton«, sagte ich.

Sutton drehte sich um und hielt ihm die Hand hin. Nachdem Dad einen Korb auf dem Küchentresen abgestellt hatte, umschloss er Suttons Hand mit beiden Händen. »Willkommen, willkommen. Wie es meine Jungs schaffen, sich solche hübschen Mädchen zu angeln, ist mir ein Rätsel.« Er ließ Suttons Hand los und ging kopfschüttelnd zur Spüle.

»Liebling, Sutton ist eine Frau«, warf meine Mum ein. »Du kannst erwachsene Frauen nicht Mädchen nennen.«

Grummelnd wusch sich Dad die Hände, während ich Sutton zum Tisch führte. »Setz dich.«

»Kann sich hier denn keiner auf dem Gästeklo die Hände waschen wie normale Menschen?«, beschwerte sich Mum. »Jetzt ist Schlamm auf den Karotten.«

»Das sind sie gewohnt, Liebes. Es wird sie nicht abschrecken.« Sie verpasste ihm eins mit dem Geschirrtuch, woraufhin er sie mit Wasser bespritzte. Mum kreischte lachend auf, während ich mir die Teller schnappte und ihnen aus dem Weg ging.

»Bitte entschuldige«, sagte ich mit einem Nicken in Richtung meiner wie die Teenager herumalbernden Eltern. Wie ich sie heute erlebte – als Rentner, die Kinder aus dem Haus –, war etwas ganz anderes als in meiner Kindheit. Als der Älteste von fünf Jungs hatte ich vielleicht als Einziger mitbekommen, wie schwer es damals gewesen war. Dass Dad nie zu Hause gewesen und Mum jedes Mal sofort eingeschlafen war, sobald sie sich hinsetzte. Zeit mit den beiden war heute viel entspannter als damals als Kind.

»Es ist wunderbar. Sie sind … herzlich und einfach nur liebenswert.«

»Ja, als Eltern sind sie ganz in Ordnung. Möchtest du den Kuchen anschneiden, schließlich hast du ihn gebacken?« Ich hielt ihr ein Messer hin. »Das wäre echt nicht nötig gewesen. Wobei es eine sichere Methode ist, meine Eltern für sich zu gewinnen.«

Sie schüttelte den Kopf, und ihr Blick wanderte zu meinen Eltern und ihren Kapriolen. »Mach du das.«

»John, hör auf«, sagte Mum. »Guck doch, Sutton hat Kuchen gebacken. Möchtest du ein Stück?«

»Kuchen?«, dröhnte mein Vater. »Zu Kuchen sage ich nie Nein. Möchte jemand ein Glas Wein?«

»Haben wir schon längst, Dad. Wir haben eine Flasche von deinem argentinischen Malbec aufgemacht, das ist doch okay, oder?«

Es schoss ihm schon der Dampf aus den Ohren, ehe er sich umdrehte und die drei Gläser Weißwein neben den Kuchentellern stehen sah. Man konnte immer zweifelsfrei erkennen, wenn mein Vater sauer war. Er war kein Mann, der seine Gefühle verbarg – ob Enttäuschung, Wut, Frustration. Als Kind waren mir alle seine Empfindungen mir gegenüber schmerzlich bewusst gewesen.

»Haha, sehr lustig. Über meinen Malbec werden keine Witze gemacht. Den habe ich in Argentinien gekauft, falls ihr es noch nicht wusstet.«

»Wussten wir«, antworteten meine Mum und ich unisono. Ich holte Dad ein Glas und schenkte ihm den restlichen Inhalt der Flasche ein.

»Die Geschichte brauchst du uns nicht schon wieder zu erzählen«, meinte Mum. »Gut, also ich setze mich jetzt hin. Ich gönne mir ein Glas Wein und ein Stück Kuchen und kümmere mich nicht darum, ob in der Zwischenzeit das Essen anbrennt – Zach kann ja Fisch und Chips holen gehen.«

»Zach kommt auch?«, fragte ich.

»Er ist seit gestern Abend da«, sagte Dad. »Ich glaube, ich ziehe aus. Überlasse meinen fünf Söhnen die Schlüssel, haue ab und kaufe mir ein Boot, auf dem ich leben kann. Da wäre es ruhiger als hier. Jedes Mal, wenn wir einen Sohn bekamen, hieß es, wenn ihr erst mal achtzehn wärt, würde ich keinen von euch mehr zu Gesicht bekommen. Schön wär's.«

Lächelnd schüttelte ich den Kopf, fing dann jedoch Suttons Blick auf, die geschockt wirkte.

»Er macht nur Spaß«, sagte ich. »Das meint er nicht so.« Ich hoffte, das hier triggerte sie nicht. Lange Zeit hatte ich mir das Gemecker meines Vaters zu Herzen genommen. Es hatte gut dreiundzwanzig Jahre gedauert und einen Doktortitel gebraucht, aber ich hatte mich daran gewöhnt.

»Hätten wir lieber nicht herkommen sollen?«, fragte sie.

»Ignorier ihn«, sagte Mum. »Er liebt es, Besuch zu haben. Nimm dir ein Stück Kuchen und hör auf herumzujammern, John. Komm und setz dich.«

Alle setzten sich an den alten Kiefernholztisch, während ich den Kuchen anschnitt und auftat.

Mum erhob ihr Glas. »Auf neue Freunde«, sagte sie und lächelte Sutton an.

Sutton erhob ihr Glas, und ich stieß erst mit ihr und dann mit Mum an. »Dad?«

»Was? Ah, na gut.« Er erhob sein Glas. »Also, Sutton, was machst du beruflich? Bist du Ärztin?«

Wie er einfach von vornherein davon ausging, dass ich eine Ärztin mit nach Hause brachte, störte mich. Ich wusste nicht recht, ob es daran lag, dass er richtig geraten hatte, oder daran, dass er nur Mediziner als Menschen von echtem Wert erachtete. Er fing besser nicht an, ihr Karriereratschläge für ihre weitere Laufbahn zu geben oder sie zu tadeln, weil sie so lange gebraucht hatte, oder so etwas.

»Ja.« Sutton warf mir einen Blick zu. »Ich habe gerade als AiPlerin angefangen.«

»Sehr gut. In welchem Krankenhaus denn?«, wollte er wissen.

»Schmeckt dir der Kuchen, John?«, fragte Mum. »Besser als der, den ich mache?«

»Mach dich nicht lächerlich«, erwiderte Dad. »Dein Kuchen ist unvergleichlich. Du hast einen Preis für deine Backkünste gewonnen.«

Dad konnte barsch und nervig und ungeduldig sein. Uns Kindern gegenüber war er kritisch und fordernd gewesen. Aber er war stets Mums größter Fan, und ich liebte ihn dafür.

»Das war mit vierzehn. Ich weiß nicht recht, ob ich mich nach so vielen Jahren immer noch damit schmücken sollte.«

»Ein Preis ist ein Preis«, murmelte Dad. »Aber der hier schmeckt köstlich, Sutton. Vielen Dank. Also, in welchem Krankenhaus, sagtest du, arbeitest du?«

»Trink einen Schluck Wein, Dad«, schlug ich vor und erhob mein Glas.

»Willst du mich etwa betrunken machen? Ich muss mich noch um meine Bohnen kümmern, ist dir das klar? Und Hund muss mal Gassi.«

»Wollte nur helfen.«

»Na, dann lass das bleiben«, raunzte er. »Ich versuche, diese nette junge Dame hier kennenzulernen, die du mit nach Hause gebracht hast, aber du lässt sie nicht antworten.«

Das war's. Dad ließ sich nicht ablenken. Es gab kein Davonkommen, ich würde ihm sagen müssen, dass Sutton und ich Kollegen waren.

Zum Glück ging in dem Moment die Küchentür auf und Zach kam herein. »Euer Lieblingssohn ist da.«

»Ich hab gar nicht gewusst, dass du dieses Wochenende hier sein würdest«, sagte ich.

»Ich wollte miterleben, wie du Dad gestehst, dass du deinen Füller in die Krankenhaustinte getaucht hast. Dad? Wusstest du, dass Jacob und Sutton Arbeitskollegen sind?«

Warum nur konnte ich kein Einzelkind sein?

»Zachary, los geh mit Hund Gassi«, sagte Mum. »Wir haben uns einfach nur nett unterhalten, bis du reinkamst.«

Dad zog die Augenbrauen hoch und aß einen Happen Kuchen. Zum Glück sagte er nichts. Aber ich würde noch was zu hören bekommen.

Garantiert.

25. KAPITEL

SUTTON

Wenn ich schon den gestrigen Tag, als ich den Coves vorgestellt worden war, für meine Feuertaufe gehalten hatte, zeigte sich beim Frühstück am Morgen, dass dies erst der Anfang gewesen war. Dax, ein weiterer von Jacobs Brüdern, war noch am späten Abend angekommen und bestand darauf, heute für alle Frühstück zu machen. John überwachte ihn. Unterdessen machte Zach – ich wusste nicht recht was.

Es war chaotisch.

Aber fantastisch.

Carole saß am Tisch, blätterte in einer Zeitschrift und versuchte eindeutig, dass Gezanke zwischen ihrem Mann und ihren Söhnen auszublenden. Dabei war alles nur Spaß und es schimmerte eine Herzlichkeit durch, die Vertrautheit verriet.

Von meinem Platz aus suchtete ich das Ganze wie meine Lieblingsserie, mir fehlte nur noch das Popcorn. Ihre Familiendynamik war irgendwie total fesselnd – sie hatten einander eindeutig lieb, mochten sich und verbrachten gern Zeit zusammen. Sie hatten Insiderwitze und eine gemeinsame Vergangenheit, um die ich sie beneidete.

Ich konnte mich nicht erinnern, wann ich meine Eltern zuletzt gesehen hatte. Als ich mit dem Studium anfing, rief ich meine Mum an, um es ihr zu erzählen. Es war komisch gewesen, denn wir hatten seit meinem Weggang von zu Hause nicht mehr miteinander gesprochen. Ich hatte ihr weder Vorwürfe gemacht noch gefragt, warum sie ihre sechzehnjährige Tochter ausgesperrt hatte. Sie ließ mit keiner Silbe durchblicken, dass sie sich eine Versöhnung wünschte, also meldete ich mich nicht wieder. Von Zeit zu Zeit sprach ich mit meinem Dad, aber er interessierte sich nicht für mich und mein Leben. Ich hatte die Hoffnung aufgegeben, dass sich das ändern würde.

Den Coves zuzusehen, machte deutlich, was mir alles entgangen war.

»Dad, das sind Dosentomaten«, meinte Zach. »Dafür brauchen wir keine Zubereitungshinweise.«

John schielte mit zusammengekniffenen Augen auf die Dose. »Jacob, holst du mir mal meine Brille aus dem Büro?«, bat John Jacob.

»Hast du schon mal auf deinem Kopf nachgesehen?«, fragte dieser und zwinkerte mir dabei über den Küchentisch zu.

»Ha, ha und noch mal ha«, erwiderte John, fasste sich jedoch sicherheitshalber auf den Kopf.

Jacob neigte den Kopf Richtung Tür. »Komm mit. Ich zeige dir das Büro der großen Dr. Coves.«

Jacob nahm meine Hand, und wir gingen durch die Essdiele und einen narzissengelb gestrichenen Flur.

»Alles okay bei dir?«, fragte er. »Ich nehme an, da du keine Brüder hast, können drei von uns auf einmal ein bisschen viel sein.«

»Es ist ein bisschen viel. Aber auf eine gute Art. In deiner Familie groß zu werden, muss … wunderbar gewesen sein. Ihr scheint alle so … eng miteinander zu sein.«

Ich versuchte mich an eine Zeit zu erinnern, in der ich mich irgendwie mit meinen Eltern verbunden gefühlt hatte. Es musste Momente gegeben haben, in denen meine Eltern mich getröstet, mich in den Schlaf gesungen, mir eine Geschichte vorgelesen oder mit mir gelacht hatten, aber wenn, dann konnte ich mich nicht daran erinnern.

»Wir hatten auch so unsere Meinungsverschiedenheiten. Mein Dad und ich haben uns oft gezofft, als ich jünger war. Aber wir sind eine Familie.« Wir gelangten am Ende des Flurs an. »Entschuldige, wenn das unsensibel war.«

Ich schüttelte den Kopf. »Ist schon gut. Mir ist absolut bewusst, dass Familie für jeden etwas anderes bedeutet. Damit komme ich eigentlich klar. Hier bei euch ... bin ich zum ersten Mal ... na ja, eifersüchtig, schätze ich.«

Er drückte mir einen Kuss auf die Stirn. »Du bist erstaunlich normal für ... *Matilda*.«

Die Tür knarzte beim Öffnen und offenbarte ein großes Büro. In der Mitte stand ein alter Bibliothekstisch mit schweren antiken Stühlen auf beiden Seiten. Die tiefe Decke bestand aus einem Gewirr von Balken, und der dicke rote Teppich verlieh dem Ganzen fast etwas Mutterleibartiges. Die Wände standen voller Bücherregale, die mit Fachbüchern und -zeitschriften vollgestopft waren.

»Wow, ich könnte mir König Arthur hier drin vorstellen.«

Jacob lachte leise. »Ritter gibt's weit und breit keine. Im Prinzip sind meine Eltern Vollrentner, aber ab und zu hält Dad noch eine Rede oder Mum bekommt irgendeine Auszeichnung oder sie benennen ein Gebäude nach ihr oder so etwas.«

Ich schlenderte zu den Bücherregalen und fuhr mit dem Finger über die Rücken bekannter und weniger bekannter medizinischer Fachbücher. Auf einem Regalboden lag, wie es aussah, ein Stapel Bilderrahmen, doch als ich näher trat, stellte sich heraus, dass es sich um gerahmte Urkunden handelte.

»Das sind Mums. Sie sollte sie aufhängen, aber es ist kein Platz dafür. Sogar ihr OBE-Verdienstorden liegt hier irgendwo herum wie irgendein Stein, den sie am Strand aufgesammelt hat.«

»Dein Vater hat auch einen OBE, oder?«

»Genau genommen einen CBE. Gerüchten zufolge soll er bald zum Ritter geschlagen werden.«

»CBE? Was ist der Unterschied?«

»Das eine bedeutet Commander of the Order of the British Empire und das andere Officer. Ich glaube, Commander ist noch eine Stufe höher. Nach dem, was sie erzählt haben, beinhaltete beides einen Besuch im Palast und Händeschütteln mit der Queen.«

In was für einer Nachfolge Jacob da stand. Es war ein Riesenunterschied zu den medizinischen Referenzen meiner Familie, die den entzündeten eingewachsenen Zehennagel meines Vaters und den Nierenstein meiner Mutter umfassten.

»Du musst unheimlich stolz sein.«

»Total«, erwiderte er. »Aber ...«

Wie konnte es da ein Aber geben?

Ich schlang einen Arm um seine Taille, ohne ihn zu drängen, seinen Gedanken zu Ende zu bringen.

»Aber manchmal wünschte ich mir, die beiden hätten einen Gemüseladen im Ort, weißt du?«

Ich runzelte die Stirn. »Ich finde, das ist eine fürchterliche Vorstellung, schließlich dominieren die großen Supermarktketten den Einzelhandel.«

Er lachte. »Ich meine nur, als ich klein war, gab es ... Heute haben wir jede Menge Spaß miteinander. Früher war es ... weniger spaßig.«

Ich schlang auch den anderen Arm um seine Taille und schaute zu ihm hoch. »Ich kann mir gar nicht vorstellen, dass es kein Spaß war, in dieser Familie groß zu werden.«

Er zuckte mit den Schultern. »Ich nehme an, von außen

macht es diesen Eindruck, aber inzwischen sind beide auch im Ruhestand. Die Erwartungshaltung war hoch.«

Ich zog die Stirn kraus. »Alle finden, dass du ein sehr guter Arzt bist.«

Jacobs Kiefer mahlte, er fühlte sich sichtlich unwohl. »Nicht gut genug. Ich bin ehrgeizig. Wenn ich am Krankenhaus bleibe, möchte ich auf keinen Fall in die Situation kommen, dass ich nicht befördert werde, weil es einen Interessenkonflikt gibt.« Er umarmte meine Taille. »Deshalb ist es so ein Risiko, mit dir zusammen zu sein. Ich möchte unbedingt die Leitung des AiP-Lehrprogramms übernehmen. Wenn ich mit einer AiP-lerin schlafe, wird es schwierig, mir diesen Posten zu geben.«

Obwohl mir klar war, dass er grundsätzlich keine Beziehungen mit Arbeitskolleginnen einging, und obwohl ich die gleiche Einstellung dazu hatte, setzte sich bei seinen Worten dennoch ein Hauch von Enttäuschung in meiner Magengrube fest. Ich wollte nichts sein, weswegen er sich schlecht fühlte. Nichts, was er verstecken musste.

»Verstehe«, sagte ich. »Das ist nur logisch.«

»Aber wir behalten das Ganze für uns, das macht es … na ja, besser.«

Ich nickte. Es ging nicht anders. Ich musste dieses Jahr hinter mich bringen, ohne meinen Ruf zu schädigen, weil ich es mit meinem Chef getrieben hatte.

»Wollen wir spazieren gehen?«, fragte er. »Ich möchte dir den Norfolk Coast Path bei Blakeney zeigen. Der ist wunderschön.«

Jacob und ich liefen Hand in Hand den Trampelpfad neben einer schmalen Straße entlang zum Ausgangspunkt des Wanderwegs, den er mir zeigen wollte. Auf der einen Seite standen Häuser direkt an der einspurigen Straße, auf der anderen war das Wasser und Boote ankerten am Kai. Wir umrundeten Kinder und ihre Eltern, die mit Eimern und Netzen an der Kaimauer standen.

»Sie fangen Krabben«, sagte er. »Die gibt es hier zuhauf.«

Es ging ein warmer, aber kräftiger Wind, und mir wehten die Haare ins Gesicht.

»Warst du als Kind hier?«

Er nickte. »Wir haben in London gewohnt, aber Mum stammt hier aus der Gegend. Meine Eltern hatten ein Ferienhaus – ein winzig kleines verglichen mit dem Haus, in dem sie heute leben. Wir kamen immer in den Ferien her und ab und zu übers Wochenende. So gab's das Beste aus beiden Welten – die Abwechslung und vielen Möglichkeiten, die das Stadtleben bietet, und die Ruhe und Freiheit des Landlebens.«

»Und diesen Spaziergang hast du in deiner Zeit als Berufsanfänger gemacht, um den Kopf freizubekommen?«, fragte ich.

»Ja, es klingt abgedroschen, aber die Bewegung an der frischen Luft hat echt geholfen. In der Phase, in der du gerade steckst, ist es schwer, sich Zeit für so etwas freizuschaufeln, aber das ist wichtig.« Er nickte nach links. »Da runter. Wir laufen an den ganzen Booten vorbei.«

»Raus aufs Meer?«

Er lachte in sich hinein. »So fühlt es sich jedenfalls an. Ich kenne keinen anderen Ort, an dem man derart vom Wasser umgeben ist. Man muss sich selbst daran erinnern, dass man noch festen Boden unter den Füßen hat.«

Ich lachte. »Das klingt ganz nach dem Alltag als AiPlerin.«

Ein anderes Paar kam auf uns zu, Händchen haltend und in blauen Regenjacken im Partnerlook. Wir gingen zur Seite, um sie vorbeizulassen.

Als sie uns zulächelten, fragte ich mich unwillkürlich, wie lange sie wohl schon zusammen waren und ob bei ihnen auch alles ungewöhnlich angefangen hatte, sie das aber hinter sich gelassen hatten. Ich traf mich zwar erst seit wenigen Wochen mit Jacob, doch es fühlte sich anders an als jede bisherige Beziehung von mir. Die körperliche Anziehung zwischen uns überstieg alles, was ich je erlebt hatte, aber wir unterhielten uns auch viel. Über wichtige Themen. Ich erzählte ihm Dinge, die ich noch nie jemandem anvertraut hatte. Und ich hatte so das Gefühl, dass er auch nicht herumlief und sonderlich vielen von der Bürde erzählte, die Coves als Eltern zu haben. Wir passten in so vielerlei Hinsicht zusammen, dass ich mich zwangsläufig fragte, was die Zukunft für uns bereithalten mochte. Regenjacken im Partnerlook oder weiteres Versteckspielen und Heimlichtuerei?

Er drückte meine Hand. »Du stehst felsenfest. Wir sollten eigentlich nicht darüber sprechen, aber du machst dich richtig gut.«

»Stimmt, sollten wir nicht, aber danke.« Ich wollte ihn nach der AiPler-Auszeichnung fragen – wer im Rennen war und ob sich klare Überflieger abzeichneten –, aber ich hielt mich zurück. Ich wollte ihn nicht in eine verfängliche Lage bringen. Er sollte mir nichts erzählen, wofür er Ärger bekommen könnte. »Manchmal ist es ziemlich überwältigend.«

Dem Fußweg folgend, wandten wir uns nach links und ließen die Straße und das Dorf Blakeney hinter uns. Wir liefen geradewegs aufs Meer zu. Sobald wir die Boote hinter uns gelassen hatten, folgten zu beiden Seiten des Wegs Schilf und Feuchtwiesen und Wassertümpel. »Wenn ich an die Küste denke, dann an die zerklüfteten Felsen und Sandstrände von Devon und Cornwall. Hier kommt es einem vor, als wäre man in einem ganz anderen Land.«

Er lachte leise. »Ich weiß, was du meinst. Aber es ist wunderschön, oder?«

»Total.« Vor uns erstreckte sich der weite blaue Himmel, durchbrochen nur von den Schilfhalmen und Gräsern. Es fühlte sich ganz und gar friedlich an. »Ich kann verstehen, warum du hierherkamst, um Stress abzubauen. Zeigst du mir, wo dein Boot lag?«

»Das Ruderboot, in dem ich mich versteckt habe?«

Ich lachte. »Ja. Deine Entstressungskammer.«

»Klar, das war da vorne.«

Wir stapften weiter, genossen den Ausblick und den Frieden, unterhielten uns und schwiegen.

»Hier lag es«, sagte er schließlich, als wir einen Wassertümpel rechts des Wegs erreichten, der von Schilf umgeben war. »Keine Ahnung, ob das Boot irgendwie stecken blieb, als die Ebbe einsetzte. Vielleicht haben es auch ein paar Kinder über den Wanderpfad bis hierher gezogen.«

»Hier ist kaum jemand.«

»Gelegentlich kommen mal Leute aus dem Dorf her und schauen sich um, aber wer nicht gerade vorhat, auf dem Wanderweg bis zum nächsten Dorf zu laufen, geht selten so weit raus. Hier kommen also nur passionierte Wanderer vorbei.«

»Und du bist hergewandert, um den Stress abzubauen, den der Beruf mit sich bringt und … das Cove-Erbe.«

»Hör zu, ich weiß, dass ich privilegiert bin. Sicherlich haben sich mir Möglichkeiten geboten, die ich ohne meine Eltern niemals gehabt hätte. Es ist nur … manchmal wünsche ich mir, ich hätte es ganz aus eigener Kraft geschafft. So wie du.«

Ich lachte. Das konnte er doch nicht ernst meinen. »Ich sag dir was: Nachts zu lernen und tagsüber Haare zu schneiden, damit man weiter ein Dach über dem Kopf hat, ist nicht erstrebenswert. Es ist harte Arbeit und bedeutet, dass man auf vieles verzichten muss.«

»Sorry, ich wollte es nicht verharmlosen.«

Ich schüttelte den Kopf. »Schon gut, das weiß ich. Ich meine nur, dass jeder Weg seine Vor- und Nachteile hat.« Ich grinste. »Unterm Strich wäre mir die liebende Familie und das Erbe, das mit ihr verbunden ist, lieber.«

Er beugte sich vor und drückte mir einen Kuss auf den Scheitel. »Ja, mir auch.«

Die Wärme seines Kusses breitete sich in meinem ganzen Körper aus. Ich hielt ihn am Kragen seines Mantels fest, damit er mich weiterküsste. Wir mochten aus entgegengesetzten Richtungen kommen, aber jetzt befanden wir uns zusammen auf dieser Reise – komme, was wolle.

26. KAPITEL

SUTTON

Norfolk schien lange her zu sein, dabei waren wir erst seit einer Woche wieder zurück. Bevor wir uns aufeinander einließen, hatte ich befürchtet, dass meine Gefühle für Jacob in grell leuchtenden Sprechblasen über meinem Kopf stehen würden. Jetzt machte ich mir Sorgen, wir würden unsere intime Beziehung durch eine unangebrachte Berührung oder einen stolzen Blick verraten. Ich war weiterhin stets auf der Hut, wenn er in der Nähe war.

»Gehst du in die Cafeteria?«, fragte Veronica, als sie neben mir auftauchte.

»Yep, und du?«

»Auch. Wir können zusammen Mittag essen. Wie oft passiert das schon?«

»Ich glaube, das ist seit den Einführungswochen nicht mehr vorgekommen, und die sind gefühlte Ewigkeiten her«, sagte ich.

»Ja, oder? Zwei Monate sind wie im Flug vergangen. Wie läuft's bei dir? Hast du in nächster Zeit mal einen freien Tag?«

»Ich hatte gerade drei Tage am Stück frei. Keine Ahnung, wie ich das hinbekommen habe.«

»Wow, schläfst du etwa mit demjenigen, der den Dienstplan macht?«

Ich lachte, bemüht, möglichst echt zu klingen, dabei machte mich ihre Frage leicht nervös. Ich wusste, dass Jacob keinen Einfluss auf den Dienstplan genommen hatte – das Risiko würde er nicht eingehen –, aber ihre Frage kam der Wahrheit einen Tick zu nah. »Ich dachte, das machen alle.«

Sie gackerte los – eine Lache, die dem schieren Bedürfnis nach einem Moment Leichtigkeit entsprang. Ich verstand das. »Wäre es nicht gut, wenn es Wein in der Kantine gäbe?«

Wir gingen weiter den Flur entlang, wichen zur Seite aus, als ein Bett auf uns zu geschoben wurde, und bogen dann um die Ecke zur Cafeteria.

»Nein, überhaupt nicht«, sagte ich. »Viel zu große Versuchung.«

»Stimmt. Also, wie läuft's? Wie ist die Pädiatrie? Denkst du, du möchtest später Kinderärztin werden?«

Wir betraten die Cafeteria und nahmen uns beide ein Tablett. »Ist noch viel zu früh, um das zu sagen. Was ist mit dir? Magst du die Notaufnahme?«

Wir stellten uns in die Warteschlange an der Salatbar. Danach käme die bei den Pommes frites. Die beiden gehörten untrennbar zusammen.

»Ehrlich, ich halte es schon für eine gute Erfahrung, aber ich könnte nicht mein ganzes Berufsleben Notfallmedizin machen, glaube ich. Im Grunde flickst du die Leute mit Klebeband zusammen, bis ein Spezialist kommt und sie sich gründlich ansieht.« Sie schlug sich die Hand vor den Mund und sah sich in der Hoffnung um, dass sie damit niemandem zu nahe getreten war. »Ich will nicht behaupten, dass man dafür nichts können muss – muss man natürlich. Es ist nur so, dass ich mich, glaube ich, lieber auf einen Fachbereich konzentrieren würde.«

»Verständlich«, sagte ich. »Noch dazu die vielen Spätschichten und Wochenenddienste. Die wären nie vorbei, selbst wenn du mal Oberärztin bist.«

»Genau. Ich weiß nicht, ob ich damit klarkomme.« Veronica

bestellte Eiersalat, und ich nahm den Halloumi. Ohne uns abstimmen zu müssen, stellten wir uns in der Schlange für die Pommes an.

»Aber Andy findet es toll. Genauso wie Claudia und Gareth. Genau genommen scheint Claudia die Überfliegerin von uns zu sein. Sie ist bestimmt im Rennen für die AiPler-Auszeichnung.«

Aus unerfindlichen Gründen zog sich mir vor Unmut der Magen zusammen. »Echt? Für den ersten Rotationsturnus oder für den Gesamtsieg?«

»Beides? Du weißt doch, wie das mit Überfliegern so ist. Die zeigen gleich, woraus sie gemacht sind.«

Ich wusste, dass ich unter dem Radar bleiben wollte. Aus den vielen Streitereien vor der Scheidung meiner Eltern hatte ich gelernt, dass einem große, dramatische Auftritte selten nutzten. Ich wollte niemandem Anlass geben, auf mich aufmerksam zu werden und mich genauer unter die Lupe zu nehmen. Warum also kroch mir Neid das Rückgrat hinauf, wenn Veronica Claudia als *klare* Überfliegerin bezeichnete? Vielleicht weil heute alles einfacher sein könnte, wenn sich die Dinge anders entwickelt hätten – wenn sich meine Eltern nicht getrennt und meine Mutter nicht die zwanghafte Besessenheit entwickelt hätte, einen neuen Kerl zu finden und an sich zu binden. Dann hätte ich mir das Studium vielleicht nicht durch die Arbeit als Friseurin finanzieren müssen.

Dann wäre ich vielleicht eine klare Überfliegerin.

»Ich hab gehört, Gilly macht ordentlich Punkte bei Dr. Off Limits.«

Ich runzelte die Stirn. »Macht ordentlich Punkte?«, fragte ich.

»Anscheinend findet er sie super. Kriegt sie die ganzen guten Fälle und so weiter?«

Ich überlegte. »Nicht, dass ich wüsste. Wer hat dir das denn erzählt?« Hatte Jacob deshalb zu mir gesagt, ich solle an mich glauben? Versuchte er, mir zu verstehen zu geben, dass ich mehr Gas geben musste, um mich hervorzutun?

»Sie selbst, es kann also auch Quatsch sein.«

»Möglicherweise. Ich habe nicht jede Schicht mit ihr zusammen, vielleicht tut sie sich also hervor und ich kriege es bloß nicht mit.«

»Oder aber sie schläft mit dem Chef, um sich einen Vorteil zu verschaffen. Nicht, dass ich es ihr verübeln könnte. Ist er so brillant, wie alle sagen?«

Mit dem Chef schlafen, um sich einen Vorteil zu verschaffen? Genau das würden alle denken, wenn das mit mir und Jacob herauskäme. Dann könnte ich nicht mehr unter dem Radar bleiben. Wahrscheinlich würde meine Kompetenz als Ärztin angezweifelt.

»Wer – Dr. Cove?« Jetzt hatte ich es vielleicht übertrieben. Sie sprach eindeutig von Jacob.

Sie lachte schnaubend. »Ja, Dr. Off Limits. Ist er so ein toller Arzt, wie alle sagen?«

Ich zuckte mit den Schultern, und jede von uns nahm sich eine Portion Pommes. »Die Zusammenarbeit mit ihm ist klasse. So fokussiert.«

Ich durfte nicht untertreiben, denn sonst würde ihr aufgehen, dass ich etwas zu verbergen hatte, sobald sie erst in der Pädiatrie eingeteilt wäre, aber wenn ich übertrieb, würde sie womöglich auch etwas ahnen. Dass Jacob brillant war, stand fest, selbst wenn man berücksichtigte, dass ich mit ihm schlief. Er war hochkonzentriert, freundlich und klug. Und das Allerbeste: Er war ein hervorragender Lehrer – forderte und stellte einen auf die Probe und erwartete viel. Ich arbeitete unheimlich gern mit ihm zusammen.

Ich schaute die Warteschlange entlang, um abzuschätzen, wie lange es noch dauern würde, bis Veronica vom Kassierer unterbrochen wurde. Ich war sicher, dass mir *Lügnerin* auf die Stirn geschrieben stand.

»Wollen wir draußen essen? Dann können wir lästern, ohne dass uns andere Ärzte im Speiseraum hören.« Alles, nur nicht Jacob über den Weg laufen.

»Gute Idee«, sagte ich und nahm mir eine Serviette und eine Gabel, bevor ich meine Krankenhaus-Chipkarte durchzog, um für mein Mittagessen zu bezahlen.

Als wir hinausgingen, kam Jacob herein. Wir stießen fast mit ihm zusammen.

»Da hätte die Notaufnahme beinahe drei neue Patienten gekriegt.« Er schmunzelte und ging weiter. Ich wagte es nicht mal, ihm in die Augen zu sehen. Ich war mir sicher, dass ohnehin schon Wellen der Lust von mir ausgingen.

Als wir über den Flur zum Ausgang gingen, stöhnte Veronica leise. »Er riecht sogar gut, oder? Wie kannst du dich in seiner Nähe überhaupt konzentrieren? Das muss doch schrecklich sein. Willst du tauschen?« Sie lachte, und wir gingen hinaus, um uns auf die kleine Rasenfläche vor dem Parkhaus zu setzen.

»Meinst du wirklich, dass schon feststeht, wer die AiPler-Auszeichnung bekommt?«, fragte ich.

Veronica sah mich an. »Glaube ich Gilly? Nein. Denke ich, dass die schon während des ersten Rotationsturnus einen Eindruck von uns AiPlern gewinnen? Mit Sicherheit.«

Ich aß einen Bissen Halloumi und nickte.

»Halte ich dich für eine Top-Kandidatin? Ja.«

Ich stieß ein kurzes Lachen aus. So würde es nicht kommen. Ich wollte gar nicht gewinnen. Ich wollte nur weiter den Kopf einziehen und die Konzentration bewahren. Je mehr Zeit ich allerdings mit Jacob verbrachte, desto unwahrscheinlicher wurde es, dass mir das gelang. Jacob nahm mehr Platz in meinem Kopf ein, als er sollte. Ich machte mir Gedanken, welche Schicht er hatte und ob ich mit ihm zusammenarbeiten würde, obendrein machte ich mir Gedanken, ob jemand gemerkt hatte, dass wir miteinander schliefen. Meine Konzentration war dahin. Außerdem war da noch die ständige Sorge, dass die Leute Verdacht schöpfen könnten. Der Ärger hing über mir wie ein Damoklesschwert.

Mein Leben würde nicht nach Plan laufen. Das tat es selten.

27. KAPITEL

SUTTON

Ich legte mich auf der Picknickdecke zurück und blickte hinauf zu den raschelnden sattgrünen Blättern über mir.

»Champagner im Park. Das ist einer der romantischsten Nachmittage überhaupt«, befand ich.

»Stimmt«, sagte Parker. »Erzähl das Tristan nicht.«

Ich lachte. »Ich versprech's.«

Es war Parkers Idee gewesen – und zwar eine ihrer besseren –, im Hampstead-Heath-Park zu picknicken. »Ich liege viel lieber unter einem Baum und schlürfe Champagner, als über einen zu klettern und um mein liebes Leben zu bangen.«

»Heute wollen wir dich ja auch nicht ablenken. Ich versuche hier, für deine Entspannung zu sorgen.«

»Du bist eine gute Freundin.« Ich fühlte mich mies, weil ich ihr das mit Jacob nicht erzählt hatte. Es war einfach so schnell passiert, und die Arbeit nahm mich so ein, dass ich Parker seitdem kaum gesehen hatte.

»Das klingt suspekt.«

»Ja?« Ich setzte mich auf. »Sollte es nicht. Aber ich muss dir was erzählen.«

»Ich hoffe mal, es geht um Jacob.«

»Woher weißt du das?«, fragte ich.

»Bin ich froh, dass du doch nachgegeben hast. Erzähl mir, was passiert ist.«

Ich erzählte ihr, was bei dem Betriebsausflug passiert war und dass ich regelmäßig nach der Arbeit bei ihm zu Hause vorbeischaute. Von meinem Besuch in Norfolk bei seiner Familie. Eigentlich hatten Jacob und ich vereinbart, dass weder Freunde noch Familie von uns wissen sollten, aber schon der Ausflug nach Norfolk war ein Bruch mit dieser Regel gewesen. Es erschien mir nur fair, dass Parker von uns erfuhr. Sie war praktisch meine Familie. »Er ist wunderbar. Echt.«

»Bitte lass da jetzt kein *Aber* kommen«, meinte Parker.

»Natürlich gibt es ein Aber. Ein großes Aber.« Ich ließ mich wieder auf die Decke sinken.

»Klar, du kannst es kompliziert machen. Oder beschließen, dass es ganz einfach ist.«

»Das Leben ist nie einfach. Erstens mal ist er mein Chef. Ich habe hart gearbeitet, um dahin zu kommen, wo ich jetzt bin. Die Leute sollen mich nicht ansehen und denken, ich würde das auch nur irgendwie der Tatsache verdanken, dass ich mit meinem Chef geschlafen habe. Ich möchte einfach bloß in der Spur bleiben und diese zwei Jahre schadlos überstehen.«

»Wen interessiert schon, was die Leute denken?«

»Mich«, erwiderte ich. Ich liebte Parker, aber da ihr schon immer alle Möglichkeiten im Leben offen gestanden hatten, kamen ihr nie Zweifel, wenn ihr etwas Gutes widerfuhr. Wir stammten aus komplett unterschiedlichen Verhältnissen. »Und nicht nur mich, jeder, der mir von jetzt an bis ans Ende meiner Tage eine Stelle gibt, wird sich fragen, ob ich weniger gut in meinem Beruf bin, weil ich über Umwege zum Studieren gekommen bin. Deshalb ist es wichtig, dass ich die Zweifel nicht noch befeuere. Ich will nicht, dass die Leute denken, ich hätte mit meinem Chef schlafen müssen, um es zu schaffen.«

Parker stöhnte. »Das sind Arschlöcher.«

»Du weißt, dass manche Leute so was sagen werden.«

»Schon klar«, sagte Parker. »Aber es bedeutet doch bestimmt nicht gleich das *Karriere-Aus*, wenn das mit euch beiden rauskommt.«

Ich zuckte mit den Schultern. »Vielleicht nicht das Karriere-Aus, aber da wäre ein Fragezeichen über meinem Kopf. Und das verdiene ich nicht, nach der ganzen Arbeit, die ich investiert habe. Ich kann mir nicht helfen, ich glaube, dass ich es bereuen werde, wenn es vorbei ist.«

»Vielleicht wird es nie vorbei sein.«

Ich lachte. »Was? Glaubst du etwa, ich werde den Mann heiraten?«

»Vielleicht«, antwortete sie.

Ich schüttelte den Kopf. Nur Parker konnte so etwas sagen. »Wird nicht passieren. Es läuft viel zu glatt mit Jacob. Irgendwann passiert garantiert etwas, was uns aus der Bahn wirft. Ich weiß nur nicht, ob ...« Whitneys *Didn't we almost have it all* begann in meinem Kopf zu dudeln. Man konnte das Mädchen aus dem Friseursalon holen, aber nicht die Salonmusik aus dem Mädchen. »Ich weiß nicht, ob die Reise bis dahin das Unglück wert sein wird. Aber gleichzeitig ...«

Jacob arbeitete gerade. Vielleicht saß er genau jetzt im Speiseraum. Ich hatte ihn seit drei Tagen nicht außerhalb des Krankenhauses gesehen und vermisste ihn. Wie konnte das sein? Er wollte nach seiner Schicht bei mir zu Hause vorbeikommen. Vielleicht würde ich für ihn kochen.

»Aber gleichzeitig?«, unterbrach Parker meinen Gedankengang.

»Aber gleichzeitig will ich ihn nicht aufgeben.«

Parker legte sich auf die Seite und stützte den Kopf auf die Hand. »Weil der Sex so gut ist oder weil da mehr ist?«

»Der Sex ist definitiv gut. So als ... also, ich glaube, im Vergleich dazu lässt sich das, was ich davor gemacht habe, nicht als Sex bezeichnen.«

Parker lachte. »Das Gefühl kenne ich.«

»Und es fühlt sich an, als wäre da mehr, ist es aber vielleicht nicht. Vielleicht liegt es nur daran, dass wir heimlichtun und nicht samstagabends Pizza essen und danach ins Kino gehen können. Vielleicht ist es aufregender, weil es verboten ist.«

»Es gibt nur einen Weg, das rauszufinden. Die Beziehung öffentlich machen.«

Ich schüttelte den Kopf, setzte mich im Schneidersitz hin und schaute Parker an. »Nein, und zwar aus bereits genannten Gründen. Außerdem hat Jacob auch gute Gründe, die Sache zwischen uns geheim zu halten.«

»Was dann, macht ihr einfach bis ans Ende aller Zeiten so weiter wie jetzt? Irgendwann bist du um die vierzig, hast zwei Kinder und einen Hund und ihr könnt euch immer noch nicht in der Öffentlichkeit zusammen blicken lassen?«

Ich lachte. »Na, so natürlich nicht.« Ich trank einen Schluck Champagner, der in der Sonne allmählich warm wurde. Trotzdem schmeckte er noch lecker.

»Du meinst also, wenn das mit euch hält, muss sich irgendwann etwas ändern. Wenn das in der Zukunft geht, warum dann nicht jetzt etwas ändern?«

»Nachher trennen wir uns nächste Woche, und ich habe meinem Ruf ganz umsonst geschadet.«

»Okay, also wann dann? Welchen Punkt müsst ihr überschreiten, bevor du sagst: ›Gut, jetzt bin ich bereit, alle wissen zu lassen, dass er mein Freund ist?‹«

»Vielleicht übernächstes Jahr? Wenn ich die AiPler-Zeit hinter mir habe.« Realistisch gesehen dürfte das mit uns niemals so lange halten. Bis dahin konnten uns tausend Gründe auseinanderbringen.

»Du willst zwei Jahre lang warten? Dann werden dich alle im Krankenhaus für eine riesengroße Lügnerin halten und dir von da an nie wieder etwas glauben.«

Ich stöhnte. Es gab keine einfache Lösung.

»Die Tatsache, dass du für diesen Kerl mit deinen eigenen Prinzipien brichst, die Tatsache, dass du mir sagst, es läuft super zwischen euch und alles ist ganz einfach – das ist nicht problematisch. Das Unwahrscheinliche kann funktionieren. Nimm nur Tristan und mich. Das hat keiner kommen sehen.«

Ich schaute sie aus zusammengekniffenen Augen an, ungläubig, dass sie so naiv sein konnte. »Was redest du da? Das hat jeder kommen sehen! Ihr zwei hattet jedes Mal schon Herzchenaugen, wenn ihr euch nur in einem Radius von einer Meile zueinander befandet. Dein Vater hat Tristan zu der Wohltätigkeitsveranstaltung eingeladen, weil er euch beide miteinander bekannt machen wollte, und euch dann echte Flitterwochen für eure Fake-Ehe spendiert, damit ihr gezwungen seid, Zeit miteinander zu verbringen. Ach komm.«

»Okay, vielleicht hast du recht. Ich meine ja nur, wenn du bereit bist, für diesen Kerl deine albernen Prinzipien über Bord zu werfen, dann muss er dir über den guten Sex hinaus etwas bedeuten. Und wenn er dir etwas bedeutet, dann könnt ihr nicht wie die Vampire leben. Irgendwann müsst ihr raus ins Sonnenlicht.«

Parker hatte recht. Jacob und ich konnten uns nicht ewig verstecken. Insgeheim mit Jacob Cove zusammen sein, ging nicht. Er war der Schwarm des ganzen Krankenhauses. Ich würde insgeheim von mindestens achtzig Prozent der weiblichen Belegschaft und einem gehörigen Teil männlichen gehasst werden. Es gab keine einfache Lösung, außer Schluss zu machen.

28. KAPITEL

JACOB

Ich war so kaputt, dass ich mir nicht vorstellen konnte, heute Abend noch irgendetwas anderes zu machen, als etwas zu essen und ins Bett zu fallen. In der Belegschaft ging eine Grippe um, und heute hatten sich drei Leute aus dem Team krankgemeldet.

Ich klopfte an Suttons Wohnungstür und stützte mich am Türrahmen ab, damit ich nicht umkippte.

Als sie die Tür aufmachte, war es wie eine Adrenalinspritze direkt ins Herz.

»Du siehst wunderschön aus«, sagte ich und ließ meinen Blick dabei über ihren in Lycra-Klamotten steckenden Körper wandern.

Sie lachte. »Ich sehe verschwitzt aus. Ich bin gerade vom Joggen reingekommen.« Sie stellte sich auf die Zehenspitzen, um mir einen Kuss zu geben, aber ich packte ihren Po, hob sie hoch, trat die Tür zu und drückte sie gegen die Wand, während ich die Lippen auf ihre presste.

»Wie war dein Tag?«, fragte sie.

»Besser, jetzt wo ich bei dir bin.«

»Essen ist fertig.«

»Ich bin hungrig nach dir«, sagte ich. Das war ich immerzu. Selbst an Tagen, an denen ich glaubte, keine Energie mehr dafür zu haben, konnte ich nicht genug kriegen, sobald ich sie sah.

Sie drückte mir einen Kuss auf die Wange und zog mich fest an sich, als hätte sie mich monatelang nicht gesehen, statt bloß Tage. »Ich habe dich vermisst.«

Mein Bauch schlug einen Purzelbaum, und ich begriff, dass ich genau das hatte hören müssen. Ich gab ihr einen Kuss auf den Scheitel. »Ich habe dich auch vermisst.« Zeit, zusammen etwas zu essen und zu reden. Der Sex konnte warten.

»Wie war die Joggingrunde?«, fragte ich, als ich sie losließ. Sie führte mich in ihre winzige Küche.

»Ehrlich gesagt wäre Gehen schneller gewesen, aber Joggen hört sich besser an, oder? Ich habe Essen bestellt, und es wurde zwei Minuten, bevor du kamst, geliefert. Diese Küche ist … nicht gerade was für Hobbyköche.«

Ihre Wohnung war winzig. Ihre Küche verdiente die Bezeichnung kaum.

»Als wir im Park picknicken waren, hat mich Parker wieder gefragt, ob ich mit bei ihr und Tristan einziehen möchte.« Sie lachte. »Ja, bestimmt.«

»Du willst nicht?«

»Ich möchte nicht mit einem Pärchen zusammenwohnen. Und erst recht nicht mit einem ziemlich frisch verliebten Pärchen.« Sie packte einige Schachteln aus. »Ich habe Libanesisch bestellt.«

»Wir sollten mehr Zeit bei mir zu Hause verbringen«, sagte ich. »Ich lasse dir einen Schlüssel nachmachen, dann kannst du kommen und gehen, wann du willst.«

Halb lächelnd, halb stirnrunzelnd drehte sie sich zu mir. »Sind wir schon so weit, einander Wohnungsschlüssel zu geben?«

Ich schüttelte den Kopf. »Nimm's mir nicht übel, aber ich möchte keinen Schlüssel für hier.«

»Du meinst, du möchtest nicht meinen Kellerausblick auf

den Parkplatz genießen? So was aber auch.« Lächelnd holte sie zwei Teller heraus und stellte sie hin. »Aber ein Schlüssel? Ist das ... ich meine, wir sind doch erst ein paar Wochen zusammen.« Wenn es um uns zwei, beziehungsweise mich ging, war sie vorsichtig bis misstrauisch. Ich konnte es nicht recht festmachen.

»Gehst du nach irgendeinem Regelbuch vor, von dem ich nichts weiß? Falls ja, brauche ich nämlich auch eine Ausgabe davon, damit ich weiß, wann der richtige Zeitpunkt wofür ist. Ich möchte da keinen Meilenstein verpassen.«

Sie pikte mir in den Arm. »Es gibt kein Regelbuch.«

»Bei mir zu Hause ist etwas mehr Platz. Und ich habe eine Küche, in der wir kochen können. Es ergibt Sinn, mehr Zeit dort zu verbringen. Und wenn du einen Schlüssel hast, musst du nicht zur gleichen Zeit das Haus verlassen wie ich und kannst auch früher vorbeikommen. Es ist kein Ring. Nur ein Schlüssel.«

Sie reichte mir einen Teller Essen und hielt eine Gabel hoch. »Okay, wenn du es so erklärst, nehme ich den Schlüssel.«

»Gut«, sagte ich.

»Gut. Ich verstehe echt nicht, warum du so eine große Sache daraus machen musstest.« Sie grinste mich an, und ich schüttelte den Kopf.

Wir tappten in ihr Wohn- beziehungsweise Schlafzimmer, wo im Hintergrund leise a-ha lief, und setzten uns auf den Fußboden, die Teller auf ihren kleinen Couchtisch gezwängt. »Erzähl, wie war das Mittagessen mit Parker, abgesehen davon, dass sie dich gefragt hat, ob du bei ihr einziehen willst?«

»Gut.« Sie seufzte, als wäre es alles andere als gut gewesen.

»Das hört sich aber nicht so an.«

Schulterzuckend riss sie sich ein Stück vom Fladenbrot ab. »Ich habe ihr von uns erzählt.«

»Und das ist schlecht?«

»Wieso denkst du, dass es schlecht ist?«

»Ach, keine Ahnung, vielleicht, weil du so ein Gesicht machst?«

Sie schwieg einen Augenblick zu lange, während sie das Fladenbrot kaute und herunterschluckte. »Sie findet es bloß dumm von mir, dass ich unsere Beziehung geheim halten will.«

Ich seufzte. Okay, die beste Freundin mischte sich also in unsere Beziehung ein. »Und was meinst du dazu?«

»Ich denke, sie versteht nicht, was auf dem Spiel steht. Für uns beide.«

»Genau«, erwiderte ich. »Wieso dann also das Geseufze und deine zweifelnde Miene?«

»Es ist kompliziert.« Sie schüttelte den Kopf. »Und ich mache mir zu viele Gedanken.«

»Passt gar nicht zu dir«, sagte ich sarkastisch.

Sie verdrehte die Augen. »Sie hat gewitzelt, dass wir noch, wenn wir vierzig sind und zwei Kinder haben, im Krankenhaus so tun werden, als wären wir kein Paar.«

Ich lachte. »Vom vierzigsten bin ich nur noch vier Jahre entfernt. Gar nicht so abwegig.«

Sie lachte nicht. »Ich nehme an, sie hat mich bloß ins Grübeln gebracht. Ich habe angefangen … über einiges nachzudenken.«

Das klang nicht gerade positiv, ihrem Gesichtsausdruck nach zu urteilen, war es das jedenfalls nicht. »Vielleicht lassen wir es, uns Gedanken darüber zu machen, was in vier Jahren sein wird.«

»Genau«, sagte sie, ohne sonderlich überzeugend zu klingen. »Wir beschwören nur Ärger herauf, stimmt's?«

»Stimmt. Bloß bin ich mir nicht sicher, ob du so ganz überzeugt bist.«

»Oh, ich gehe fest davon aus, dass Ärger bevorsteht. Ich brauche gar nicht überzeugt zu werden. Ich muss mich bloß … entspannen.«

Ich konnte mir nicht vorstellen, wie es war, im Leben stets aufs Kämpfen eingestellt zu sein. Bestimmt anstrengend. Ich wollte ihr das gern nehmen. Sie vor allem Bösen beschützen.

»Sutton, sag mir, was dir durch den Kopf geht. Was macht dir wirklich Sorgen?«

»Ich bin nicht unbedingt besorgt, es ist nur … ich habe dich gern. Und ich sehe nicht, dass es jemals eine Zeit geben wird, wo es okay für uns ist, offiziell ein Paar zu sein.«

»Ich denke, darüber brauchen wir uns keine Sorgen zu machen. Jetzt gerade ist es kompliziert. Ich will mich für diese Beförderung in Stellung bringen; du willst dich beweisen. Im Moment geht es nicht, aber die Dinge nehmen ihren Lauf. Wir können nichts vorwegnehmen. Wir können nicht in die Zukunft schauen. Meistens regelt sich alles von ganz allein.«

»Das sagst du. Nicht für jeden ›regelt sich‹ alles ganz von allein.«

»Nein, da hast du recht. Das erleben wir tagtäglich um uns herum. Aber was Beziehungen angeht, zwei Menschen in einer Partnerschaft – das kriegen wir hin. Denk dran, wie entschlossen wir beide waren, uns voneinander fernzuhalten. Sieh nur, was daraus geworden ist.«

Ich legte die Gabel weg, rutschte herum, damit ich meine Beine ausstrecken konnte, und zog sie auf meinen Schoß, sodass ich ihr Gesicht vor mir hatte. So langsam bekam ich das Gefühl, hier ging es um mehr als um uns – sie war darauf gefasst, dass etwas Schlimmes passieren würde. Das war verständlich, und es brach mir ein bisschen das Herz.

Ich schob ihr eine verirrte Haarsträhne hinters Ohr. »Ich

finde, im Moment machen wir beide, was derzeit am besten ist. Glaube ich, dass wir uns immer noch heimlich beim anderen zu Hause reinschleichen werden, wenn wir länger zusammen sind? Nein, glaube ich nicht. Ich denke, diese Hürde nehmen wir, wenn es so weit ist – es sei denn, du bist aktuell unglücklich. Bist du?«

Sie schüttelte den Kopf. »Nein. Aktuell bin ich das Gegenteil von unglücklich.«

Ich wusste nicht recht, ob sie das witzig meinte oder ob sie ein Problem damit hatte, auszusprechen, dass sie glücklich war. Vielleicht hatte sie Angst vor dem Glücklichsein. In Anbetracht ihrer Kindheitserfahrungen wäre das absolut verständlich.

»Wir sollten mal wegfahren«, sagte ich. »Norfolk war toll. Wir konnten ausspannen und brauchten uns nicht groß Gedanken zu machen, wer uns zusammen sieht.«

»Wohin denn?«

»Wie wäre es mit den Cotswolds? Oder Bath?«

»Bath ist weiter weg. Da ist es unwahrscheinlicher, dass wir jemanden treffen, den wir kennen.«

»Okay, wenn wir beide das nächste Mal zwei Tage freihaben, fahren wir nach Bath. Wie hört sich das an?«

»Mir geht's viel besser. Manchmal kommt es mir vor, als könntest du in meinen Kopf gucken.« Genauso erging es mir auch mit ihr.

»Das muss daran liegen, dass ich neulich nachts ein CT von deinem Kopf gemacht habe.«

»Sorry, dass ich so am Rad gedreht habe. Es steht bloß so viel auf dem Spiel«, sagte sie.

Wir hatten beide viel zu verlieren, aber allmählich begriff ich, dass Sutton permanent darauf gefasst war, kämpfen zu müssen. Fast so, als erwartete sie, dass etwas schiefging.

»Entschuldige dich niemals. Du hast hart dafür gearbeitet, so weit zu kommen. Selbstverständlich möchtest du dir das bewahren.«

Der zweifelnde Gesichtsausdruck war verschwunden, und ich hatte wieder die lächelnde Sutton im Arm. »Ernsthaft jetzt, du weißt immer ganz genau, was du zu mir sagen musst.«

»Das ist ja auch leicht, wenn du mir sagst, was dir durch den Kopf geht.«

»Du willst gar nicht wissen, was mir gerade durch den Kopf geht«, erwiderte sie und strich dabei mit den Händen über meine Brust. Ihre Zungenspitze schoss hervor und befeuchtete ihre Lippen.

»Du solltest wissen, dass du ein offenes Buch bist. Versuch dich gar nicht erst im Poker.«

Sie beugte sich vor und drückte mir einen Kuss auf den Hals. »Sollen wir duschen gehen?«

Ich musste lachen. »Hier?« Ihre Dusche war im besten Fall geradeso groß genug für mich. Niemals würden wir beide hineinpassen.

Sie wiegte die Hüften, um sich an meinem Schritt zu reiben.

»Gleich hier geht auch«, brummte ich, bevor ich sie auf den Rücken legte und über sie kroch. Ich war bereits hart. Meine Erektion drückte gegen meinen Hosenschlitz, begierig darauf, zur Sache zu kommen. »Du bist so verführerisch.«

»Du meinst wohl verschwitzt? Auch wenn ich eher gegangen als gelaufen bin, müffele ich trotzdem ziemlich.«

Sie würde es nicht mal schaffen, unangenehm zu riechen, wenn sie es drauf anlegen würde.

Ich gab ihr einen Kuss auf den Hals und fuhr dann mit den Zähnen über ihre Haut. Ich wollte sie mit Haut und Haaren verschlingen. Noch nie hatte ich eine Frau so begehrt wie Sutton. Bei ihr war es ein körperliches Verlangen, aber zugleich noch mehr. Ich wollte jeden ihrer Gedanken kennen, ihr jeden Hauch Selbstzweifel nehmen, jede Wunde heilen.

Ungeduldig wand sie unter mir die Hüften.

»Ich kann dafür sorgen, dass du noch verschwitzter bist als nach dem Joggen.« Ich umfasste ihre Brüste und strich mit einer Hand über ihren Bauch. »Ich bringe dich zum Keuchen, dass du schwer nach Atem ringst.« Ich ließ die Hand in ihre Lycra-Hose gleiten, denn ich wollte ihre Hitze spüren, ihre Ungeduld, die Nässe, die nur auf mich wartete. Meine Finger fanden ihre Klitoris, und ich ließ sie durch ihre feuchte Mitte gleiten, sodass sie nach Luft schnappte. Als wäre sie geschockt, wie gut ich mich anfühlte, dabei wussten wir doch schon, dass es immer gut war. Richtig gut.

»Mehr, Jacob«, rief sie aus. Ich fing die Bitte mit meinem Mund ein und küsste sie wild. Ich wollte ihr zeigen, dass die Zweifel und Ängste in Bezug auf uns unbegründet waren, schließlich hatten wir *das hier*. Diese Verbindung, die körperlich und seelisch war und unauslöschlich.

Reibung suchend fing sie an, sich gegen meine Hand zu drücken, doch auf die Art würde ich sie nicht kommen lassen. Nein, nicht nach unserem Gespräch eben. Ich wollte in ihr sein, ihr so nah wie möglich – jedes Mal, wenn sie heute Nacht kam. Ich nahm die Hand weg, stand auf, zog sie hoch auf die Füße und beugte sie über das Bett. Noch ehe ihre Hände die Matratze berührten, zerrte ich ihr die Leggins bis zu den Knien herunter und machte meine Hose auf. Ich war nicht bereit, erst abzuwarten, bis wir zwei ausgezogen waren. Mich trieb die Ungeduld, in ihr zu sein. Ich wollte sie zum Höhepunkt bringen, um mit mehr als Worten zu vermitteln, warum wir jedes Hindernis überwinden würden, das sich uns in den Weg stellte.

Ich glitt in sie und zog gleichzeitig in einer so heftigen und plötzlichen Bewegung ihre Hüften nach hinten, dass sie das Gleichgewicht verlor. Doch ich hielt sie fest. Mein Griff war bestimmt, meine Finger drückten sich in ihre Haut. Wieder drang ich in sie, während sie wonach auch immer tastend hinter sich fasste. Sie musste verstehen, dass ich mich hier um uns beide kümmerte.

Ich würde es dermaßen gut machen, so verdammt hart und tief und eng, dass sie binnen Sekunden käme.

Wieder und wieder stieß ich die Hüften vor, fuhr unaufhörlich in sie. »Siehst du, Sutton. Es ist immer gut für uns. Langsam und zärtlich oder schnell und hart. Ist egal. Wir sind wir. Wir zwei sind immer gut.«

Unter mir begann sie zu beben. Ihre Schenkel, ihr Po, ihr ganzer Körper erging sich in einem Orgasmus, und während ich dies beobachtete, kam wie aus dem Nichts mein Höhepunkt, schoss mein Rückgrat hinauf, und ich explodierte.

Ich war noch ganz außer Atem, wusste jedoch, dass wir beide mehr brauchten.

»Noch mal«, presste ich hervor. Ich kniete mich hin und zog ihr die Leggins ganz aus, bevor ich mein Hemd und die Hose abstreifte. Sie rührte sich nicht, blieb weiter über das Bett gebeugt liegen und versuchte, sich zu erholen.

Ich drehte sie auf den Rücken und zog ihre Beine um meine Hüften. Als sie zu mir hochschaute, nahm ich mir innerlich vor, mir nie wieder die Gelegenheit entgehen zu lassen, ihren Gesichtsausdruck zu sehen, wenn ich sie vögelte. Sie hatte immer einen staunenden, verwunderten Ausdruck, der mir das Gefühl gab, der größte Glückspilz auf Erden zu sein.

»Du bist unglaublich«, sagte sie.

»*Du* bist unglaublich. Stark. Entschlossen. Sexy.«

Es gab nichts, was diese Frau hier unter mir nicht schaffen

konnte. Und tief drinnen wusste sie das. Das Problem war, dass sie immer auf eine Katastrophe gefasst war. Doch wir waren keine Katastrophe. Wir waren alles anderes als das.

29. KAPITEL

SUTTON

Ich wusste nicht recht, woran es lag, aber wenn ich bei Jacob zu Hause aufwachte, fühlte ich mich immer ausgeruhter als bei mir. Die acht Stunden Schlaf halfen wahrscheinlich. Die Bettwäsche aus ägyptischer Baumwolle und das perfekt klimatisierte Schlafzimmer schadeten auch nicht. Bei Jacob zu schlafen, war wie eine Übernachtung in einem Luxushotel.

Das einzige Manko war, dass es keinen Zimmerservice gab. Ich stieß mit dem Fuß die Schlafzimmertür auf und schob das Tablett mit dem Kaffee auf den Nachttisch. Ich hatte geduscht, mich angezogen, meine Sachen eingepackt und war losgehbereit. Das alles hatte Jacob nicht wach gemacht. Vielleicht würde der Kaffeeduft ihn wecken. Vielleicht auch nicht.

»Geh nicht ohne einen Kuss«, sagte er mit dieser rauen Stimme, die er immer nach dem Aufwachen hatte. Bei dem Timbre pulsierte es direkt zwischen meinen Beinen, sodass ich die Schenkel zusammenpresste. Ich würde nachher in meiner Pause kalt duschen gehen müssen. Ich durfte nicht zu spät zur Arbeit kommen.

Er streckte sich nach mir, zog mich aufs Bett und in seine Arme.

»Ich muss los.«

»Melde dich krank«, sagte er.

Ich drückte lauter Küsse auf seine Kinnpartie. »Guter Witz.«

Als er mich losließ, beugte ich mich über das Bett, um ihm einen Kuss auf die Stirn zu geben, wie er es so oft bei mir machte.

»Ich würde lieber hier bei dir bleiben, aber ich muss los.«

»Ich werde mir mal den Dienstplan vornehmen. Du hattest schon seit Wochen kein freies Wochenende mehr.« Jacob konnte sich glücklich schätzen – als Oberarzt, der neben der Sprechstunde montags bis freitags hauptsächlich für ausgewählte Aufgaben zuständig war, musste er selten am Wochenende arbeiten. Das übernahm der Rest von uns.

»Nein, bitte lass das«, sagte ich. Dass Jacob für mich eine Dienstplanänderung vorschlug, war das Letzte, was wir brauchten – da könnten wir genauso gut Händchen haltend auf der Kinderstation herumlaufen. »Ich gehe jetzt.«

»Kommst du nach der Arbeit her?«, fragte er. »Ich koche uns was.«

»Klingt gut.« Als ich mich zum Gehen umdrehte, packte er meine Hand, zog mich wieder an sich, umfasste mein Gesicht und küsste mich, dass es mich umhaute.

Ganz schwindelig machte ich mich wieder los. »Ich komme noch zu spät. Ich habe dir Kaffee ans Bett gestellt. Hab einen schönen Tag.«

Ich schulterte meinen Rucksack, flitzte die Treppe hinunter und schloss die Haustür auf. Draußen hatte sich die Luft verändert. In den vergangenen Wochen war das Wetter so schön gewesen, dass ich nicht daran gedacht hatte, einen Mantel mitzunehmen, als ich das letzte Mal bei mir zu Hause gewesen war. Heute Morgen war der blaue Himmel jedoch von einer Decke grau-weißer Wolken verhangen, die Regen ankündigten. Es war richtig frisch.

Hoffentlich würde ich es zum Krankenhaus schaffen, bevor es zu regnen anfing. Es waren nur wenige Minuten zu Fuß.

Am Tor tippte ich den Zahlencode ein, der das Schloss entriegelte. Draußen auf dem Gehweg lief ich geradewegs in Gilly hinein.

Ich erstarrte, komplett unfähig mich zu bewegen oder zu sprechen.

Scheiße. Scheiße. Scheiße.

»Hi«, versuchte ich es in einem fröhlichen Tonfall, während mein Herz in meiner Brust wummerte. Ich wusste, dass *locker-lässig* nur das Vorprogramm zum Katastrophenmodus war.

Sie blieb stehen und kniff die Augen zusammen. »Hi.« Sie blickte zurück zum Haus.

»Fängst du auch um acht an?«, fragte ich und setzte mich in Richtung Krankenhaus in Bewegung.

»Da wohnst du doch gar nicht«, stellte sie fest.

Ich gab keine Antwort. Ich stand mitten auf einem Minenfeld. Wo ich auch hintrat, konnte ich in tausend Stücke zerfetzt werden.

»Ich hoffe sehr, ich kann mit Hartford zusammenarbeiten«, sagte ich. Wie sich herausgestellt hatte, war Hartford mit einem von Tristans besten Freunden verheiratet. Manchmal war London echt klein. »Sie hat heute den ersten Arbeitstag nach ihrer Auszeit. Wusstest du das?« Ich hoffte, Gilly von der Frage ablenken zu können, wo ich hergekommen war.

»Schläfst du mit Jacob Cove?« Ihre Stimme hatte einen blechernen Beiklang, den ich nicht kannte.

Mir rutschte das Herz in die Hose, und ich wollte mich übergeben. »Wie kommst du darauf?«, erwiderte ich, ihrer Frage ganz bewusst ausweichend. Keine Ahnung, wie ich es schaffte, weiterzugehen, doch zum Glück trugen mich meine Füße weiter voran Richtung Krankenhaus.

»Weil du dich soeben um acht Uhr morgens mit einem Rucksack aus seinem Haus geschlichen hast.«

Ich hielt den Blick geradeaus gerichtet. Ich konnte es nicht riskieren, ihr in die Augen zu sehen, während ich überlegte, was ich sagen sollte. Woher wusste sie, dass das sein Haus war?

»Du musst ja echt scharf auf die AiPler-Auszeichnung sein.«

Ich zog die Stirn kraus. »Glaubst du etwa, ich schlafe mit Jacob, um die Auszeichnung zu kriegen?«

»Ach, dann gibst du es also zu? Du schläfst mit ihm.«

»Das habe ich nicht gesagt. Aber ich kann dir versichern, dass ich mein Privatleben und mein Berufsleben getrennt halte. Ich würde niemals mit jemandem schlafen, um mir einen Vorteil zu verschaffen.«

»Da werden die Leute aber etwas anderes denken, wenn sie davon hören. Du weißt doch, bei solchen Geschichten ziehen am Ende immer die Frauen den Kürzeren.«

»Bei was für Geschichten denn?« Ich konnte nicht glatt abstreiten, dass ich mit Jacob schlief, ohne Gilly anzulügen. Angesichts dessen, dass sie wusste, wo Jacob wohnte, und auch unsere Schichten kannte, wäre es nicht sonderlich schwer, mich der Lüge zu überführen.

»Du weißt schon, wenn man mit dem Chef schläft. Keine Sorge. Ich werde nichts verraten. Aber ob es dir gefällt oder nicht, es wird zwangsläufig rauskommen.« Sie hakte sich bei mir unter. »Halt dich an mich. Ich steh auf deiner Seite, wenn die Kacke am Dampfen ist.«

»Gilly, ich glaube, du hast da was in den falschen Hals gekriegt, ich war nur –«

»Du brauchst nichts zu sagen. Bei mir ist dein Geheimnis sicher. In gewisser Weise ist es besser so für mich. Jetzt kann er dich auf keinen Fall als vielversprechendste AiPlerin seiner Station auswählen, stimmt's?«

Mir wurde eng in der Brust, und ich wollte ihr meinen Arm entziehen, um atmen zu können. Was sagte sie da? Dass ich mich wegen Jacob für die AiPler-Auszeichnung disqualifiziert hatte? Oder dass, sollte Jacob mich nicht außen vor lassen, sie dafür sorgen würde, dass unser Geheimnis nicht mehr so geheim war?

Ihre Aussage hatte eindeutig einen gewissen Subtext. Wie auch immer der zu verstehen war, es sah nicht gut für mich aus.

Vor fünf Minuten hatte ich mich noch auf die Arbeit gefreut. Jetzt tat ich alles andere als das. Jetzt wollte ich zu Jacob zurückrennen, damit er mir sagte, alles würde gut werden. Doch das würde es nicht. Jacob war nicht Gott. Er konnte keine Wunder vollbringen.

Es lag an mir, wie das hier ausgehen würde.

Ich hatte nicht so lange so hart gearbeitet, damit Gilly jetzt ankam und alles kaputtmachte. Ich musste die Sache selbst in die Hand nehmen.

»Ich schlafe nicht mit Jacob«, sagte ich. Die Worte kamen heraus, ohne meine Mundwinkel zu berühren. So etwas hatte ich schon erlebt – Situationen, in denen ich entweder schwimmen musste oder unterging. Ich funktionierte auf Autopilot.

Gilly lachte. »Ich hab dir doch gesagt, ich werd's niemandem erzählen.«

»Wenn doch, wärst du eine Lügnerin. Ich kann mir nicht vorstellen, dass Jacob sonderlich nett auf eine AiPlerin reagieren würde, die im Krankenhaus Klatsch über ihn verbreitet.« Bis jetzt mochte es nicht gestimmt haben. Doch das hatte sich nun geändert. Die Sache mit uns konnte auf keinen Fall weitergehen.

»Gerüchte können doch überall herkommen«, sagte sie.

»Du bist die Einzige, die glaubt, dass Jacob und ich miteinander schlafen. Was nicht stimmt.«

Sie lachte. »Warum solltest du sonst frühmorgens aus seinem Haus kommen?«

»Nur zu deiner Information, ich habe ihm ein Fachbuch vorbeigebracht, dass er braucht, aber nicht kriegen konnte. Er sitzt an einem Forschungsthema, und ich hatte noch ein Lehrbuch dazu aus dem Studium. Mehr nicht.« Es kam eine fette Lüge nach der anderen, doch ich fühlte mich nicht schuldig. Es musste sein.

»Ach komm, Sutton, ich bin doch nicht von gestern. Warum solltest du ihm das Buch nicht im Krankenhaus geben?«

»Nicht, dass es dich etwas anginge, aber er schreibt einen Fachbeitrag. Heute ist Abgabe, und er hat frei. Sein Haus liegt auf meinem Weg zur Arbeit. Ich hatte ihm gesagt, ich bringe es vorbei.«

Als sie schwieg, drückte ich mir im Stillen die Daumen und die großen Zehen noch dazu, dass sie mir die Geschichte abkaufte.

»Welches Buch war es denn?«, fragte sie.

Ich seufzte. Sie hielt sich für überlegen, da hatte sie mich aber noch nicht kennengelernt. Nein, ich wollte nicht lügen, aber ich würde mich nicht ausgerechnet von Gilly Peters in die Enge treiben lassen. Ich würde nicht zulassen, dass sie mich fertigmachte. Gilly hatte bislang ein privilegiertes Leben geführt. Sie war auf eine Privatschule gegangen, an einer der besten Unis angenommen worden, hatte das Studium ohne Kreditschulden beendet. Das Leben war gut zu ihr gewesen. Sie legte sich mit der Falschen an, wenn sie unterschwellig versuchte mich zu erpressen. In ihrer Welt gab es solche Menschen wie mich nicht, Menschen, die kämpfen mussten, um etwas zu erreichen, statt einfach weich irgendwo zu landen. Seit ich sechzehn war konnte ich mich auf niemanden mehr verlassen außer auf mich selbst. Ich hatte die schwere Wahl zwischen einer warmen Heizung und dem Lebensmitteleinkauf treffen müssen.

Sie unterschätzte mich.

In mir hatte sich ein Schalter umgelegt. Ich war zurückversetzt in die Zeit, als ich drei Monate am Stück nur Cornflakes gegessen hatte und vorgegeben, mir mache die Kälte nichts aus, wenn sich die Kolleginnen im Salon wunderten, warum ich mitten im Winter keinen Mantel trug. Ich hatte getan, was sein musste.

»Er hat mich gebeten, mit niemandem darüber zu reden. Dieser Fachbeitrag ist für eine ziemlich renommierte Zeitschrift, und er möchte kein Aufheben darum machen.«

Sie rümpfte die Nase. »Und warum sollte er dir dann davon erzählen, wenn ihr außerhalb der Arbeit nichts miteinander zu tun habt?«

»Herrgott noch mal, Gilly, hör auf, ständig so argwöhnisch zu sein. Er hatte in meinem Lebenslauf gesehen, dass ich ein bestimmtes Seminar an der Uni belegt hatte, und deshalb ein paar Fragen zu meinem Dozenten. Nichts weiter. Aber wenn du überall herumerzählst, wir hätten eine Affäre, dann wirst nur du diejenige, die nicht mehr für die AiPler-Auszeichnung infrage kommt.«

Als sie mir einen bösen Blick zuwarf, zuckte ich mit den Schultern.

»Glaub es mir oder nicht. Ist deine Sache. Aber sich den Ruf einer Klatschtante einzuhandeln, wäre nicht gut. Du weißt doch, wie das ist«, sagte ich, »Frauen werden immer viel schlimmer verunglimpft als Männer.«

Jetzt war sie diejenige, die mich anstarrte. »Ich bin keine Klatschtante.« Das Selbstvertrauen war aus ihrer Stimme gewichen.

»*Ich* weiß das, Gilly. Ich verstehe ja, dass es nur ein Missverständnis deinerseits war. Keine Ahnung, was Jacob dazu sagen wird. Du weißt ja, wie gut er vernetzt ist. Du möchtest bestimmt nicht, dass alles für dich vorbei ist, ehe es richtig angefangen hat.«

Sie stieß ein gespieltes Lachen aus. »Wird es selbstverständlich nicht. Aber egal, wie du schon sagtest: Es war bloß ein Missverständnis. Ich habe lediglich *gehofft*, ihr zwei hättet so eine Art verbotene Affäre. Dann hätte ich mitfiebern können.«

Ich verzog den Mund zu einem Lächeln. »Wenn ich eine Affäre mit Jacob Cove hätte, würde ich es in alle Welt hinausposaunen wollen.«

»Ja, ginge das nicht jeder so? Glaubst du, er ist single?«, fragte sie.

Ich atmete langsam einmal tief durch. »Wer weiß? Hast du ihn gefragt?«

»Wenn wir die Station wechseln, schlage ich ihm vielleicht vor, was trinken zu gehen.«

Bei der Vorstellung, dass Jacob außerhalb des Krankenhauses irgendwie Zeit mit Gilly verbrachte, wurde mir speiübel, aber zumindest stand ich nicht mehr im Mittelpunkt des Interesses.

Ich hatte noch mal Glück gehabt. Ein zweites Mal würde ich mich nicht in eine Lage bringen, in der ich alles auf eine Karte setzen musste.

30. KAPITEL

JACOB

Sutton und ich hatten die Vereinbarung, uns nicht zu texten, wenn einer von uns im Krankenhaus war – keine Ablenkung von der Arbeit. Deshalb war es ungewöhnlich, als eine Nachricht von ihr kam, obwohl ich wusste, dass sie arbeitete. Der Ton ihrer Nachricht untermauerte es. Etwas stimmte nicht. In ihrer zweiten und zugleich letzten Nachricht bat sie mich, über die halbe North-Circular-Umgehungsstraße zu fahren, um mich mit ihr in dem IKEA-Parkhaus in Tottenham zu treffen. Es gab nur wenige Menschen in meinem Leben, für die ich das machen würde. Sutton war einer davon.

Als ich in den Mehrgeschossbau einfuhr, entdeckte ich den blauen VW, nach dem ich ihr zufolge Ausschau halten sollte. Ich bog in die Parklücke neben ihr, als wollten wir gleich einen Drogendeal abziehen.

Ich stellte den Motor ab und wollte die Tür aufmachen, doch sie öffnete die Beifahrertür und schlüpfte auf den Sitz.

»Hi«, sagte ich und beugte mich zu ihr, um sie zu küssen.

Sie zuckte nicht direkt zusammen, aber fast. Angst machte sich in meiner Magengrube breit.

»Was ist denn los?«, fragte ich.

»Gilly hat mich heute Morgen aus deinem Haus kommen sehen. Sie deutete an, wegen des Interessenkonflikts würde meine Karriere scheitern.«

Ich stieß ein kurzes Lachen aus, denn es war absolut lachhaft. »Natürlich musstest du Gilly begegnen. Sie ist ein Giftzahn.«

Sie starrte mich böse an. Ich benahm mich unprofessionell.

»Schon gut«, akzeptierte ich die Ermahnung, die ihr, wie ich wusste, durch den Kopf ging. Ich legte eine Hand nach oben gedreht auf ihr Knie. Sie zögerte, verschränkte aber schließlich die Finger mit meinen. »Erzähl mir, was passiert ist.«

»Wie schon gesagt, Gilly hat mich durchs Tor kommen sehen, als ich heute früh losging.«

»Woher wusste sie, dass es mein Haus ist?«

»Sehr gute Frage«, erwiderte sie. »Vielleicht hat sie rausgekriegt, wo du wohnst, weil sie hoffte, dir pseudo-zufällig über den Weg zu laufen?«

»Aber wie denn rausgekriegt? Indem sie mir nach Hause gefolgt ist?«

Sie sog den Atem ein. »Darüber habe ich nicht nachgedacht, aber zutrauen würde ich es ihr. Ich mochte sie nie besonders, aber dass sie sich als so ein Aas herausstellen würde, hätte ich nicht gedacht.«

»Also, du bist ihr begegnet, und was dann?«

»Zuerst habe ich versucht, das Problem zu umgehen, indem ich gar nichts sagte. Sie meinte so was wie, dass es Konsequenzen haben würde, wenn wir miteinander schlafen, und da dachte ich mir, keine Rücksicht auf Verluste. Ich habe ihr erzählt, du säßest an einer Forschungsarbeit zu einem Thema, das ich im Studium hatte. Wir hätten uns darüber unterhalten, und du würdest heute daran arbeiten und bräuchtest ein Buch von mir.«

»Wow«, machte ich, während ich versuchte, das sacken zu lassen. »Ganz schön große Geschichte.«

»Ich brauchte einen Grund, warum ich so früh am Morgen bei dir war. Das war das Erste, was mir in den Sinn kam.«

»Meinst du, sie hat dir geglaubt?«

»Ich denke schon.« Sie verzog das Gesicht. »Eventuell habe ich auch angedeutet, dass es ihre Karriere ruinieren könnte, wenn sie anfängt, Klatsch zu verbreiten und der dir zugetragen wird.«

Ich fuhr mir mit der Hand über den Kopf. Was für ein Schlamassel. »An welchem Forschungsthema arbeite ich denn angeblich?«

»Keine Ahnung.«

»Okay, na, wir können uns was ausdenken. Vielleicht forsche ich tatsächlich ein bisschen und schreibe einen Fachbeitrag.«

Ihre Mundwinkel bogen sich zu einem leisen Lächeln nach oben. »Es war schrecklich. Ich dachte, jetzt wären wir beide geliefert.«

»Jeder, dem du sonst über den Weg hättest laufen können, hätte angenommen, du kämst aus deinem eigenen Haus. Oder dem deines Freunds. Andere würden mich nicht fast schon stalken und wissen, wo ich wohne. Wir hatten einfach Pech.«

»Ja«, stimmte sie mir zu. »Es ist noch mal gut gegangen. Aber ich finde, das sollte uns eine Warnung sein.« Sie blickte hinunter auf unsere Hände und rieb über meine Fingerknöchel.

»Eine Warnung wofür?«

»Das wir zu weit gehen.«

Mein Gott, wir waren wirklich vorsichtig. Wir verließen das Krankenhaus nie gemeinsam. Wir gingen nie aus, weder tagsüber noch abends. Das einzige Mal, dass wir uns wie ein normales Paar verhalten hatten, war in Norfolk gewesen. »Okay, dann werden wir noch vorsichtiger sein.«

Sie schüttelte den Kopf. »Wie denn? Ich kann jetzt *nie wieder* bei dir vorbeikommen. Unmöglich. Sie liegt wahrscheinlich auf der Lauer und wartet nur darauf, mich zu erwischen. Außerdem wird sie auch nach sonstigen Hinweisen Ausschau halten, garantiert.«

Der Strudel aus Angst in meinem Bauch nahm Fahrt auf und breitete sich in meiner Lunge aus. »Es kommt mir vor, als wolltest du mir etwas anderes sagen.«

»Ich *will* dir gar nichts sagen.« Sie rutschte auf ihrem Sitz herum, damit sie mich ansehen konnte. »Aber … es geht für uns nicht mehr weiter.«

Als mir die Luft wegblieb, versuchte ich mir zu sagen, dass das bloß die Panik war, dass mein Körper nicht kollabierte. Unterbewusst hatte ich schon in dem Augenblick, als ich ihre Textnachricht bekam, gewusst, was Sutton sagen würde. Es kamen nur wenige Gründe infrage, warum sie ihre eiserne Regel brechen sollte, sich nicht während der Arbeit bei mir zu melden. Schluss zu machen war einer.

Allmählich sickerte neue Atemluft in meine Lunge, und ich fand meine Stimme wieder. »Dann lass uns überlegen, wie es gehen könnte«, sagte ich. »Ich will mich nicht von dir trennen.«

Sie senkte den Kopf. »Ich habe den ganzen Tag lang über nichts anderes nachgedacht – was nur ein Grund mehr ist, warum die Situation nicht so bleiben kann. Ich hätte mich eigentlich auf meine Arbeit konzentrieren sollen.«

Genau über all das hatte sich Sutton Sorgen gemacht, als wir zusammenkamen.

»Geh nicht so hart mit dir ins Gericht.« Sutton legte sich die Messlatte mehrere Meter höher als die meisten AiPler. Doch ich wusste schon, ehe ich den Satz beendet hatte, dass meine Worte zwecklos waren. Sutton konnte nicht anders, als hart mit sich ins Gericht zu gehen. Auf diese Weise hatte sie überlebt, was sie durchgemacht hatte. Deshalb saß sie hier jetzt neben mir. »Wir kriegen das bestimmt hin.«

»Nicht alles entwickelt sich immer zum Besten.« Aus ihrer Stimme sprach leidvolle Erfahrung.

»Wir müssen nur abwarten, bis sich die Lage beruhigt hat, bevor …«

»Bevor was? Wie Parker schon sagte, ich werde nicht heimlich schwanger werden, sodass alle sich fragen, wer wohl der Vater ist. Das mit uns lief unausweichlich hierauf hinaus. Du wirst stets die nächste Beförderung anstreben – so bist du eben. Und ich werde nie diejenige sein wollen, die mit dem Chef schläft. So bin ich eben. Ich kann mir nicht vorstellen, dass sich eines von beiden ändern wird.«

Meine Gedanken überschlugen sich. Ich suchte eine Lösung, mir fiel jedoch keine ein. Sie hatte recht, doch das wollte ich nicht.

»Ich habe zwar einen Hass auf Gilly, aber sie hat eigentlich nur dafür gesorgt, dass wir schneller am Ende angelangt sind, als wenn alles einfach seinen Lauf genommen hätte.«

Sie wirkte so abgeklärt. Vielleicht, weil sie Enttäuschungen gewohnt war. Sie war es gewohnt, zu verzichten. Das machte es allerdings kein Stück leichter zu ertragen.

»Ich habe dich wirklich gern«, sagte ich.

»Hier geht es nicht darum, ob du mich gernhast. Oder ob ich … Ob ich dich für so ungefähr den tollsten Mann halte, den ich je kennengelernt habe.« Am Ende des Satzes versagte ihr die Stimme, und sie unterbrach sich. »Um all das geht es nicht«, flüsterte sie. »Es geht darum zu tun, was wir tun müssen, um unsere Ziele zu erreichen.«

»Ich weiß gerade gar nicht so recht, was mein Ziel ist.« Das war eine schnippische Bemerkung. Ich wusste genau, was sie meinte, und sie lag damit nicht völlig falsch. Vielleicht hätten wir in Hertfordshire nicht schwach werden dürfen. Vielleicht wäre mir jetzt nicht derart schwer ums Herz, wenn wir es geschafft hätten, uns voneinander fernzuhalten.

»Es ist besser so«, sagte sie und drückte meine Hand.

Ich wünschte, wir säßen nicht im Auto. Ich wünschte, ich könnte sie wenigstens in die Arme nehmen. Ein letztes Mal ihre Hände auf meiner Brust spüren.

»Wenigstens wechsele ich in ein paar Wochen die Station. Dann können wir uns hoffentlich aus dem Weg gehen.«

Bei der Vorstellung, ihr aus dem Weg gehen zu müssen, wurde mir flau im Magen. Ich wollte das nicht. Aber sie hatte recht, es würde leichter werden, wenn sie nicht mehr den ganzen Tag in meiner Nähe wäre und ihre gute Intuition, ihren Scharfsinn und ihr gutes Herz unter Beweis stellen würde.

»Es wird mehr als einen Stationswechsel brauchen, um damit klarzukommen.«

Sie nickte. »Ich weiß.«

Ich wollte aus dem Auto aussteigen und wegrennen. Ich wollte nach Norfolk, meine Lunge mit Seeluft füllen und laufen, bis mich meine Beine nicht mehr weitertrugen. Ich wollte dem Meer entgegenschreien, wie ungerecht das alles war.

»Vielleicht …«

Sie schüttelte schon den Kopf, ehe ich den Gedanken zu Ende gebracht hatte, geschweige denn den Satz beendet. »Sag jetzt nicht, dass sich vielleicht etwas ändern wird oder wir doch noch eine Lösung finden. Wir wissen beide, dass das nicht passieren wird. Es ist leichter, wenn wir akzeptieren, dass es eben so ist.«

Es war furchtbar, sie so eisern zu erleben. Wir konnten das hinkriegen. »Ich finde dich klug und besonders und wundervoll und …«

Wie um mich zum Verstummen zu bringen, drückte sie meine Hand.

»Ich sollte gehen.« Sie starrte auf unsere ineinander verschränkten Hände, rührte sich jedoch nicht.

»Sieh mich an«, sagte ich.

Blitzschnell zog sie ihre Hände weg und legte sie an meine Wangen. »Danke.«

Sie drückte die Lippen auf meine. Fast ehe ich überhaupt begriff, was geschah, war ihre Wärme schon wieder weg und ein kalter Windzug schlug mir gegen die Brust, als sie die Autotür aufmachte. Ich konnte nur dasitzen, während sie wieder in ihren Wagen stieg, rückwärts ausparkte und wegfuhr.

Ich konnte ihr nicht hinterher – sie wollte dieses Ende. Ich wollte es.

Nicht wahr?

31. KAPITEL

SUTTON

Zwiebelschneiden hatte etwas Therapeutisches. Das redete ich mir jedenfalls ein, als Parker mich damit beauftragte. Sie und Tristan hatten sowohl Freunde von ihr als auch von ihm zum Abendessen eingeladen. Ein paar von ihnen hatte ich in den letzten paar Monaten kennengelernt, war jedoch nicht dazu gekommen, mich groß mit ihnen zu unterhalten. Sie schienen alle nett zu sein. Mir hätte auch ein Couchabend nur mit Parker und einer Packung Häagen-Dazs gereicht. Es graute mir davor, ihr von Jacob zu erzählen. Ich wollte die Gedanken daran nicht wieder zulassen. In den vergangenen Tagen hatte ich es geschafft, sie zu verdrängen und mich abzulenken. Sobald ich es Parker erzählte, würden wir garantiert den ganzen Abend lang über nichts anderes mehr reden.

»Wie viele noch?«, fragte ich.

»Wir brauchen insgesamt fünf«, sagte Parker, während sie sich daranmachte, ein Hühnchen zu zerteilen.

»Fünf Zwiebeln sind viel«, meinte ich.

»Tristan hat viele Freunde. Also, es sind jetzt unsere gemeinsamen Freunde«, schob sie lächelnd hinterher. »Wobei dich niemals irgendwer ersetzen könnte.«

»Das will ich hoffen.«

»Natürlich nicht. Das sind auch deine Freunde.«

»Ist Tristan etwa auch mein Partner?« Ich lächelte sie an.

»Du hast doch selbst einen.«

Ich schaffte es, das Lächeln gerade so lange beizubehalten, dass uns die Türklingel unterbrach.

»Das wird Stella sein. Du kennst sie schon, oder?«

Nickend warf ich einen Blick zur Uhr über der Tür. »Sie kommt aber früh.« Es war erst fünf, und ich dachte, es würde um sieben losgehen.

»Sie hat heute frei und meinte, ihr sei langweilig, deshalb habe ich ihr angeboten, schon mal vorbeizukommen und wir glühen ein bisschen vor. Ich hoffe, das geht in Ordnung.«

Ich nickte. Ein Abendessen mit lauter Paaren stellte zwar mein ganz persönliches Höllenszenario dar, aber Parker war meine Freundin, und ich würde nicht absagen, bloß weil ich Liebeskummer hatte. Eine Welle des Bedauerns baute sich in meinem Bauch auf und rauschte in meine Knie. Nicht etwa Bedauern darüber, dass ich entschieden hatte, Schluss zu machen, sondern darüber, dass diese Entscheidung alternativlos war. Bedauern darüber, dass Jacobs jungenhafter Optimismus uns anders, als ich es zu hoffen gewagt hatte, nichts genützt hatte. Bedauern darüber, dass ich mir erlaubt hatte, ein bisschen zu entspannt zu werden – ich hatte es besser wissen sollen. Jetzt stand mir ein Abend mit lauter Paaren bevor, während ich von dem einzigen Mann getrennt war, bei dem ich je das Gefühl gehabt hatte, er stünde fest an meiner Seite. Dem einzigen Mann, der mir nicht das Gefühl gab, ich sei mit jemandem zusammen, der eigentlich zu gut für mich war, und das obwohl er klug war und lieb und geistreich und alles, was ich mir je erträumen könnte.

Parker kam wieder in die Küche gefegt. »Stella hat Champagner mitgebracht. Nicht, dass wir nicht schon genug da hätten.«

»Sorry, ich rieche bestimmt nach Zwiebeln«, sagte ich winkend.

»Ach, Zwiebeln hin oder her, eine Umarmung muss sein«, meinte Stella, umrundete die Kücheninsel und zog mich an sich.

Stella war blond, wunderschön und die Sorte Frau, deren Look – unangestrengt chic, aber nicht übertrieben – mich meine eigene Klamottenwahl überdenken ließ.

»Erledigt ihr zwei mal weiter das, womit ihr beschäftigt wart. Ich mache uns Schampus auf, und dann könnt ihr mir was zu tun geben.« Sie holte eine Champagnerflasche aus dem Stoffbeutel, den sie dabeihatte, stellte sie ab und ging dann zu dem Schrank mit den Sektgläsern. Sie musste oft hier sein. Eifersucht versetzte mir einen Stich. Machten sie und Parker etwa Mädelsabende, von denen ich nichts wusste?

»Ach ja, ich habe das Exposé gesehen, das Dexter euch geschickt hat«, sagte sie. »Ein echt tolles Haus. Und auch noch in Hampstead, genau wie ihr es euch gewünscht habt. Auch wenn ich gern hätte, dass ihr nach Mayfair zieht.«

Parker schüttelte den Kopf. »Unser Herz hängt an Hampstead. Sonst würde ich Sutton gar nicht mehr zu Gesicht kriegen. Und klar, außerdem liebe ich die Gegend.«

Stella ließ den Korken knallen und schenkte das erste Glas Champagner ein.

»Wir besichtigen es am Samstag.«

Das war mir neu. Parker hatte mir nichts von einer Hausbesichtigung erzählt.

»Beck und ich kommen mit. Dann kann Beck euch erzählen, was sich aus dem Haus machen lässt. Die rundum perfekte Immobilie findet man nie, aber solange man Gestaltungsspielraum hat …«

Die zwei diskutierten die Mindestanforderungen, die ein Haus unbedingt erfüllen musste. Ihre Stimmen rückten allmählich in den Hintergrund, und ich konnte mich auf nichts anderes mehr konzentrieren als den Klumpen Eifersucht in meinem Herzen. Ich war noch nie zuvor eifersüchtig auf Parker gewesen. Sie war in einer liebenden Familie groß geworden und mit mehr Geld, als ich mir auch nur erträumen könnte, aber ich hatte sie noch nie beneidet.

Bis jetzt, wo sie die Ansprüche an das perfekte Haus mit ihrer perfekten Freundin in ihrer schon jetzt perfekten Küche besprach, während ich ihr half, ein perfektes Mahl für alle ihre anderen perfekten Freunde zuzubereiten. Und ich hasste mich dafür, dass ich all das auch haben wollte.

Ich versuchte, mich darauf zu konzentrieren, die Zwiebeln so fein wie möglich zu schneiden, Würfel um Würfel um Würfel.

»Sutton?«, meinte Parker.

Als ich den Blick vom Schneidebrett losriss, merkte ich, dass ich gar nicht zugehört hatte, worüber die beiden in den vergangenen Minuten geredet hatten.

»Sorry, ich war ganz woanders. Was sagtest du?«

Sie sah mich aus zusammengekniffenen Augen an. »Geht es dir gut?«

Ich nickte und fuhr damit fort, klein zu hacken und zu hacken und zu hack–

Die Messerklinge rutschte ab und traf meinen Finger. »Shit«, entfuhr es mir, ich ließ das Messer fallen und drückte den Daumen auf die Wunde.

»Sutton!«, sagte Parker. »Was ist passiert?«

Ich wandte mich zur Spüle. Durch den Zwiebelsaft brannte der Schnitt, und ich biss mir auf die Innenseite der Wange, damit mir nicht die Tränen kamen.

Parker war schneller an der Spüle und stellte das Wasser an. Als ich meine Hand darunter hielt, vermischte sich das Blut mit Wasser wie in der Schlusseinstellung eines billigen Horrorfilms. »Ist schon gut«, sagte ich, als ich Parkers Blick auffing. »Das Messer ist abgerutscht. Mir geht's prima. Hast du mal ein Pflaster?«

An Parkers ausbleibender Reaktion merkte ich, dass sie mir nicht glaubte, mir gehe es *prima*.

»Habt ihr schon was getrunken, bevor ich kam?«, fragte Stella.

»Erinnert mich bloß daran, mich krankzumelden, wenn mein Rotationsturnus in der Chirurgie ansteht«, versuchte ich, die Situation aufzuheitern.

Ich reinigte die Wunde, klebte ein Pflaster darauf und ging dann wieder zum Schneidebrett.

»Kommt nicht infrage«, meinte Parker. »Du schnippelst nichts mehr. Das übernehme ich. Setz du dich mal hin und trink einen Schluck Champagner. Ich möchte hören, wie deine Woche war.«

Parker und ich hatten diese Woche nicht ganz so viel kommuniziert wie sonst. Nachdem ich mit Jacob Schluss gemacht hatte und weggefahren war, überkam mich der Drang, einfach weiterzufahren, aber da ich einen Mietwagen hatte und mir die Strafgebühr nicht leisten konnte, entschied ich, das Auto zurückzugeben und wieder zu meinem Leben vor Jacob zurückzukehren. Nur dass mein Leben vor Jacob nicht meine Arbeit umfasst hatte, weshalb das Ganze ein völlig unmögliches Unterfangen war.

»Was genau möchtest du denn hören? Ich habe gearbeitet. Geschlafen. Gegessen. Und dann musste ich wieder arbeiten«, sagte ich.

»Hast du dich mit Jacob getroffen?« Parker wandte sich Stella zu. »Jacob arbeitet auch als Arzt im Krankenhaus. Ist ein echter Hottie, wie's scheint. Und wegen der Krankenhausvorschriften daten die beiden sich heimlich.«

»Tatsächlich daten wir uns nicht heimlich. Wir daten uns überhaupt nicht. Ich habe Schluss gemacht.«

Parker ließ das Messer sinken und starrte mich mit offenem Mund an. »Warum hast du mir das nicht erzählt?«

Ich blickte hinunter auf mein Glas. Ich wollte wirklich nicht darüber reden. Ich wusste, dass ich die richtige Entscheidung getroffen hatte, und wollte einfach zu dem Teil vorspringen, wo es mir gut damit ging.

»Ach Mensch, das tut mir leid. Wart ihr zwei lange zusammen?«, fragte Stella.

»Nein, bloß ein paar Monate«, erwiderte ich, wobei mir Tränen in die Augen stiegen. Parker kam zu mir geeilt und zog mich in eine Umarmung. »Sei bitte nicht überfürsorglich.«

»Ich werde so was von überfürsorglich sein. Um die Umarmung kommst du nicht herum. Was hat er gemacht?«

Fest entschlossen, nicht die Beherrschung zu verlieren, atmete ich tief durch. »Er hat gar nichts gemacht. Das ist das Schlimmste daran.«

Stella füllte unsere Gläser wieder auf, während Parker mich einfach nur fest umarmte und ich ihr berichtete, was passiert war, als Gilly mich aus Jacobs Haus kommen sah.

»Du hattest recht«, sagte ich mit stockender Stimme. »Es hätte eh nichts Langfristiges daraus werden können, darum verstehe ich gar nicht, warum mich das so mitnimmt.«

Parker fasste mich bei den Schultern. »Wenn man jemanden echt gernhat, tut es echt weh. Denk nur mal dran, was ich für ein Häufchen Elend war, als es bei Tristan und mir holprig wurde.«

»Nur dass es für mich kein Happy End geben wird«, sagte ich. Ich musste realistisch sein.

»Falls es irgendwie hilft«, meinte Stella, »der Typ, den ich für den *Richtigen* gehalten habe, hat mit mir Schluss gemacht. Und ehe ich es mich versah, war er mit meiner besten Freundin verlobt und … haltet euch fest, lud mich zur Hochzeit ein.«

»Du machst Witze«, sagte Parker.

Stella schüttelte den Kopf. »Und ich bin am Ende sogar hingegangen.«

Eine derartige Enthüllung schaffte es, mich aus meinem Selbstmitleid zu reißen. »Du bist zur Hochzeit deines Ex und deiner besten Freundin gegangen?«

»Ist eine lange Geschichte, aber ja. Beck hat mir sozusagen ein Angebot gemacht, das ich nicht ablehnen konnte – wobei er damals noch ein völlig Fremder für mich war.«

»Beck wollte zu der Hochzeit gehen?«

»Yep. Letzten Endes ging ich zu der Hochzeit des Mannes, den ich einmal zu heiraten geglaubt hatte, nur um dort schließlich meinen wahren Seelenverwandten zu finden. Dieser Jacob ist nur der Typ, den du kennengelernt hast, bevor du deinen Partner fürs Leben triffst.«

Ich lächelte, als würde ich ihr glauben, doch wie ich schon zu Jacob gesagt hatte: Es wendete sich nicht immer alles zum Besten. »Danke, Stella.«

»Ich weiß, dass du ihn wirklich gernhattest«, sagte Parker, die wusste, dass es mir von Binsenweisheiten nicht besser gehen würde. »Für bloß irgendwen würdest du niemals deine Prinzipien ändern.«

Stella meinte es gut, doch sie wusste nicht, wie schwer es gewesen war, Jacob aufzugeben. Ich hatte nicht damit gerechnet, dass es so quälend sein würde, ihm all das im Auto zu sagen, sich von ihm loszumachen und zu gehen. Das hatte meine ganze Willenskraft erfordert. Ich hatte mich mit dem Wissen getröstet, dass der Schmerz nachlassen würde. Aber hier stand ich jetzt, Tage später, und die Wunde war immer noch genauso frisch.

»Ich habe einfach nicht damit gerechnet, dass es mich dermaßen umhauen würde«, erklärte ich.

Parker und Stella wechselten einen Blick.

»Und es geht definitiv nicht anders?«, fragte Stella.

Ich schüttelte den Kopf. »Wir haben beide versucht, eine Lösung zu finden, aber uns ist keine eingefallen.«

»Jammerschade«, sagte Stella. »Es ist ja nicht so, als wollte einer von euch beiden es beenden und der andere nicht. Es hört sich eher so an, als wärt ihr beide verliebt, aber die Rahmenbedingungen passen nicht. Das ist traurig.«

Verliebt …

Ich hatte es geahnt. Ja, sie lag richtig: Ich war in Jacob verliebt. Ich hatte es vermieden, meine Gefühle für ihn genauer zu definieren – aus Angst vor den Konsequenzen –, aber es ließ sich nicht leugnen. Was ich für ihn empfand, hatte ich noch nie für jemanden empfunden. Das Problem war, dass Liebe allein nicht genügte.

Parker schaute mich an. Sie suchte eine Bestätigung, dass Stella recht hatte und ich in Jacob verliebt war.

»Er sieht nur das Beste in mir und will nur das Beste für mich«, sagte ich. »Und genauso empfinde ich auch für ihn. Es geht nicht bloß um sexuelle Anziehung, es ist … er ist …«

Ich schloss die Augen, damit es wegging. Ich hatte Erfahrung mit Schmerz und wusste, dass er nachließ. Der Schmerz würde verschwinden. Unweigerlich. Nur hatte Jacob eine Narbe bei mir hinterlassen, von der ich nicht recht wusste, ob sie je verblassen würde.

32. KAPITEL

JACOB

Norfolk war der einzige Ort, an dem ich es jetzt aushielt. Ich brauchte Abstand vom Krankenhaus. Von Hampstead. Von London. Ich konnte nicht in Suttons Nähe sein, denn es ließ sich nicht sagen, was ich tun würde, wenn ich ihr über den Weg lief.

Es gab nichts zu *tun*.

Sie hatte recht – es ging für uns nicht weiter.

»Sollen wir noch eine Tasse Tee trinken?«, fragte Mum und schaute dabei von ihrer Zeitschrift hoch. Wir saßen zusammen am Küchentisch, und im Hintergrund lief das Radio. Mum hatte so gut wie immer etwas zu erledigen, deshalb wusste ich, dass nichts weiter zu tun, als in Gesellschaft ihres ältesten Sohns dazusitzen, ihre Art war, mir die Hand zu halten.

»Ich glaube, ich gehe ein bisschen spazieren«, sagte ich.

»Warte lieber noch ein paar Minuten. Für den Fall, dass es gleich losregnet.«

Durchs Küchenfenster betrachtete ich den Himmel: eine niedrig hängende Decke aus weißgrauen Wolken, die sich heute nicht mehr verziehen würde, doch es gab keine Anzeichen für Regen. Sie wollte mich davon abhalten, allein loszugehen.

»Ich muss einfach mal den Kopf frei bekommen.«

Ich hatte ihr erklärt, dass Sutton und ich uns getrennt hatten, weil es zu schwierig war, unsere Beziehung privat zu halten. Ich hatte erwartet, dass sie erleichtert sein würde – schließlich wusste ich, was sie von Beziehungen am Arbeitsplatz hielt.

»Ich weiß, wie sehr euer Vater darauf beharrt, dass ihr Jungs nichts mit euren Arbeitskolleginnen anfangen sollt, aber so haben er und ich uns kennengelernt.«

Ich nickte. Ich hatte die Geschichte schon tausendmal gehört. »Das weiß ich, Mum.«

»Euer Vater und ich haben dir und deinen Brüdern diesen Rat gegeben, als ihr jung wart und …« Sie blickte zur Decke und schüttelte den Kopf. »… Spaß haben wolltet.«

»Ich weiß, Mum. Wie gesagt, Sutton und ich haben uns kennengelernt, bevor wir wussten, dass wir im selben Krankenhaus arbeiten würden.«

Sie fasste über den Tisch, löste meine Hand von meiner bereits leeren Teetasse und nahm sie zwischen ihre. »Ich kritisiere dich nicht. Ich will sagen, dass du kein Junge mehr bist. Du bist ein sechsunddreißig Jahre alter, angesehener, fürsorglicher Arzt.«

Angesehen? Nicht im Vergleich zu ihr und Dad.

»Und du und Sutton schient … gut zusammenzupassen.«

Unter einem Stöhnen zog ich meine Hand weg. Ich wollte nichts davon hören, wie super Sutton und ich zusammenpassten.

»Jacob, ich will sagen, dass es unter diesen Umständen – wenn zwei Menschen es wirklich ernst miteinander meinen – etwas anderes ist.«

»Wir waren ein paar Monate zusammen. Es lief gut, aber wer weiß, ob daraus etwas Ernstes geworden wäre. Was ich aber weiß, ist, dass ich nicht zum Leiter des AiP-Lehrprogramms befördert werde, wenn ich mit einer der AiPlerinnen schlafe.«

»Also, dazu möchte ich zweierlei sagen. Erstens braucht es nicht mehr als ein paar Monate, um zu wissen, ob jemand der oder die Richtige für einen ist. Ich wusste schon an dem Abend, als ich deinen Vater kennenlernte, dass ich ihn einmal heiraten würde.«

Während meine Mutter das sagte, verschwand der Druck von meiner Brust, so als wäre ein einengendes Kleidungsstück aufgeschnitten worden, damit die Wunde darunter heilen konnte. Sutton fühlte sich wie die Richtige für mich an. Das wusste ich seit jenem ersten gemeinsamen Abend, den wir damit verbracht hatten, Tequila zu trinken und uns voneinander zu erzählen. Mit Sutton war es von Anfang an anders gewesen.

Das bestätigte sich, als ich mich nicht von ihr fernhalten konnte. Ja, die körperliche Anziehung war stärker gewesen als meine Willenskraft, doch es gehörte noch mehr dazu. Ich bewunderte sie. Respektierte sie. Ich wollte sie glücklich machen und zum Lächeln bringen. Ich wollte jeden Abschnitt des Tages mit ihr teilen, jeden Gedanken, jeden Augenblick.

»Und zweitens?«

»Es wird andere Aufstiegschancen geben. Welche, bei denen es nicht um das AiP-Lehrprogramm geht.«

»Ich arbeite schon ewig auf diese Beförderung hin.«

Sie seufzte, zog ihre Hand weg und stand auf. »Wie du weißt, haben dein Vater und ich unseren Berufsweg nie derart vorgeplant. Wir haben das gemacht, was uns interessierte. Manche Entscheidungen brachten uns am Ende nicht weiter, aber immerhin hatten wir Tag für Tag Freude an unserer Arbeit. In anderen Fällen taten sich wiederum fantastische Möglichkeiten auf.«

»Das verstehe ich, Mum, aber heute ist das ehrlich gesagt anders. Ich bin dein Sohn. Entsprechend stehe ich unter Beobachtung. Ich kann mir keine Fehler erlauben und einen falschen Weg einschlagen. Aber wenn ich die richtigen Entscheidungen treffe ...« Ich wollte sie nicht verletzen. Es war ja nichts Schlechtes, dass meine Eltern solche herausragenden Ärzte gewesen waren. Nur bedeutete dies, dass ich es schwerer hatte, mir etwas selbst zu erarbeiten. »Ich muss die richtigen Entscheidungen treffen.«

Sie nahm eine Schüssel Bratkartoffeln aus dem Kühlschrank und stellte sie auf den Tisch. Nicht einmal mein Lieblingsgericht von meiner Mutter konnte mich derzeit zum Essen verlocken.

»Hast du dich je gefragt, warum deine Brüder nicht so ... bedacht vorgehen wie du, obwohl sie auch unsere Söhne sind?«

»Was meinst du damit?«

»Du erzählst mir, dass du die richtigen Entscheidungen treffen musst und unter Beobachtung stehst, weil du ein Cove bist, aber soweit mir bewusst ist, geht es keinem deiner Brüder so.«

»Die stecken noch in anderen Phasen ihres Berufslebens.«

Sie kniff die Lippen zusammen, wie sie es immer tat, wenn sie nicht mit dem einverstanden war, was man sagte, daraus aber keine große Sache machen wollte. »So warst du schon immer. Ein absoluter Streber, aber das merkst du irgendwie nicht.« Sie schüttelte den Kopf und blickte auf ihren Schoß. »Ich habe das Gefühl, dir nicht gerecht geworden zu sein.«

»Mum«, sagte ich, rutschte mit meinem Stuhl zu ihr herum und legte den Arm um ihre Schulter. »Das stimmt nicht, im Gegenteil. Wie du es geschafft hast, uns fünf großzuziehen und noch dazu eine solche Karriere hinzulegen, ist mir schleierhaft. Dad war jedenfalls keine große Hilfe.«

Sie lachte. »Als ihr klein wart, war euer Vater ... Er stand als oberster Gesundheitsberater der Regierung beruflich extrem unter Druck. Da blieb nicht viel Zeit für die Familie.«

»Um ehrlich zu sein, habe ich nicht viele Erinnerungen an ihn aus dieser Zeit.«

Das entsprach nicht ganz der Wahrheit. Ich erinnerte mich daran, dass er grantig war und mich meistens barsch herumkommandierte, wenn er einmal da war. Ich erinnerte mich daran, froh darüber gewesen zu sein, dass er oft weg war. Ich erinnerte mich daran, dass ich dachte, was ich machte, wäre ohnehin nie gut genug. Es gab keinen großen Zoff oder Zerwürfnisse. Nur Nachfragen, was ich falsch gemacht hatte, als ich mit sechzehn in der Schule in der Chemieprüfung nur der Zweitbeste war. Den Kommentar, dass man es immer noch besser machen konnte, als ich mit vierzehn einen Biologie-Wettbewerb gewann. Und dann natürlich die gnadenlosen Sprüche meiner ganzen Familie, als ich im Studium Millionen damit verdiente, dass ich ein Urinal für Frauen entwickelte, das an Krankenhäuser und Pflegeheime auf der ganzen Welt verkauft wurde.

»Er hatte große Schuldgefühle, weil er nie da war, als du noch klein warst. Wenn ich ehrlich bin, würde ich nicht sagen, dass er die beiden gegensätzlichen Aufgaben gut unter einen Hut gebracht hat.« Es war das erste Mal, dass ich Mum das über meinen Vater sagen hörte, aber recht hatte sie. »Er war hart zu dir. Ich glaube, er dachte, das müsste er. Er versuchte herauszufinden, wie er neben der Arbeit ein Dad sein konnte. Er beschreibt es so, dass er seine seltene Anwesenheit wiedergutmachen und Eindruck hinterlassen wollte. Er wollte dich leiten und dir Ärger ersparen. Ich glaube, dadurch hat er dir am Ende allerdings ein bisschen den Glauben an dich selbst genommen.«

»Du hast mit ihm darüber gesprochen?«

»Selbstverständlich. Dein Vater und ich reden über alles. Darum halten wir es schon so lange miteinander aus.«

Ich wollte nicht wissen, ob sie sich allgemein über Erziehungsfragen unterhalten hatten – sondern vielmehr, ob sie über mich gesprochen hatten.

»Du warst der Testlauf. Unser Erstgeborener. Derjenige, bei dem wir alle Anfängerfehler gemacht haben. Damit musst du ebenso leben wie wir. Mit jedem von euch wurde es einfacher. Wir wurden entspannter. Dein Vater hörte auf, seine Kinder schon zu perfekten Menschen formen zu wollen, ehe sie überhaupt sprechen konnten. Es hat Jahre gedauert, aber letzten Endes hat er verstanden, dass es so etwas wie die perfekte Erziehung nicht gibt.«

Schweigend saßen wir da, während ich ihre Worte sacken ließ.

»Du wirst es verstehen, wenn du selbst Kinder hast. Es ist schwer, besonders für deinen Vater. Er ist darauf programmiert, in allem der Beste zu sein, und so wollte er auch der beste Dad sein. Er hat eine Weile gebraucht, um zu begreifen, dass Vater zu sein einfach bedeutet, da zu sein, zuzuhören, mit seinen Jungs zu lachen und sie zu lieben.«

»Es fühlt sich an, als könnte ich euch niemals das Wasser reichen. Als wäre ich irgendwie eine Enttäuschung.«

Mum machte sich von mir los, damit sie mir in die Augen schauen konnte. »Wie um alles in der Welt kommst ausgerechnet du auf die Idee, du wärst eine Enttäuschung? Du bist lieb und großherzig und ein brillanter Arzt.«

»Aber ich werde niemals oberster Gesundheitsberater der Regierung, nicht wahr?«

»Jacob Cove, du warst mit zwanzig Jahren ein Selfmade-Multimillionär. Das können nicht viele Menschen von sich behaupten. Dein Vater und ich ganz sicher nicht.«

»Ich hatte eben Glück. Und habe mich gleichzeitig zur Witzfigur der ganzen Familie gemacht. Noch zur zusätzlichen Freude für Dad und meine Brüder.«

»Zur Witzfigur?«

»Das weißt du doch, Mum. Noch heute kann keiner Toilettengänge erwähnen, ohne einen Witz darüber zu reißen.«

»Ach komm, Jacob – es ist eben lustig. Ein Urinal für Frauen? Du hast vier Brüder. Da kannst du doch nicht erwarten, dass sie sich nicht auf deine Achillesferse stürzen, wenn sie sie erst gefunden haben. Besonders beim großen Bruder, der in allem der Erste ist – und nicht nur, dass du dich als Erster beweisen kannst, dir gelingt auch noch alles, was du anpackst.«

Ich zuckte mit den Schultern. Die Sticheleien meiner Brüder störten mich nicht. Denen bot ich Paroli. Aber Dads gebellte Tadel? Die brannten sich leicht ein. »Es ist heute besser mit Dad. Er landet keine Tiefschläge mehr.«

»Dein Vater liebt dich über alles.« Sie nahm meine Hand. Ich konnte mich nicht erinnern, wann sie das zuletzt gemacht hatte. Als kleines Kind musste ich immerzu ihre Hand gehalten haben, doch es musste ein letztes Mal gegeben haben – als mein Bedürfnis nach Unabhängigkeit dazu führte, dass ich die Geborgenheit nicht mehr wollte, die ihre zarten Finger gaben. Ich drückte sie und nahm mir im Stillen vor, in Zukunft öfter ihre Hand zu halten. »Als du jünger warst, hat er bei dir Fehler gemacht«, fuhr sie fort. »Zweifellos. Er war zu sehr auf seine Arbeit fixiert. Zu streng mit dir, weil er Angst hatte, bei dir etwas falsch zu machen. Er ist so stolz auf dich, Jacob. Das sind wir beide. Nicht weil du in unsere Fußstapfen getreten bist, sondern weil du dir deinen eigenen Weg bahnst. Ganz ehrlich, wir machen zwar Witze darüber, ja, aber als du das Urinal erfunden hast, waren wir beid–«

Die Küchentür flog auf und Dad tauchte auf, wie immer standen ihm die Haare zu Berge.

»Diese verdammten Füchse«, sagte er. »Vielleicht besorge ich mir doch noch ein Gewehr.« Er ging zur Spüle und fing an, sich die Hände zu waschen.

Meine Mutter warf mir einen Blick zu und schüttelte den Kopf.

»Worüber unterhaltet ihr zwei euch denn? Es sieht sehr gemütlich aus.«

»Bloß über Jacobs Erfindung im Studium.«

Er schnappte sich das Handtuch, das am Aga-Herd hing, und lehnte sich beim Abtrocknen gegen die Spüle.

»Ich sagte gerade, wie stolz wir auf ihn waren.«

»Natürlich. Nicht viele Zwanzigjährige kämen auf so eine Marktlücke. Die sind zu sehr damit beschäftigt, Bier zu trinken und an Leichen oder Frauen herumzumachen.« Er lachte in sich hinein. »Oder an beidem.«

»John, ich mein's ernst. Was Jacob erreicht hat, war großartig. Und das viele Geld, das er damit verdient hat? Unglaublich.«

»Ja, natürlich«, meinte mein Dad. »Typisch für ihn. Umsichtig. Aber was ich viel beeindruckender fand, war nicht die Idee an sich – auch wenn er damit eine ernsthafte Bedarfslücke geschlossen hat –, sondern die Tatsache, dass er losgelegt, sich ein Patent besorgt und einen Prototyp hergestellt hat, damit in Produktion gegangen ist und dann in den Verkauf.« Er hob kapitulierend die Hände. »Es gibt eine Menge Ärzte, die darüber maulen, dass dies und das fehlt oder man eigentlich jenes bräuchte – so wie ich. Ich bin ein hervorragender Nörgler. Du dagegen bist ein Macher. Du hast Ideen und setzt sie in die Tat um. Diese Stärke kann man gar nicht hoch genug schätzen.«

Mum drückte meine Hand, während ein ungewohnter Anflug von Stolz durch mein Innerstes ging.

»Nicht auszudenken, was ich alles hätte erreichen können, wenn ich so ein Genie wäre«, fuhr Dad fort.

»Dad!«, sagte ich. »Du bist einer der angesehensten Mediziner überhaupt. Menschenskind, du wirst bald zum Ritter geschlagen.«

»Ich bin nicht halb so fähig wie du.«

»Setz ihn nicht unter Druck, John.«

»Entschuldigung«, sagte er. »Dessen mache ich mich schon dein ganzes Leben lang schuldig, was?« Er stopfte das Handtuch wieder über die Stange am Herd und setzte sich zu uns. »Ich treibe dich immerzu an. Will immer noch was verbessern. Bei mir, bei dir, bei jedem. Es ist ein Fluch.«

»Wir haben uns gerade über Sutton unterhalten«, sagte Mum.

Stöhnend nahm ich mir eine kalte Bratkartoffel. Jetzt würde ich die lang erwartete Gardinenpredigt zu hören bekommen, dass ich mein Privatleben privat halten sollte.

»Schien ein nettes Mädchen zu sein. Schlau. Hübsch. Heiratest du sie?«

»Jacob und Sutton haben sich getrennt«, verkündete Mum.

»Also, du musst es schon richtig anstellen, Jacob. Ohne deine Mutter wäre ich nicht so erfolgreich geworden. Jemanden an seiner Seite zu haben, jemanden, der einen unterstützt und anfeuert, ist unbezahlbar.«

»Ich verstehe«, sagte ich. »Nur habe ich diesen Menschen noch nicht gefunden.«

»Bist du sicher?«, fragte er.

»Ich dachte, du wärst gegen Beziehungen am Arbeitsplatz?«, meinte ich.

Er zuckte mit den Schultern. »So was kommt vor. Wenn es die Richtige ist, ist es die Richtige.«

Wie konnte er sich so gleichgültig äußern? Er war in dem Punkt viele Jahre lang eisern gewesen.

Das Knirschen von Autoreifen auf Kies ließ mich aufhorchen. Als ich aus dem Fenster schaute, sah ich Zachs Auto in die Einfahrt biegen.

Deshalb hatte Mum also nicht gewollt, dass ich spazieren ging. Sie hatte schon Verstärkung gerufen.

Schade, herzukommen war vergebens.

»Oh, ich hatte gar nicht mit Zach gerechnet«, gab sie vor.

»Du bist eine furchtbar schlechte Lügnerin«, sagte ich und stand auf, um ihn begrüßen zu gehen.

Er stand bereits vor der Tür, als ich aufmachte. »Was ist los?«, fragte er. »Mum meinte, du seist ganz mitgenommen und es handele sich um einen Notfall.«

»Zach!«, sagte Mum.

»Was denn?«, gab dieser zurück. »Stimmt doch. Und ich bin hergefahren, wie du mich gebeten hast.«

»Komm mit«, fand ich mich mit der Tatsache ab, dass ich einen Begleiter auf dem Spaziergang haben würde, den ich allein hatte machen wollen. »Wir gehen spazieren.«

»Lass mich erst noch andere Schuhe anziehen«, sagte Zach, wobei er seine Schuhe abstreifte und sich dann seine Laufschuhe aus der Ecke auf der Veranda schnappte, in der unser aller Schuhwerk deponiert worden war.

»Sollten die nicht eigentlich im Vorraum stehen?«, fragte ich.

»Den hat Hund in Beschlag genommen«, sagte Mum. »Ich mache uns ein paar Brote, während ihr unterwegs seid.«

Als wir die Tür hinter uns schlossen, hatte ich das Gefühl, großen Ballast zurückzulassen, den ich lange mit mir herumgetragen hatte. Die Dinge lagen anders, als ich zu wissen geglaubt hatte, und es würde Zeit brauchen, mich an mein erleichtertes Ich zu gewöhnen. An den, dessen Vater ihn nicht nur bewunderte, sondern in mancher Hinsicht sogar für tüchtiger als sich selbst hielt. Eigentlich war es nur ein Gespräch bei kalten Bratkartoffeln gewesen, doch eines, das für mich alles auf eine andere Grundlage stellte.

Die Straße hinunter zum Kai war gerade einmal breit genug für ein Auto und hatte keinen Bürgersteig. Das Dorf war vor tausend Jahren entstanden und nicht auf einander entgegenkommende SUVs ausgelegt. Das alles machte den Charme aus, der dafür sorgte, dass man das Gefühl hatte, sich weit weg von London zu befinden, in einer ganz anderen Welt. Hier zu sein, war genau, was ich brauchte.

»Weißt du, ich bin zwar nicht gut im Reden«, sagte Zach, »aber kein schlechter Zuhörer.«

»Sagt wer?«, fragte ich. »Ich bin ziemlich sicher, dass du recht miese Noten als Zuhörer bekämst, wenn wir alle in der Familie fragen würden.«

Zachs Mundwinkel wanderten ein Stück nach oben, was bei ihm einem schallenden Lachen gleichkam. »Kann sein.«

Obwohl ich eigentlich allein sein und nicht über Sutton reden wollte, schilderte ich, was zwischen uns gewesen war. Angefangen bei dem ursprünglichen Gefallen für Beau, über die Vereinbarung, uns voneinander fernzuhalten, bis zur Trennung in einem IKEA-Parkhaus.

»Wieso bei IKEA?«, fragte er.

»Keine Ahnung. Vielleicht, weil man leicht hinfindet?«

»Weiß nicht, ob das weiter wichtig ist«, meinte er.

»Ist *definitiv* nicht weiter wichtig.«

Als wir den Kai erreichten, wandten wir uns links herum auf den Küstenwanderweg, entgegengesetzt zu der Richtung, die ich mit Sutton eingeschlagen hatte. So würden wir schneller die anderen Spaziergänger abschütteln. Bald waren wir weit und breit die Einzigen.

»Und jetzt fühlst du dich einfach elend«, sagte Zach.

»Danke, dass du mich dran erinnerst.«

»Na, wenn du es schon wieder vergessen hattest, weiß ich nicht recht, warum ich extra aus London hergefahren bin.«

»Hast du etwa gerade einen Witz gerissen, Zachary?«

Zach war von uns allen am reserviertesten. Am vorsichtigsten und überlegtesten. Perfektesten. Er war hyperfokussiert – das Kind, das immer bloß dasaß und alles beobachtete. Wie der nüchtern gebliebene Freund auf einem Junggesellenabschied, der dir am nächsten Morgen genau schildern konnte, was du alles angestellt hattest. Er war nervtötend, aber hilfreich.

Er ging über den Kommentar hinweg. »Wie sieht also die Lösung aus? Ihr zwei kommt wieder zusammen und –«

»Nein, wir können nicht wieder zusammenkommen. Ich habe dir doch erzählt, wieso. Es geht nicht.«

»Okay, dann verbringst du also den Rest deines Lebens damit, dich elendig zu fühlen. Du wirst dich daran gewöhnen.«

Ich stöhnte. »Vielen Dank auch.«

»Vielleicht wirst du später einmal zurückblicken und dir sagen, dass du Chancen bei der Frau fürs Leben hattest, es aber vermasselt hast. Wenigstens hattet ihr ein paar schöne Monate zusammen, nicht wahr?«

»Du bist ätzend.«

»Na, ist sie denn die Eine für dich?«

»Das spielt keine Rolle«, sagte ich.

»Und ob das eine Rolle spielt«, gab er zurück. »Hier geht es nicht um ein IKEA-Parkhaus. Wenn sie die Frau deines Lebens ist, dann solltest du es nicht verbocken.«

»Wieso verbocke ich es denn? Selbst wenn mir die Beförderung egal wäre und auch, dass ich durch so eine Bettgeschichte das Ansehen der Coves beschmutze, wenn mir egal wäre, ob ich mir selbst einen Namen als Arzt mache oder nur als Sohn meiner Eltern – sie will die Beziehung mit mir auch nicht offiziell machen.«

Zach blieb stehen und schob kopfschüttelnd die Hände in die Hosentaschen. »Du bist echt ein Idiot.«

Ich blieb stehen und klopfte ihm auf die Schulter. »Super Gespräch, Kumpel. Sollten wir öfter machen.«

Als ich mich wieder in Bewegung setzte, folgte er mir.

»Ich garantiere dir, dass sich Beau bei seinen Entscheidungen keinen Kopf um den guten Ruf und das Ansehen der Coves macht. Mit Sicherheit wird er einen Scheiß drauf geben, sich selbst einen Namen zu machen.«

»Du meinst also, unser Bruder wird den Ruf der Familie so oder so ruinieren, wir können also genauso gut gleich aufgeben?« Zum ersten Mal seit Tagen musste ich lächeln.

»Wie wär's, wenn du dich davon löst?«

»Wovon?«

»Von der Vorstellung, dass du im Schatten deiner Eltern lebst. Dass du stets die richtige Entscheidung treffen musst. Von der Beförderung.«

»Selbst wenn das ginge – was nicht der Fall ist –, bin ich hier nicht der Einzige, der etwas zu verlieren hat. Denk dran, Sutton hat Schluss gemacht. Sie ist ehrgeizig und möchte sich selbst einen Namen machen.«

»Ich mochte sie.«

Ungerechtfertigter Stolz keimte in meinem Inneren auf. Sie gehörte nicht mehr zu mir, doch Zach mochte selten jemanden und nahm überhaupt kaum Notiz von anderen.

»Sie ist ein toller Mensch, eine gute Ärztin und … es tut weh.«

»Weißt du noch, das mit der Pipi-Flasche an der Uni?«

»Ja, Zach, ich war selbst dabei, ich erinnere mich daran.«

»Manchmal frage ich mich, warum du nicht in die Firma

eingestiegen bist, um weitere Innovationen zu entwickeln. Du hast einen Haufen Kohle gemacht.«

»Weil ich in einem Krankenhaus praktizieren wollte.«

»So wie Mum und Dad.«

Ich nickte. »Genau.«

»Du hattest einen Plan und bist dabei geblieben.«

»Mum und Dad sind zwei der erfolgreichsten Ärzte des Landes. Für sie hat es auch funktioniert.«

»Aber sie haben nichts vorausgeplant.«

»Das meinte Mum auch vorhin. Ich plane nicht, genau dieselbe Berufslaufbahn hinzulegen wie unsere Eltern. Ich habe gelernt, meine Konsequenzen aus ihrem beruflichen Vorbild zu ziehen.«

»Tatsächlich? Ich bin mir nicht sicher, ob das stimmt. Ich glaube, du hast den Plan im Kopf, dass zwei plus zwei drei ergibt. Wenn du dies, das und jenes machst, dann wahrst du das Ansehen der Coves, gehst aber trotzdem deinen eigenen Weg und alles ist prima.«

»Ja und?« Er sagte das, als wäre es etwas Schlechtes.

»Und es mag vielleicht alles so klappen, wie du es dir vorstellst eine Garantie dafür gibt es allerdings nicht. Bloß hast du dir schon mal überlegt, was dir auf diesem Weg alles entgeht? Ich will damit nicht sagen, dass du nichts vorausplanen solltest, aber ich finde, du solltest nicht derart engstirnig sein, dass du etwas verpasst, was größer und besser sein könnte, als du es dir je in deinen Plänen hättest zurechtlegen können.«

Das klang gar nicht nach Zach. »Wer hat da Besitz vom Körper meines megavernünftigen Bruders ergriffen?«

»Ich mein's ernst. Ich will nicht behaupten, dass ich keinen Plan hätte. Das schon, aber wenn sich eine größere und bessere Chance ergibt, werde ich nicht Nein dazu sagen, nur weil das so eigentlich nicht auf meiner Liste steht.«

»Gut. Aber zu einer Riesenchance sage ich auch nicht Nein.«

»Kommt drauf an, was dein großes Ziel ist und was du in Sutton siehst.«

Als er schwieg, ließ ich seine Worte auf mich wirken. Mein großes Ziel war mir stets klar gewesen: Ich wollte Erfolg haben. Und ich wollte das, was meine Eltern erreicht hatten, nicht versauen.

»Ich kann regelrecht sehen, wie es in dir rattert«, meinte er. »Dein großes Ziel sollte sein, ein gutes und glückliches Leben zu genießen. Wenn du denkst, das erreichst du mit dieser Beförderung, ist das prima. Aber wenn du denkst, Sutton wird dazu beitragen, dass du ein gutes und glückliches Leben führst, dann übertrumpft sie vielleicht die Beförderung. Das Ziel bleibt dasselbe, nur der Weg dahin ändert sich. Das ist nichts anderes, als wenn man sich als AiPler noch mal für eine andere Fachrichtung entscheidet. Das Ziel lautet dann immer noch, Arzt zu werden.«

Ich sog die kalte, klare Seeluft ein. »Ich verstehe.«

»Du bist schon immer extrem zielgerichtet gewesen, Jacob. Aber damit geht auch mangelnde Flexibilität einher. Ich weiß, dass du diese Beförderung willst, nur was, wenn du sie nicht bekommst? Sagen wir mal, die entscheiden sich für jemand anderes.«

Ich zog die Augenbrauen hoch. »Ich will mich ja nicht selbst loben, aber das ist unwahrscheinlich.«

»Ja, klar«, erwiderte Zach, ohne seinen Sarkasmus verbergen zu können. »Aber nur mal angenommen es kommt ein Spezialist aus dem Ausland – oder sie streichen die Stelle. Was dann?«

»Dann würde ich mir einen anderen Weg überlegen, wie ich … Ach so, du meinst also, wenn ich einen anderen Weg finden würde, sofern ich dazu gezwungen wäre, dann …«

»Dann findest du auch so einen Weg, zu kriegen, was du dir wünschst, wenn Sutton es wert ist. Aber mehr noch, vielleicht ist Sutton Teil deines großen Ziels, nur dass du dir das noch nicht eingestanden hast.«

Wir liefen weiter, während ich darüber nachdachte, was wäre, wenn ich mich tatsächlich als Kandidat für die Leitung des AiP-Lehrprogramms aus dem Rennen nehmen würde. Wenn ich das täte, wüsste ich nicht, wie es für mich weiterginge, aber vielleicht hatte Zach recht damit, dass ich Chancen verpasste, weil ich starr nur ein Ziel vor Augen hatte.

»Na gut, nehmen wir also mal an, ich würde das mit der Beförderung vergessen. Und Sutton gehört vielleicht wirklich zu meinem großen Ziel …« Ich verstummte. Kein Zweifel, mit ihr zusammen zu sein, machte mich glücklich. Ich konnte mir uns als Paar vorstellen, wie wir uns mit Geschirrtüchern hauten wie Mum und Dad, über Nichtigkeiten lachten, zusammenhielten. Ich konnte mir diese gemeinsame Zukunft vorstellen, und sie machte mich glücklich. »Ich denke schon, dass es mich glücklich machen würde, mit Sutton zusammen zu sein. Aber das spielt alles keine Rolle, denn Sutton hat ihre eigenen Gründe, warum sie nicht mit mir zusammen sein kann.«

Zach seufzte. »Vielleicht zweifelt sie die aber genauso an.«

Sutton stand noch ganz am Anfang ihrer Berufslaufbahn. Sie hatte noch fast volle zwei Jahre als AiPlerin vor sich. Ich wusste, wie wichtig es für sie war, sich in dieser Zeit zu beweisen. Das würde sie nicht aufgeben – nicht für mich oder sonst irgendwas. »Das bezweifle ich.«

»Vielleicht muss sie nur wissen, was du empfindest.«

Sie wusste, was ich empfand. Sie wusste, dass ich nicht Schluss hatte machen wollen, obwohl wir dazu gezwungen gewesen waren. »Ich will sie nicht unter Druck setzen.«

»Du kennst sie am besten«, sagte er.

Ich kannte sie besser als Zach. Aber ich wollte sie noch besser kennenlernen. Und ich wollte sie für immer kennen.

33. KAPITEL

SUTTON

Ich war seit den ersten zwei Orientierungswochen nicht mehr im Hörsaal des Krankenhauses gewesen, und es kam mir vor, als wären die eine Ewigkeit her. Aber schon in zwei Wochen würden wir die Station wechseln, und Wanda würde gleich verkünden, wer dann wohin kam.

Unweigerlich musste ich an den Augenblick zurückdenken, als ich mein Blind Date hatte vorne stehen sehen und begriff, dass er keineswegs in Afrika war. Ich bereute nicht, was zwischen Jacob und mir geschehen war – ich wünschte nur, es wäre nicht von Anfang an zum Scheitern verurteilt gewesen.

Wir gingen in den Saal und suchten uns Plätze. Der einzige Unterschied zum letzten Mal war, dass ich diesmal nicht in Gillys Nähe saß. Seit unserer Unterhaltung vor Jacobs Haus machte ich einen großen Bogen um sie. Über Jacob und mich waren keine Gerüchte durchgesickert, daher wusste ich, dass sie nichts gesagt hatte. Entweder glaubte sie mir, dass ich ein Buch vorbeigebracht hatte, oder sie hatte kapiert, dass sie sich nicht mit mir anlegen sollte. Mir war egal, was von beidem zutraf.

»Fühlt sich an wie ein Déjà-vu«, meinte Veronica.

Ja und nein. Ich war nicht so enthusiastisch wie noch vor rund drei Monaten. Seitdem hatte ich mich in einen Mann verliebt und ihn aufgeben müssen. Für den Beruf. Diese Entscheidung hatte mir meinen Enthusiasmus genommen. Hoffentlich würde er zurückkommen.

»Weißt du, wohin du gern als Nächstes möchtest?«, fragte ich.

»Nein, ist mir egal«, erwiderte sie. »Ich nehm's, wie es kommt.«

Was für ein Privileg es war, den Dingen einfach ihren Lauf zu lassen. Diesen Luxus erlebte ich wahrscheinlich zum ersten Mal, seit ich mit sechzehn das Haus meiner Mutter verlassen hatte.

»Ich habe gehört, sie geben heute bekannt, wer die besten fünf AiPler sind – pro Station einen beziehungsweise eine«, sagte Veronica.

Alle waren total angestachelt von der Auszeichnung, dabei wusste ich, dass der wahre Hauptgewinn eine Stelle im Krankenhaus war.

»Nur noch zwei Wochen. Es heißt, auch wenn man zwischendurch nicht von sich reden macht, schließt das nicht aus, dass man am Ende die Auszeichnung gewinnt.« Sie zuckte mit den Schultern.

»Wer hat dir das erzählt?«

»Ein paar Leute.«

Wanda kam mit einem Klemmbrett in der Hand herein. »Also, los geht's. Wir haben alle keine Zeit zu vertrödeln. Nur zur Erinnerung: Alles bleibt wie gehabt. Wenn ich bekannt gebe, auf welche Station Sie kommen, wird nicht herumdiskutiert, es wird nicht getauscht und Sonderfälle gibt es auch keine. Sie nehmen die Zuteilung kommentar- und beschwerdelos hin. Ist das klar?« Sie schaute von dem Blatt hoch, über das sie gerade mit dem Zeigefinger fuhr.

Zustimmendes Gemurmel ging durch uns inzwischen müde fünfundzwanzig.

»Beginnen wir mit der Allgemeinchirurgie«, sagte sie.

Ich war der zweite Name auf der Liste, den sie vorlas. Veronica der dritte.

»Ha«, flüsterte Veronica neben mir. »Wir sind zusammen.«

»Nicht mehr so viele Nachtschichten«, meinte ich. Ich glaubte nicht, dass ich einmal Chirurgin werden würde, aber ich hatte vor, unvoreingenommen zu bleiben und mich voll reinzuhängen.

Nachdem sämtliche Zuteilungen verkündet worden und unsere diversen organisatorischen Fragen beantwortet waren, sagte Wanda: »Wenn das alles war, können wir uns wieder an die Arbeit machen.«

Sofort schoss Gillys Hand nach oben.

Wanda nickte ihr zu.

»Wann wird der Zwischenstand zur AiPler-Auszeichnung bekannt gegeben?«

Wanda verengte die Augen. »Mit AiPler-Auszeichnung meinen Sie ... die Auszeichnung, die der vielversprechendste Arzt unter Ihnen am Ende der AiP-Zeit bekommt?« Ihr Lächeln wurde breiter und sie schüttelte den Kopf.

»Ja«, sagte Gilly. »Ich habe gehört, dass ein Zwischenstand verkündet wird.«

»Nein, es gibt keinen Zwischenstand. Ich fasse es nicht, dass immer noch dieses Gerücht umgeht. Ich kann Ihnen sagen, dass es nicht nur keinen Zwischenstand geben wird, sondern auch keine Auszeichnung nach den zwei Jahren. Wir konkurrieren nicht miteinander. Der einzige Mensch, mit dem Sie es aufnehmen müssen, sind Sie selbst. Sie alle werden Ihre Stärken und Schwächen haben. Manche von Ihnen werden ganz von selbst zu einer bestimmten Fachrichtung tendieren, und andere werden in so ziemlich allen ganz gut sein. Es gibt nicht den einen Prototyp von Arzt, der immer passt, und nicht die eine Prototypenauszeichnung, die keinem passt. Im Krankenhaus dreht sich alles um Teamwork: Teams von Ärzten, Pflegekräften, Röntgenassistenten, Transportleuten, Verwaltungsangestellten – und so weiter. Und außerdem um interdisziplinäre Zusammenarbeit. Es gibt keine Auszeichnung, weil es nicht sinnvoll ist, einzelne hervorzuheben. Hat jeder Jahrgang seine Überflieger? Einige sehen das wohl so. Wird es Spätzünder geben? Ja, und ob. Wird es Querköpfe und Eigenbrötler und Denker und Macher geben? Ja, ja, ja und ja. Erwünscht sind Sie hier alle. Es braucht viele verschiedene Köpfe und Talente, damit ein Krankenhaus läuft. Ich möchte nichts mehr von Wettbewerb hören. Sondern von Zusammenarbeit. Von Lernprozessen. Von Entwicklung. Ich möchte, dass Sie sich alle dazu antreiben, die besten Ärzte zu werden, die Sie sein können. Wenn Sie mich fragen, ist das die allerbeste Auszeichnung, die Sie je kriegen können.«

Ich musste lachen. Alle hatten es auf eine Auszeichnung abgesehen gehabt, die es überhaupt nicht gab.

Für mich änderte das gar nichts. Und es änderte auch nichts zwischen Jacob und mir. Ich wollte nicht, dass mein beruflicher Erfolg hinterfragt wurde, weil ich zufälligerweise mit einem so profilierten Oberarzt zusammen war.

AiPler-Auszeichnung hin oder her, das mit Jacob und mir sollte einfach nicht sein.

34. KAPITEL

SUTTON

Im Sommer Wollhandschuhe zu tragen, war schlicht und einfach verkehrt. Genauso wie Eislaufen. Aber hier waren Parker, Tristan und ich und taten beides.

»Ich bin seit der Kindheit nicht mehr eislaufen gewesen. Was sich auch bemerkbar macht.« Das war an dem Weihnachten vor der Scheidung gewesen – als ich zum letzten Mal überhaupt das Gefühl gehabt hatte, eine Familie zu haben. Ich konnte mich daran erinnern, wie ich nach der Trennung fröhliche andere Familien beobachtet und mir gewünscht hatte, die Zeit zurückdrehen zu können.

Doch es gab kein Zurück. Niemals. Ich musste einfach das Beste draus machen und mich weiter durchkämpfen.

»Können wir uns ein Hotdog holen?«, fragte Tristan, als er zu uns aufschloss, wobei er sich an einen neunzig Zentimeter großen Pinguin klammerte, der eigentlich als Laufhilfe für kleine Kinder gedacht war. »Das hier war die schlechteste Idee überhaupt.«

»Hey«, meinte Parker. »Es war meine.«

»Du hattest schon bessere«, sagte ich.

»Den Hochseilgarten hast du auch anfangs gehasst und am Ende geliebt.«

»Nein, ich war nur froh, hinterher noch am Leben zu sein. Das ist ein entscheidender Unterschied.«

Parker stöhnte, lief uns voran von der Eisfläche und auf die Warteschlange vor dem Hotdogstand zu.

»Aber wenigstens warst du eine Weile abgelenkt«, sagte sie.

»Stimmt. In meinem Kopf war nur der Gedanke, dass es meine künftigen Berufsmöglichkeiten einschränken könnte, wenn ich mir das Handgelenk brechen oder eine Rückenmarksverletzung zuziehen würde.«

Tristan bestellte für uns, und dann suchten wir uns eine Bank mit Blick auf die Eisfläche. »Ich glaube, Eislaufen ist nicht mein Sport.«

»Ich glaube, es geht nicht als Sport durch, wenn man den Pinguin nutzt«, sagte ich und setzte mich neben Parker. Tristan saß auf der anderen Seite neben ihr.

»Ich schlage vor, nächstes Mal, wenn du dich von jemandem trennst, mieten wir eine Villa in Spanien oder so«, meinte er. »Oder fahren auf Weinreise an die Loire.« Er biss von seinem Hotdog ab.

»Schön zu wissen, dass du schon die Nachwehen meiner nächsten Beziehung planst«, sagte ich. »Ich bin allerdings für Wein in Frankreich, sofern ich da auch ein Wörtchen mitzureden habe.«

»Abgemacht.« Er hielt mir die Hand hin und ich schüttelte sie.

»Wie, darf ich etwa gar nicht mitreden?«, fragte Parker.

»Nein«, antworteten Tristan und ich unisono.

Wir schauten zu, wie die Eisläufer auf der Fläche ihre Runden drehten. Manche waren eindeutig geübter als andere. Die Kinder liefen am schnellsten – arglos gegenüber der Gefahr, in der sie bei jeder Bewegung schwebten.

»Trotzdem, das war es wert«, befand Parker. »Ich wette, du hast nicht ein einziges Mal an Jacob gedacht, seit du die Schlittschuhe geschnürt hast.«

Ich schenkte ihr ein schwaches Lächeln. Ich dachte an nichts anderes als an Jacob. Auf der Arbeit schaffte ich es, mich zusammenzureißen, aber sobald ich durch die Automatiktür nach draußen trat, sausten alle meine Gedanken zu ihm.

»Darf ich mal meinen Senf dazugeben?«, fragte Tristan, wobei er sich nach vorn beugte, um mich ansehen zu können.

»Dazu, dass ich Parkers einzigartige Ablenkungsmanöver brauche?«, gab ich zurück.

»Eher zu dir und Jacob. Schon klar, ich habe ihn nie kennengelernt, und es ist auch nicht so, als wären du und ich schon jahrzehntelang befreundet. Nur wenn dich eine Trennung von einem Kerl so lange so traurig macht, hab ich den Eindruck, ihr zwei hättet euch nicht trennen sollen.«

»Tristan«, sagte Parker warnend. »Sie wollte sich eigentlich nicht von ihm trennen.«

»Okay, und ich verstehe deine Gründe für diesen Schritt. Aber warum sagst du dir nicht einfach, dass dich die anderen alle mal können? Wen kümmert's, ob manche denken, du wärst nur erfolgreich, weil du mit ihm schläfst? Du selbst weißt doch, wie es wirklich ist. Alle, die mit dir zusammenarbeiten, werden wissen, wie es wirklich ist.«

Ich verstand, was Tristan sagen wollte, aber er steckte nicht in meiner Haut. »Es ist kompliziert«, erwiderte ich. »Das Leben ist nicht so einfach.«

»Nein?«, fragte Tristan. »Muss das Leben denn ein ewiges Ringen sein? Du hast hart gearbeitet, um Ärztin zu werden. Du hast unter Beweis gestellt, wie entschlossen und einfallsreich du bist. Das zeigt, du bist mit Leib und Seele dabei. Aber irgendwann musst du die Früchte deiner Arbeit einfahren. Irgendwann darf das Leben auch leicht sein und Spaß machen. Warum erlaubst du dir nicht, mit Jacob zusammen zu sein? Scheiß doch auf die Neider.«

»Du hast leicht reden, du bist kein Außenseiter.«

Tristan schüttelte den Kopf. »Ich glaube, wenn man sich selbst von vornherein als Außenseiter betrachtet, dann wird man auch einer.«

»Ich habe mich nicht von vornherein als Außenseiterin betrachtet. Ich *bin* eine. Du denkst, die Leute werden einfach sagen –«

»Ich denke, die Leute werden alles Mögliche sagen. Ich nehme an, den meisten, die schon länger im Krankenhaus tätig sind, wird es schnurzpiepegal sein, weil viele von ihnen ihre Ehefrauen und -männer und Partner auch bei der Arbeit kennengelernt haben. Die werden Ärzte erlebt haben, die mit Topnoten von schicken Unis kamen und trotzdem schlecht waren. Die werden das genaue Gegenteil erlebt haben und alles dazwischen. Wenn du einen Platz am Royal Free bekommen hast, dann hast du den auch verdient. Das wissen die – und sie sind die Leute, auf die du Eindruck machen willst. Wen kümmert der Klatsch und Tratsch der anderen Anfänger? Die werden sich schon einkriegen. Und wenn nicht, dann sind sie arschig.«

Ich schaute zu Parker, um ihren Gesichtsausdruck zu sehen. War sie der gleichen Meinung wie Tristan? Fand sie auch, dass es so einfach war?

Sie nahm meine wollbehandschuhte Hand zwischen ihre. »Ich kann total verstehen, warum du nicht möchtest, dass die Leute schlecht über dich urteilen. Aber ich glaube, diejenigen, auf die es ankommt, werden das auch nicht. Und ich finde, Tristan hat recht: Du bist nicht bloß aus Glück an diesem Krankenhaus angenommen worden. Das war kein Fehler im System. Du hast hart gearbeitet. Du verdienst das.«

Ich verdiente es? So hatte ich das noch nie gesehen.

»Du musstest lange Zeit im Leben darum kämpfen, ein

kleines Stück vom Kuchen abzubekommen, und wenn dir jetzt jemand eine ganze Torte hinstellt, glaubst du, es müsse sich um einen Irrtum handeln. Stimmt aber nicht. Ich werde dir keinen Vortrag halten, dass du loslassen und einfach glücklich sein solltest – mir ist bewusst, dass ich im Leben andere Erfahrungen gemacht habe als du. Aber ich weiß, dass du es verdient hast, glücklich zu sein.«

Ich lehnte den Kopf an Parkers Schulter und drückte ihre Hand in stummem Dank für ihre Worte.

Meine ganze Angst davor, offiziell mit Jacob zusammen zu sein, kam nur daher, dass ich glaubte, ich verdiente meinen Job nicht.

Das war mir jetzt klar.

»Ich habe wirklich hart dafür gearbeitet«, sagte ich.

»Härter als hart«, meinte Parker.

»Ich arbeite immer noch hart.«

»Megahart«, sagte Parker. »Aber nicht nur das, du bist genauso fähig wie alle anderen in deinem Jahrgang und hast dasselbe verdient wie sie.«

Ich nickte. »Ja.«

Sie zog mich in eine Umarmung, und dann schlang Tristan seine langen Arme um uns beide.

»Danke, ihr zwei.«

»Jetzt reicht's«, meinte Tristan. »Ich ziehe die Schlittschuhe aus. Die Dinger machen mich fertig, außerdem habe ich das Gefühl, dass meine Arbeit hier getan ist.«

Parker lachte. »Du bist begnadigt.«

»Wirst du ihn denn jetzt anrufen?«, fragte er.

»Jacob? Nein. Auch wenn ich bereit bin, offiziell mit ihm zusammen zu sein, sieht er das anders. Wenn ich ihn anrufen und sagen würde: Komm lass uns in der Notaufnahme ein bisschen fummeln –«

»Nur fürs Protokoll, ich habe nicht dafür plädiert, dass ihr bei der Arbeit miteinander rumfummelt«, sagte Tristan. »Aber *dagegen* auch nicht. Insgesamt bin ich generell schon dafür, aber wenn man bedenkt, dass es euer Job ist, Menschen das Leben zu retten und so, finde ich, ihr solltet euch das lieber für nach der Arbeit aufsparen.«

Ich lächelte. »Was ich meinte, ist: Auch wenn ich bereit wäre, mit Jacob zusammen zu sein, ist er es umgekehrt nicht. Er hat noch triftigere Beweggründe als ich. Er würde nie und nimmer seine berufliche Laufbahn gefährden. Ich muss einfach akzeptieren, dass es vorbei ist.«

Wir wussten von Anfang an, dass das mit uns nicht halten würde. Ich hatte nur nicht damit gerechnet, dass es derartig wehtun würde. Ich hatte nicht damit gerechnet, nachts im Bett zu liegen und nicht einschlafen zu können, weil ich permanent nur daran denken konnte, wie es sich anfühlen würde, wenn Jacob bei mir wäre.

»Aber wenn Jacob das Gleiche für dich empfindet wie du offensichtlich für ihn, dann muss er einen Weg finden«, fand Tristan.

Leichter gesagt als getan. Ich wusste, dass das nicht passieren würde. Tristan hatte versucht zu helfen, doch ich war ziemlich sicher, dass er es letztlich nur schlimmer gemacht hatte. Vielleicht musste das Leben tatsächlich kein ewiges Ringen sein, aber zaubern konnte ich, soweit ich wusste, auch nicht. Zwischen Jacob und mir würden immer unüberwindliche Hindernisse stehen.

Damit musste ich meinen Frieden machen.

35. KAPITEL

JACOB

Wenn ich das Verkehrsrauschen im Hintergrund, das Gelächter, die Gesprächsfetzen und die gelegentlichen Rufe vom Ufer des Serpentine-Sees ausblendete, konnte ich mir fast einbilden, ich wäre in Norfolk. In einem Ruderboot im Hyde Park zu liegen, kam nicht unbedingt an die Entstressungskammer des verlassenen alten Ruderboots heran, das ich ein Stück abseits des Küstenwanderwegs von Norfolk in der Marsch entdeckt hatte, aber etwas Besseres würde ich mitten in London nicht finden.

Ich versuchte mir über meine nächsten Schritte klar zu werden. Was wollte ich vom Leben, meinem Beruf, meinem Familienhintergrund? Wo sah ich mich selbst?

Mir kam nur Sutton vor Augen. Ich wollte sie. Nicht nur als meine Freundin. Ich wollte den Rest meines Lebens mit ihr verbringen. Je länger ich darüber nachdachte, desto eindeutiger wurde das.

Nur wusste ich nicht recht, wie ich das wahrmachen sollte.

Nachdem ich dieses Rätsel gelöst hatte, musste ich mir überlegen, was ich beruflich wollte. Wenn ich in mich ging, wusste ich, dass ich Medizinstudierenden und AiPlern unheimlich gern etwas beibrachte, aber das konnte ich auch, ohne Lehrprogrammleiter zu sein. Ich tat es ja bereits, und es war das Beste an meiner Arbeit. Die Beförderung würde nur einen

Haufen zusätzlicher administrativer Aufgaben mit sich bringen, die mir keinen Spaß machten. Wie meine Mum gesagt hatte: Es kam darauf an, dass man Freude an seiner Arbeit hatte und offen für Chancen und Möglichkeiten blieb.

Ich verschränkte die Hände hinter dem Kopf und genoss das Gefühl, losgelöst und ohne Ziel dahinzutreiben. Ich liebte meine Arbeit. Und ich unterhielt mich gern mit Nathan über die Geschäfte. Wie Mum schon meinte – vielleicht gab es andere Möglichkeiten, für die ich bisher blind gewesen war, weil ich so ein starres Ziel im Kopf hatte.

Vielleicht brauchte ich keinen Plan.

Ich blickte hinauf in den Himmel und versuchte, an gar nichts zu denken, doch immer wieder erschien Suttons Gesicht vor meinem inneren Auge.

Es stand fest, nichts konnte mich mehr davon abhalten, mit Sutton zusammen zu sein. Keine Ahnung, ob das alles besser oder nur schlimmer machte, schließlich konnten wir nach wie vor kein Paar sein, weil sie nicht mit ihrem Chef ins Bett gehen wollte. Eine Frage gelöst, weiter zur nächsten.

Wenn ich lange genug in diesem Boot liegen blieb, würde mir vielleicht einfallen, wie ich eine Zukunft mit Sutton an meiner Seite erschaffen konnte. Ich wusste jedenfalls, dass ich mich so oft in Ruderboote legen würde, wie es nötig war, um einen Weg zu finden.

36. KAPITEL

SUTTON

Es war Sonntag, was bedeutete, dass die Bibliotheken geschlossen und die Kunstmuseen von Touristen überlaufen waren. Ich brauchte jedoch einen Ort zum Nachdenken – einen, an dem meine zunehmende Panik wegen meiner nächsten Schritte im Beruf und mit Jacob nachließ. Ich wusste nicht genau, ob es überhaupt einen nächsten Schritt mit Jacob gab, doch um mir darüber klar zu werden, musste ich den Kopf frei bekommen.

Ich war auf der Suche nach einem Ruderboot, in das ich mich legen konnte.

Durch das Gespräch mit Parker und Tristan hatte ich erkannt, dass ich begreifen musste, dass mein Werdegang aus mir keine schlechtere Ärztin machte. Und dass mir egal sein sollte, was andere Leute dachten. Richtig an Bord dieses Schiffs war ich zwar noch nicht, aber ich blickte schon mal zur Gangway – das war immerhin ein Anfang. Der Gedanke, dass Jacob vielleicht am anderen Ende auf mich wartete, genügte, um mir vorzunehmen, mehr an mich zu glauben. Ich würde es schaffen. Das tat ich immer.

Ich konnte mir einfach nicht vorstellen, dass Jacob seine Ambitionen aufgab für *mich*.

Ich musste mir einen Weg für ihn überlegen. Vielleicht würde das Ruderboot dabei helfen.

Im Wetterbericht hatte es geheißen, es würde den ganzen Tag regnen, doch ein blauer Himmel und strahlender Sonnenschein straften den Wetteransager Lügen. Ich war in mein Lieblingssommerkleid geschlüpft – ein blau-weiß gestreiftes mit blauen Puffärmeln – und mit dem Bus zum Hyde Park gefahren. Dem einzigen Ort in London, an dem ich mich erinnern konnte, Ruderboote gesehen zu haben, auf dem Serpentine-See.

Wahrscheinlich würde man mich für nicht ganz dicht halten, wenn ich allein ein Boot auslieh. Wahrscheinlich würde der Rettungsdienst gerufen, wenn ich die Ruder einholte und mich hinlegte, aber das war mir egal. Es würden nur lauter Fremde da sein. Von denen ließ ich mir nicht den Tag diktieren. Das war eine gute Übung für mich.

Als ich über die kleine Anhöhe hinunter zum Bootsverleih lief, musste ich angesichts der im Wasser versprenkelten Tret- und Ruderboote lächeln. Die Leute genossen den Tag mit ihren Partnern, Freunden und Kindern. Alle amüsierten sich prächtig und schienen sich keine großen Gedanken über irgendwas zu machen.

Ich setzte mich ins Gras und genoss die Aussicht. In einem Boot saß ein Paar und trank Sekt. Worauf die zwei wohl anstießen? Auf ihre Verlobung? Das erste Date? In einem anderen Boot saßen drei Freundinnen und ruderten wie ein Olympiateam.

Die Tretboote schienen für weniger Geschrei und Gelächter zu sorgen. Die Insassen waren viel geruhsamer unterwegs, sie mussten nicht mit den Rudern herumhantieren und das Boot steuern. Die ganze Szenerie erinnerte mich ein bisschen an Norfolk und die Familie Cove – ein lautes, aber vergnügtes Durcheinander.

Ein Boot hatte sich offenbar losgerissen und driftete kapitänslos an die in meiner Nähe gelegene Uferseite. Jemand musste es einholen.

Gerade als ich überlegte, ob ich beim Verleih Bescheid sagen sollte, richtete sich ein Mann in dem Boot auf. Er hatte die ganze Zeit darin gelegen, ohne dass man ihn sehen konnte.

Mein Herz fing laut in meiner Brust zu klopfen an, und mir stockte der Atem. Dieses kurze blonde Haar und die gebräunte Haut kannte ich doch.

Das konnte doch nicht sein, oder?

Ich erhob mich, als ob ich im Stehen mehr erkennen könnte, da drehte der Mann im Boot den Kopf und schaute geradewegs zu mir.

Diese blauen Augen und dieser Blick, der mir sagte, dass er mich besser kannte als ich mich selbst, waren unverkennbar.

Unsere Blicke trafen sich, und ich winkte.

Wie konnte es sein, dass er hier war?

Wieso war er hier?

Ohne nachzudenken, ging ich auf ihn zu, als wäre ich ein Magnet und er mein Nordpol.

Er stand auf, doch das Boot geriet ins Wanken, also setzte er sich wieder, griff nach den Paddeln und fing an, zum Bootsanleger zu rudern. Ich lief am Ufer entlang darauf zu, um ihn dort zu treffen.

37. KAPITEL

SUTTON

Mein Pulsschlag wummerte in meinen Ohren, als wollte mir das Herz aus der Kehle springen. Ich musste mich davon abhalten, zu Jacob auf den Anleger zu rennen. Stattdessen blieb ich am Ufer stehen und trat von einem Fuß auf den anderen, während er aus dem Boot stieg.

Als er mich sah, war es, als gäbe es die restliche Welt nicht mehr. Es spielte keine Rolle, dass wir uns mitten in London befanden, umgeben von Tausenden Menschen. Nur wir beide zählten.

»Hi«, sagte er, als er auf mich zukam.

»Hi«, erwiderte ich. Immer schon hielt ich Jacob für den attraktivsten Mann, den ich je gesehen hatte, aber gerade waren sein sexy selbstsicherer Gang und das scheue Lächeln, das seine Mundwinkel umspielte, diese Hände, mit denen er die Sonnenbrille vom Kopf nahm und in seine Tasche steckte, fast schon überwältigend.

»Ich hatte nicht damit gerechnet, dich hier zu treffen«, sagte er.

Ich schüttelte den Kopf. »Ich auch nicht. Ich bin hergekommen, um ... mich in ein Ruderboot zu legen.«

Er lachte. »Ich auch. Aber das weißt du ja schon.«

»Ist ein schöner Tag dafür.« Ich schaute in den Himmel und dann wieder Jacob an. Was machte ich denn? Small Talk. Was auch sonst? Ich hatte mich in ein Boot legen wollen, um herauszufinden, was ich ihm sagen würde.

»Ich habe dich vermisst«, sagte er. Ich bekam weiche Knie und knickte weg. Als er mich bei den Schultern fasste, damit ich nicht fiel, war seine Wärme geradezu hypnotisierend.

»Sollen wir uns hinsetzen?«, schlug er vor.

Auf mein Nicken hin führte er mich vom Spazierweg weg auf den Rasen.

Wir setzten uns einander gegenüber – ich im Schneidersitz, er streckte die Beine neben mir aus und stützte die Hände hinter sich auf.

Er blickte hoch zum Himmel und dann wieder mir in die Augen. »Es ist schwer, von dir getrennt zu sein.«

Es war, als wollte sich mein Herz zwischen meinen Rippen hindurchquetschen, um freizukommen. »Sehr schwer sogar. Ich vermisse dich ... unheimlich.« Ich war schon so lange an ein Leben in Unabhängigkeit gewöhnt, dass es eine neue Erfahrung für mich war, jemanden zu vermissen.

Er sah hinüber zum See. »Ich bin hergekommen, um zu überlegen, ob ich einen Weg für uns zwei finde.«

Ich runzelte die Stirn. »Ehrlich? Ich auch.«

»Deswegen bist du heute hier?«

»Ja. Ich hatte ein langes Gespräch mit Parker und Tristan über alles. Dadurch ist mir so einiges klar geworden.«

Er nickte, schwieg jedoch und ließ mich meine Gedanken in Worte fassen.

»Ich glaube, ich bin bisher zu sehr darauf fixiert gewesen zu beweisen, dass ich die Stelle im Krankenhaus zu Recht bekommen habe – so als würde ich mich tagtäglich um einen Job bewerben, den ich längst habe. Parker meinte, ich verhalte mich, als hätte ich die Stelle durch einen Fehler im System bekommen und nicht etwa, weil ich sie verdiene.«

Er zog die Augenbrauen hoch, warf jedoch kein »Hab ich dir doch gesagt« ein. Er wusste, dass mir das klar war.

»Es wird sich nicht von heute auf morgen ändern, aber ich werde mir alle Mühe geben, mich auf die Arbeit zu konzentrieren, statt darauf, allen zu beweisen, dass ich die Stelle verdient habe. Wenn es anders wäre, hätte ich sie gar nicht bekommen.«

»Das finde ich großartig«, sagte er. »Ich finde *dich* großartig.«

Ich schloss die Augen, während ich versuchte, seine Worte in mich aufzusaugen, denn ich wollte das wärmende, tröstliche Gefühl abspeichern, das sie mir gaben.

»Ich habe entschieden, dass ich Wandas Stelle nicht will«, sagte er. »Zu viel Papierkram.«

Als er das sagte, öffnete ich die Augen. »Ich dachte, wenn du Wanda ablösen willst, musst du –«

»Ich habe es mir anders überlegt.«

Er sagte das dermaßen gelassen, dass ich für einen Moment glaubte, ich müsste ihn missverstanden haben.

»Aber ich dachte, du möchtest –«

»Ich habe mich noch nicht entschieden, was ich möchte. Ich werde mir eine Weile Zeit nehmen, um mich neu zu orientieren. Ich wollte Wandas Nachfolger werden, damit mir hinterher jeder Posten im Krankenhaus offensteht, aber ich denke, ich sollte stattdessen die Freude an dem genießen, was ich aktuell mache. Und zwar anderen Ärzten und Medizinstudierenden etwas beibringen. Ich möchte gar keine großen Sprünge machen.«

»Verstehe«, sagte ich. »Bist du eben gerade zu dieser Entscheidung gelangt?«

»Im Lauf der letzten Wochen. Dich zu verlieren, hat mich dazu gebracht, über mein Leben und meine Karriere nachzudenken und meine Ziele zu hinterfragen.«

»Sag mir bitte, dass du das nicht für mich machst. Ich fänd's schrecklich, wenn du etwas aufgibst, woran dein Herz hängt, und mir das später einmal vorwirfst.«

Er zog die Stirn kraus, als enttäuschte es ihn, dass ich das fragte. »Nein, so ist das nicht. Egal, was aus uns beiden wird, es ist der richtige Schritt für mich.«

Ich versuchte zu verarbeiten, was er da sagte. War sein Ziel, Leiter des AiP-Lehrprogramms zu werden, nicht der Grund, warum er nicht mit mir zusammen sein konnte? »Dann …«

»Dann … steht, wie's aussieht, eigentlich nichts mehr zwischen uns.«

»Doch, bestimmt«, sagte ich. Es konnte doch nicht so einfach sein, oder?

Er lachte. »Du glaubst echt nicht an Happy Ends, was?«

Ich zuckte mit den Schultern und kam gleichzeitig nicht gegen das Lächeln an, das sich auf meinem Gesicht ausbreitete.

Er hob seine Hand und verschränkte die Finger mit meinen.

»Und was ist daraus geworden, dass du dir selbst einen Namen machen willst, unabhängig vom Ansehen deiner Eltern?«

»Das möchte ich nach wie vor«, sagte er. »Oder vielleicht auch nicht. Mir ist klar geworden, dass ich meine Zukunft selbst in der Hand habe, egal, welchen Nachnamen ich trage. Alles vorauszuplanen und gezwungenermaßen Aufgaben zu übernehmen, die ich gar nicht will, ist nicht der Weg, so kann es nicht weitergehen. Meine Prägung durch meine Eltern ist zwar nicht zu unterschätzen, aber ich weiß, dass es mir wichtiger ist, mir eine Zukunft mit dir aufzubauen.«

Bei seinen Worten stieß ich erleichtert den Atem aus. Ich brauchte keine Lösung für Jacob zu finden und er keine für mich. Wir waren beide unabhängig voneinander zu Einsichten gekommen, die uns wieder zueinander geführt hatten.

»Weißt du was? Vielleicht fange ich doch noch an, an Happy Ends zu glauben«, sagte ich.

Er zog mich auf seinen Schoß. »Gut. Beinhalten die auch einen Antrag?«

Ich lehnte mich nach hinten, um ihn richtig ansehen zu können. »Etwa einen Heiratsantrag?«

Er zuckte mit den Schultern. »Ja. Ich möchte dich heiraten. Die vergangenen Wochen ohne dich waren schrecklich. Das soll nie wieder vorkommen.«

»Mich heiraten?«, wiederholte ich, ohne recht meinen Ohren zu trauen.

»Ja«, er musste fast lachen. »Du klingst, als hätte ich dir vorgeschlagen, zusammen abzuhauen und sich dem Zirkus anzuschließen.«

Lachend schlang ich die Arme um ihn. Schon seine Nähe gab mir das Gefühl, wieder vervollständigt zu sein, als wäre ich ohne ihn nicht ganz ich selbst gewesen, und jetzt, da ich bei ihm war, war alles, wie es sein sollte.

»Zum Zirkus würde ich mit dir abhauen«, erwiderte ich. Eine Ehe war eine ganz andere Nummer und … schwierig.

Statt verärgert und defensiv zu reagieren, ließ Jacob wie immer sein Ego außen vor. »Sag mir, was du denkst.«

»Ich denke, dass ich mit dir zusammen sein will, aber nicht sicher bin, wie ich dir eine Ehefrau sein soll. Ich habe etwas anderes vorgelebt bekommen als du durch die Ehe deiner Eltern. Wir sind sehr unterschiedlich groß geworden, und ich weiß nicht genau, ob ich dir das geben kann, was die beiden haben.«

Er drückte mir einen Kuss auf die Stirn. »Ich will nicht die Ehe meiner Eltern. Ich will eine Ehe mit dir, wie auch immer die aussieht.«

Mein Herz machte einen Hüpfer. Wie fand er nur immer genau die richtigen Worte? Ich schmiegte eine Hand an seine Wange. »Ich liebe dich.«

»Ich dich auch. Hätte ich wahrscheinlich vor dem Heiratsantrag sagen sollen. Ich hatte mir nichts zurechtgelegt.«

»So rum ist auch okay. Ich höre es gern. Ich halte dich für einen ganz besonderen Menschen, und möchte für immer mit dir zusammen sein. Aber ich bringe Narben mit.« Seine Familie war perfekt, meine kaputt. Ich wusste gar nicht, wie es war, keine Katastrophen abwenden zu müssen. Konnte ich diesem Mann, der absolut alles mitbrachte, eine ausreichend gute Partnerin sein?

»Ich liebe dich wegen und nicht trotz deiner Narben. Es ist egal, wie deine Vorgeschichte ist und aus welchem Elternhaus du kommst – du bist ein guter Mensch. Du hast keinen Grund, an dir zu zweifeln. Oder an uns.«

Ungläubig darüber, dass er ohne Weiteres meine Gedanken lesen und meine Unsicherheit zerstreuen konnte, schüttelte ich den Kopf. »Ich liebe dich und ich will dich heiraten«, sagte ich.

Ein Lächeln breitete sich auf seinem Gesicht aus. »Kaum zu glauben, dass ich eben noch in dem Ruderboot gelegen und überlegt habe, wie ich dich wiederkriege.«

»Und jetzt sitzen wir hier.«

»Verlobt.«

Er umfasste mein Gesicht und drückte die Lippen so ehrfurchtsvoll auf meine, dass es sich anfühlte, als würden wir uns gleich hier und jetzt das Jawort geben, am Ufer des Serpentine, mit Blick auf die Ruderboote.

»Ich hab dir doch gesagt, dass sich alles meistens ganz von allein regelt«, sagte er.

»So fühlt sich also ein Happy End an.«

Ich hätte nie gedacht, dass jemandem wie mir solches Glück vorbestimmt war. Ich wusste, Jacob würde mein Leben bis ans Ende aller Tage schöner machen, als ich es mir je hätte vorstellen können. Wir würden zueinanderstehen, als Fürspre-cher des anderen, uns gegenseitig anfeuern, bis wir zu alt und schwach wären, um mehr zu tun, als uns im Arm zu halten.

Für immer begann jetzt.

EPILOG

JACOB

Ein paar Tage später

Wie mein Dad darauf reagieren würde, dass ich mit einer Arbeitskollegin zusammen war, hatte ich zwar nicht gewusst, aber ich wusste, Gerry würde hocherfreut darüber sein, dass ich mich verlobt hatte.

Sutton war nicht davon überzeugt, sie saß in der Cafeteria und wartete ab, was ich berichten würde.

Ich steckte den Kopf durch Gerrys angelehnte Tür.

»Dr. Cove, wie schön Sie zu sehen. Kommen Sie rein und setzen Sie sich.« Er klopfte auf die abgenutzte Kunstledersitzfläche des Besucherstuhls, den er vom üblichen Papierstapel freigeräumt hatte. »Margo hat neulich erst nach Ihnen gefragt. Sie müssen mal wieder zum Essen vorbeikommen.«

Ich setzte mich. »Es würde mich freuen, Gerry. Danke für die Einladung.«

Er lächelte mich an und nickte, während ich auf den Teil wartete, wo er mir sagte, ich solle jemanden zu dem Essen mit ihm und seiner Frau mitbringen. Statt ihm zu sagen, dass ich single sei, würde ich mit den Neuigkeiten herausrücken. Doch ausnahmsweise erwähnte er mein Beziehungsleben nicht. Irgendwas war hier los.

»Na, was kann ich für Sie tun?«, fragte er schließlich.

»Ich wollte eine Angelegenheit mit Ihnen besprechen, die eventuell ein Problem darstellen könnte.«

Schon bevor ich den Satz beendet hatte, schüttelte er den Kopf. »Probleme gibt's für mich nicht«, meinte er. »Nur clevere, kreative Lösungen – und darin sind Sie großartig. Also, worum geht's?«

Mit dieser Antwort hatte ich nicht gerechnet.

»Ich bin mit Sutton Scott verlobt, der AiPlerin.«

Gerry strahlte mich an. »Eine Verlobung. Wie schön.« Er wirkte kein bisschen überrascht. »Und wo ist sie? Ich möchte Sie beide hierhaben, damit ich Sie endlich mal zusammen sehen kann.«

Er reagierte, als hätte er schon Bescheid gewusst, dabei konnte das gar nicht sein. Niemand wusste davon. »Tatsächlich wartet sie in der Cafeteria. Sie hat heute frei. Soll ich sie anrufen?«

»Unbedingt.«

Ich schrieb ihr, dass sie in Gerrys Büro kommen solle, und ließ sie wissen, dass es nichts zu befürchten gab. Sutton rechnete stets mit dem Schlimmsten, und ich würde Sorge tragen müssen, dass sich ihre Befürchtungen niemals bewahrheiteten.

Während ich tippte, machte Gerry einen Anruf. Ich hörte bloß mit halbem Ohr zu, doch kurz bevor er auflegte, wurde klar, dass er jemanden bat, auch dazuzukommen.

Bevor ich Gelegenheit hatte, ihn zu fragen, klopfte es an der Tür und Wanda betrat diesen Wandschrank alias Büro.

»Als Suttons unmittelbare Vorgesetzte fand ich, dass sie an dieser Feier teilhaben sollte.«

»Je mehr, desto besser«, erwiderte ich und fragte mich, ob Sutton wohl glatt in Ohnmacht fallen würde, wenn sie uns drei zusammen hier drin sah.

Suttons Klopfen kam energisch. Vielleicht war sie darauf eingestellt, kämpfen zu müssen.

Gerry beugte sich vor und machte seine Bürotür auf. »Sutton. Wie schön, dass Sie zu uns stoßen.«

Ich achtete darauf, die Tür richtig hinter ihr zu schließen, damit niemand uns hörte. Möglich allerdings, dass es Sauerstoffmangel geben würde, wenn wir länger zu viert hier drinblieben.

»Ich möchte Ihnen als Erster herzlich gratulieren.« Gerry gab der völlig verblüfften Sutton ein Küsschen auf die Wange.

Sie brachte ein angespanntes Lächeln zustande und sah zu mir. »Danke.«

»Wanda?«, fragte Gerry.

Sie nickte. »Ich habe es dabei«, sagte sie und holte zwei Zettel aus den Heftern, die sie im Arm trug. »Das Formular für Krankenhausangestellte in einer Privatbeziehung.«

»Ts, das habe ich nicht gemeint, Wanda, sondern meine zwanzig Pfund.« Gerry nahm schwere Trinkgläser mit dickem Boden aus seinem mit Büchern vollgestopften Regal und zog eine Flasche aus einer alten Einkaufstasche. »Wir haben was zu feiern.«

Er begann den unbekannten Flascheninhalt auf die vier Gläser aufzuteilen, während Wanda etwas in sich hinein murmelte und ihren Mitarbeiterausweis aus der Hülle nahm.

Es steckte ein Zwanzig-Pfund-Schein dazwischen, den sie auseinanderfaltete.

»Hier«, sagte sie und warf das Geld auf Gerrys Schreibtisch. »Gratuliere.«

Ich hatte den Eindruck, dass ihr Glückwunsch nicht an uns gerichtet war.

»Vielen Dank, Wanda«, sagte Gerry und reichte erst Sutton, dann Wanda ein Glas mit der sprudelnden bernsteinfarbenen Flüssigkeit, die er eingeschenkt hatte. »Ich hatte ihr gesagt, dass alle Ärzte, die ich unter meinen Fittichen habe, ein offenes Buch für mich sind. Schon als ich Sutton Ihnen gegenüber das erste Mal erwähnte, wusste ich, dass es einmal so enden würde.«

»Wie, dass wir in einem Wandschrank stehen und warmes Ginger Beer trinken?«, fragte Wanda.

Gerry ignorierte sie und erhob sein Glas. »Auf eine wundervolle Verbindung. Möge Ihre Ehe so lange halten, wie es dieses Krankenhaus gibt.«

Während wir an unseren Getränken nippten, schob ich die freie Hand in Suttons. Ihr Gesichtsausdruck verriet mir, dass sie nicht verstand, was hier vor sich ging.

»Vielen Dank«, sagte Sutton. »Ich dachte, wir wären diskret gewesen.«

»Waren Sie auch«, meinte Wanda. »Mir ist nicht ein Wort zu Ohren gekommen – mal abgesehen von ihm hier.« Sie nickte in Richtung Gerry. »Aber Sie wissen ja, wie gern er den Kuppler spielt.« Wanda wandte sich Sutton zu. »Okay, der Mann ist ein Cove, das bedeutet aber nicht, dass Ihre berufliche Laufbahn dahinter zurückstehen muss. Sie sind klug und tüchtig. Es fehlt Ihnen nur ein bisschen an Selbstvertrauen.«

Sutton drückte meine Hand, wie um zu sagen: *Ist es zu fassen, dass sie das zu mir sagt?* »Danke, Wanda.«

Wanda trank einen Schluck Ginger Beer und verzog das Gesicht. »Das schmeckt ja schlimm, Gerry. Wenn es Ihnen nichts ausmacht, entschuldige ich mich jetzt. Ich habe Feierabend und werde nach Hause fahren, um mit meinem Mann zusammen zu essen.«

»Ihrem Mann?«, rief Gerry aus. »Ich wusste gar nicht, dass Sie verheiratet sind.«

Wanda zwinkerte ihm zu. »Sie wissen zwar so einiges, mein Lieber, aber eben auch nicht alles.« Sie verabschiedete sich und ging, womit sie einen perplex wirkenden Gerry zurückließ.

»Ich muss die beiden unbedingt mal zum Abendessen zu uns einladen«, murmelte er vor sich hin.

»Wir sollten gehen, dann können Sie das arrangieren«, schlug ich vor.

»Ja, aber glauben Sie nicht, ich hätte Sie zwei vergessen.« Er wandte sich an Sutton. »Seit ich ihr von Jacob und Ihnen erzählt habe, brennt Margo darauf, Sie kennenzulernen, Sutton.«

»Vielen Dank für Ihr Verständnis«, meinte Sutton.

»Verständnis? Ich bin hocherfreut. Und jetzt ab mit Ihnen beiden. Ich werde das mal Margo berichten.«

Er scheuchte uns aus seinem Büro und schloss die Tür hinter uns.

»Also das lief mal ganz anders als erwartet«, sagte Sutton.

Ich lachte leise. »Du hast wahrscheinlich erwartet, dass sich Gerry in einen feuerspeienden Drachen verwandelt – kein Wunder also, dass es gar nicht so schlimm war.«

»Ich geh bloß noch eben Veronica suchen und erzähle es ihr, dann fahre ich nach Hause. Parker kommt vorbei und wir werden uns einen Drink genehmigen.«

»Gut zu wissen«, sagte ich. »Dann freu ich mich darauf, euch zwei nachher auf dem Sofa lümmeln zu sehen.«

Als sie grinste, wollte ich sie an mich ziehen und küssen, doch wir hatten abgemacht, im Krankenhaus absolut professionell zu bleiben.

»Was machst du denn hier?« Wie aus dem Nichts war Veronica aufgetaucht und schaute zwischen Sutton und mir hin und her.

»Eigentlich wollte ich zu dir«, sagte Sutton. »Hast du Zeit für einen Kaffee?«

»Ja, ich geh gerade in die Pause und – was ist das da an deiner linken Hand?« Sie blickte auf Suttons Ringfinger.

»Wir sehen uns dann zu Hause«, sagte ich zu Sutton. Veronica stieß ein Quietschen aus.

»Du musst mir unbedingt *alles* erzählen«, hörte ich Veronica flüstern, als ich mich abwandte und wieder in mein Büro ging. Es war offensichtlich, dass das Gespräch mit Veronica für meine Verlobte weder unangenehm noch schwierig werden würde. Früher oder später würde sie merken, dass unser gemeinsames Leben ohne Turbulenzen ablaufen konnte.

SUTTON

Am Tag darauf

Ich hievte einen Koffer aus Jacobs Auto, und er kippte mit einem Rums in seiner Einfahrt um. Schnell schaute ich nach dem Ring an meiner linken Hand. Ich trug ihn erst seit vierundzwanzig Stunden und hatte eine Heidenangst, dass der riesige Stein aus der Fassung fallen oder ich das gesamte Schmuckstück verlieren könnte.

Doch da war er, steckte fest an meinem linken Ringfinger und glitzerte im Londoner Sonnenschein.

»Sutton?«, rief eine Frau von der Straße her. »Bist du das?«

Als ich hochschaute, sah ich Gilly mit einem fetten Grinsen im Gesicht auf mich zukommen. Aus unerfindlichen Gründen hatte sich die Neuigkeit von Jacob und mir nicht so schnell im Krankenhaus herumgesprochen wie gedacht. Vielleicht war es doch nicht so ein Aufreger, wie ich angenommen hatte. Für Gerry und Wanda jedenfalls nicht. Oder aber Gilly wusste bloß noch nichts davon. Ich hätte das Tor zur Einfahrt doch schließen sollen. Es war mir unnütz vorgekommen, denn sobald wir ausgeladen hatten, wollten wir wieder zu meiner Wohnung fahren, um meine restlichen Sachen zu holen.

»Willst du mir etwa erzählen, du bringst Jacob wieder ein Buch vorbei?« Sie schaute auf meinen Koffer.

»Nope«, sagte ich und stellte den Koffer aufrecht hin.

»Hallo, Gilly«, sagte Jacob, als er aus dem Haus kam, um die nächsten Sachen hereinzutragen. »Was machen Sie denn hier?«

»Ach, ich kam gerade nur zufällig vorbei«, meinte sie.

»Wohnen Sie hier in der Nähe?«, fragte Jacob.

Gilly errötete und schüttelte den Kopf. »Nein, ich gehe nur ganz gern mal morgens im Hampstead-Heath-Park spazieren.«

Jacob und ich wechselten einen Blick. Entweder hatte sie gehofft, mich erneut hier zu erwischen, oder sie hatte ihre Gründe zu hoffen, dass sie Jacob über den Weg lief.

»Lass, den nehm ich«, sagte Jacob und nahm mir den Koffer ab. »Nicht, dass du mit deinem Ring hängen bleibst.«

Ich schüttelte den Kopf. Schwer zu sagen, wem der Ring besser gefiel – mir oder Jacob. Dexter, ein Freund von Tristan, war Juwelier, und wir hatten das Schmuckstück in seinem Geschäft in Knightsbridge ausgesucht. Dort war es wie in einer Diamanthöhle gewesen – wo man auch hinschaute der teuerste Schmuck, den ich je gesehen hatte.

Mir war der Ring gleich ins Auge gefallen, als das Tablett auf den Tresen gestellt wurde. Er hatte einen großen runden Brillanten.

Es war auch der erste, den Jacob herausnahm und mir an den Finger steckte, und wir probierten gar keine anderen mehr. Er war einfach perfekt. Gegen Vorsehung kam man nicht an. Diese Lektion hatten wir gelernt.

Gilly schaute auf meine Hand, was Jacob zweifelsohne hatte bezwecken wollen, als er meinen Ring erwähnte.

»Du bist verlobt?«, fragte sie, während sie zwischen mir und Jacob hin- und herschaute.

»Ja«, sagte ich und hielt meine linke Hand hoch. Ich wackelte mit den Fingern, sodass der Stein im Sonnenlicht funkelte.

Ich fand, ich schuldete Gilly keine weitere Erklärung.

»Mit Jacob?«, fragte sie, als wäre das unklar.

»Ja«, sagte ich, während ich in den Kofferraum spähte.

»Aber du meintest doch, du hättest ein Buch vorbeigebracht. Heißt das, du wirst kündigen? Du kannst mir keinen Vorwurf machen, wenn ich damit zu Wanda gehe. Das hast du selbst gesagt. Ihr zwei solltet auf keinen Fall im selben –«

»Entschuldige mich, ich bringe mal die Sachen rein.«

Ich brauchte mir Gillys Reaktion auf meine Beziehung nicht anzuhören. Das ging sie überhaupt nichts an. Sie konnte davon erzählen, wem sie wollte. Es war mir egal. Ich nahm mein gerahmtes Abschlusszeugnis heraus, einen Regenschirm und die IKEA-Lampe, die ich gekauft hatte, weil die alte in meiner Mietwohnung aus unerfindlichen Gründen jedes Mal nach Fisch gestunken hatte, wenn ich sie anschaltete. Dann machte ich den Kofferraum zu, ging zum Haus und ließ Gilly mit offenem Mund in der Einfahrt stehen.

Das Einzige, worauf es mir ankam, war, den Rest des Tages, die ganze Nacht und jede noch kommende mit meinem zukünftigen Ehemann zu verbringen.

Als ich die Vordertreppe zur Haustür hinaufgegangen war, hätte ich beinahe alles fallen gelassen, weil ein lautes Hupen ertönte.

»Was zum Teufel – ist das etwa Zach?«, fragte Jacob. »Wieso fährt er denn einen Transporter?«

Gilly war zum Glück verschwunden, jetzt wartete eine schönere Überraschung auf Jacob.

Ich konnte mir ein breites Grinsen nicht verkneifen. »Er hilft mir mit etwas.« Ich war zur Familien-WhatsApp-Gruppe der Coves hinzugefügt und von Jacobs Brüdern sofort wie eine Schwester behandelt worden. So viele Menschen in meinem Leben zu haben, die nur das Beste für mich wollten, war eine neue Erfahrung für mich. Ich liebte es.

»Dir helfen? Zach ist viel zu perfekt, um einen Transporter zu fahren. Das ist gar nicht sein Stil.«

Anscheinend machte Zach immer alles richtig und wurde gnadenlos damit aufgezogen. »Er ist sogar so perfekt, dass er einverstanden war, den Transporter für mich herzufahren«, sagte ich.

»Jemand muss mir beim Tragen helfen«, rief Zach.

»Ich komme.« Ich gab Jacob die Lampe, das Zeugnis und was ich sonst noch in den Armen trug und lief die Treppe hinunter zu Zach.

Der machte die Flügeltür hinten am Transporter auf, sodass das Geschenk zum Vorschein kam, das ich Jacob gekauft hatte. Es war perfekt.

»Was ist denn los?«, fragte Jacob, während er auf uns zukam.

»Hier ist ein Geschenk. Für dich.« Ich winkte ihn heran. »Komm und sieh's dir an.«

Ein Grinsen breitete sich auf seinem Gesicht aus, und er legte mir einen Arm um die Taille, als er in den Transporter schaute.

»Ein Ruderboot«, sagte er und drückte mir einen Kuss auf den Scheitel.

»Ich dachte mir, wir könnten es hinten in den Garten stellen. Dann brauchst du zum Nachdenken nicht mehr in den Hyde Park. Ich habe es in Norfolk gekauft. Ich weiß, dass es nicht genau dasselbe ist, in dem du damals immer gelegen hast. Aber ich hoffe, dieses hier tut's auch.«

»Auf jeden Fall, Sutton. Ich liebe dich. Es ist toll.« Er lachte leise.

»Wieso lachst du?«

Er griff in seine hintere Hosentasche und zog ein zusammengefaltetes Blatt Papier heraus. »Weil ich hieran gearbeitet habe.« Er gab es mir und ich klappte es auf.

Es handelte sich um eine Art Architektenentwurf für irgendetwas, aber ich konnte es nicht recht erkennen. »Das ist eine Bibliothek. Für dich. Ich dachte mir, wir könnten den Dachboden ausbauen. Ich habe verschiedene Entwürfe machen lassen.«

Ich drückte die flache Hand auf meine Brust. »Du bist der aufmerksamste Mann, den es gibt. Ich liebe dich so sehr.«

Zach machte die Stimmung kaputt, indem er hustete, aber ich musste darüber lachen.

»Sind wir nervtötende Turteltauben?«, fragte ich.

»Schon irgendwie«, erwiderte er.

»Zach ist ein Psychopath. Er hat keine Gefühle«, erklärte Jacob. »Lasst uns das Boot nach hinten tragen, und dann zeige ich dir die Entwürfe für den Dachboden.«

Würde so mein weiteres Leben sein? Ein Ehemann, der immerzu überlegte, wie er mich zum Lächeln bringen konnte? Schwäger, die mich und einander unterstützten? Schwiegermutter und -vater, die mir schon jetzt mehr bedeuteten als meine eigenen Eltern? Das Leben war so schön. So leicht. So voller Liebe und Lachen, dass ich wusste, ein Teil von mir würde sich stets in Erinnerung rufen müssen, dass all das wirklich real war.

JACOB

Eine Woche später

Als wir in die Kieseinfahrt vor dem Haus meiner Eltern einbogen und ich meinen Wagen zwischen die von Nathan und Zach quetschen musste, wusste ich, dass etwas im Busch war.

»Ich dachte, es wären nur deine Eltern da«, sagte Sutton.

Wir waren gleich hergefahren, als wir beide wieder zusammen zwei Tage frei hatten. Am Tag unserer Verlobung hatten wir abends mit Mum gefacetimt – zu versuchen, meinen Dad auch dazu zu bewegen, hatte keinen Zweck. Er telefonierte schon nicht gern. Sie hatte sich riesig gefreut und wollte mit uns feiern, deshalb hatten wir auch eine Flasche Champagner dabei. Ich hoffte, wenn ich sie lieb fragte, würde sie morgen einen klassischen Sonntagsbraten machen.

»Dad hat recht, ständig ist mehr als einer von uns hier. Sie haben echt nie Zeit für sich allein.«

Ich machte die Autotür auf, da trat meine Mutter rückwärts aus dem Haus. Wie es aussah, trug sie etwas. Als sie weiter zurückging, erkannte ich, dass sie ein Banner ausrollte, auf dem *Herzlichen Glückwunsch* stand. Das andere Ende hielt Zach und machte dabei eher eine Trauermiene als eine feierliche.

Dad, Hund, Nathan und Madison folgten ihm nach draußen, um uns zu begrüßen. Mum ließ das Banner fallen, kam auf uns zugeeilt und zog uns beide in eine Umarmung.

»Als ich dich kennengelernt habe, wusste ich gleich, dass du die Richtige für Jacob bist. Das habe ich ihm sogar gesagt, stimmt's?«

»Ja, Mum. Hattest wie immer recht.«

»Willkommen in der Familie«, sagte Dad und schloss Sutton in die Arme. »Auch wenn mir schleierhaft ist, warum irgendjemand diesen Unruhestifter heiraten wollen sollte.« Er drehte sich um und zwinkerte mir zu, bevor er mich in eine Umarmung zog. »War nur Spaß. Du bist mein unproblematischster Sohn. Warst schon immer derjenige, um den ich mir keine Sorgen zu machen brauchte, aber sag das nicht Zach oder Nathan.«

»Wir können dich hören, Dad«, sagte Nathan.

»Gesagt ist gesagt«, meinte Dad, löste sich aus der Umarmung und klopfte mir auf die Schulter.

Sutton fing an zu lachen, als könnte sie nicht fassen, was sie sich da eingebrockt hatte.

»Du hast Ja gesagt«, meinte ich. »Jetzt gibt es kein Zurück mehr.«

»Sie wird es sich nicht anders überlegen«, sagte Mum. »Ich sehe doch, wie sie dich ansieht. Jetzt habe ich noch eine Tochter, und die lasse ich nicht mehr los.« Sie drehte sich zu Sutton. »Du gehörst jetzt ein für alle Mal zur Familie.«

Ich konnte Sutton ansehen, dass sie mit den Tränen rang. Sie war jetzt eine Cove, ganz egal, ob sie sich entscheiden würde, den Familiennamen anzunehmen.

»Kommt rein, kommt rein«, sagte Mum. »Nathan, hol ihr Gepäck. Zachary, mach eine Flasche Sekt auf, wir haben etwas zu feiern.«

Madison machte sich daran, das Banner fertig auszurollen, das in der Einfahrt liegen gelassen worden war. Ich legte einen Arm um Sutton, und wir gingen ins Haus.

»Zu Ehren unseres frisch verlobten Paars habe ich Apfel-kuchen und einen Braten gemacht«, sagte Mum.

»Den Apfelkuchen habe ich gemacht«, wandte Dad ein. »Sogar den verdammten Teig.«

»Stimmt, hat er. Unter meiner strengen Anleitung wohl-gemerkt.«

»Carole, ich habe Äpfel in Teigmasse geschmissen. Dazu brauchte ich keine Anleitung.«

Mum verdrehte die Augen, ließ ihn aber gern in dem Glau-ben, er hätte den Apfelkuchen allein zubereitet. »Wer kümmert sich um etwas zu trinken?«, fragte sie.

»Ich«, antwortete Zach. »Lass mir doch mal eine Chance. Immer wenn in dieser Familie eine Flasche Sekt aufgemacht wird, ist es, als müsste man eine ganze Hochzeitsgesellschaft versorgen.«

»Das kommt noch«, sagte meine Mutter. »Apropos Hoch-zeit, habt ihr euch schon überlegt, wo sie stattfinden soll und wann?«

Ich schaute zu Sutton. Wir hatten überhaupt noch nicht da-rüber gesprochen. Wir hatten uns gerade erst verlobt, und kei-ner von uns beiden hatte es eilig.

»Wann möchtest du heiraten?«, fragte ich Sutton.

»Ist mir egal«, erwiderte sie. »Wann möchtest du?«

»Wie wär's mit einer Winterhochzeit?«, schlug Zach vor, wobei er Sutton ein Glas Sekt reichte.

»Ja, vielleicht im Winter«, sagte ich.

»Ich glaube, Sommer finde ich besser«, meinte Sutton.

»Sommer passt«, erwiderte ich. Die Sommerzeit würde mich immer daran erinnern, dass ich unter einem blauen, wolken-losen Himmel wieder mit Sutton zusammengekommen war.

»Wir haben August«, wandte Dad ein. »Dann bleiben euch nur noch wenige Sommerwochen.«

»Es muss ja nicht dieses Jahr sein«, meinte Madison. »Vielleicht wollen sie noch warten.«

»Ich möchte nicht warten«, sagte Sutton und nahm meine Hand.

Lächelnd stellte ich mir vor, schon in wenigen Wochen mit Sutton verheiratet zu sein.

»Und habt ihr euch schon überlegt, wo ihr heiraten wollt?«, wollte Mum wissen. War sie etwa darauf aus, erneut eine Hochzeit auszurichten? Vielleicht war sie durch Nathans und Madisons Hochzeit hier im Haus auf den Geschmack gekommen.

»Sollen wir hier in Norfolk heiraten?«, fragte Sutton. »Das wäre vielleicht ganz schön. Ich glaube, ich war schon in dich verliebt, als wir zusammen hierhergefahren sind.«

Lauter *Ahhhs!* gingen durch den Raum, und dann machte Dad den Moment kaputt, indem er Hund ausschimpfte, weil er einen Knochen aus dem Garten hereingeschleppt hatte.

»Dann lass uns hier im Haus heiraten«, schlug ich vor.

Sutton sah grinsend zu mir hoch. »Das wäre perfekt.«

Sämtliche Entscheidungen, die wir seit unserer Verlobung zu treffen hatten, waren uns leichtgefallen – so als würde sich alles andere ganz von selbst ergeben, solange wir zwei nur zusammen waren.

»Werdet ihr nach Highgate ziehen?«, fragte Nathan. Zach drückte ihm ein Glas in die Hand.

»Nein«, antwortete ich, bevor mir aufging, dass ich jetzt nicht mehr allein darüber bestimmte, wo ich wohnte. Sutton und ich würden das gemeinsam entscheiden. Ich drehte mich zu ihr. »Es sei denn, du möchtest in Highgate wohnen?«

»Ich mag Hampstead«, sagte sie. »Das Krankenhaus ist in der Nähe, und außerdem haben Parker und Tristan dort endlich ein Haus gefunden, das ihnen gefällt.«

»Nein«, teilte ich Nathan mit. »Wir ziehen nicht nach High-gate.« Ich wandte mich an Sutton. »Ziehen wir überhaupt um?«

»Nicht wenn wir schon in wenigen Wochen heiraten. Eins nach dem anderen, oder? Außerdem mag ich dein Haus. Wenn wir die Bibliothek einbauen, wird es mir sogar noch besser ge-fallen.«

Ich zog sie an mich. »Es ist unser Haus.« Ich richtete mich an die anderen. »Wenn sie es noch mal als mein Haus bezeich-net, ziehen wir doch um.«

Mum erhob ihr Glas. »Auf meinen ältesten Sohn und meine neueste Tochter. Möget ihr so glücklich miteinander werden wie dein Vater und ich. Möget ihr so loyal sein wie Zach, solche Glückspilze wie Beau und so reich wie Nathan und Madison.«

Ich stieß mit Sutton an. »Willkommen in der Familie Cove.«

LOUISE BAY

Mister Mayfair

*Ins Deutsche übertragen
von Anne Morgenrau*

1. KAPITEL

BECK

»Kevin Bacon erzählt echt nur Bullshit!«, brachte ich keuchend heraus, während ich mit dem Schläger auf den kleinen schwarzen Gummiball eindrosch.

Dexter wich rasch aus, als der Ball vom Boden aufsprang und seine Eier zu treffen drohte. »Was hat er dir denn getan?«

»Diese Geschichte mit den sechs Stadien der Trennung – totaler Schwachsinn, echt.«

»Was?«, fragte Dexter, der nach Luft rang. Ich machte ihn gerade komplett fertig, und mir war klar, wie sehr ich sein empfindliches Ego damit verletzte. Seine Niederlage würde er zweifellos der Skiverletzung ankreiden, über die er nach wie vor klagte. Meiner Meinung nach hatten Leute, die Ski fuhren, jede ihrer Verletzungen verdient – wie sollte es auch anders ausgehen, wenn man mit Metallflossen an den Füßen den Berg hinunterraste?

»Du weißt schon, die Behauptung, dass jeder auf diesem Planeten über sechs Personen mit jedem anderen Menschen verbunden ist. Also der Freund eines Freundes eines …«

»Daran ist nicht Kevin Bacon schuld. Schließlich hat er sich das nicht ausgedacht«, sagte Dexter, ehe er aufschlug.

»Na schön, wenn du unbedingt pedantisch sein willst, dann war eben Frigyes Karinthy derjenige, der lauter Bullshit erzählt hat.«

»Mir ist nicht klar, ob du mich gerade beschimpft oder Ukrainisch mit mir gesprochen hast.«

»Ungarisch«, versetzte ich und wischte mir mit dem Ärmel die Stirn ab. Sportliche Leistung bemaß sich meiner Meinung nach nicht an der Anzahl verbrannter Kalorien oder an der Zeit, die ich im Gym verbrachte, sondern an der Menge Schweiß, die ich dabei vergoss. Jemand müsste eine Maschine erfinden, die das Ausmaß des Schwitzens messen konnte – dafür würde ich eine ordentliche Summe Geld hinlegen. Meiner Meinung nach brachte Anstrengung die besten Resultate. »Das ist der Typ, der die Bullshit-Theorie entwickelt hat. Habe ich bei Wikipedia nachgeschlagen.«

»Fuck!«, fauchte Dexter, als der Ball unterhalb der roten Linie an die verputzte Wand prallte und mir den Sieg schenkte, mit dem ich seit Betreten des Courts gerechnet hatte. Dexter verlor beim Squash nur dann, wenn er geschäftlichen Ärger hatte, also würde ich mich mit meinem Sieg über ihn nicht brüsten. »Ja, schon klar. Aber was ist das Problem?«

Ich bückte mich und hob den Ball, der auf mich zugerollt kam, noch außerhalb des Spielfelds auf. »Die Theorie ist fehlerhaft. Ich habe mich an jeden einzelnen meiner Kontakte gewendet, aber niemand konnte mich mit Henry Dawnay zusammenbringen.«

»Versuchst du immer noch, dich mit diesem ollen Milliardär zu treffen?« Dexter grinste, als könnte ihn mein geschäftliches Scheitern für seine miese Performance auf dem Squashfeld entschädigen. »An deiner Stelle würde ich die Hoffnung allmählich aufgeben.«

»Henry Dawnay ist nicht irgendein oller Milliardär. Er ist *der* alte Milliardär, der zwischen mir und neun Komma vier Millionen Pfund steht. Und auf dieses Geld werde ich auf keinen Fall verzichten. Ich habe mich durch all meine Kontakte geackert und stehe immer noch mit leeren Händen da. Ich dachte, dass vielleicht einer von euch irgendwie mit ihm in Verbindung steht. Was habe ich von wohlhabenden, erfolgreichen Freunden, wenn sie mir nichts nützen?«

»*Einer von uns?* Sprichst du etwa von deinen fünf besten Freunden, die für dich durchs Feuer gehen würden?«

So sicher, wie ich wusste, dass Manchester United die Liga gewinnen würde, wusste Dexter, dass ich nur scherzte, denn die Tatsache, dass die Typen, mit denen ich mich bereits als Teenager angefreundet hatte, allesamt reich und erfolgreich waren, war reiner Zufall. Ihre Jobs spielten keine Rolle. Abgesehen von meinem Vater waren sie die besten Männer, die ich kannte, und ich würde für sie ebenso durchs Feuer gehen wie sie für mich. Was mich nicht daran hinderte, mich darüber zu beklagen, dass mir bislang keiner von ihnen ein Treffen mit Henry Dawnay hatte verschaffen können – auch wenn ich mich wie der launische Blödmann anhörte, als den Dexter mich so gern bezeichnete.

Ich verdrehte die Augen und deutete mit einem Nicken auf die Umkleide. Ich brauchte eine Dusche, und danach musste ich mir einen Plan machen. »Ich brauche niemanden, der für mich durchs Feuer geht. Mir reicht jemand, der mich dem Eigentümer des Gebäudes vorstellt, das zwischen mir und zehn Millionen Pfund steht.«

»Eben hast du noch von neun Komma vier gesprochen.«

»Hab ich dir eigentlich schon mal gesagt, wie nervig du bist?«

»Nicht nur einmal«, sagte Dexter und stieß die Tür zur Umkleide auf. »Hör zu, wenn es niemanden gibt, der dich diesem Dawnay vorstellt, warum machst du ihn dann nicht einfach ausfindig, läufst ihm zufällig über den Weg und stellst dich ihm selbst vor?«

Ich bedachte ihn mit dem Blick, der eigentlich meiner Mutter vorbehalten war, wenn sie mir unerwünschte Ratschläge erteilte. »Das habe ich bereits getan. Vor einem Monat in der Lobby des *Dorchester*. Er hat mir die Hand geschüttelt und ist hinausgestürmt, ohne mich nach meinem Namen zu fragen.«

Dexter zuckte zusammen, und zwar zu Recht. Es war blamabel gewesen. Ich hatte mich gefühlt wie ein neunjähriger Junge, der Cristiano Ronaldo begegnet.

Ich schloss den Garderobenschrank auf und holte mein Handy heraus, um die neu eingegangenen Nachrichten zu lesen. Zwei weitere verpasste Anrufe von Danielle. *Shit.* Noch etwas, worum ich mich kümmern musste. »Ich konnte mir Zugang zu seinem Kalender verschaffen, und deshalb –«

»Wie zum Teufel hast du das denn gemacht?«

»Frag nicht. Wenn man nicht im Gefängnis landen will, muss man in der Lage sein, Dinge glaubwürdig abzustreiten.« Soweit ich wusste, hatte ich mehrere britische und auch ein paar international gültige Gesetze gebrochen, indem ich mir diese Information verschafft hatte. Hoffentlich war sie es wert.

»Na, ich hoffe jedenfalls, dass ihr im Knast landet, Joshua und du.«

Über seine Annahme, dass mit Joshua ein weiterer unserer Kampfgefährten in die Sache involviert war, ging ich stillschweigend hinweg. Die Vermutung war naheliegend, denn Joshua hackte sich zur Entspannung gern in die Rechner von Regierungsbehörden. Wir anderen spielten Squash. »Ich bin eben gut vernetzt – manche würden sagen, dass ich im Immobiliengeschäft über einen gewissen Einfluss verfüge. Ich habe Geld und Ressourcen. Um Himmels willen, ich weiß sogar, von welcher Marke das Klopapier ist, das dieser Kerl benutzt! Aber offensichtlich reicht nicht mal das aus, um einen Gesprächstermin bei ihm zu bekommen.« Die Sache sähe völlig anders aus, stünde der Name meines leiblichen Vaters auf meiner Geburtsurkunde.

»Du solltest dich lieber beruhigen und eine Lösung finden.«

»Toller Rat«, murmelte ich und scrollte durch meine E-Mails. Eine kam von Joshua und enthielt Henrys Reisepläne und Termine für die kommenden Monate. Ich ließ mich auf die Bank fallen und öffnete den Anhang in der Hoffnung, dass Henry endlich ein Mittagessen oder ein Meeting mit jemandem vereinbart hatte, den ich kannte.

Aber nein. Nichts. Allerdings war eine komplette Woche geblockt. Ob er in Urlaub fahren wollte?

»Das ist der Typ, dem du das Gebäude in Mayfair abkaufen willst, stimmt's?«

»Ja. Mir gehören sämtliche Grundstücke in der Häuserzeile bis auf dieses eine – es ist das heruntergekommenste von allen, und er macht nichts damit. Es steht leer und muss komplett saniert werden. Es ist reif für eine Komplettsanierung *durch mich*.« Von diesem Gebäude war ich besessen, solange ich zurückdenken konnte.

»Na schön, im schlimmsten Fall umgehst du es einfach.«

Kopfschüttelnd erwiderte ich: »Ich *umgehe* keine Probleme. Ich *löse* sie mit der Abrissbirne.« Ich hatte alles genau durchgerechnet. Ohne Henrys Immobilie würde ich keinen Gewinn machen. Und Verluste akzeptierte ich nicht. Außerdem ging es mir um mehr als nur um Geld.

In diesem Haus hatte meine Mutter gewohnt, als sie feststellte, dass sie mit mir schwanger war.

Es war das Haus, aus dem meine Mutter vertrieben worden war, sobald ihr Freund – Eigentümer des Gebäudes und mein leiblicher Vater – von ihrer Schwangerschaft erfahren hatte.

Als er starb, erbte es ein entfernter Cousin, und da meine Mutter mir die Geschichte erzählt hatte, als ich ein Teenager war, konzentrierte ich meine Energie wie einen Laserstrahl auf den Plan, dieses Haus zu kaufen. Vielleicht glaubte ich, es würde das Unrecht wiedergutmachen, wenn ich das Haus besaß, das ich eigentlich hätte erben müssen.

Dann könnte ich es abreißen und ganz von vorn beginnen. Ich würde die Geschichte neu schreiben.

Ich betrachtete die Dokumente, die Joshua mir geschickt hatte. Warum hatte Henry eine ganze Woche geblockt? Dieser Mann machte keinen Urlaub. Ich sah genauer hin. Der einzige Eintrag in der Woche lautete »M&K«. Ich gab die Buchstaben in die Suchmaschine in meinem Handy ein. Wofür konnte M&K stehen? Als ich die Ergebnisse durchscrollte, leuchtete mir nicht ein, inwiefern ein Möbelladen in Wigan oder ein amerikanischer DJ für Henry relevant sein sollten. Henry kam aus einer Familie, die nicht nur reich, sondern auch adlig war – er war ein Earl oder so, obwohl er den Titel offenbar nicht benutzte. Ich war mir ziemlich sicher, dass er weder in Wigan einkaufen gehen noch einen DJ engagieren würde.

Ich öffnete ein weiteres Fenster auf dem Display, und als ich Joshua gerade anrufen und um nähere Informationen bitten wollte, ploppte eine weitere E-Mail mit Anhang auf. Als ich sie öffnete, sah ich die Daten der M&K-Woche als Erstes. Es war eine elegant gestaltete elektronische Hochzeitseinladung. Offenbar war Joshua ebenso neugierig gewesen wie ich. Eine Hochzeit, die eine Woche lang dauerte? Hatten diese Leute und ihre Gäste keine Jobs? M stand für Matthew und K für Karen. Die Braut und der Bräutigam. Ich gab ihre Namen bei Google ein. Niemand, den ich kannte. Aber das überraschte mich nicht. Sie sahen aus, als hätten sie sich auf einem Krocketfeld kennengelernt – Matthew trug auf jedem Bild ein Sportsakko und einen Strohhut. Ich hatte nicht gewusst, dass Eton-Absolventen und Menschen mit ererbtem Reichtum anders aussahen als die meisten normalen menschlichen Wesen, aber so war es. Vermutlich lag es an den halblangen Haaren, diesen modernen Schmachtfransen, oder an der Anspruchshaltung, die sie zur Schau trugen.

Eine High-Society-Hochzeit war der perfekte Ort, um Henry anzusprechen.

Aber seine Leute waren nicht meine Leute.

Mein Geld war so neu wie der junge Morgen, und darum würde ich dieser Hochzeitsfeier fernbleiben, sie mir von außen ansehen müssen und nach vielen abgelehnten Anrufen noch immer nicht in der Lage sein, mich mit Henry Dawnay zu treffen.

»Da wir gerade von Abrissbirnen sprechen: Wie geht es eigentlich Danielle? Hast du die Beziehung schon kaputt gekriegt?«, fragte Dexter und riss mich aus meiner zwanghaften Beschäftigung mit Henry.

Ich blickte von meinem Handy auf. »Wie bitte? Es geht ihr gut.« Ich hatte keine Ahnung, ob das stimmte, ich hatte sie nämlich verärgert. Mal wieder. Bei unserem letzten Dinner hatte sie davon gesprochen, unsere Beziehung zu vertiefen. Aber mir gefiel gerade das Oberflächliche daran – mehrmals pro Woche ein Dinner, gefolgt von einer gemeinsamen Nacht. Für etwas anderes hatte ich keine Zeit. Normalerweise arbeitete ich – ich rechnete den nächsten Deal durch, überprüfte neue Kaufgelegenheiten, spielte Feuerwehr, wenn es auf einer Baustelle dringende Probleme gab. Das ließ mir gerade genug Zeit für regelmäßige Treffen mit meinen fünf besten Freunden. Auch wenn mich das zu einem Arschloch macht: Mir waren Frauen zwar im Allgemeinen wichtig, aber das galt nicht für eine bestimmte. In den letzten Monaten war es also Danielle gewesen. Davor war es Juliet, und am Ende des Sommers würde es vermutlich wieder eine andere sein. Aber ich musste Danielle zurückrufen. Ich war sehr beschäftigt gewesen, und diese Sache mit Henry ging mir ziemlich an die Nieren.

»Wann hast du sie zuletzt zum Dinner ausgeführt? Oder dich auch nur außerhalb des Schlafzimmers mit ihr unterhalten?«

»Himmel, bist du neuerdings mein Therapeut?« Schuldgefühle ließen meine Haut unangenehm kribbeln, und ich richtete den Blick erneut auf mein Handy. Das Dinner an diesem Samstag hatte ich abgesagt. Mal wieder. Sie war stinksauer gewesen, darum war ich für ein paar Tage auf Abstand gegangen. Aber inzwischen war Donnerstag. *Mist.* Ich hätte sie längst anrufen müssen. Wenn ich das zugab, würde Dexter mich als Arschloch bezeichnen. Dabei hatte ich gar nicht vorgehabt, so lange zu warten. Ich war nur zu sehr mit allen möglichen anderen Dingen beschäftigt, und irgendwie war Danielle mir von der Anrufliste gerutscht. Ich klickte auf ein anderes Fenster und rief meine Sprachnachrichten ab, um am Ton ihrer Stimme zu hören, ob sie sich wieder abgeregt hatte.

Ich löschte die drei Sprachnachrichten, in denen sie mich aufforderte, sie zurückzurufen. Die vierte gipfelte in einem vorwurfsvollen »Wo bist du?«, in der fünften forderte sie mich erneut auf, sie anzurufen. Sie klang ruhiger, entspannter. Perfekt. Genau, wie ich gehofft hatte. Aber mit der sechsten Nachricht hatte ich nicht gerechnet. Oder vielleicht doch. Sie gab mir den Laufpass. Ihre Stimme klang resigniert, die Worte schneidend.

»Alles okay?«, fragte Dexter und sah mir forschend ins Gesicht.

Ich beendete den Anruf. »Ja. Ich bin ein mieser, egoistischer Workaholic. Und Danielle Fishers Ex-Freund.«

Zum zweiten Mal an diesem Morgen zuckte Dexter zusammen – berechtigterweise.

Ich zuckte mit den Achseln, als könnte ich nichts dafür. Als wäre es nicht ganz allein meine Schuld. »Ich hätte sie eher zurückrufen müssen.«

Dexter nickte, während er sich ein Handtuch um die Hüften wickelte.

»Ja, das hättest du. Aber andererseits: Wenn sie die Richtige für dich wäre, hättest du sie längst angerufen. Du hättest ihre Anrufe nicht ignoriert, weil du nämlich mit ihr hättest sprechen *wollen*.«

»Und was zum Teufel weißt du darüber, wie man mit der Richtigen umzugehen hat?«

»Ich weiß es eben«, sagte er.

»Aber Stacey ist es nicht, stimmt's?«, fragte ich und meinte die Frau, mit der er sich derzeit das Bett teilte.

»Nein, nicht Stacey. Aber dass ich bei der Richtigen Mist gebaut habe, heißt noch lange nicht, dass du es auch tun musst. Lerne aus meinen Fehlern.«

Ich verdrehte die Augen und wandte mich wieder Joshuas E-Mail zu. »Wenn ich Stacey das nächste Mal sehe, vergesse ich hoffentlich nicht, ihr zu sagen, dass sie nur deine Übergangsfrau ist.«

»Hör auf, den Idioten zu spielen.«

»Hör du doch auf«, erwiderte ich. Aber ich benahm mich tatsächlich idiotisch. Danielle hatte irgendwie resigniert geklungen, so als hätte ich ihre Erwartungen enttäuscht, und das versetzte mir einen Stich. In demselben Ton hatte meine Klassenlehrerin mit mir gesprochen, als ich ihr sagte, dass ich nicht die Absicht hatte, zur Uni zu gehen. Meine Noten waren gut, aber ich hatte kein Interesse daran, noch länger zu lernen. Das war eine Welt, zu der ich nicht gehörte. Ich wollte durchstarten und Geld verdienen. Ich bezweifelte, dass meine Lehrerin in demselben Ton mit mir reden würde, wenn ich ihr jetzt über den Weg liefe. Sie hatte mich für faul gehalten, dabei war ich genau das Gegenteil. Die Uni war gut für Leute wie Henry und für diesen Matthew und seine Karen, wer auch immer die beiden sein mochten – ich hingegen hatte Besseres zu tun. Ich musste mir mein Vermögen erst verdienen.

Aber egal, wie reich ich wurde, ich konnte mich trotzdem nicht unter die Leute mischen, mit denen sich Henry Dawnay umgab.

Und das musste sich ändern. Irgendwie würde ich es fertigbringen, eine Einladung zur Hochzeit des Jahres zu ergattern.

2. KAPITEL

BECK

Ich fuhr zum zweiten Mal mit dem Finger über die Gästeliste. Irgendetwas musste ich übersehen haben. Oder *jemanden*.

»Ich habe die Liste dreimal überprüft, Sir«, sagte Roy, mein Assistent, der vor meinem Schreibtisch stand. »Ich habe sogar die Kontakte Ihrer Kontakte gecheckt.«

Als ich nach dem Duschen wieder an meinem Schreibtisch saß, hatte Joshua mir bereits die Gästeliste der Hochzeit geschickt, bei der Henry zu Gast sein würde, und ich war fest entschlossen, mir Zugang zu dem Event zu verschaffen. Der Vater des Bräutigams war in der City allgemein bekannt – er war Teilhaber einer der ältesten Investmentbanken Londons. Ich kannte den Typus – diese Männer hassten es, wenn Clubs in London gezwungen waren, Frauen zuzulassen, und sie sehnten die Tage herbei, an denen nach dem Lunch niemand mehr im Büro auf sie wartete. Ich sollte ihnen dankbar sein, denn dies waren die Männer, die genug Fleisch am Knochen ließen, damit ich es verschlingen konnte. Der Vater der Braut war ein Gutsbesitzer, und das bedeutete, dass er nicht viel mehr tat, als in Tweedklamotten in einem Land Rover durch die Gegend zu fahren. Hätte ich nur jemanden gekannt, der hinging! Dann hätte ich ihn überreden können, Henry auf der Hochzeit anzusprechen und mich lobend zu erwähnen, ihm zu versichern, dass ich vertrauenswürdig und ehrlich war – vielleicht könnte dieser Jemand sogar erwähnen, dass ich Henry ein Geschäft vorschlagen wollte. Ich musste mir gut überlegen, wen ich darum bat. Dexter und ich stichelten uns zwar ständig, aber wenn er zu dieser Hochzeit ging, würde Henry mich am Ende für seine gute Fee halten – und jeder von uns sechs hätte für die anderen dasselbe getan. Wir trugen unterschiedliche Namen, aber abgesehen davon waren wir Brüder.

Wer käme sonst noch in Frage? Ich bezweifelte, dass ich jemandem, der nicht zu unserem Kreis gehörte, eine derart wichtige Aufgabe anvertrauen konnte. Besser wäre es, ich könnte selbst als Gast zu der Hochzeitsfeier gehen. Dann wäre Henry gezwungen, mich anzuhören, und ich würde ihn mit Sicherheit dazu bringen, auf der gepunkteten Linie zu unterschreiben.

»Und Sie sind sicher, dass ich *niemanden* dort kenne?« Ich hatte vielleicht die falschen Schulen besucht und war auch nicht in den richtigen Kreisen aufgewachsen, aber ich war seit Jahren erfolgreich. Ich verdiente mehr Geld als der größte Teil aller Londoner zusammengenommen, und ich hatte jeden Tag von morgens bis abends mit Anwälten und Geschäftsleuten zu tun. Dennoch kannte ich keinen einzigen Menschen, der an dieser Hochzeitsfeier mit ihren dreihundertfünfzig Gästen teilnehmen würde.

»Absolut sicher. Ich habe Ihre Kontakte mit Ihrer Linked-In-Seite abgeglichen. Und ich habe die Listen für die Weihnachtskarten der letzten fünf Jahre überprüft, um herauszufinden, ob ich jemanden übersehen habe.«

Das Ganze überraschte mich nicht sonderlich. Wir waren zwar allesamt Briten und wohnten in derselben Stadt, aber für diese Menschen lebte ich nach wie vor auf einem anderen Planeten.

»Es gibt vermutlich keine alleinstehenden Frauen auf der Liste, oder?« Es musste doch Frauen geben, die ohne Mann dort auftauchen würden. Ich war Single. Also würde ich diese Frauen ausfindig machen, sie verführen und zukünftig als Begleitung für Hochzeiten und Bar-Mizwas zur Verfügung stehen. Nein, das war ein bescheuerter Plan. Ich musste dafür sorgen, dass ich Zutritt zu dieser Hochzeit bekam – und das würde ich auf keinen Fall dem Zufall überlassen. Ich wollte eine Art Garantie – einen Vertrag oder so was.

»Die eingeladenen Frauen mit unbenanntem Begleiter stehen unten auf der Liste«, sagte Roy. Ich drehte die Seite um und las einen Männer- und drei Frauennamen.

»Wissen Sie, wie alt die sind?« Vielleicht hatte er Fotos von ihnen.

»Nein, Sir. Aber das kann ich für Sie in Erfahrung bringen.«

Ich musste genau wissen, wer diese drei Frauen waren.

Candice Gould
Suzie Dougherty
Stella London

Drei Singlefrauen – mit einer von ihnen würde ich mir Zutritt zu der Feier verschaffen können. Als geladene Gäste zu M&Ks Hochzeit besaßen sie etwas, das ich dringender benötigte als Sauerstoff. Möglicherweise würde es mir nicht gelingen, eine von ihnen zu verführen, sodass sie mich garantiert als Begleiter akzeptieren würde, aber *irgendetwas* begehrte jeder Mensch. Und mir standen beträchtliche Mittel zur Verfügung. Ich musste nur herausfinden, was sie sich wünschten und einen Tauschhandel vereinbaren – Begleitung zu der Feier gegen ein Pony oder eine Woche auf einer Yacht oder was auch immer sich Leute, die nicht arbeiteten, wünschen mochten. Ich musste diese Frauen nur finden und ihnen ein Angebot machen, das sie nicht ablehnen würden.

Eine dieser Frauen war der Schlüssel zu Dawnays Gebäude.

Das zwischen uns ist alles – nur nicht fake

Louise Bay
MISTER MAYFAIR
Aus dem amerikanischen
Englisch von
Anne Morgenrau
384 Seiten
ISBN 978-3-7363-1605-8

Stellas Leben gleicht einem Scherbenhaufen. Ihr Ex hat die Verlobung mit ihrer besten Freundin bekannt gegeben – und Stella zur Hochzeit eingeladen! Doch als Immobilienmogul Beck Wilde ihr anbietet, sie auf die Hochzeit nach Schottland zu begleiten und ihren Verlobten zu spielen, ist Stellas Moment der Rache gekommen. Beck hat seine ganz eigenen Gründe, warum er die Feier auf keinen Fall verpassen darf, erhofft er sich doch, dort den wichtigsten Deal seines Lebens abzuschließen. Dass er dabei sein Herz verlieren könnte, war allerdings nicht Teil des Plans ...

»Beck Wilde ist die Nummer eins der besten Fake-Boyfriends!«
LOVE & LAVENDER

LYX